BASTEI
LÜBBE

Von Thomas Fitzner ist außerdem bei Bastei Lübbe lieferbar:

14547-X Mallorca, Feng Shui und zwei halbe Orangen

Über den Autor:

Thomas Fitzner wurde 1960 in Bregenz geboren. Er war als Journalist, Korrespondent und Reiseleiter tätig sowie an UN-Friedensmissionen in Nahost und in der Westsahara beteiligt. Heute lebt Thomas Fitzner als freiberuflicher Journalist, Werbetexter und Übersetzer auf Mallorca.

Thomas Fitzner

MALLORCA

vorläufig für immer

Roman

BASTEI LÜBBE

BASTEI LÜBBE TASCHENBUCH
Band 14900

1. Auflage: Mai 2003

Personen, Namen und Handlungen sind frei erfunden.
Jede Ähnlichkeit mit lebenden Personen ist rein zufällig.

Vollständige Taschenbuchausgabe

Bastei Lübbe Taschenbücher ist ein Imprint der Verlagsgruppe Lübbe

Originalausgabe

Einbandgestaltung: Tanja Østlyngen
Titelbild: Mauritius-agefotostock
Satz: hanseatenSatz-bremen, Bremen
Druck und Verarbeitung: Nørhaven A/S
Printed in Denmark
ISBN 3-404-14900-9

1.

Oskar kehrt nach Mallorca zurück und kriegt keinen Kuss

Madeleine Zarfou schrie: »Rechts!«

Oskar Tschann, einundvierzig Jahre alt, international tätiger Fotoreporter, stieg auf die Bremse. Der Geländewagen kam mit einem Ruck zum Stehen. Sie standen mitten in einem Fichtenwald in den Bergen der mallorquinischen Tramuntana. Oskar trommelte aufs Lenkrad des Geländewagens und pfiff durch die Zähne.

»Ich meinte links«, sagte Frau Zarfou und nestelte an ihrem Papier herum. Sie war ungefähr in Oskars Alter, schwieg aber hartnäckig über ihren Jahrgang. Sie trug einen leuchtend grünen Hosenanzug und sah damit aus, als sei sie ins Melassebecken einer Bonbonfabrik gefallen. An ihren Ohren hingen Seepferdchen, und an ihren schlanken Händen klimperten Bernstein-Goldreifen. Ihre Armbanduhr war supermodern und machte alle fünf Minuten dideldidü, und Frau Zarfou versuchte sie umzuprogrammieren, doch das Einzige, was sich dabei veränderte, war die Dideldidü-Tonhöhe.

»Sie halten den Plan verkehrtrum«, sagte Oskar.

»Moment mal. Doch rechts.«

»Madeleine, ich ...«

»Fahren wir geradeaus weiter und sehen, wohins da

geht«, schlug Frau Zarfou vor und faltete das Papier zusammen.

»Werfen Sie das nicht weg«, sagte Oskar, »das ist Beweismaterial für die Polizei, wenn sie unsere Skelette findet.«

»Ihre Helene ist keine begnadete Planzeichnerin«, bemerkte Frau Zarfou. »Was ist? Wollen wir weiterfahren?«

»Nein, wir wollen nicht«, maulte Oskar. »Wir warten hier, bis jemand vorbeikommt. Wenn das wirklich der Weg zu Alfred Schnabels Supervilla und Superfiesta ist, dann müssen hier schicke Geländewagen vorbeibrausen. Warten wir auf einen. Ich war noch nie der letzte Gast auf einem Fest.«

»Und wenn keiner vorbeibraust?«

»Dann haben wir uns verfahren. Dann müssen wir wieder zurück.«

»Und wo ist zurück?«

Oskar machte eine Handbewegung, die alle Himmelsrichtungen abdeckte. »Dort irgendwo.«

Stille sank auf die beiden herab. Dann sagte Frau Zarfou: »Jetzt sind Sie wieder mal sauer auf mich. Dabei kann ich nichts dafür, wenn Ihre Lebensgefährtin sich am Tag Ihrer Ankunft aus dem Staub macht, nur weil irgendwo in der Tramuntana eine Party ...«

»Bitte«, flehte Oskar.

Frau Zarfou verstummte.

Das Problem war, dass sie Recht hatte. Oskar musste sich eingestehen, dass auch sein Leben an einem Punkt angelangt war, der auf gespenstische Weise diesem Moment entsprach: Er wusste nicht mehr weiter.

Eigentlich sollte Oskar Tschann der glücklichste Mensch der Welt sein. Vor einem Jahr hatte ihn der Zufall nicht nur auf die schönste Insel der Welt verschlagen, sondern ihn auch mit der schönsten Frau der Welt zusammengebracht. Gemeinsam bewohnten sie eine Finca auf dem Lande und lebten genau das Leben, von dem fünf Komma neun Milliarden Menschen nur träumen können.

Warum war Oskar trotzdem schlechter Laune? War es der Jetlag nach der siebzehnstündigen Reise mit Zwischenlandungen auf Flughäfen, deren bloße Erwähnung jedem Piloten Zitterkrämpfe beschert?

Oder war es die Enttäuschung, weil seine Helene ihn nicht am Flughafen abgeholt hatte, obwohl Oskar sein Leben riskiert und seine vorletzten Devisen ausgegeben hatte, um aus einer obskuren mittelasiatischen Republik einen Anruf nach Mallorca zu tätigen und seine Geliebte rechtzeitig über die Rückreise zu informieren, und über den Umstand, dass er, nebenbei erwähnt, noch am Leben war?

Dabei hatte sie durchaus glücklich geklungen am Telefon, jedoch plötzlich eine Pause gemacht, und als sie gesagt hatte: »Du, ich muss dir was ...«, hatte offenbar ein Guerillero die Leitung abgeklemmt, und die fette Telekommunikationsbabuschka hatte ihm zweihundert Dollar abgeknöpft. Alle weiteren Kontaktversuche hatten ihm das Vergnügen beschert, von seinem eigenen Anrufbeantworter abgewimmelt zu werden.

Hungrig nach Essen, Trinken, Ruhe, Frieden und hungrig vor allem nach Helene, ihrer Zärtlichkeit, ihrem Humor, ihrer Schönheit, ihrer bloßen Anwesenheit, war er in Palma de Mallorca aus dem Flugzeug und durch die Gänge und Hallen des Flughafens geschlurft. Und hatte wen vorgefunden?

Madeleine Zarfou.

»Helene hat mich gebeten, Sie abzuholen«, hatte Madeleine ihn begrüßt, während ihre Miene in Sorgenfalten versank. »Mein Gott, Sie sehen ja aus, als seien Sie Dschingis Khan begegnet.«

»Ich bin mehreren hundert Dschingis Khans begegnet«, erwiderte Oskar unwillig. »Die meisten in Zollbeamtenuniform. Wo ist Helene?«

»In Alfred Schnabels Supervilla.«

»WO?«

»Lassen Sie mich das Gepäckwägelchen schieben, Sie sehen schwach aus.«

Oskar hatte es widerstandslos geschehen lassen und gefragt: »Madeleine, ich verstehe nicht.«

»Helene«, hatte Madeleine erklärt und ein hochoffizielles Gesicht dazu gemacht, »ist vor einer Woche von Alfred Schnabel eingeladen wor...«

»WER IST ALFRED SCHNABEL?«, bellte Oskar, und ein Sicherheitsbeamter wandte sich abrupt um.

»Keine Ahnung«, hatte Frau Zarfou erwidert. »Ich weiß nur, dass er heute in seiner Villa eine fantastische Party steigen lässt, mit einer Kunstvernissage, und Helene meinte, bevor sie wieder auf einen Flug wartet, der sowieso verspätet ankommt, und deshalb diese einmalige Vernissage versäumt, möge doch lieber ich auf Sie warten und dann nachkommen.«

»Ist sie allein ...?«, fragte Oskar, doch Frau Zarfou hatte bereits den Kopf geschüttelt. »Nein, mit Jürgen natürlich.«

Oskar hatte aufgelacht. Natürlich. Jürgen Debarcon, der stets hilfsbereite Nachbar.

Er hatte sich zu einem Themenwechsel gezwungen, denn er hatte Madeleine keinen Triumph gönnen wollen. Hatte sie nicht von Anfang an ihre Skepsis spüren lassen, was seine Beziehung mit Helene betraf? War sie nicht immer ein wenig eifersüchtig gewesen? Er hatte beschlossen, ihr auf den Zahn zu fühlen, und gefragt: »Madeleine, seit wann interessieren Sie sich für Vernissagen?«

»Überhaupt nicht«, hatte Madeleine geantwortet. »Aber ich mache mir Sorgen um Sie.«

»Lassen Sie meine Sorgen meine Sorge sein«, hatte er forsch erwidert. Schweigend waren sie zu Zarfous Wagen gegangen.

»Fahren bitte Sie«, hatte Frau Zarfou gebeten.

»Warum ich?«

»Damit ich nicht verhaftet werde. Ich bin alkoholisiert.«

Stockbesoffen wäre ein uneleganter Ausdruck gewesen, aber ein präziser. Oskar war das erst jetzt aufgefallen. Der Alkoholmief hätte ja auch von den vorbeiströmenden Ballermann-Touristen ausgehen können, und seltsam wirkte Frau Zarfou eigentlich immer. Nur jetzt, da sie es selbst bestätigt hatte, hatte Oskar erkannt, dass sie tatsächlich himmelblau war. »Wie sind Sie zum Flughafen gekommen?«, hatte Oskar entsetzt gefragt.

»Mit Vertrauen in das Gleichgewicht des Universums«, hatte Madeleine gegurrt.

Oh Gott, hatte Oskar gedacht. Die Zarfou-Theorie. Die abstrusen Ideen seiner treuesten Kumpanin. »Warum haben Sie getrunken?«

»Ich mache eine Kur.«

»EINE KUR!?!?«

Frau Zarfou hatte es geschafft, binnen fünfzehn Minuten aus einem müden Wrack ein hellwaches Individuum zu machen. Metamorphosen dieser Art waren ihre Spezialität. Sie lebte in ihrem eigenen Universum, propagierte ihre eigene Religion und kassierte dafür teures Geld von einer Anhängergemeinde, in der die Prachtexemplare des deutschen Menschenzoos auf Mallorca zusammengefunden hatten. Oskar hatte den Verdacht, dass er der einzige Ungläubige war, zu dem Madeleine freiwillig Kontakt pflegte, und noch dazu gebührenfrei. Momentan hatte er ein Gefühl, als hätte er ein Starkstromkabel berührt und als sprössen ihm überall Antennen aus dem Kopf. Das war der Zarfou-Effekt.

»Sie *trinken?* Madeleine, wie wollen Sie das Gleichgewicht des Universums herstellen, wenn Sie schon Probleme mit Ihrem eigenen haben? Ehrlich, jetzt bin *ich* es, der sich Sorgen macht.«

»Das ist süß von Ihnen. Vorsicht, fahren Sie nicht die Schranke nieder.«

Die Geschichte war, wie Madeleine mit bemerkenswert nüchterner Diktion dargelegt hatte, die folgende: Im Kreis ihrer »Frequentanten«, wie sie ihre Kunden, Apostel, Schüler oder Opfer nannte, waren mehrere Fälle von Depression aufgetreten, und Frau Zarfou, die auf alles eine Antwort wusste, musste sich eine Therapie ausdenken, um ihren Dunstkreis nicht zu enttäuschen. Die Antwort hieß »Gleichgewichtstherapie« und war noch verrückter als alles, was Madeleine jemals mit Oskar angestellt oder anzustellen versucht hatte. Eine Woche wurde in sieben Lebensabschnitte unterteilt, jeder Tag erhielt ein Etikett. Mittwoch – nach Zarfou der eigentliche, universelle Wochenbeginn – war der Tag der Geburt, Donnerstag der Tag der Entdeckung der Welt, Freitag die Entdeckung der Mitmenschen (»Da sind so Sachen passiert, dadadim, dadadam, ...«), Samstag die Erfüllung, Sonntag die Enttäuschung, Montag die Depression, Dienstag Versöhnung und Tod. »Die Idee ist«, hatte Frau Zarfou erklärt, »den natürlichen Zyklus eines Lebens so lange nachzuspielen, bis uns Aufstieg und Niedergang, Euphorie und Depression, Geburt und Tod nichts mehr ausmachen.« Die Themen würden in gemeinsamen Sitzungen »gefeiert«. Oskar hatte eine Anstrengung unternommen, sich diese Feiern vorzustellen, und war gescheitert. Mit Ausnahme des Mitmenschen-Entdeckungstags, dadadim, dadadam.

Der Tag von Oskars Ankunft war Montag, und Alkoholismus war in der Depression inbegriffen. Getrunken wurde, wie Frau Zarfou betonte, Zarfou-kompatibler Biolikör, womit man sich, wie Oskar bemerkte, einen Zarfou-kompatiblen Biohammer einfing. Frau Zarfou und ihre deprimierte Bande hatten vier Therapiewochen hinter sich, und die Depression war zwar nicht kuriert, aber sie begann dem Publikum Spaß zu machen.

»Jodeldidü, it's Partytime«, hatte Frau Zarfou ihre Erklärung geendet, einen Zettel aus ihrem Täschchen gekramt und damit gewedelt. »Helenes Wegbeschreibung.«

Unterwegs auf einer Straße, die schnurstracks in die Berge führte, hatte Oskar gewarnt: »Wenn das der falsche Weg ist, zeige ich Ihnen, was eine Depression ist.«

»Sie können nächsten Montag mitmachen«, hatte Frau Zarfou gegluckst. »Das ist der lustigste Tag.« Dann hatte sie auf eine verwachsene Einfahrt in einen Feldweg gezeigt. »Hier rein, wenn ich nicht irre.«

Sie hatte sich offenbar geirrt. Nach einer Dreiviertelstunde wilden Herumkurvens standen sie nun auf einem Feldweg und warteten vergeblich auf schicke Geländeautos.

»Was haben Sie eigentlich mit Ihrem Twingo gemacht?«, fragte Oskar. »Und warum fahren Sie so ein riesiges Geländeauto? Sie wohnen doch nicht auf dem Land.«

»Mit dem Twingo habe ich meine Schulden bei der

Stadtverwaltung abbezahlt«, sagte Frau Zarfou. »Und dabei noch ein Geschäft gemacht.«

»Abgeschleppt?«

Frau Zarfou nickte. »Vor meinen Augen. Ich rechnete nach und kam zum Schluss, dass der Wert des Wagens erheblich unter dem lag, was die Stadtverwaltung wegen meines angeblichen Falschparkens samt Verzugszinsen einforderte. Also gab ich den Abschleppleuten ein Trinkgeld. Die haben vielleicht geguckt.«

»Kaufen Sie denn keine Parkscheine?«

»Aber natürlich.«

»Und warum erhielten Sie Straftickets?«

»Weil die blöden Polizisten das nie begriffen.«

Oskar schüttelte den Kopf. »Versteh ich nicht. Die sehen doch den Parkschein im Auto!«

»Hm«, sagte Frau Zarfou und wirkte nachdenklich. »Ich hätte die Scheine also im Auto lassen sollen.«

Oskar blieb der Mund offen stehen. »Das kann nicht Ihr Ernst sein.«

»Ich dachte immer, moderne Technologie und so«, sagte Frau Zarfou und wedelte dazu mit den Händen.

Oskar schlug die seinen vors Gesicht. »Madeleine!« Und diese Frau hatte er seine Finca renovieren lassen!

In diesem Augenblick preschte ein schicker Geländewagen an ihnen vorbei.

Frau Zarfou lächelte Oskar zu, hob die linke Augenbraue, senkte gleichzeitig die rechte – wie stellte sie das nur an? – und schnurrte: »Folgen Sie unauffällig diesem Fahrzeug!«

Oskar stieg aufs Gaspedal. »Sie haben mich auf den Arm genommen, stimmts?«

Ein melodiöses »Vielleicht« war die Antwort. Dann spürte er eine Hand auf seinem Oberschenkel.

»Madeleine«, knurrte Oskar, »wir riskieren einen Unfall.«

»Ich will nur Ihren Beschleunigungsmuskel analysieren. Das ist der sensibelste Muskel des modernen Mannes. Sind Sie nervös?«

Der schicke Geländewagen vor ihnen raste durch eine Kiefernallee einen Hügel hinauf. Lichter wurden sichtbar, Fackeln, ein beleuchtetes Schild verkündete: »Can Schnabel«, und warnte auf Deutsch: »Privatgrundstück. Wachhunde, Kameras, Sensoren. Jeden weiteren Schritt haben Sie selbst zu verantworten.«

»Die Deutschen bleiben auf dieser Insel wirklich unter sich«, sagte Oskar. »Nicht mal spanische Kriminelle sind hier zugelassen. Die verstehen kein Wort, wenn sie hier einbrechen wollen.«

»Kommen Sie, die laufen doch heute alle mit einem Wörterbuch herum«, sagte Madeleinc, die ihren Griff gelockert hatte.

»Haben Sie meinen Beschleunigungsmuskel zu Ende analysiert?«, fragte Oskar gereizt.

Madeleine zog ihre Hand zurück. »Ziehen Sie keine falschen Schlüsse, ich bin betrunken.«

Es war eine laue Sommernacht, und vielleicht zirpten die Grillen, möglicherweise zwitscherten die Vögel, und Schafe mögen gemeckert haben, Oskar hörte nichts davon, denn eine Jazzband blies die natürliche Geräuschkulisse der Tramuntana davon. Er hielt Madeleine den Arm hin, doch die sagte: »Lassen Sie, ich kann alleine gehen«, und stakste zwischen den geparkten Luxuskarossen ungefähr Richtung Eingang. Dort kam gerade ein alter Seat 600 zum Stehen, und ein krummes Männchen stieg aus. Immerhin, dachte Oskar, hat er einen bunten Bekanntenkreis, unser Alfred. Das sprach für ihn, und das wiederum sprach für Helene. Ach, Helene. Wie sollte er sie hier, vor allen Leuten, so in die Arme nehmen, wie es sich nach einer dreiwöchigen Trennung gehörte?

»Can Schnabel« war ein Delirium aus rustikal und modernistisch. Am Fußweg zur Haustür lagen riesige Amphoren, vor der Fassade stand ein alter Karren, und in der Eingangshalle mit ihren Steinwänden und Holzbalken hing ein zwei mal drei Meter großes Pop-Art-Gemälde, in dessen Zentrum eine Barbie-Puppe mit Kondomen an ein Kreuz gefesselt war, worunter geschrieben stand: »C'est la vie, Melanie.«

»Was sagen Sie dazu?«, fragte Oskar seine Begleiterin, drückte den Rücken durch und machte ein Kunstkritikergesicht.

Frau Zarfou krallte sich von hinten an seine Schultern und flüsterte ihm ins Ohr: »Könnten Sie mal unauffällig nach dem WC fragen?«

»Ich bin Alfred Schnabel«, tönte ein blonder Burt Reynolds mit breitem Lächeln, drückte Oskar die Hand und wies auf einen Kellner mit einem Tablett voller Getränke. »Was darf es sein?«

»Das Klo bitte«, sagte Oskar.

»Diskret!«, zischte Frau Zarfou von hinten.

Schnabels Lächeln war nicht einen Millimeter geschmolzen. »Durch den ersten Patio geradeaus durch, rechts in den Wintergarten, und direkt vor dem Picasso links hinein.«

»Haben Sie das mitbekommen?«, wollte Oskar fragen, doch Frau Zarfou war bereits verschwunden.

»Und Sie sind ...?«, fragte Schnabel.

»Oskar Tschann, sehr erfreut.«

Schnabels Stirn umwölkte sich, während das Lächeln

unverdrossen Stellung hielt. »Ich kann mich nicht an Ihren Namen erinnern. Standen Sie auf der Einladungsliste?«

»Ich will mich auf keinen Fall einschleichen«, sagte Oskar. »Helene Lamberg sagte mir ...«

»Helene Lamberg!«, rief Schnabel. »Das ist etwas anderes. Willkommen. Was möchten Sie trinken?«

»Wasser«, sagte Oskar. »Wenn Sie haben.«

»Durch den ersten Patio geradeaus durch«, erwiderte Schnabel, ohne die Miene zu verziehen, »rechts in den Wintergarten, und direkt vor dem Picasso links hinein.«

»Sehr freundlich«, sagte Oskar, machte Platz für den nächsten Neuankömmling, das krumme Männchen aus dem Seat 600, und wollte seine Suche nach Helene beginnen, als ihn eine Hand am Arm packte und zurückzog. Es war Schnabel. »Können Sie Spanisch?«

»Leidlich«, sagte Oskar.

Schnabel wies auf das Männchen. »Dann übersetzen Sie mir bitte leidlicherweise, was mein Herr Nachbar wieder für ein Problem hat.«

Oskar wandte sich an das Männchen, das ihm mit schwerem mallorquinischen Akzent darlegte, dass Schnabels Jazztöne seinen gesamten Bauernhof am Schlafen hinderten, und ob er nicht die Lautstärke reduzieren könnte, denn er und seine Frau müssten um fünf Uhr aufstehen, und außerdem hätten sie gerade Besuch von der Tochter mit ihrem Kleinkind, und auch die Kühe seien schon nervös und ...

»Jajaja, verstehe«, unterbrach Schnabel Oskars Übersetzung. »Kein Problem, wir machen leiser, adios, adios.«

Oskar blickte dem Männchen nach, wie es zwischen Fackeln und Amphoren und Palmen und Bougainvilleen davonwackelte, zurück zu seinem Seat 600.

»Typisch«, bemerkte Schnabel. »Spanien ist das lauteste Land der Welt, aber wehe, ein Ausländer möchte einmal im Monat eine Party feiern.«

»Haben Sie noch andere Probleme mit ihm?«, fragte Oskar.

»Na klar«, sagte Schnabel. »Er will nicht verkaufen. Aber sobald er tot ist, mache ich seiner Witwe ein Angebot, das sie gar nicht ausschlagen kann. Dann gehört mir auch der Gegenhang, und dann drehe ich die Musik auf, so laut ich will.« Er legte Oskar eine Hand auf die Schulter. »Tun Sie mir den Gefallen und sagen Sie Nat, er soll die Lautsprecher ein bisschen leiser drehen, damit die blöden Kühe ruhig schlafen können. Nat ist der mit der Glatze und dem Whiskey und dem Mischpult.«

»In Ordnung«, sagte Oskar und begann sich durch das Gewühl der Gäste zu arbeiten, immer den Lautsprechern entgegen. Sein Ärger über Helenes Ausritt war einer reißfesten Heiterkeit gewichen, die nicht einmal Schnabel mit seinem Deutscher-Millionär-auf-Mallorca-Getue beeinträchtigen konnte. In ein paar Minuten würde er Helene in seinen Armen halten, das Leben war schön. Und wenn er es recht bedachte: Die Flüge kamen ja wirklich oft unpünktlich. Einmal hatte Helene einen geschlagenen Nachmittag auf dem Flughafen verbracht, nur um ohne Oskar nach Hause zu fahren, weil der in Madrid festsaß, wo sich der Nebel nicht lichten wollte.

Es war ein turbulentes erstes Jahr ihrer Beziehung gewesen. Oskar war mehr unterwegs als daheim gewesen, weil die Renovierung einer Riesenfinca zu bezahlen war, die er gekauft hatte, um einem in Schwierigkeiten geratenen Freund zu helfen. Ein Fotojob hatte den anderen gejagt, er brauchte sich um Aufträge keine Sorgen zu machen, doch worum er sich langsam Sorgen machte, war seine Beziehung mit Helene. Er wurde das Gefühl nicht los, dass sie auf Veränderung hoffte. Nur wer oder was sollte sich verändern? Er hatte sich ja gerade verändert, war von der deutschen Provinz auf eine Mittelmeerinsel übergewechselt und fühlte sich wohl dabei.

Von rechts stob Frau Zarfou heran. »Warum sind Sie nicht im Bürgerkrieg geblieben?«, schimpfte sie. »Mit Ihren Manieren passen sie dort viel besser hin. Mich so zu blamieren!«

»Sagen Sie, hängt da wirklich ein Picasso vor dem Klo?«, fragte Oskar.

»Darauf habe ich nicht geachtet«, erwiderte Frau Zarfou. »Mir war plötzlich übel geworden. Mein Gleichgewicht ist empfindlich gestört.«

»Sie sollten diese Depressionsfeiern meiden.«

Frau Zarfou knuffte ihn in den Bauch. »Nicht wegen des Alkohols, Sie Rüpel. Die so genannte Kunst! Sagen Sie nicht, es gefällt Ihnen, wenn Kinderpuppen mit Kondomen dargestellt sind.«

Oskar tätschelte ihren Arm. »Originalität geht über Leichen. Haben Sie Helene gesehen?«

Frau Zarfou schüttelte den Kopf. »Nein. Aber einen interessanten Käsetisch. Kommen Sie mit? Helene mag Käse, die ist bestimmt dort in der Nähe.«

»Ich kann leider nicht mitkommen, der Boss hat mir eine Mission aufgetragen.« Oskar zeigte in die Richtung, aus der die Jazzklänge bliesen. »Ich muss zur Band.«

Frau Zarfou verabschiedete sich mit einem Winken. »Jazz mag Helene sicher auch.«

Oskar nickte. Sicher, Jazz und Käse. Dann runzelte er die Stirn. Mochte sie Jazz? Dafür, dass sie seit einem Jahr ein Paar und unsterblich verliebt waren, kannte er sie noch viel zu wenig.

Nat entsprach zur Gänze Schnabels Beschreibung: Glatze und Whiskey. Er saß am Mischpult gleich neben einer Bar und regelte mit der Rechten die Klang- und mit der Linken die Alkoholzufuhr. Oskar versuchte es zunächst mit Gesten, doch Nat, an dem außer Whiskey und Glatze noch etwa neunzig Kilo zu beschreiben gewesen wären, erwiderte, und er tat es ebenfalls mit Gesten, dass Oskar sich ja was in die Ohren (oder sonstwohin) stecken konnte, wenn ihm die Musik zu laut war. Also brüllte Oskar in Nats Ohr: »Befehl vom Chef!« Nat zuckte die Achseln und fuhr die Lautsprecherbatterie ein halbes Dezibel herunter. Armer Bauer, dachte Oskar. Arme Kühe. Da fühlte er einen Stupser in seinem Rücken. Er wandte sich um, und da stand ... *sie.*

Die zart gebaute Helene im blauen Einszweidreiteiler. Blondes Haar wie vom Wind verwuschelt, dem besten aller Coiffeure. Ein kleines Lächeln spazierte wie eine Einladung über ihre Lippen. Natürliche Schönheit. Leichte Bräune. Wenig Schmuck an den schlanken Armen.

Aller Ärger schmolz davon, der Lärm wurde zu Musik, der Bauer zum Bewohner eines anderen Planeten, Schnabel existierte nicht mehr, Nat war tausend Kilometer weg, Oskars gesamtes Vorleben, inklusive Bestechungen, Bedrohungen, Fastabstürzen und Fotomotiven, die mit Zurückschießen drohten, lösten sich in badewasserwarmes Glück darüber auf, hier zu sein, mit ihr zu sein.

»Helene«, sagte Oskar.

»Oskar«, sagte Helene.

Sie verstanden beide kein Wort, aber lasen einander von den Lippen ab. Er umarmte sie heftig und spürte etwas Feuchtes an seinem Bauch. Helenes Käsebrot mit Tomatenauflage hatte nicht rasch genug auf Oskars Gefühlsaufwallung reagiert.

»Vorsicht«, las Oskar an ihren Lippen ab.

»Macht nichts«, antwortete er.

»Wie war der Flug?«, fragte Helene vermutlich. Das Lippenlesegespräch wurde kompliziert.

»Solala«, erwiderte Oskar und brüllte nun, um die Musik zu übertönen: »Leg endlich deine Käsestullen ab, und dann gehen wir in ein ruhiges Eckchen, wo niemand sieht, wie ich dich ...«, die Musik brach ab, und es wurde für einen Moment still im Raum, »... VERGEWALTIGE!«

Aus der Stille wurde Totenstille.

»Vermutlich ein Scherz«, sagte jemand. Jemand anders lachte zur Bekräftigung, und leises Geplapper begann.

Idioten, dachte Oskar und wandte sich nach Nat um. Der grinste, hob sein Whiskey-Glas und brummte »Kurze Paooose« ins Mikrofon. Wahrscheinlich, dachte Oskar, geht er jetzt zu Schnabel und klärt das mit dem halben Dezibel ab. Freier Krach für freie Bürger.

»Habt ihr gut hergefunden?«, fragte Helene, offenbar um ein Thema verlegen.

Plötzlich war ein kleiner Teil von Oskars Ärger wieder da. »Komm«, sagte er. »Verziehen wir uns auf eine Terrasse. Ich möchte dir unter vier Augen sagen, wie sehr ich dich vermisst habe.«

»Dein Hemd ...«

»... muss in die Wäsche, aber das ist doch unwichtig. Gehen wir!« Oskar zerrte Helene von dannen und suchte nach einer Terrasse.

»Bist du mir böse, weil ich nicht am Flughafen war?«, fragte sie.

»Nein«, sagte Oskar. »Nur ein bisschen enttäuscht. Ich wäre den Kuss, der sich seit drei Wochen in mir anstaut, am liebsten schon dort losgeworden, aber mit Madeleine wird das nie richtig was.«

Helene lachte auf. »An ihr würde es nicht scheitern.«

Oskar antwortete nicht, sondern zerrte seine Angebetete quer durch die Schar der Gäste, quer durch einen Saal mit Schinkentisch und Kaviarbottich, durch einen Korridor, wo ein junges Mädchen Erfrischungstücher verteilte, und einen der vielen Nebenpatios, wo ein Brunnen mit spuckendem Marmordrachen und pinkelndem Marmordelfin stand, auf der Suche nach einer Terrasse mit geeigneter Atmosphäre. Sie fanden auch eine, flüchteten jedoch, als sie rhythmische Atmung vernahmen und dazu synchrone Bewegungen eines Busches bemerkten. Auf dem Rückweg zum Spuckdrachen-Pinkeldelfin-Patio lief ihnen Madeleine über den Weg.

»Madeleine!«, rief Helene.

»Helene!«, rief Madeleine.

Die beiden Frauen küssten einander links und rechts auf die Wangen, Höflichkeitsknutscher mit dem Mund in der Luft, mua-mua. Oskar hatte schon seit jeher den Verdacht, dass dieser vermeintlich harmlose Kuss ausreichend Nuancen erlaubte, um geheime Botschaften auszutauschen. War es ein Luftkuss oder ein echter Hautknutscher? Dauerte er eine Zehntelsekunde länger als notwendig, rieben sich die Lippen gar fest auf der Wange des anderen? Vor den Augen der Partner spielten sich Mikroaffären ab, die ihre Fortsetzung meist nur in den Köpfen der Knutscher fanden. Helene und Madeleine jedenfalls hatten keine Affäre miteinander. Ein Grad Drehung mehr und sie hätten die Hinterköpfe aneinander gerieben.

»Ich bin Ihnen so dankbar«, sagte Helene und tätschelte Oskar.

»Und ich Ihnen«, sagte Madeleine. »Ich wäre ja ohne Sie nie zu dieser Party gekommen, dabei bin ich soeben einem unglaublichen Menschen begegnet, den ich Ihnen beiden unbedingt vorstellen muss.«

»Wir waren gerade auf der Suche nach einer Terrasse«, warf Oskar ein.

»Das trifft sich gut«, sagte Madeleine und grapschte Helene am Arm. »Der unglaubliche Mensch erwartet uns auf einer solchen. Ich habe ihm gesagt, er soll sich nicht von der Stelle bewegen, bis ich ihm die beiden sympathischsten Menschen der Insel vorgestellt habe.«

»Der arme Kerl«, sagte Oskar. »Jetzt steht er dort wie angewurzelt. Lassen Sie ihn den Schreck erst verkraften, wir stoßen in einer Viertelstunde zu Ihnen. Ich hatte noch nicht mal Zeit, Helene einen unanständigen Kuss zu geben.«

»Eine Viertelstunde!«, rief Madeleine aus und hielt Helenes Arm umklammert. »Gute Frau, Sie sind eine Glückspilzin. Wenige küssen noch so, die Menschen haben viel zu wenig Zeit.«

»Vielleicht wollten wir auch ein paar Worte miteinander wechseln.« Oskars Ton wurde flehentlich. »Madeleine, bitte!«

»Wir sagen nur schnell Hallo.« Madeleine bestand auf ihre Entführung. Sie blickte Oskar herausfordernd an. In ihren Augen schwamm noch etwas Trunkenheit, aber auch boshafte Belustigung. Madeleine hatte ihnen einen Gefallen getan, jetzt hatte sie einen Wunsch frei. Sie tat alles, um ihr »Gleichgewicht des Universums« wiederherzustellen, auch wenn rundherum die Welt in Brüche ging. Oskar spürte machtlosen Zorn in sich aufsteigen.

Helene ergriff seine Hand. »Gehen wir schnell Hallo sagen, hm?«

»Meinetwegen, sagen wir dem unglaublichen Menschen Hallo«, lenkte Oskar ein, dem vor Müdigkeit bald die Augen zuklappten. »Aber dann suchen wir unsere Terrasse.« Er zwinkerte Helene zu. »Da wird doch irgendwo noch ein Büschchen frei sein.«

»Oskar!«

Oskar kannte die Stimme. Jürgen Debarcon, der einsame Nachbar seiner Finca. Hilfsbereit. Höflich. Kultiviert. Wohlhabend. Immer für ein intelligentes Gespräch zu haben. Oskar hasste den Typ.

Zunächst wollte er tun, als hörte er nicht, doch Helene flüsterte ihm zu: »Sprich mit ihm, er hat *so* viel für uns getan. Sei freundlich. Bitte!«

»Lauter unglaubliche Menschen, was für eine Party!«, knurrte Oskar und ließ Helene mit Madeleine mitziehen, um ihren unglaublichen Menschen zu treffen, während er sich dem seinen zuwandte.

Er blickte in das Gesicht eines provokant ausgeglichenen Mittfünfzigers, schlank, hoch gewachsen, kurzes weißes Haar und ein präzise auf mediterran-nachlässig getrimmter Bart. Jürgen Debarcon steckte in weißer Sommerkluft und trug Geländesandalen, Humm-Vees in Schuhversion.

»Ich muss Ihnen meine Bewunderung aussprechen«, sagte er und ergriff Oskars Hand. »Ihre Bilder von der Wallfahrt nach Rocío haben mich *tief* beeindruckt.«

»Das freut mich«, sagte Oskar und befahl seinem Gesicht, die Mundwinkel Richtung Ohren zu verlegen. Ob das ein Lächeln ergab, konnte er nicht überprüfen, weil kein Spiegel in der Nähe war.

»Sie müssen ja todmüde sein«, sagte Jürgen, der immer noch Oskars Hand umklammert hielt. »Das war sicher ein schwieriger Einsatz. Helene hat mir *alles* darüber erzählt. Sie sind ein echter Teufelskerl. Helene hat *so* ein Glück.«

Endlich ließ er Oskars Hand los und trat einen Schritt zurück, als ob er ein Gemälde betrachtete. »Sie sehen ernsthaft überanstrengt aus.«

Kein Wunder, denn Oskar suchte nach etwas Freundlichem, was er Jürgen sagen konnte. Dieser gab sich für Oskars Geschmack einen Deut zu viel Mühe, nett zu sein. Dazu kam sein Talent, in den unpassendsten Augenblicken auf seiner Finca zu erscheinen, »um zu sehen, wie's den lieben Nachbarn geht«. Wann immer Oskar tagsüber Helenes Reizen erlag und einen spontanen Liebesakt im Gartenmobiliar anbahnte, stellte sich Nervosität ein, weil jederzeit Jürgens Grinsekopf aus dem Boden wachsen konnte. Oskar nannte ihn deshalb »Jürgen den Verhüter«, was Helene nicht komisch fand.

Freilich musste er zugestehen, dass es ihn beruhigte, Helene nicht alleine auf der Finca zu wissen, wenn er wieder mal über den Globus tourte. Jürgen war in der Lage, eine undichte Wasserleitung zu reparieren oder Handwerker zu finden, die dann tatsächlich kamen und tatsächlich mehr reparierten als kaputtmachten, und er leistete Helene Gesellschaft. Aber sie zahlten einen teuren Preis: Oskars Finca hatte sich in Jürgens Gesellschaftssalon verwandelt, in dem sich der Nachbar unterhalten ließ, wann immer es ihm beliebte. Und wann immer Oskar ihm ein paar deutliche Worte sagen wollte, war es Helene, die ihn zurückhielt. Sollte er es verdächtig finden, wie tolerant Helene dieser Filzlaus gegenüber war, oder wäre das ein ethnologisch überholtes Verhalten?

»... damit Helene eine sinnvolle Beschäftigung findet«, sagte Jürgen.

Oskar schreckte aus seinen Gedanken auf. In Jürgens Gequassel hatte sich unvermutet ein wichtiger Satz eingeschlichen. »Wie? Was?«

»Ein Projekt!«, rief Jürgen aus, und seine rechte Hand umkrallte ein imaginäres Riesenei. »Ein Projekt! Helene braucht ein Projekt!« Er senkte die Stimme. »Darf ich ganz offen mit Ihnen sprechen?« Er zog Oskar in einen Winkel, obwohl niemand in Hörweite war, und wurde konspirativ.

»Nur zu«, sagte Oskar, der die Frage überflüssig fand. Jürgen hatte sich noch nie zurückgehalten, wenn es darum ging, sich ins Privatleben seiner Nachbarn einzumischen.

»Ich mache mir Sorgen um Ihre Beziehung zu Helene«, brummte Jürgen und machte ein dazu passendes besorgtes Gesicht.

»Beunruhigend«, erwiderte Oskar. »Kann ich Ihnen irgendwie helfen?«

Jürgen überhörte die Ironie und sagte: »Es ist wirklich nicht meine Art, mich in die privaten Angelegenheiten meiner Freunde einzumischen.«

»Das ist mehr als offensichtlich«, sagte Oskar, und wieder entging seinem Gegenüber die Ironie.

Jürgens Augen verengten sich, und er sagte: »Helene ist einsam.«

Auf seine unnachahmliche Weise verlieh Jürgen seinen Sätzen Gewicht, indem er drei Sekunden Schweigen und einen Seelsorgerblick dranhängte. Er setzte hinzu: »Ich habe den Verdacht, sie ist unglücklich.«

Nun musste Oskar widerwillig eingestehen, dass er diesen Verdacht teilte, aber das gab er nur sich selbst gegenüber zu und nie, niemals, nicht in tausend Jahren Jürgen gegenüber.

»Hat sie sich dazu geäußert?«, fragte er.

Jürgen hob den Zeigefinger. »Das wäre nicht Helenes Art. Sie würde *nie* mit jemand anderem darüber sprechen, bevor sie es mit Ihnen getan hat. Nein, es ist ...«, er fasste sich an den Bauch, als hätte er eine Überdosis Kaviar genommen, »... ein Gefühl. Und ich halte es nicht nur für meine Pflicht, Ihnen das mitzuteilen, sondern auch, Ihnen zu helfen. Euer Glück liegt mir sehr, *sehr* am Herzen.«

Nun wäre der Einsatz eines Streichorchesters angemessen gewesen, doch es war Nat, der die Hebel seines Mischpultes auf volle Kraft schob, und eine nach Jazz klingende Druckwelle ging durch Schnabels Anwesen. Die armen Kühe der Nachbarn werden morgen wohl Kefir geben, dachte Oskar.

»Deshalb«, brüllte Jürgen, der sich angenähert hatte, um die Musik zu übertönen, »habe ich Helene den besagten Vorschlag unterbreitet.«

»Welchen Vorschlag?«, fragte Oskar.

Jürgen erstarrte in theatralischem Entsetzen. »Mein Gott, sie hat es Ihnen noch nicht erzählt?«

»Lieber Nachbar«, sagte Oskar, »ich bin gerade erst angekommen. Wir hatten noch nicht mal Zeit, Händchen zu halten, geschweige denn Projekte zu diskutieren.«

»Verzeihen Sie, ich war indiskret«, sagte Jürgen und fuhr seine Miene von »entsetzt« auf »bekümmert« zurück. »Helene wird Ihnen alles erklären. Tun Sie mir, nein, tun Sie *sich selbst* den Gefallen und unterstützen Sie Ihr Mädchen. Sie braucht es.«

Mädchen. Das Mädchen war eine Mutter zweier beinahe erwachsener Kinder und Exgattin eines neurotischen Millionärs, und besonders dreckig ging es ihr auch nicht, hatte sie doch mit ihrem sonnigen Dasein auf einer Finca auf Mallorca und mit einem aufgeschlossenen, sensiblen Partner – ihm selbst, in aller Bescheidenheit – ein neues Leben begonnen, von dem sie zuvor nur hatte träumen können. Was konnte ihr denn nicht passen?

»Gehen Sie zu ihr«, sagte Jürgen und zwinkerte verschwörerisch.

Oskar hasste es, wenn ihn jemand aufforderte zu tun, was er sowieso gerade vorhatte. Auch darin war Jürgen ein Experte. Jürgen war Experte in allem, was Oskar störte. Trotzdem konnte er nicht umhin zuzugestehen, dass Jürgen etwas angesprochen hatte, was schon seit längerem als unbestimmtes Gefühl auch durch seinen, Oskars, Magen zirkulierte. Das störte ihn am meisten.

»Dann gehe ich mal«, sagte er hilflos, während Jürgen ihn gönnerhaft davonwinkte, »zu dem unglaublichen Menschen dort.«

Helene, Madeleine und der unglaubliche Mensch hatten einen Patio gefunden, in dem eine russisch gekleidete Schönheit Spezialitäten servierte, die definitiv nicht aus dem Dorfladen stammten.

»Oskar!«, rief Madeleine und zog ihn heran. Warum grapscht heute jeder nach mir?, dachte er verärgert. Jeder außer Helene. Die stand nur da und lächelte geheimnisvoll. Mied sie seinen Blick? Nein, sie erwiderte ihn, aber nur kurz. Vielleicht weil das Gespräch mit dem unglaublichen Menschen so interessant war. Sie befanden sich in der Öffentlichkeit, kein Ort für verliebte Blicke. Nicht für diskrete Menschen wie sie.

»Darf ich Ihnen Friedmund Köller vorstellen«, sagte Madeleine.

Friedmund Köller war ein ernster junger Mann, gekleidet wie ein Anwalt – Krawatte, feines Tuch, Goldkugelschreiber in der Brusttasche – und reserviert. Oskar verstand sofort, warum, denn Madeleine sagte: »Herr Köller ist Pflanzenpsychologe.«

In diesem Moment hätte Oskar sich am liebsten an eine Bar geschleppt und einen mehrfachen Whiskey bestellt. Der Abend war wie verhext. Seine bezaubernde Frau durchlitt eine Krise, die er zu spät bemerkt hatte, und rundherum sammelten sich die unglaublichsten Gestalten zum Sturm auf seine geistige Gesundheit.

»Das ist bestimmt eine Marktlücke«, hörte er sich sagen.

»Sie sind natürlich skeptisch«, sagte Köller mit verzeihendem Lächeln.

»Oskar ist bei allem skeptisch«, erklärte Madeleine. »Das Einzige, wovon er überzeugt ist, ist er selbst.«

»Danke, Madeleine«, sagte Oskar.

»Hör ihm erst mal zu«, sagte Helene.

»Ich höre, ich höre, ich bin vollkommen offen«, sagte Oskar und wandte sich an Köller. »Das klingt wie ein ganz neuer Berufsstand. Wie sieht das aus – bebröseln Sie Mimosen mit Prozac?«

»Sehen Sie!«, rief Madeleine aus.

Köller zeigte eiserne Geduld. »Ich erkläre Ihnen das gerne«, sagte er mit der professionellen Ruhe eines Berufsstandes, der den Umgang mit Verrückten gewohnt ist, beginnend mit den eigenen Kollegen. »Wenn wir davon ausgehen, dass auch Pflanzen Lebewesen sind, müssen wir zwangsläufig akzeptieren, dass sie auch ein Gefühlsleben haben.«

»Wie Ameisen und Kakerlaken«, sagte Oskar.

»Oskar!«, wies Helene ihn zurecht.

»Ganz richtig«, sagte Köller. »Nur stehen Pflanzen philosophisch gesehen auf einer höheren Ebene. Und damit haben sie auch Probleme, die schwieriger zu lösen sind als die eines emotional vernachlässigten Hundes oder ...«

»... oder einer Stubenfliege mit sexueller Identitätskrise«, half Oskar.

Die beiden Frauen seufzten.

»Sie sind skeptisch«, stellte der Pflanzenpsychologe fest.

»Ich bin müde«, sagte Oskar. »Ich wollte nicht unhöflich sein, aber irgendwie ... Madeleine, das wäre doch ein Ehemann für Sie.«

»Oskar«, rief Helene aus. »Sei nicht geschmacklos.«

»Weil Madeleine älter ist?«

Helene fauchte und wandte sich kopfschüttelnd ab. Das, musste Oskar gestehen, war ein Tiefschlag gewesen. Ein Stich in eine alte Wunde, die noch nicht verheilt war. Zwischen ihrer Beziehung und der Millionärsehe hatte Helene nämlich eine Affäre mit einem jungen Studenten gehabt, der seinerseits ein Freund Oskars war. So hatte Oskar sie überhaupt kennen gelernt.

»Verzeihung«, sagte er. »Ich bin ein bisschen abgespannt, da werde ich komisch.«

Das russisch gekleidete Mädchen, dem die Missstimmung aufgefallen war, trat heran, um der nun unbehaglich schweigenden Gruppe zu einem Themenwechsel zu verhelfen. »Hätten Sie gerne tausendjährige Eier?«

Oskar öffnete den Mund, sagte aber nichts, als er Helenes warnenden Blick sah.

»Tausendjährige Eier!«, röhrte Madeleine. »Ist das nicht eine chinesische Spezialität?«

Das Mädchen zuckte die Achseln. »Mir hat jemand gesagt, russisch.«

»Russische Eier«, sagte Madeleine, »sind etwas ganz anderes.«

»Sind Sie auch Eierpsychologe?«, wandte sich Oskar an Köller.

Der wedelte den Aufschrei der beiden Frauen mit beiden Händen nieder und rief: »Nein, wirklich, meine Damen, es macht mir überhaupt nichts aus. Ich bin dagegen vollkommen immun. Es amüsiert mich sogar. Oskar, Sie sind ein Kabarettist!«

Oskar und Helene verließen Alfred Schnabels Superfiesta wortlos. Erst als sie vor Jürgens riesigem Geländewagen standen – auch er hatte einen riesigen Geländewagen, alle auf Mallorca hatten plötzlich riesige Geländewagen –, sah Helene ihn an und seufzte: »Na, wie fühlst du dich? Abreagiert?«

Oskar lehnte sich gegen den Wagen. »Ich habe zwei einundvierzigjährige Eier, die mir langsam überlaufen.«

Helene sah ihn nur an, ohne ein Wort zu sagen.

Oskar räusperte sich. »Das war als Kompliment gemeint. Wäre eleganter gegangen, das gebe ich zu.«

»Man merkt, dass du drei Wochen unter Soldaten gelebt hast«, sagte Helene, und es klang, als ob sie ihm verzieh. Aber auch das ärgerte Oskar. Warum musste ihm dauernd verziehen werden? Warum musste ihm seine eigene Lebensgefährtin verzeihen, dass er so war, wie er war?

Er kletterte in den Geländewagen, es war fast ein akrobatischer Akt, und ließ sich auf den harten Beifahrersitz fallen. »Tolles Gefährt«, sagte Oskar. »Was ist mit unserem?«

»In der Werkstatt«, sagte Helene. »Verliert noch immer Öl.«

»Mistkarre«, knurrte Oskar. »Glaubst du, das sind die Steinchen vom Feldweg?«

»Woher soll ich das wissen?«

Oskar zuckte die Achseln und hieb mit der Faust auf das Armaturenbrett. »Diese Probleme hat Jürgen nicht.« Er sah sie prüfend an, während sie prüfend die Armaturen betrachtete. »Der Herr Nachbar vertraut dir. In ganz Deutschland gibt es vielleicht hundert Männer, die ihr Auto herborgen.«

»Wir sind auf Mallorca«, sagte Helene und schaltete

die Zündung ein und wartete. Die berühmten Dieselsekunden, die einzigen Momente der Meditation, die die westliche Zivilisation je hervorgebracht hat.

»Hier drin«, sagte Oskar und pochte sich mit dem Zeigefinger gegen die Stirn, »sind wir in Deutschland. Da können wir noch so kernige Landrover fahren und noch so urige Fincas besitzen.«

»Warum musst du an allem etwas Negatives finden?«, fragte Helene und legte abrupt den ersten Gang ein.

»Was ist daran negativ?«, entgegnete Oskar. »Schämst du dich, Deutsche zu sein? Willst du deine Herkunft verleugnen? Erinnere dich: Adolf Hitler war Österreicher.«

Helene schnaubte und sagte nichts. Sie holperten über Feldwege bis zur Landstraße, wo es endlich ruhig dahinging.

»Hattest du mit Jürgen eine nette Konversation?«, fragte Helene.

»Keine Sorge, ich war ein braver Junge«, sagte Oskar.

»Er leiht mir den Wagen. Er lässt sich von Madeleine nach Palma bringen und übernachtet dort bei Freunden, alles nur damit wir endlich allein sein können.«

Oskar schwieg ein Weilchen, dann sagte er: »Jürgen hat also doch Freunde.«

Helene lächelte. Oskar bemerkte es erst nach Minuten. Lächelnd lenkte sie den tonnenschweren Geländewagen über die Landstraße.

Als sie schon fast zu Hause waren, sagte sie: »Das wird eine lange Nacht.«

»Hoffentlich«, hörte sich Oskar sagen.

Sie kamen vor dem Gatter der Finca zu stehen. Helene warf ihm einen Blick zu, in dem keinerlei feurige Begierde abzulesen war. »Nein«, sagte sie. »Nicht das.«

2.

Helene will ein neues Leben und Oskar keinen Pool

Can Tschann«, wie Oskar seine Finca scherzhaft nannte (obwohl Jürgen ihn aufgefordert hatte, ein entsprechendes Schild an den Eingang zu nageln, »weil das hier so üblich ist«), trug die Handschrift zweier Frauen. Madeleine hatte das verfallene Bauernhaus nach den Regeln des Feng-Shui renovieren lassen, während Oskar wie ein Besessener gearbeitet hatte, um das nötige Geld zu besorgen. Danach hatte Helene den Feng-Shui-Bunker in eine elegante mediterrane Residenz umgestaltet. Und Oskar jagte erneut wie ein Verrückter über den Globus, um das nötige Geld zu besorgen. Wenn er ehrlich war, hatte er seinen Wohnsitz nicht auf eine Mittelmeerinsel verlegt, um sich kaputtzurackern, andererseits hoffte er auf ein baldiges Ende des Wahnsinns und die Erfüllung seines eigentlichen Traumes: Tempo rausnehmen.

Genau dagegen schienen sich die Mächte des Schicksals verschworen zu haben. So hatte Helene kurz vor seinem Abflug nach Mittelasien bemerkt, dass links neben der Terrasse der ideale Ort für einen Swimming-Pool wäre. »Swimming-Pool!«, hatte Oskar geblafft. »Helene, wenn du es noch nicht mitgekriegt hast: Auf der Liste der reichsten Männer der Welt belege ich den zweihundertmillionsten Rang.«

»Jeder hat einen Swimming-Pool«, hatte Helene gesagt. »Das ist viel billiger, als du denkst.«

»Bevor wir weitere Ausbaupläne in Angriff nehmen«, hatte Oskar erwidert, »hätte ich gerne schwarze Zahlen auf meinem Konto gesehen. Meine Bank beschwert sich schon, ihr gehe die rote Tinte aus.«

Ein ähnliches Thema war das Auto. Der Gebrauchtwagen verlor seit dem Moment, da sie den Kaufvertrag unterzeichnet hatten, Öl. Helene drängte regelmäßig darauf, ein zweites Auto anzuschaffen, Oskar reagierte darauf mit hämischen Bemerkungen über den neuen Typus Landbewohner, der in seinem Leben mehr Benzin verbrennt als eine Fluggesellschaft.

Damit verletzte er Helene und erkannte es zu spät. Mit seiner Nörgelei beschwor er das Klischee der Frau herauf, die zu Hause das Geld verprasste, während der Mann sich »draußen« abrackerte. Und das Klischee von den Rural-Schickies, die hundert Kilometer fahren, um einen urbanen Espresso zu schlürfen, aber mit Solarzellen auf Öko machen.

Sie waren doch so modern und aufgeklärt, was war schief gelaufen? Hatte er sich nicht ein Leben lang vorgenommen, seine Beziehung würde etwas ganz anderes sein, etwas Neues, etwas Frisches? Und nun war kein Jahr vergangen, und er kam nach Hause und nörgelte wie ein ganz normaler Ehemann. Dieser Umstand bedrückte ihn beinahe mehr, als es die eigentlichen Anlässe für seine Nörgeleien taten, nur fiel es ihm mit jedem Tag schwerer, die angebliche Leichtigkeit des mediterranen Seins auf den Alltag umzulegen. Und das, obwohl er ein prächtiges Zuhause hatte und eine prächtige Person an seiner Seite, die daraus ein Juwel machte.

Mit Wehmut dachte er an die Anfänge. Er war es gewesen, der sie gebeten hatte, sich ums Haus zu kümmern, »obwohl, ich weiß, die moderne Frau, die moderne Gesellschaft ...«

Und Helene hatte ihr schönstes Lächeln gelächelt, ihn zärtlich umarmt und geschnurrt: »Wir müssen uns nicht vom Zeitgeist vorschreiben lassen, wie wir unser Leben leben. Lass mich dein Zuhause sein. Die Abgeschiedenheit ist meine Freiheit, hier gibt es *so viel* Arbeit, und du hast *so viel* zu tun. Wenn ich muffig werde, sage ich dir Bescheid.«

Es war so weit, Helene war muffig. Wer konnte wirklich von einem Menschen verlangen, in einem Traumhaus auf dem Land herumzusitzen und wochenlang darauf zu warten, bis der Jäger und Sammler wieder mal für ein paar Tage hereinschaut, todmüde, zu keiner Unternehmung bereit, und nur die Beine von sich strecken will und der Stille der Natur lauschen?

In »Can Tschann« hörte er erstmals an diesem Abend die Grillen zirpen, und das Knarren der alten Haustür klang ohrenbetäubend. Helene mied Oskars Blicke, indem sie Sachen umherrückte, hin und her stellte, während er seine Taschen fallen ließ und ihr wortlos zusah.

»Reden wir«, sagte er dann.

»Willst du etwas trinken?«, fragte Helene und steuerte auf den Glasschrank zu, in dem eine Alkoholbatterie für die Hoch- und Tiefpunkte des Lebens bereitstand.

Oskar hasste es, wenn sich das Leben auf ausgefahrenen Bahnen bewegte. Der gewohnte Drink beim Heimkehren. Das gewohnte Blättern im »Spiegel« vor dem Zubettgehen. Der gewohnte Liebesakt in der Feng-Shui-gerechten Schlafnische. Sein Leben erschien ihm plötzlich wie eine Karikatur. Vielleicht war es nicht der beste Moment, Gewohnheiten abzulegen, aber er lehnte den gewohnten Drink mit einem knappen »Nein, danke« ab.

Helene machte auf dem Weg zum Alkoholschrank Halt und wandte sich um. Sie lächelte. Ihre Augen sagten: Das machst du nur, um mich in Verlegenheit zu bringen.

Die kleinen Bosheiten der Ehekrise, dachte Oskar. Nie geheiratet zu haben, bewahrte davor nicht, es sparte nur Anwaltskosten.

»Setzen wir uns«, sagte Helene.

Oskar hätte sich lieber hingelegt. Sie setzten sich also, jeder auf ein anderes Sofa. Zwischen ihnen der rustikale Tisch. Zwischen ihnen ein rustikaler Abgrund.

»Wie gehts dir jetzt?«, fragte Helene.

Sie kam ihm vor wie eine Krankenschwester, die alle fünf Minuten die Daten eines Schwerkranken ablas. Es war das fünfte oder sechste Mal heute Abend, dass sie ihn fragte, wie es ihm ging.

»Allgemeiner Zustand: langsame Besserung«, sagte Oskar. »Emotionaler Druck zwischen hundertfünfzig und zweihundert Atmosphären. Den sexuellen Druck erwähne ich nicht, er würde dich schockieren. Vielleicht sollte ich Chefarzt Jürgen konsultieren.«

Helene hörte ihm ohne Regung zu. Dann schlug sie die Beine übereinander, verschränkte die Hände auf dem Schoß und sagte so ruhig als möglich: »Du hast dich verändert. Was ist in dich gefahren?«

Oskar zuckte die Achseln. »Ich habe nicht das Gefühl, mich verändert zu haben. Die Umstände ändern sich. Die Zeiten. Die Mitmenschen. Man selbst bleibt immer man selbst.«

Er hielt inne. Plötzlich fiel ihm ein, dass er Helene noch kein einziges Mal nach *ihrem* Befinden gefragt hatte. Hatte sie ihn deshalb so oft nach dem seinen gefragt? Dezenter Hinweis, fünf-, sechsmal, bis der doofe Oskar endlich kapierte? Er seufzte. Vielleicht hatte er sich doch verändert.

Er runzelte die Stirn und fragte: »Sag mal, wie gehts eigentlich dir, meine kleine Feldmaus?«

Sie seufzte. »Ich weiß es nicht.«

»Primar Doktor Jürgen Debarcon weiß es. Er hat mir auf der Party eine Diagnose unterbreitet.«

Amüsiert erwiderte Helene: »Bist du eifersüchtig?«

»Wie ein rasender Stier«, erwiderte Oskar. »Im Ernst, Helene: Du versauerst offenbar, und ich kriege das nicht mit, weil ich zu sehr mit mir und meinen Zuständen beschäftigt bin. Seien wir bitte ganz offen. Brutal und ehrlich. Das können wir doch.« Er hob einladend die Augenbrauen. Anders als Frau Zarfou gelang es ihm nicht, die beiden Brauen unabhängig voneinander zu bewegen, sonst hätte er nur eine gelüpft, weil das besser wirkte.

Helene blickte im Zimmer herum, als suchte sie einen Teleprompter, von dem sie einen Text ablesen konnte. Oskar schwieg beharrlich, bis sie hilflos die Arme hob und »Ach, Oskar« seufzte.

»Hm«, brummte der. »So schlimm also. Aber nur zu. Schlimmer als der Bürgerkrieg, aus dem ich gerade komme, kann es nicht sein.«

Helene machte eine resignierende Handbewegung. »Das ist ein Teil des Problems. Ich kann mit dem Elend, das du bei diesen Jobs siehst, nicht konkurrieren. Ich komme mir vor wie eine Zicke. Mir geht es tausendmal besser als den Leuten, mit denen du auf deinen Trips täglich zu tun hast. Wahrscheinlich habe ich deshalb nie was gesagt und alles in mich hineingefressen. Es tut mir Leid. Irgendwie ... stauen sich diese Dinge an, und ich habe keine Ahnung, was ich tun soll.«

Oskar nickte nachdenklich. Aus dieser Perspektive hatte er ihre Situation noch nie betrachtet. Langsam erwachte wieder Zärtlichkeit für diese Frau, die sein Luxusnest behütete, während er mal zu Werbeaufnahmen in die Karibik, mal zur Krisenberichterstattung in Asien, mal zu Geo-Reportagen im Urwald verschwand. Momentan sprang er für jeden Spitzenfotografen ein, der seine Verpflichtung nicht wahrnehmen konnte, war der Jolly Joker der Branche, sagte bei keinem Anruf Nein. Er brauchte das Geld, unendlich viel Geld, Mallorca und das »einfache Leben auf dem Lande« waren viel, viel teurer, als er angenommen hatte.

»Du kannst loslegen«, sagte er. »Ich habe meinen Bürgerkriegsfilter ausgebaut.«

Helene blickte ihn mit ihren klaren grauen Augen an. »Du verzeihst mir, dass ich Probleme habe, obwohl ich nicht in Tschetschenien oder Afghanistan lebe?«

»Verziehen«, sagte Oskar. »Jeder hat ein Recht auf Probleme. Los, lade sie ab. Sonst lade immer ich meine Storys ab, wenn ich heimkomme. Einbahnverkehr ist auf Dauer ungesund. Ich bin ein Trottel, dass ich das nicht früher bemerkt habe.«

»Es war auch meine Schuld, mir fiel einfach nichts ein, was mir interessant erschien, sobald du mal losgelegt hattest«, sagte Helene. »Ich kann es sehr kurz machen: Oskar, ich bin nach langem Nachdenken zum Schluss gekommen, dass ich ein Stadtmensch bin.«

»Ah«, sagte Oskar, und der Mund blieb ihm offen stehen.

»Die längste Zeit habe ich die Realität nicht akzeptieren wollen. Weil ich davon geträumt hatte, auf dem Land eine neue Existenz anzufangen. Die Stadt, das waren für mich Aggression, Stress, Verkehr, Luftverschmutzung und ...«

»... und Egon Lamberg, dein charmanter Ex.«

»Und Egon.«

»Und jetzt hast du herausgefunden, dass es auch Städte ohne Egon gibt«, sagte Oskar und konnte einen sarkastischen Tonfall nicht unterdrücken, obwohl er sich im selben Augenblick dafür verfluchte. »Bleiben Aggression, Stress, Verkehr, Luftverschmutzung. Aber ohne Egon ist das alles halb so schlimm.«

»Ich wusste, es würde lächerlich klingen«, räumte Helene ein.

»Nein, Helene, nein«, widersprach Oskar heftig. Er hatte Angst um diese Aussprache. Wenn sie sich jetzt wieder in sich selbst zurückzog, wenn er sie nicht wirklich zum Reden brachte, sie nicht alles ans Licht holte, was an dieser Beziehung nicht funktionierte, war er als Partner gescheitert.

»Jedenfalls kann es so nicht weitergehen«, sagte Helene. »Ich bin nicht ich selbst. Ich muss etwas unternehmen.«

Wir nähern uns des Pudels Kern, dachte Oskar und sagte: »Du siehst mich mit deinen klugen Augen an, als hättest du einen Plan.«

Helene legte den Kopf schräg. »Bin ich so leicht zu durchschauen?«

Oskar erhob sich, setzte sich an ihre Seite, legte ihr den Arm auf die Schulter und begann ihren Nacken zu massieren. »Zeitweise. Lass hören.«

Das nun folgende Schweigen hatte etwas von einem Waffenstillstand an sich. Helene lehnte sich gegen Oskars massierende Hand. Er seufzte innerlich. Das Steuer war herumgerissen. Das Haus sah schon freundlicher aus. Ob der Umweg über Mittelasien oder der über Alfred Schnabels Supervilla der schwierigere gewesen war, egal, er war endlich daheim angekommen.

»Nicht so fest«, schnurrte Helene.

»Entschuldige«, sagte Oskar und ließ ab. »Kleiner Muskelkrampf. Ich musste in den letzten drei Wochen so viele Formulare ausfüllen und so viel Schmiergeld zählen, dass ich kein Gefühl mehr in den Fingern habe.«

»Ach nein.«

»Aber das kommt zurück, Feldmaus, garantiert. Erzähl schon, machs nicht so spannend.«

Helene räusperte sich und verkündete: »Ich habe ein Projekt.«

Oskar zuckte zusammen. Das waren Jürgens Worte. Er zwang sich zu einem freundlichen Gesicht. »Aha?«

»Du bist gar nicht überrascht«, wunderte sich Helene.

»Nein«, erwiderte Oskar und verrenkte verlegen die Arme. »Ich habe mir schon gedacht, dass irgendwann der Deckel vom Topf fliegt. Was für ein Projekt?«

»Zunächst muss ich gestehen, dass Jürgen mich auf die Idee gebracht hat. Böse?«

»NEIN!«, erwiderte Oskar etwas zu laut. »Überhaupt nicht. Jürgen sagt gelegentlich vernünftige Dinge.«

»Sehr oft«, verbesserte Helene. »Er meint, eine interessante Marktlücke entdeckt zu haben.«

»Lass mich raten: Eine Nervenklinik für Fotoreporter.« Oskar winkte ab. »Vergiss es. Erzähl mir über die Lücke.«

»Mallorcabücher.«

»Mallorcabücher?«, rief er aus. »Davon gibts so viel, dass du damit ein Regal voll stellen kannst, das von Palma bis Alcudia reicht.«

Helenes Ellenbogen schlug zärtlich in seiner Nierengegend ein. »Hör erst mal zu. Ich spreche von einem Laden. In jeder Buchhandlung kriegst du was anderes, keiner hat das totale Sortiment, stimmts? Wir wollen einen kompletten Mallorca-Buchladen aufbauen. Mallorca-Literatur in jeder Sprache. Alles, was es gibt. Vielleicht machen wir sogar einen eigenen Verlag, um zu drucken, was es noch nicht gibt.«

Oskar wirkte nachdenklich. »Sagtest du: wir?«

»Jürgen und ich«, sagte Helene leise.

»Aha. So.«

»Jürgen hat schon ein Lokal ausfindig gemacht. Das Einzige, was uns jetzt fehlt, ist ... na ja ...«

»Zaster.«

»Hm.« Helene nickte.

Oskar sagte langsam: »Jürgen hat kein Kapital?«

Helene saß plötzlich kerzengerade. Präsentation des Businessplans, verstand Oskar.

»Wir bilden eine Gesellschaft mit beschränkter Haftung. Jürgen will sich an der nicht mit Geld, sondern mit seinem Wissen, seiner Erfahrung und seiner Arbeitskraft beteiligen. Sein Geld, hat er mir gesagt, ist schon in andere Projekte investiert.«

»Ah.«

»Er hat bis jetzt die ganze Arbeit geleistet. Wir haben sogar schon einen Entwurf für ein Firmenschild. Er ist mit einem Werbegrafiker befreundet, der hat ihm das zu einem Sonderpreis gemacht.«

»Verstehe ich das richtig: Jürgen wird keinen Pfennig in den Laden investieren, aber am Gewinn nascht er mit?«

Helenes Miene verfinsterte sich. »Soll er das alles aus reiner Nächstenliebe tun?«

Oskar zuckte die Achseln. »Kommt darauf an, was ›das alles‹ ist. Ihr müsstet einen Vertrag entwerfen, in dem seine Pflichten als Gesellschafter ...«

»Ist schon aufgesetzt.«

Oskar runzelte die Stirn. »Von ihm?«

»Natürlich. Er kümmert sich um den ganzen Papierkram.«

»Das ist ja unglaublich weit gediehen. Bin ich zur Eröffnungsfeier eingeladen?«

»Oskar«, seufzte Helene und rückte von ihm ab. »Ich wusste, dass du negativ eingestellt sein würdest. Wir scherzen immer über deine Eifersucht, aber langsam habe ich das Gefühl, das ist weit mehr als nur Scherz.«

»Ich will nur den Vertrag sehen.«

»Mach dir keine Sorgen. Ich war keine stupide Unternehmergattin, die sich nur um Haus und Kinder gekümmert hat. In den Jahren mit Egon habe ich einiges mitbekommen.«

»Egon wäre eine Partnerschaft, wo er nur zahlt und der andere nur kassiert, nie eingegangen.«

»Oskar, *Jürgen kümmert sich um alles*! Er hat den Markt studiert, er hat das Projekt entwickelt, er hat ein gut gelegenes Lokal ausfindig gemacht, er vermittelt mir gerade einen Innenarchitekten, arbeitet von morgens bis abends, soll er das vielleicht gratis machen? Es war seine Idee. Das Projekt ist sein Baby. Ich muss mich nur noch in den Laden stellen, ihn mit Waren füllen und verkaufen. Was kann man eigentlich mehr von einem Geschäftspartner verlangen? Wirtschaftsberater kassieren sich krumm und dämlich dafür, was Jürgen an kostenlosen Vorleistungen erbracht hat.«

Jetzt war Helene doch wieder wütend geworden. Oskar musste die nächste Frage trotzdem stellen, ahnend, dass er die Stimmung damit weiter anheizen würde. »Einverstanden, alles wundervoll, aber wenn Jürgen keinen Pfennig investieren will ... Helene, wo kommt das Kapital her?«

Das war ganz offensichtlich der Knackpunkt, denn es knackte, und Helene sank in sich zusammen, als hätte sie diesen Moment gefürchtet. Und plötzlich zeigte sie mit dem Finger auf ihn. Noch bevor er den Mund öffnen konnte, deklamierte sie: »Ich bettle nicht. Ich zahle dir alles zurück, bis auf die letzte Pesete. Es war sowieso unfair, mich nicht an den Lebenskosten zu beteiligen. Das wird sich ändern, sobald der Laden funktioniert. Und zwar radikal.«

Helene erhob sich und marschierte davon. Aha, dachte Oskar. Jetzt habe ich Bedenkzeit. »Und deine Eifersucht auf Jürgen«, tönte es um mehrere Ecken, »kannst du dir abschminken. Ich habe nichts mit ihm. Er ist nur außerordentlich hilfsbereit und ...«

Helene brach ab.

»Und was?«, rief Oskar.

»... und er hört zu.«

Oskar machte: »Puh« Reglos blieb er sitzen, dann rief er: »Sag mal, so nebenbei: Liebst du mich eigentlich noch?«

Eine Pause schlich durch das Feng-Shui-Haus. Dann erklang es leise: »Komm endlich ins Bett, Blödmann.«

3.

Oskar schmeißt ein hübsches Mädchen aus seinem Bett und kriegt wieder keinen Kuss

Du bist blöde«, sagte Mulet.

Oskar räusperte sich. Er liebte mediterrane Direktheit, und er kannte Esteban Mulet Santalberto auch schon seit mehr als vierundzwanzig Stunden. Das erklärte die Vertrautheit.

»Entschuldige, wenn ich das so undiplomatisch ausdrücke«, sagte der bärtige Anwalt und legte das Papier zur Seite. Der breit gebaute, kräftige Mallorquiner saß im Arbeitszimmer seines prächtigen Hauses im Stadtteil Terreno und schaute nun Oskar dabei zu, wie der einen Winkel zum Fotografieren suchte. »Wie spricht man eigentlich deinen Nachnamen aus? Gott sei Dank, dass ihr Deutschen nur einen habt.«

»Tschann«, sagte Oskar. »Wie *chantaje*.« Das hieß Erpressung und war einprägsam.

»Aha.« Mulet erhob sich. »Charmant. Brauchst du mich auf dem Foto?«

»Willst du dich auf dem Foto haben?«

»Frag meine Frau. Nein, frag sie nicht, mach das Foto ohne mich.«

Oskar zeigte auf das Papier auf Mulets Tisch. »Und was hältst du nun davon? Und warum bin ich blöd?«

Mulet hob die Hände. »Versteh mich nicht falsch. Du sagtest mir, du hättest den Verdacht, jemand wollte deine Frau übers Ohr hauen.«

»Und?«

»Du wärst blöde, deine Frau daran zu hindern, voll einzusteigen. Das Projekt ist genial. Je länger ich darüber nachdenke, umso mehr fühle ich mich versucht, selbst so einen Laden aufzumachen. Beeilt euch, ich könnte es noch immer tun.«

Oskar machte ein erstauntes Gesicht. »So *fantástico* ist das?«

»Absolut«, sagte Mulet. »Kleinen Geschäften, die sich auf Marktnischen spezialisieren und dort den besten Service bieten, gehört die Zukunft. Ob es uns gefällt oder nicht, Mallorca ist schon längst eine multikulturelle Gesellschaft. Wenn sich herumspricht, dass es in Palma einen Laden gibt, wo du in jeder Sprache alles über Mallorca kriegst – Landkarten, Reiseführer, Romane, Sachbücher –, ich schwöre dir, wer immer was zum Thema sucht, kommt zu euch. Reiseleiter, Journalisten, ausländische Residenten, die nicht ganz Palma abklappern wollen, sogar die Mallorquiner, die die Nase voll haben vom schlechten Service in den mallorquinischen Buchläden. Auf dieser Insel gibts immer mehr Leute, die was zum Thema suchen.«

»Das allerdings.«

»Wenn es gut aufgezogen ist«, sagte Mulet, »wenn deine Frau die richtigen Kontakte knüpft und sie oder ihr Personal in den wichtigsten Sprachen bedienen kann, wird der Laden zu einer Gelddruckmaschine.«

»Hm«, erwiderte Oskar. Er fühlte sich von der Lobeshymne auf Jürgens Idee überrollt. »Das Projekt mag genial sein«, gestand er zu, »aber was ist mit dem Vertrag?«

Mulet zuckte die Achseln. »Normal. Professionell. Keine Fußangeln. Du kannst beruhigt sein. Laut diesem Vertrag ist deine Frau Haupteignerin und hat alle Verfügungsgewalt. Sie kassiert auch einen Großteil des Gewinns, wenn der Laden einen solchen mal abzuwerfen beginnt. Damit ist aber vor zwei, drei Jahren nicht zu rechnen.«

»Und die Schulden?«, fragte Oskar.

»Beschränkte Haftung, nur das Gesellschaftskapital, absolut legal und üblich.«

»Und wenn es Schwierigkeiten zwischen den beiden gibt ...?«

»... kann sie Debarcon vor die Tür setzen; wenn es sein muss, unter dem Vorwand, dass ihr sein Deodorant nicht gefällt. Dabei müsste sie ihn nur für vergangene Dienstleistungen bezahlen, aber das ist ja normal.«

»Und wenn er exzessive Honorare verlangt?«

»Der Kerl ist dir nicht grün, was?« Mulet wedelte mit dem Zeigefinger. »Keine Chance. Deine Frau könnte klagen und würde Recht bekommen.«

Oskar senkte den Kopf. Langsam begann er sich für seine Haltung gegenüber Jürgen zu schämen.

Er hatte überhaupt eine Menge auf dem Kerbholz. Zuerst die spanische Übersetzung des auf Deutsch verfassten Originalvertrags von Helenes Schreibtisch geklaut, durchs Fax gejagt, um Kopien zu machen, und dann Luis, den Besitzer seines Fotoladens in Palma, um einen Kontakt mit einem guten Anwalt gebeten, um hinter Helenes Rücken das Papier zu analysieren. Luis liebte Oskar, weil der seinen Umsatz in die Höhe getrieben und sogar bei Reklamationen freundlich geblieben war, und hatte ihn an seinen guten Freund Mulet weitergereicht. Als »Freund eines Freundes« hatten sich Oskar blitzartig alle Türen geöffnet. Mulet hatte ihm vorgeschlagen, eine Fotoreportage von seinem Haus zu machen, und er würde im Gegenzug diese kleine Begutachtung durchführen, kein Problem, Oskar, für dringende Fälle hat man Freunde. Und noch ehe Oskar »Sehr erfreut« sagen konnte, war er schon in Mulets Haus und genoss ein nahrhaftes Mittagessen und das Vertrauen der Bewohner.

»Mir ist immer wieder gesagt worden, ihr Mallorquiner seid furchtbar reserviert«, sagte Oskar beim Abschied.

»Mein Urgroßvater war Andalusier«, sagte Mulet und hieb Oskar lachend auf den Rücken. »Das war ein Scherz, Señor *Chantaje*.«

»Wie wars?«, fragte Helene, während sie mit Töpfen hantierte und eine wild gewordene Moulinex zu bändigen versuchte. In Spanien, fand Oskar, hatten sogar die Küchengeräte Temperament. Was für ein Land.

»Schönes Haus«, sagte Oskar betont beiläufig.

»Das ist ein guter Anfang«, sagte sie. »Wenn du mehr Fotoaufträge auf Mallorca erledigen könntest, wärst du öfter hier und könntest dein Zuhause mehr genießen.«

Lügner, schimpfte sich Oskar in Gedanken. Du bist ein schmutziger Lügner. Jetzt macht sie sich auch noch Hoffnung, glaubt, du hättest eine Fotografenkarriere auf Mallorca angekurbelt.

»Jürgen hat angerufen«, sagte sie, während die Moulinex rote Karotten zerwinselte. »Er hat Neuigkeiten. Ich habe ihn zum Abendessen eingeladen.« Helene sandte ihren Worten einen prüfenden Blick hinterher.

Oskar machte eine lahme Geste. »Ich dachte schon, dass so viele Töpfe zu viel für uns wären.«

Helene wirkte erleichtert. Die allergische Reaktion auf

die Erwähnung Jürgens war ausgeblieben. »Wann kochst eigentlich mal du? Letzthin hast du einen Hühnerauflauf gemacht, wie ich ihn noch nie gesehen habe.«

»Hühner sind gefährlich«, sagte Oskar. »Mit Hormonen voll gepumpt. Da wachsen mir Brüste und dir weiß Gott was.«

»Du bist nur faul, gibs zu.«

»Kocht Jürgen?«

»Sehr gut.«

»Ach!«, rief Oskar aus. »Was werde ich da wieder eifersüchtig!«

»Hör auf und trag den Kompost raus.«

»Ich war noch nie bei Jürgen eingeladen«, sagte Oskar. »Ich habe noch nie sein großes Blau gesehen.« Jürgen nannte seinen Swimming-Pool »Le Grand Bleu«, weil angeblich Luc Besson, mit dem Jürgen angeblich bekannt war, erwogen hatte, dort Aufnahmen für den gleichnamigen Film zu drehen. Angeblich.

Helene hielt inne und sah ihm tief in die Augen. »Niemand hatte den Eindruck, dass du neugierig auf seinen Pool bist.«

»Es geht nicht um Neugierde«, sagte Oskar, »sondern ums Gleichgewicht.«

»Jetzt sprichst du schon wie die Zarfou.«

Oskar nahm den Kompostbehälter auf. »Das ist bedenklich. Aber im Ernst: Er hat mir nicht mal Gelegenheit gegeben, eine Einladung abzulehnen. Ist das höflich?«

»Wahrscheinlich wollte er dich nicht in Verlegenheit bringen.«

»Ach so? Er müsste doch wissen, dass ich ihm entweder eine fantastische Ausrede vorgesetzt oder ganz simpel Nein gesagt hätte.«

»Möglich, dass er sich beides ersparen wollte. Jetzt

leer endlich den Kompost aus, ich habe schon wieder Biomasse produziert.«

Oskar öffnete die Tür zum Gemüsegarten, wo in einem Winkel ein Komposthaufen vor sich hinrottete, und blickte auf einmal in Jürgens Gesicht. Der zu Unrecht verdächtigte Nachbar stand mitten in einem Beet und wirkte deplatziert, denn heute trug er Stadtkleidung, helle Sommersachen, allein das Schweizer Offizierstaschenmesser im Lederhalfter am Gürtel wies darauf hin, dass Jürgen auch ruralen Situationen jederzeit gewachsen war. Aber was tat er im Beet?

»Das ist der Lieferanteneingang«, grüßte Oskar. »Bringen Sie etwas mit?«

»Guten Abend«, sagte Jürgen mit fröhlichem Gesicht. »Und ich bitte um Verzeihung für dieses Ums-Haus-Schleichen, aber Helene bat mich, auf die Entwicklung der Minze ein Auge zu haben.« Er deutete auf ein Dutzend deprimierter Stengel am Boden. »Und mitbringen tue ich natürlich auch was.« Er zückte eine Flasche Rotwein.

»Helene!«, rief Oskar. »Der Minze-Rettungsdienst ist da!«

Wenn Oskar auf die Ereignisse zurückblickte, die diesem Ausruf folgten, hatte er stets den Eindruck, dass ohnehin alles zu schnell gegangen war, um noch den Überblick zu bewahren, geschweige denn die Kontrolle. Sein Leben auf Mallorca hatte bis dahin dem Plantschen in einem friedlichen Meer geglichen, daraus wurde allmählich ein Im-Strom-Treiben, und dann erklang in der Ferne der Donner eines Wasserfalls. Oskar hoffte zunächst auf eine Sinnestäuschung, musste sich später jedoch der Gewissheit fügen, dass er einem grandiosen und schmerzhaften

Spektakel entgegendriftete, ohne etwas dagegen unternehmen zu können.

Das Abendessen stand schon auf dem Tisch, als er von seinem Kompostgang zurückkam, und die Vorspeise war noch nicht vertilgt, als sich eine Ziffer wie ein Motivationsplakat vor ihre Augen schob: Zehn Millionen Peseten. »Das ist das minimale Startkapital. So viel müsst ihr auftreiben«, sagte Jürgen. »Dann kann euch niemand mehr stoppen.«

Vom Rest des Abends blieb ihm nur in Erinnerung, wie Jürgen und Helene seine Finca mit Hypotheken überzogen. Dann, mitten in der Nacht, Jürgen war bereits gegangen, ein Anruf. Es war Charly Wester, Werbechef der Lindasol-Hotelkette, die einen neuen Superluxuskomplex auf eine mikronesische Insel gepflanzt hatte. Der Countdown lief, Rieseninvestition, Riesenkampagne, und im letzten Augenblick fährt sich der beauftragte Starfotograf, der die gesamte dafür notwendige Fotoreportage machen sollte, mit dem Rasenmäher über die eigene Hand (»Charly, sprich nicht weiter, ich will gar nicht wissen, wie er das gemacht hat«) und lag nun in einem Spezialkrankenhaus (»Oskar, die haben ihm alle Finger angenäht, aber bis er wieder das tun kann, was er mit seinen Greifern am liebsten tut, werden ein paar Monate vergehen«), und Charly sagte, er würde Oskar jede Summe bezahlen, wenn er morgen (»*Morgen,* Charly? Ich müsste *jetzt* aufstehen, die Ausrüstung vorbereiten und ...«) nach Mikronesien fliegen könne (»Die Tickets sind mit DHL Richtung Flughafen unterwegs, Oskar, du *musst* mir helfen, du bist meine letzte Rettung, wenn du das tust, liebe ich dich«), worauf Oskar erwiderte, in Liebesfragen dieser Art sei er ein knallharter Prostituierter (»Wie viel sind fünf Millionen Peseten in D-Mark?«), und Charly ihm zwei Minuten Bedenkzeit gab: Du arbeitest Tag und Nacht, drei Wochen lang, ich schicke dir keinen Art Director, keinen Location Manager, das ist bei deiner Wahnsinnsgage nicht drin, also nur du, ein Assistent und zwölf Models, die schon organisiert sind und am vierten August eintreffen, und für jedes Foto, das nicht brillant wird, ziehe ich dir eine Million Peseten ab, verdammter Erpresser!

Señor Chantaje. Oskar grinste und gähnte »Ich liebe dich auch« ins Telefon.

»Oskar«, murmelte Helene mit verschlafener Stimme und klammerte sich an ihn, »habe ich richtig gehört? Das ist die Hälfte von meinem Startkapital. Das ist ein Zeichen des Himmels. Alles wird gut.«

Das sagte sich Oskar während der folgenden drei Wochen ungefähr hunderttausend Mal: Alles wird gut. Bei seiner Ankunft auf der Insel Maldunaya stellte er fest, dass der Superluxuskomplex durchaus Superluxus, aber noch nicht fertig war und ein Stürmchen die Gartenlandschaft mit dem dreihundert Meter langen Swimming-Pool zerblasen hatte. »Charly«, schrie Oskar ins Telefon, »du hast mir nichts davon gesagt, dass ich zwischen umgepusteten Palmen und Betonmischmaschinen fotografieren muss.«

»Oskar«, schrie Charly ins Telefon. »Fünf Millionen. Halt die Klappe und tu deinen Job!«

Oskar hatte zehn Tage, bevor das hoteleigene Wasserflugzeug die Models anliefern würde, also zwang er den Manager des Bauprojekts und den zukünftigen Hoteldirektor – beide am Rande eines Nervenzusammenbruchs, weil die Eröffnung drohte und nur noch ein Monat blieb, um die Arbeit von zwei Monaten zu erledigen – zu einer Krisensitzung, indem er über die Terrasse in ihr Büro vordrang und tat, als hegte er Mordpläne, wenn sie ihn noch einmal vertrösten würden, und musste sich nicht sonderlich verstellen dabei. Baumanager Elvis Chatham aus Chicago (»Ich bin alles andere als erfreut, Sie kennen zu lernen«) sagte ihm, er müsse schon mit einer Schusswaffe hohen Kalibers bedroht werden, um in dieser Situation auch nur einen Mann abzustellen, der Oskar beim Herrichten der Fotolocations helfen sollte, und Hoteldirektor Norbert Grödel aus Salzburg (»Wenn Sie auch nur eine Vase umstellen, lasse ich Sie mit Betongewichten in der Südsee versenken«) teilte ihm mit, er habe ihm und seinen Models eine Unterkunft im künftigen Fitnesscenter herrichten lassen, in den Zimmern werde noch gearbeitet, und er solle froh sein, nicht in Zelten untergebracht zu werden wie der Großteil der Baumannschaft. Nein, auf Maldunaya gebe es kein anderes Hotel, hier habe es bis zur Ankunft von Lindasol nicht mal ein ordentliches Plumpsklo gegeben, raus jetzt, wir haben Arbeit.

Oskar bezog Quartier in der künftigen Sauna und unternahm einen ersten Rundgang. Er pries den Himmel, dass der einzige bereits funktionierende Teil des Hotels die Poolbar war, obwohl deren Palmwedeldach zerzaust war und der Barkeeper keine Ahnung von Barkeepen hatte. »Ich bin tagsüber Elektriker, Sir.« So schmeckten auch seine Daiquiris. Sein Vorgänger, ein Profi, sei bei dem Sturm verletzt worden, als er bei Windstärke 9 versucht habe, einen Karton Johnny Walker Blue Label zu retten. Oskars Alkoholpegel war bereits weit genug angestiegen, um die absehbare Katastrophe nicht mehr ernst zu nehmen, als Elvis Chatham und Norbert Grödel zu ihm stießen und ihn als »Werbefritzen« beleidigten, der hier nur störe, und er möge ruhig den General Manager von Lindasol anrufen und petzen, sie hätten keine Angst, denn

»wofür soll verdammt nochmal Werbung gemacht werden, wenn das verdammte Hotel noch nicht steht«, und fielen dann im Zwiegespräch, und immer laut genug, damit Oskar nichts entging, über die Perversion der kreativen Branche her, lauter Koksschnupfer und Gruppensexbesessene.

Am nächsten Tag kam der Fotoassistent an, Chester Miles aus Australien, man möge ihn »Bloke« nennen. Bloke hatte von Oskar gehört. »Mensch, ich dachte immer, Fotografen seien spezialisiert, aber du machst ja wirklich alles.« Oskar erzählte Bloke, er habe in jungen Jahren als Kriegsberichterstatter begonnen, sei später auf Reisejournalismus und Werbung umgestiegen und mische jetzt ein wenig durch, aus finanziellen Gründen, aber auch, weil er um seine geistige Gesundheit fürchtete, wenn er immer nur Krisen oder immer nur Luxus fotografieren würde. Anscheinend kam Bloke bei Chatham und Grödel mit seinem australischen Junge-von-down-under-Charme gut an und machte erfolgreich Werbung für Oskar. Die beiden Manager, die bisher ihr Bestes gegeben hatten, um ihn in den Selbstmord zu treiben, setzten sich am dritten Tag zu ihm an die Bar, und Chatham sagte, er habe zwei Jungs überredet, für die nächsten Wochen auf Schlaf zu verzichten, täglich zwischen siebzehn Uhr nachmittags und neun Uhr vormittags könne Oskar mit ihnen rechnen, und Grödel überraschte ihn mit der Ankündigung, den Einsatz seiner »Fremdenlegion« mit ihm abzustimmen. So nannte er einen zusammengewürfelten Haufen von Technikern und Spezialisten, die er mit einer neunschwänzigen Peitsche von Bauplatz zu Bauplatz trieb und dort nicht wegließ, bevor der Job »zu hundertzwanzig Prozent« erledigt war.

Oskar hatte gerade begonnen, Hoffnung zu schöpfen,

als die Models kamen, sechs Männer und sechs Frauen und eine Schmink- und eine Garderobenfrau. Sie hatten alle schon im Wasserflugzeug miteinander zu streiten begonnen und fielen wie ein pubertärer Schulausflug über den Komplex her. Miss Schmink und Miss Garderobe weigerten sich, die Riesenkoffer mit Kleidung und Schminkaccessoires selbst zu schleppen, und die Models weigerten sich, ihnen dabei zu helfen. Dann weigerten sich Miss Schmink und Miss Garderobe, mit den Models im Fitnesscenter zu übernachten, und die Feldbetten seien wohl das Letzte, in ihrer ganzen Karriere hätten sie nichts Schlimmeres erlebt, nicht mal bei Filmaufnahmen in Tunesien. Dann stellte sich heraus, dass sich bereits im Flugzeug ein männliches und ein weibliches Model sowie ein männliches in ein anderes männliches und ein weibliches in ein anderes weibliches verliebt hatten und drei gesonderte Extraquartiere verlangten, und zwar schallgedämmt bitte, und was soll das dumme Grinsen? Dann schmeckte das Wasser komisch. Dann erlitt ein älteres weibliches Model einen Nervenzusammenbruch, weil ihm ein jüngeres weibliches Model vorhielt, in seinem Book »hundert Jahre alte Aufnahmen zu verwenden, Betrüger-Oma, mit deinen Runzeln kann man höchstens noch für Altersheime oder Rentenversicherungen werben«. Dann verliebte sich Bloke in die knackige vierzigjährige »Betrüger-Oma«, weil die sich bei ihm ausgeweint hatte und so ein wunderbarer Mensch sei. Dann schlug sich ein Model an einer im Fitnesscenter herumliegenden Hantel die große Zehe an und verlangte eine Million Dollar (US) Schadenersatz und weigerte sich, fotografiert zu werden, weil überall ihre Zehe zu sehen wäre, obwohl Oskar ihr versicherte, dass die Zehe nicht im Mittelpunkt seines fotografischen Konzeptes stünde. Dann kam es zu einem ersten Raufhandel zwischen einem männlichen Model und einem Bulldozerfahrer, weil der Zweite den Ersten eine Schwuchtel und der Erste den Zweiten einen impotenten PS-Bolzer genannt hatte, und Miss Schminke musste ein blaues Augen niederschminken.

Oskar griff überall helfend ein und vermittelte und schleppte und organisierte und bettelte und überredete, denn seine Traumgage stand auf dem Spiel, und Charly Wester scherzte nicht. Aber nach 48 Stunden war er zum ersten Mal in seinem Leben so weit, dass er sich ein Diktatorenbärtchen an die Oberlippe wünschte und ein paar Schergen an seine Seite, um mit diesem Irrenhaus aufzuräumen. Am dritten Tag der Fotoarbeiten hinderte er seine beiden Sklaven – das waren die, die für zwei Wochen auf Schlaf verzichteten und mittlerweile auch so aussahen –, das übliche Luxusfrühstück für die Fototruppe aufzubauen und empfing das hereintröpfelnde Personal mit einem wortlosen Kopfnicken und deutete ihnen, sich an den leeren Tisch zu setzen. Nach und nach versammelte sich das Personal, und als alle schweigend am Tisch saßen und nichts anderes mehr als kollektives Magenknurren zu hören war, ließ er ein Donnerwetter auf die Truppe ab und drohte, abzureisen und Lindasol zu empfehlen, statt seiner Fotos eine Computersimulation zu verwenden, »dann könnt ihr euch die Fotos im Automaten machen«, und das saß. In den folgenden Nächten klopften mehrmals zwei bildhübsche Australierinnen an seine Tür, die nicht schlafen konnten, weil sie über das künstlerische Konzept des folgenden Arbeitstags nachdachten und mit ihm diskutieren wollten und dann plötzlich bei ihm auf dem Bett saßen, mit verrutschtem Nachthemd, und auf einmal sehr müde waren und nicht mehr saßen, sondern mehr lagen, worauf Oskar plötzlich sehr wach wurde und die Hübschen unter den dümmsten Vorwänden aus seinem Zimmer bugsierte, möglichst so, dass ihnen nicht seine gespannte Pyjamahose auffiel. Helene, dachte Oskar, du hast keine Ahnung, welchen Versuchungen ich widerstehe. Er sperrte sein Zimmer ab und verlegte Gespräche außerhalb der Arbeitszeit auf den frühen Morgen.

Nach drei Wochen war diese mentale Geisterbahnfahrt vorbei, und beim Abschied heulten alle, weil man gemeinsam »solche Entbehrungen« durchgemacht hatte. Die 36 Stunden dauernde Rückreise von Mikronesien nach Mallorca schlief Oskar fast durchgehend, ein Wunder, dass ihm auf den Umsteigeflughäfen nicht sämtliches Handgepäck geklaut wurde, denn nach dem Einchecken steuerte er jedes Mal sofort den Wartesaal an und legte sich auf eine Sitzbank. Er hätte in seinem Zustand sogar eine Flugzeugentführung verpennt.

Kurioserweise wachte er rechtzeitig auf, um den Anflug auf Mallorca zu erleben. Es war schon dunkel, die Bucht von Palma glitzerte vor seinen Augen, und er spürte einen Kloß in seiner Kehle. Was für ein Privileg, so einen Landeanflug zu erleben und sich sagen zu können: Hier bin ich zu Hause. Auf dem Hügel außerhalb der Stadt das Schloss Bellver, ein beleuchteter Diamant, umgeben von der samtenen Dunkelheit des Parks, und unten im Hafen drängten sich die Yachten, und der Verkehr rauschte wie immer über die Uferpromenade. Es roch sogar nach Mallorca, oder bildete er sich das ein? Und dort die Kathedrale, natürlich. Hallo, sagte Oskar leise, freut mich, dich wiederzusehen, gotisches Mädchen, bist wirklich schick für dein Alter.

Der Flug war fast auf die Minute pünktlich. Sein Magen rotierte wie eine Waschtrommel, als er wieder mallorquinischen Boden unter den Füßen hatte. In seinem Kopf sprach er schon mit seiner Traumfrau: Helene, ich habe zwar noch keine Antwort von Charly, aber mittlerweile müsste er meine Arbeit auf dem Tisch haben, die Negative sind ruck, zuck per DHL nach Frankfurt gegangen, und spätestens morgen müssten wir wissen, ob die erste Hälfte deines Ladens finanziert ist. Ihr Lächeln, ihre Freude, ihre Zuneigung wären den dreiwöchigen Wahnsinn, den er hinter sich hatte, wert.

»Alles in Ordnung, Señor?«, fragte die Frau am Schalter.

Oskar starrte auf das Blatt Papier, das sie ihm übergeben hatte. »Ja ja, alles bestens, danke vielmals.« Er tastete den Briefumschlag ab. Ein Autoschlüssel.

Geliebter Oskar, mein mikronesischer Held. Die letzte Änderung in deinem Flugplan hat leider auch meinen Plan umgehauen. Gestern hätte ich ganz egal wie viele Stunden auf dein Flugzeug gewartet, ungeachtet aller Verspätungen, aber heute habe ich eine Verpflichtung, die ich vor Monaten eingegangen bin und unmöglich absagen kann. Es handelt sich um einen jungen Künstler, der ungeheuer talentiert, aber psychisch labil ist. Ich habe wirklich Angst, er könnte sich etwas antun, wenn ich heute nicht zu seiner Vernissage erscheine. Ich habe es ihm schwören müssen. Das ist nicht die übliche Party, das schwöre ich nun dir, sondern ein echter Notfall. Jürgen und ich haben ihm schon einmal in einer schweren Krise beigestanden, die fast im Krankenhaus geendet hätte.

Oskar runzelte die Stirn. Warum hatte sie ihm nie was davon erzählt? Warum hatte er das Gefühl, den Brief einer Frau zu lesen, an deren Leben er nicht teilnahm?

Ich habe unseren Wagen in Deck 3, Reihe H abgestellt. Jürgen hat mich begleitet (ich wollte nicht schon wieder

Madeleine um einen Gefallen bitten). Wenn du zu müde bist, warte daheim auf mich, ich werde es so kurz wie möglich machen. Aber es wäre himmlisch, wenn du kommen könntest. Anbei eine Zeichnung, damit du hinfindest (es ist ein bisschen kompliziert, Mandy wohnt sehr abgelegen), und eine Telefonnummer, solltest du dich verfahren. Ich bin sicher, dass du Verständnis für mich hast. Danke, Oskar. Ich liebe dich,

deine Helene

PS: Ich habe aus der Katastrophe bei Alfreds Party gelernt und uns schon mal einen separaten Winkel reserviert, wo wir ein Weilchen unter uns sein können. Bitte, komm, damit ich weiß, dass du mir nicht böse bist!

Oskar war unschlüssig. Das waren die Worte einer verliebten Frau, keine Frage. Machte er nicht zu viel Theater um diese Abholerei am Flughafen? Er schob seinen Gepäckwagen rüber ins Parkhaus und fand den Wagen, einen kleinen Renault. Während er seine Koffer und Taschen einlud, spürte er einen Druck im Magen und wusste nicht recht, ob das eine Reaktion auf neun verschiedene Flugzeugmahlzeiten war – Frühstücke, Mittagessen, Abendessen, Snacks, alles durcheinander wegen der Zeitverschiebung, es waren seine einzigen wachen Momente gewesen, schmausend und schnarchend hatte er 18.000 Kilometer zurückgelegt – oder ob dieses Gefühl eine Reaktion auf Helenes Brief war, auf ihre Abwesenheit, auf etwas, das er nicht recht definieren konnte. Er ließ das Gepäck im Wagen und ging nochmal zum Terminal, um eine Coca-Cola zu kaufen, damit er unterwegs nicht einschlief, und tatsächlich war er danach hellwach, weil sich seine Magenschmerzen verstärkten.

Sein Haus lag in der Dunkelheit, nur die Lichter an der

Einfahrt und vor dem Eingang brannten. Als er den Motor abstellte, wurde es zum ersten Mal seit langem wieder richtig still um ihn herum. Er hielt die Nase in die Nachtluft und dachte: Hier ist das Paradies, ich brauche kein Superluxushotel in der Südsee und kein australisches Supermodel im Bett und keine Klimaanlage und kein neurotisches Werbegeplärr, mir reichen ein altes Steinhaus auf dieser Insel und die Stille.

Und Helene.

Er schleppte sein Gepäck ins Haus und setzte sich an den Tisch im Eingang, auf dem das Telefon stand und wo ihm Helene die angesammelte Post hingelegt hatte. Ein Zettel lag ganz obenauf. *Herr Wester von Lindasol hat angerufen und zu deiner Arbeit gratuliert.* Ein Riesenherz war druntergemalt und ein Schriftzug: *Helene.*

Ich muss sie sehen, dachte er. Das müssen wir feiern, und zwar sofort. Er grub im Kühlschrank nach einer weiteren Cola, denn die Müdigkeit meldete sich in Schüben wieder, fand keine und holte eine lauwarme aus dem Lebensmittelkämmerchen. Die schüttelte er, bis die Kohlensäure draußen war, und schlürfte das süße, schwarze Aufputschwasser, während er zurück zum Wagen schlenderte.

4.

Oskar klopft spät nachts an eine Tür und erläutert den deutschen Charakter

Oskars Hochgefühl hielt bis zu einem Kreisverkehr bei Pollença an, einem malerischen Städtchen im Nordosten der Insel, wo jeder zweite Bewohner Künstler war, jeder dritte eine Kunstsammlung hatte und jeder vierte eine Galerie oder ein Café oder einen Laden mit originellem Zeug. Oskar mochte diesen Ort, weil er angenehm provinziell und ebenso angenehm international war. Die Bewohner hatten sich das Beste aus beiden Welten ausgesucht und betrieben mitten in der Berg- und Hügellandschaft der östlichen Tramuntana hinein die heimliche Kulturhauptstadt Mallorcas, und sie taten es ohne großes Geschrei. Bei jedem seiner Besuche entdeckte Oskar neue Erstaunlichkeiten, und er war gerne hier.

Allerdings funktionierte das Entdecken an diesem Abend nur bedingt, und mit dem Gerne-hier-Sein ging es rasant bergab. Jede Nebenstraße und jeder Feldweg hatte derart viele Abzweigungen, dass Helenes Angaben wie »zweite rechts« oder »siebte links« mit der Zeit ihre Glaubwürdigkeit verloren. War das Weglein linker Hand eine Abzweigung, die er mitzählen musste, oder eine überlange Hauseinfahrt? Und zählte die Straße rechter

Hand, die sich direkt an der Abzweigung gabelte, als eine oder zwei?

Mit Mühe fand Oskar aus dem Labyrinth wieder heraus und suchte eine Telefonzelle, um die angegebene Nummer anzurufen. »Telefónica informiert Sie, dass kein Fernsprechteilnehmer unter dieser Nummer existiert.«

Prächtig. Also nochmal, genau nach Helenes Plan, diesmal konsequent alle Abzweigungen zählend, ob Einfahrten oder nicht. Zwanzig Minuten kurvte Oskar durchs Gemüse, und gerade als er das Gefühl hatte, in die Nähe des Knusperhäuschens gekommen zu sein und den sieben Gartenzwergen über den Weg zu laufen, die hinter den sieben Ausflugsbergen wohnten, setzte aus unerfindlichen Gründen der Motor aus.

»Die Technik!«, rief Oskar in die nächtliche Stille hinein. »Autos! Motoren! Das ist doch alles ein riesiger Sch...!«

Ruhig, Oskar. Er öffnete die Motorhaube und fummelte im fahlen Licht des Halbmonds an allen Schläuchen herum. Nichts. Dann setzte er sich wieder in den Wagen und versuchte die Zündung zu betätigen. Der Anlasser wimmerte und wimmerte, aber der Motor kam nicht. Grimmig starrte er auf die Konsole. Dabei fiel sein Blick auf die Treibstoffanzeige. »Das darf nicht wahr sein«, murmelte er. »Das gibts nicht.«

Der Tank war leer. Von allen technischen Defekten ist das der gravierendste, weil man niemandem mehr die Schuld geben kann. Oskar lehnte sich zurück und dachte: Gott sei Dank kannst du wenigstens fotografieren, zu allem anderen bist du eindeutig zu blöde.

Dann raffte er sich auf und schob den Wagen an den Wegrand. Er blickte auf die Uhr. Sein Herz blieb fast stehen: ein Uhr nachts. *So* spät schon!?

Die Stille war vollkommen. Hier wohnte offenbar niemand. Ab und zu vernahm er ein Fahrzeuggeräusch in der Ferne, sah einen Lichtschein, konnte aber nicht ausmachen, wo die Straße verlief und wie er dorthin gelangen könnte.

Er hatte natürlich auch keine Taschenlampe dabei. Ihm blieb wohl nichts übrig, als dorthin zu gehen, wo er hergekommen war. Nur: Wo war das? Er zuckte die Achseln. Es war eine angenehm frische Sommernacht, erfrieren konnte er nicht, und die einzigen wilden Tiere Mallorcas waren am Ballermann und in Magaluf konzentriert. Also ging er los und sang dabei »Hänsel und Gretel verliefen sich im Wald«.

Nach zehn Minuten gelangte er zu einer Lichtung mit einem Haus. Da ihn kein brutrünstiger Wachhund ankläffte, fühlte er sich ermutigt, auf die Klingel zu drücken. Keine Reaktion. Er hatte auch kein Klingeln gehört. Also drückte er nochmal. Nichts. Er trat ein paar Schritte zurück und betrachtete das Haus. Es war ein kleines Bauernhaus, das mit Ausnahme eines verfallenen Anbaus bewohnbar zu sein schien und somit bewohnt. Er schielte ums Eck. Da glänzte ein Kleinwagen im Mondlicht.

Oskar ging zurück zur Eingangstür und klopfte dreimal. Wieder keine Reaktion. Er klopfte stärker. Noch stärker. Und noch ...

Oben ging ein Fensterladen auf, und eine Frauenstimme rief ihm auf Mallorquinisch etwas zu, das klang wie »Hör auf mit dem Gehämmer, ich habe dich gehört, was willst du?«

Oskar blickte nach oben und erkannte in einem offenen Fenster undeutlich eine Gestalt.

»Ich bitte zehntausendmal um Verzeihung für die Störung«, rief Oskar auf Spanisch. »Ich habe mich verfahren, und mir ist das Benzin ausgegangen. Es tut mir Leid, wenn ich Sie geweckt habe.«

»Ah«, sagte die Frau, nun ebenfalls auf Spanisch. »Moment, ich komme runter.«

Oskar wartete. Lichter gingen an, dann öffnete sich die Tür. Angetan mit einem T-Shirt und kurzen Hosen, stand eine etwa dreißigjährige, dunkelhaarige Frau vor ihm, die keine Anstrengung unternahm zu verbergen, dass sie gerade tief geschlafen hatte. In ihrem Gesicht zeichnete sich noch das Kopfkissen ab.

»Mein Gott, das tut mir Leid«, sagte Oskar. »Ich wollte nicht so hämmern, ich ...«

»Schon gut«, die Frau winkte ab. Sie war schlank, ein wenig blass, das halblange Haar hing ihr in die Augen hinein. »Anders hättest du mich gar nicht geweckt. Dir ist das Benzin ausgegangen?«

»Ja.« Oskar machte eine hilflose Geste. »Schön blöd, ich weiß.«

»Komm rein«, sagte sie. »Willst du was trinken?«

»Nein, danke, ich will Sie nicht weiter stören.« Er betrat den Eingangsraum, der auf typische Manier mit Stühlen und dekorativem Mobiliar ausgestattet war, das »Empfangszimmer« des einfachen Hauses. Der Mittelteil des Bodens war ein Mosaik aus abgeschliffenem Flusskiesel. In einer Ecke der Erker der Zisterne mit Rolle und Eimer.

Die Frau ging voraus. Sie war barfuß und wirkte nicht im Mindesten verunsichert. Wenn er jetzt ein Einbrecher wäre, der nur das Haus auskundschaften wollte? Sie kamen in eine Küche, die in den Fünfzigerjahren modernisiert worden war und aussah, als hätte sie einen DDR-Designwettbewerb gewonnen. Von der alten Einrichtung war nur noch der Kamin übrig, der aber nicht benutzt wurde.

»Setz dich hin, ich mach einen Anruf. Bestimmt nichts zu trinken?«

Oskar schüttelte den Kopf und setzte sich. Auf einmal spürte er seinen Magen wieder. Dann fiel ihm ein, dass er seit Stunden schon nichts mehr getrunken hatte.

Die Frau verschwand und kehrte nach zwei Minuten mit einem Mobiltelefon zurück. »Mal sehen«, sagte sie. »Pedro ist manchmal bis ...«, sie blickte auf die Uhr und hob die Augenbrauen, »... so spät schon. Na ja, mit ein bisschen Glück.«

Dann schien jemand zu antworten. Die Frau sprach auf Mallorquinisch, Oskar verstand immerhin so viel, dass sie versuchte, jemanden zu überreden, jemand anderen zu suchen, um mit einem Kanister Benzin herzukommen. Dann beendete sie das Gespräch mit einem freundlichen »Kein Problem« und Grüße und Küsse an alle und irgendwann müssen wir mal wieder gemeinsam ins Kino gehen.

»Pech«, sagte die Frau und lächelte Oskar an. Sie setzte sich an den Tisch, stützte den Kopf in die Hand und blickte zur Decke.

»Pedro ist Ihr Mann?«, fragte Oskar.

»Nooo«, lachte sie. »Ein Freund. Er hat eine Tankstelle, seine Frau ist eine Schulfreundin von mir. Aber die sind gerade auf einem Bootsausflug und übernachten vor Anker in der Bucht. Hm. Mir fällt beim besten Willen niemand ein, der ... Benzin oder Diesel?«

»Benzin.«

»Mein Vater hat einen Benziner. Ich könnte ihn anrufen, aber ...« Sie blickte auf die Uhr und schüttelte den Kopf.

Oskar erhob sich. »Bitte machen Sie sich keine Umstände. Ich komme schon zurecht.«

»*Bueno*«, sagte die Frau. »Wo wolltest du eigentlich hin?«

»Ich bin einem schlecht gezeichneten Plan gefolgt. Die Telefonnummer war auch falsch. Kennen Sie einen Künstler namens Mandy?«

»Nein, tut mir Leid.«

»Verzeihen Sie«, er streckte seine Hand aus, »Mein Name ist Oskar. Vielen Dank, Sie waren sehr freundlich.«

Die Frau stand auf und gab ihm die Hand. »Ich bin Joana. Und was machst du jetzt?«

Oskar zuckte die Achseln. »Weitergehen.«

Joana lachte. »Dann trink wenigstens vorher was. Verdurstete Touristen sind schlecht für unser Image als Ferieninsel.«

Der Magenschmerz meldete sich wieder. »Gute Idee. Ich bin übrigens kein Tourist. Wir wohnen in einem Haus bei Felanitx.«

»Du und deine Frau?«

Oskar nickte und setzte sich wieder an den Tisch.

»Warum hältst du dir den Bauch?«, fragte Joana. »Gehts dir nicht gut?«

»Nichts Schlimmes«, sagte Oskar. »Eine kleine Magenverstimmung. Ich habe eine lange Flugreise hinter mir.«

»Heute angekommen?«, fragte Joana und stellte eine Kanne auf den Herd.

»Ja, vor ein paar Stunden. Ich bitte Sie«, er wies auf die Kanne, »machen Sie sich keine Umstände!«

»Das ist kein Umstand«, sagte Joana. »Ich erhitze nur Wasser und schmeiß ein paar Kräuter rein. Das wird deinem Magen gut tun. Aber du kannst in der Zwischenzeit kaltes Wasser haben, wenn du willst.«

»Danke.«

Sie blieb nachdenklich vor dem Herd stehen. Dann holte sie eine Wasserkaraffe und stellte sie vor Oskar auf den Tisch. Sie sah ihn an.

»Danke«, sagte Oskar, weil er den Eindruck hatte, sie erwartete etwas von ihm.

Joana reagierte nicht. Sie legte den Zeigefinger an die Schläfe und fragte: »Hast du das öfters?«

»Das mit dem Benzin?«

Sie lachte. »*Nooo,* das mit dem Magen.«

Oskar schüttelte den Kopf. »Ich reise viel, ab und zu hol ich mir dabei was. Aber ansonsten fühle ich mich gesund, danke. Sind Sie Ärztin?«

»Kinderärztin. Aber keine Angst, ich war nur neugierig. Ein alter Fehler von mir: Ich frage viel und mische mich in anderer Leute Angelegenheiten.« Sie sah ihn an. »Lebt ihr schon lange hier, du und deine Frau?«

»Ungefähr ein Jahr. Meine Frau etwas länger.«

»Du bist also viel unterwegs, hm?«

»Ja. Mein Job. Ich bin Fotograf.«

Die Wasserkanne pfiff. Joana schüttete das Wasser in einen Topf, warf ein paar Kräuter hinein und sah ihn an. »Fliegst hierhin und dorthin und bist wochenlang weg.«

Oskar nickte und blickte sie an. Auf was wollte die Frau hinaus?

Sie schien plötzlich verlegen. Dann sagte sie: »Darf ich dir eine indiskrete Frage stellen, Oskar?«

»Einverstanden, aber nur eine.«

Sie lachte wieder, winkte ab, setzte sich zu ihm an den Tisch, schlug die Beine übereinander und sagte: »Vielleicht seid ihr Deutschen auch nur anders als wir.«

»Oh, bestimmt!«, rief Oskar aus. »Wir machen weniger Siesta, denken stündlich einmal über den Sinn des Lebens nach und fühlen uns nur wohl, wenn uns jemand für gute Arbeit lobt. Und ganz egal, ob wir uns amüsieren oder einen Krieg anzetteln, auf jeden Fall fliegen die Fetzen.«

»Das klingt nicht wie jemand, dem man mitten in der Nacht die Tür öffnen sollte«, sagte Joana mit unbewegter Miene.

»Ich habe vergessen zu erwähnen, dass wir ganz extrem sympathisch sein können«, fügte Oskar an. »Zum Beispiel, wenn uns mitten in der Nacht das Benzin ausgeht. Da erwacht unser ganzer Charme.«

Nun lächelte sie und schüttelte den Kopf. »Du bist der erste Deutsche, der mir den Nationalcharakter in drei Sätzen erklärt hat. Wie denkt deine Frau darüber?«

Was will sie dauernd mit »meiner Frau«?, dachte Oskar mehr belustigt als verärgert.

»Sie denkt, dass man das deutsche Volk im südlichen Ausland ansiedeln und damit verdünnen sollte«, sagte Oskar und zwinkerte.

»Homöopathische Methode«, sagte Joana.

Oskar nickte. »So würde es der Mediziner sagen.«

»Wo ist sie jetzt?«, fragte Joana.

»In dem Haus, das ich nicht gefunden habe.« Oskar hob die Arme. *»C'est la vie.«*

»Du siehst überanstrengt aus«, sagte Joana. »Wie lange warst du mit dem Flugzeug unterwegs?«

»Zu lange«, gestand Oskar. »Fast zwei Tage. Ich hätte nicht losfahren sollen, aber ich wollte Helene wiedersehen.«

»Wie lange warst du weg?«

»Drei Wochen.«

Joana sah ihn an, hob die Augenbrauen, als wollte sie etwas sagen, doch stattdessen stand sie auf und füllte das Gebräu in einen Becher.

»Hier«, sagte sie und hielt Oskar den Becher hin. »Kein Hexenzeug. Kriegt man in jeder Apotheke. Mein Vater pflückt es im eigenen Garten.«

Oskar nahm einen Schluck. »Mmh, schmeckt scheußlich.«

Joana grinste. »Ich hätte auch ein Bier im Kühlschrank. Allerdings kein deutsches. Ich will dich nicht zu Hochverrat anstiften.«

»Kein Problem«, erwiderte Oskar. »Wir sind weltoffener, als du denkst. Zumindest beim Biertrinken.« Er nahm einen Schluck von dem Kräutertee. Plötzlich ertönte aus seinem Magen ein laut vernehmbares Wimmern. Mein Gott, ist das peinlich, dachte Oskar.

Joana verzog keine Miene und sagte nur: »Da möchte jemand was essen.«

Oskar winkte heftig ab. »Um Gottes willen, ich nehme deine Gastfreundschaft ohnehin übertrieben in Anspruch.«

»Schwing keine langen Reden, sag mir nur, ob du wirklich Hunger hast oder dein Magen nur ein Selbstgespräch führt. Mir sind ein paar Sachen vom Abendessen übrig geblieben, die ich entweder morgen an den Hund meines Vaters verfüttere oder heute an dich.«

Oskar setzte den Becher ab und sagte: »Eine so charmante Einladung kann ich unmöglich ablehnen.«

Joana stand auf und begann im Lebensmittelschrank herumzuwühlen. »Magst du Salat und Brot?«

»Gern.« Fasziniert sah Oskar ihr zu, wie sie auf Geschirr, das aussah, als habe es einen nordkoreanischen Designwettbewerb gewonnen, ein kleines Abendessen herrichtete. »Dann gibts also tatsächlich Hunde, die Salat essen?«

»Dieser Hund isst sogar Schokoladentorte, wenn man

nicht aufpasst.« Sie blickte ihn warnend an, als könnte dieser Allesfresser jeden Moment um die Ecke biegen und Oskar um seinen Mitternachtssnack bringen.

»Deine Patienten haben verdammtes Glück«, sagte er.

Joana blickte sich überrascht um. »Warum sagst du das?«

»Weil ich sicher bin, dass du dich gut um sie kümmerst.«

»Wie willst du das wissen?« Sie gab sich unbeteiligt, aber es war offensichtlich Show. Wieder so eine Frau, die zu wenig Nettes gesagt bekommt, dachte Oskar und fühlte sich ermutigt auszuführen. »Das spürt man«, sagte er und beobachtete mit großen Augen, wie sich vor ihm der Tisch füllte. »Du bist eine warmherzige Person, das ist offensichtlich.«

»Vielleicht verstelle ich mich nur«, sagte Joana und setzte sich wieder zu ihm. »Vielleicht will ich nur eine Feldstudie über den deutschen Nationalcharakter anstellen und halte dich mit allen Tricks als Versuchskaninchen zurück.«

»Das klingt nicht sehr glaubwürdig«, sagte Oskar und schnitt sich eine Scheibe Brot ab. »Auf dieser Insel wimmelt es von Studienobjekten, du bist auf mich nicht angewiesen.«

»Wenn du willst, kannst du hier übernachten«, sagte Joana wie beiläufig. Oskar verschluckte sich beinahe und starrte sie an. »Es ist fast halb zwei«, erklärte sie, »es hat keinen Sinn, jetzt kreuz und quer durch die Landschaft zu irren. Du siehst extrem müde aus, das sage ich dir als Ärztin. Morgen rufe ich meinen Vater an und bitte ihn, ein paar Tropfen Benzin mitzubringen, mit denen du es bis zur Tankstelle in Pollença schaffst. Das macht keine Umstände, er wollte sowieso herkommen.«

»Das ist sehr freundlich«, sagte Oskar. »Ich glaube, das nehme ich an. Joana, ich bin ehrlich überwältigt. Wie habe ich mir das verdient?«

»Du siehst nicht aus wie jemand, der so eine Einladung missversteht.« Sie erhob sich und sagte im Davongehen: »Wenn du verstehst, was ich meine. Hier unten gibts ein Zimmer mit einem alten Bett, das mache ich schnell sauber.«

Joana brauchte nur wenige Minuten, um das Bett herzurichten, doch Oskar hatte das Gefühl, als seien Stunden vergangen. Nun erst bemerkte er, wie müde er war. Als die Mallorquinerin wieder auftauchte, kurz angebunden »Fertig, gute Nacht!« sagte und so hurtig nach oben verschwand, als hätte sie am Ende doch Angst vor einem Missverständnis, hatte er gerade noch die Kraft, *»bona nit«* zu murmeln und sich in das Zimmer zu schleppen. Er bekam noch mit, wie irgendwelche Hände, die theoretisch nur die seinen gewesen sein konnten, mechanisch an ihm herumfummelten, bis er nackt dastand. Oskar warf die Kleidung auf einen Stuhl, der wie ein o-beiniger Cowboy im Zimmer stand, und ließ sich ins Bett sinken. In dem Zimmer roch es nach Feuchtigkeit, an den Wänden hingen alte Fotos, und das Bett quietschte und knarrte, als sei es vor einem halben Jahrhundert zum letzten Mal beschlafen worden. In einer Steckdose am Eingang sah er einen Mückenstinker glimmen und dachte noch: Das Mädchen denkt an alles. Beim Ausknipsen der Lampe, die aussah, als machte sich jemand über den Jugendstil lustig, britzelte es. Er seufzte noch »Oh mein Gott« und fiel dann in das größte schwarze Loch westlich der Milchstraße.

5.

Oskar bittet um Verzeihung und entdeckt einen Experten im Minzebeet

Eine gut aussehende Frau schaute zur Tür herein und sagte leise: »Ah, du bist wach.« Oskar blinzelte und dachte: Die kenne ich, aber woher? Die Frau blieb in der Tür stehen, als wartete sie auf etwas. Hinter ihr strömte Licht ins Haus. Es war warm. Eigentlich heiß. Bin ich noch in der Südsee oder was?, dachte Oskar und tapste nach seinem Handy, das er nur zum Arbeiten mitnahm und sonst wegsperrte, als sei es giftig. Etwas stimmte hier nicht. Die Südsee klang anders, roch anders, sah anders aus. Südseebetten knirschten in C-Dur und Südseefrauen ... Wer zum Kuckuck war sie bloß? Und wo war sein Handy?

Oskar räusperte sich, setzte sich auf und kratzte sich am Kopf.

»Guten Morgen«, sagte die Frau.

Spanisch, dachte Oskar. Ich bin in Spanien.

Die Frau schien seine Gedanken zu erraten. »Party«, sagte sie und begleitete ihre Worte mit flatternden Gesten. »Im Wald verirrt, Tank leer, hier angeklopft.«

Joana, dachte Oskar. Natürlich. Dann durchzuckte ihn ein panischer Gedanke: Helene! Sie wusste nicht, wo er war, machte sich womöglich Sorgen. Er war ein Trottel.

»Hättest du gerne Kaffee oder Bier?«, fragte Joana. Sie war salopp gekleidet, aber ihr Haarschopf war organisierter als am Vorabend, und ihr ausgeschlafenes Gesicht strahlte Gesundheit und Zuversicht aus.

Oskar dachte über ihre Worte nach. »Das war jetzt kein Hinweis auf die Uhrzeit, oder?«

Joana hob beide Hände. »Du warst so erledigt, ich habe es einfach nicht über mich gebracht, dich zu wecken. Als mein Vater kam, hat er einen Blick ins Zimmer geworfen und meinte im Ernst, du seist tot.«

»Und wo ist er jetzt?«, fragte Oskar. »Den Leichenbeschauer holen?«

»*Nooo.* Er hat nur den Benzinkanister gebracht«, sagte Joana. »Ist wieder weg. Kaffee oder Bier? Ich will nicht drängen, aber ich muss hier noch was arbeiten.«

Oskar sprang aus dem Bett. »Na klar. Und ich muss Helene anrufen. Wie spät ist es?«

»Zeit zum Mittagessen.«

»WAS? Ich muss sofort los. Oh!« Er bedeckte seine Körpermitte. »Das tut mir Leid. Ich hatte ganz vergessen, dass mein Pyjama heute woanders geschlafen hat.«

Joana wirkte plötzlich verlegen. »Ich hätte rausgehen sollen, entschuldige, aber ...«, sie fuchtelte hilflos herum, »... als Ärztin bin ich ... ist man ...«

Oskar musste lachen. »Aber du bist Kinderärztin. Sag nicht, du könntest da was vergleichen, wir Männer sind in diesem Punkt sehr empfindlich.«

Ihr blieb die Hand in der Luft stehen. Sie machte kurz »Hm« und verschwand.

Das war eine saudumme Bemerkung, murmelte Oskar und zog sich an. Jetzt hatte er schon zwei Frauen gegen sich aufgebracht. Helene würde ihn vierteilen, weil er weder zur Party erschienen war noch zu Hause auf sie wartete, und Joana, die ihn anfangs sympathisch gefunden hatte, musste zu dem Schluss kommen, dass er ein öder Macho aus Teutonien war. Konnte er nicht einmal in seinem Leben die Klappe halten?

Als er in den Eingangsraum trat, wo schon der Benzinkanister bereitstand, hörte er Joana hinter dem Haus herumwerken. Er schlenderte durch die Küche und den Hintereingang, während er sich das Hemd zuknöpfte, und sah sie ein rostiges Bettgestell über den Zementboden des Hofes schleifen. Kurz entschlossen fasste er mit an. »Vergiss bitte, was ich vorhin gesagt habe«, bat er. »Mein Hirn ist morgens immer ein wenig paläolithisch.«

Sie setzte das Bettgestell ab und lehnte sich daran. »Wovon warst du eigentlich so erschlagen? Du hast zwölf Stunden geschlafen wie ein Felsbrocken.«

Oskar winkte ab. »Werbefotos in der Südsee. Es war ein Albtraum. Das Hotel noch nicht fertig, eine Ansammlung von Neurotikern, und wann immer ich die Kamera zückte, schob sich eine Wolke vor die Sonne. Und dann ein Rückflug, dass ich allein mit den Bonusmeilen eine Reiseagentur aufmachen könnte.«

Joana verschränkte die Arme. »Und dann direkt nach Pollença ins Gebüsch.«

Oskar nickte. »Genau. So sind wir Deutschen. Du kannst für deine Feldstudie notieren: Ein Deutscher ist nur zufrieden, wenn gravierende Probleme zu lösen sind, weshalb er sich darauf spezialisiert hat, diese notfalls selber zu erzeugen.«

Sie zuckte die Achseln, als wollte sie sagen: Euer Problem. Sie hob das Bettgestell wieder hoch. Oskar folgte ihr. »Schönes Haus«, presste er hervor, während sie das Ding in eine Ecke des Hofs schleppten.

»Schönes Haus?«, rief Joana aus und hob die Augenbrauen. »Meine Güte.«

»Ich wollte nur was Nettes sagen«, erklärte Oskar.

Sie setzten das Bettgestell ab, und Joana sagte: »Das Haus haben wir geerbt. Vielleicht sah es vor hundert Jahren mal rustikal aus, aber mein Onkel väterlicherseits hat es zuerst modernisiert und dann vernachlässigt. Am Ende wohnte er in Palma, das war nur das Wochenendhaus. Und Geschmack war, wie du wahrscheinlich bemerkt und charmanterweise unerwähnt gelassen hast, nicht die Stärke des früheren Besitzers dieser Residenz.«

»Du kommst öfter her?«, fragte Oskar.

»Ja, fast jedes Wochenende. Wir wissen noch nicht recht, was wir damit machen sollen.« Joana versetzte dem Bettgestell einen Fußtritt. »Manche in der Familie meinen, am besten suchen wir uns einen verrückten Deutschen, der es für teures Geld kauft. Andere sagen: Auf keinen Fall, wir müssen das Familienerbe bewahren.«

»Und was sagst du?«

»Ich sage ...«, Joana blickte auf die Uhr, »... dein Mädchen wird sich langsam fragen, wo du bleibst.«

»Ach, na klar.« Oskar blickte unschlüssig herum.

»Telefon?«, fragte Joana.

»Ein klitzekleines Gespräch«, bat Oskar. »Und dann bin ich schon weg. Joana, wie ... wie kann ich dir ...«

Doch Joana zuckte die Achseln, reichte ihm das Handy und sagte: »Mach aus einem Kinderlied keine Wagneroper. War mir ein Vergnügen, dir zu Diensten zu sein. Warte, ich erklär dir, wie du nach Pollença kommst.«

Mit Leichtigkeit fand Oskar aus dem Labyrinth der Landstraßen bei Pollença heraus, viel schwieriger fiel es ihm, sich im Durcheinander seiner Gefühle zurechtzufinden.

Als er zwischen Mariahügel und Dorf durchraste, war er trotz des kurzen, aber herzlichen Telefongesprächs in Joanas Haus plötzlich stinksauer auf seine Angebetete. Erstens war sie nicht zum Flughafen gekommen, wie hatte sie ihm das nur antun können, für wen, zum Teufel, hatte er sich in der Südsee abgerackert?, doch ausschließlich für das Projekt, das Jürgen ihr eingeflüstert hatte, nur der Zaster, ja, der musste von Oskar kommen, der Blöde war wieder mal er, zum Reiher mit ihnen allen, sollte sie doch Jürgen heiraten; und zweitens hatte sie ihm einen falschen Plan gezeichnet, ihn nach all den Strapazen wie eine dumme Nuss durchs Gebüsch gejagt, und drittens die Telefonnummer, war das vielleicht eine Freud'sche Handlung, wollte sie ihn loswerden? Und dann musste sie dauernd selbstmordgefährdete Künstler hätscheln, dabei ist spätestens seit Van Gogh klar, dass ohne Selbstmordgedanken kein Künstler mehr Chancen auf den Durchbruch hat, sie sind unverzichtbar, außerdem kam er gegen solche Psychofuzzis nicht an, dafür hatte er zu viele Menschen gesehen, die sich unter den erbärmlichsten Bedingungen ans Leben klammern, großer Gott, was für ein dekadenter Laden war diese Welt ...! Oskars Blick fiel auf die Tachonadel, und er erschrak: hundertdreißig. Seine Wut hatte Gas gegeben. Er zwang sich zur Ruhe und verringerte das Tempo.

Als er in Inca anlangte und sich konzentrierte, um bei all den Verkehrskreiseln nicht die Abfahrt zu verpassen – Autofahren auf Mallorca war wie motorisiertes Ringelreihespielen –, kam er sich noch immer wie ein Idiot vor, nur der Grund hatte gewechselt, denn der Zorn war verflogen, und eine gutmütige Brummigkeit machte sich in ihm breit. Helene, mich so in der Gegend herumzuschicken! Ts, ts. Aber ich bin selber schuld, kenne doch langsam deine Zeichnungen, da fehlt immer eine wichtige Abzweigung. Weißt du, was mir beim Umsteigen in Sydney passiert ist? Dann erzähl ich dir mal ... Oskar lächelte. Sie würde ihn um Verzeihung bitten, ihn umarmen, ihn hätscheln, ihn verwöhnen. Helene, du Wahnsinnsfrau.

Auf der Höhe von Sineu begann er sich für seine inneren Wutausbrüche zu schämen. Er war ja wirklich kein einfacher Partner. Und sie hielt die Stellung, wärmte das Nest, kümmerte sich um all die tausend wenig glorreichen Details, und wann schenkte er ihr schon Anerkennung? Eben, Oskar, Blödmann. Helene, Helenita. Hinter ihm hupte ein alter Lieferwagen. Oskar kontrollierte den Tacho: fünfzig. Mein Gott, was zuckelte er wieder durch die Gegend.

Bei Porreres war er zum Schluss gekommen, dass *er* es war, der sich entschuldigen musste. Er wollte sich bei allen nur noch entschuldigen. Was war er doch für ein Wildschwein! Wie oft hatte er seine kultivierte Helene mit seinen Sprüchen blamiert! Was polterte er, der deutsche Karrierefotograf, durch Mallorca, fand alles zu schnell oder zu langsam, regte sich über zu viel Deutsches oder zu viel Mallorquinisches auf und verpestete die Landschaft mit seinem verdrossenen Gesicht, wenn ab und zu etwas nicht genau so war, wie er es von zu Hause gewohnt war, er, der Weitgereiste! Er war ein Scheusal. Hoffentlich würde Helene ihm verzeihen. Er wollte vor ihr auf die Knie sinken, ihre zarten Hüften umfassen, seine Wange an ihren Unterleib schmiegen, ihren Körper riechen und fühlen, in ihrer hellen Stimme baden, sich in ihrer Zärtlichkeit suhlen ...

Zwei Autos standen vor dem Haus, eines war der Landrover von Jürgen. Na ja, Helene war nicht gern allein in dieser einsamen Finca. Es war früher Nachmittag, die Sommersonne stand noch hoch. Oskar runzelte die Stirn. Das Auf-die-Knie-Sinken würde er verschieben müssen, denn so ein Programm zog er ungern vor Publikum ab. Er stieg aus und schlenderte zum Haupteingang.

»Oskar!«, rief Jürgen und breitete die Arme aus. »Wir haben uns große Sorgen gemacht!«

»Ich habe doch angerufen«, warf Oskar ein.

»Da war es schon halb drei. Oskar!« Jürgen trat auf ihn zu und umarmte ihn. »Wir waren kurz davor, die Polizei zu rufen. Schön, Sie wiederzusehen.«

Jürgen machte auf mediterrane Tuchfühlung. Südländer umarmen einander, küssen einander, haben keine Scheu vor Körperkontakt, also tun gewisse integrationswütige Deutsche es ihnen nach, ohne vorher beobachtet zu haben, wann man diese Full-Contact-Begrüßungen *nicht* vollzieht. Auch Jürgen hatte die entsprechenden Lektionen übersprungen und drückte fast jeden an sich, der ihm im Weg stand.

Zögernd löste sich Oskar aus Jürgens Umklammerung und fragte: »Dürfte ich rein?«

»Heleeene!«, orgelte Jürgen. »Rat mal, wer da ist!«

Von irgendwo tönte ein »Komme schooon.«

Oskar hatte auf einmal das Gefühl, in eine schlechte Fernsehserie geraten zu sein. Helene stürmte ums Eck, verharrte genau dort, wo der Regisseur ein Kreidekreuz auf den Boden gemalt hatte, zog einen Mund und sagte: »Na endlich, du Herumstreuner!«

»Dein mieser Plan«, sagte Oskar und lächelte. Und was für eine miese Inszenierung, hätte er gerne hinzugesetzt, aber letzthin beherrschte er sich und sagte nur noch die Hälfte dessen, was ihm so einfiel.

»Die Telefonnummer stimmte fast genau«, sagte Helene und blinzelte. »Aber jemand hat sie mir auf Spanisch durchgegeben, und da ist wohl der Irrtum passiert.«

»Jürgen hat mich vorhin umarmt«, sagte Oskar mit Absicht laut, damit der Nachbar sich unbehaglich fühlte. »Willst du auch mal?«

»Ach, blöder Hund«, sagte Helene und sank in seine Arme.

Sie drückten einander und tasteten einander ab, als wollten sie sehen, ob sie noch komplett waren. »Jürgen, lieber Freund«, rief Oskar. »Müssen Sie nicht den BH-Wert Ihres Pools überprüfen?«

»Das heißt PH-Wert, lieber Freund«, schnurrte Jürgen.

»Der wird ganz anders gemessen«, beharrte Oskar und grinste Helene an.

»Na, dann ...«, sagte Jürgen. Er schien verstanden zu haben, lungerte aber noch ein Weilchen herum, sodass Oskar mit seinem Kniefall warten musste. Aber dann hörte er einen Landrover anspringen und fühlte, wie sich Frieden breitmachte in seiner Seele, seiner Finca, seiner Insel des Glücks. Gemeinsam schritten sie in die Wohn-Ess-Biblioküche mit dem Panoramafenster mit Blick auf den Gemüse- und Kräutergarten, und Oskar ließ sich endlich wie geplant auf die Knie sinken, umfasste Helenes Hüften und schmiegte seine Wange an ihren Unterleib.

»Helene«, sagte er. »Wer zum Teufel ist der Kerl beim Minzebeet?«

Im Gemüsegarten stand ein Mann in Safarigrün und betrachtete die Liebesszene mit ausdruckslosem Gesicht, als habe er für die Show bezahlt.

»Kannst du dich nicht an ihn erinnern?«, fragte Helene sanft, doch in ihrer Stimme schwang Nervosität mit.

Oskar erhob sich und winkte dem Unbekannten zu.

Der erwiderte den Gruß, ging in die Hocke und starrte eine Pflanze an, als wollte er sie hypnotisieren.

»Nein«, sagte Oskar. »Das ist aber nicht dieser ...«

»Warum nicht?«, warf Helene ein und trat einen Schritt zurück. »Dass es ausgerechnet heute sein musste, tut mir Leid, aber ich habe keinen anderen Termin bekommen. Er ist sehr gefragt, weißt du.«

»Unglaublich«, murmelte Oskar.

Friedmund Köller, Partytiger und Pflanzenpsychologe, war im Begriff, ein Beet mit trauriger Minze aufzuheitern.

»Das kann nicht wahr sein.«

»Hättest du es lieber mit Chemie probiert?«, sagte Helene. »Ich fand, es war einen Versuch wert, bevor wir auf konventionelle Methoden zurückgreifen. Du bist doch auch gegen konventionelle Methoden.«

»Helene, ich will nicht wissen, wie viel dieser düngende Blick kostet.« Oskar ließ die Hände sinken. Schlagartig war ihm zum Weinen zu Mute. »Die Minze braucht Schatten, Liebes, das habe ich dir tausendmal gesagt. Und Schatten kommt billiger, wenn man eine schattenspendende Pflanze setzt oder ein Strohdach baut, und ganz extrem teuer, wenn man einen Mann dafür bezahlt, gelegentlich seinen Schatten auf das Beet zu werfen.«

Helene wandte sich ab. Friedmund Köller schaute wieder herein, er hatte einen merkwürdigen Ausdruck im Gesicht. War er etwa von der Minze hypnotisiert worden?

6.

Madeleine lässt eine Bombe platzen, und Oskar sieht Sterne

Mit dem Pflanzenpsychologen Köller hatte Oskar das Spektrum der auf Mallorca herumlaufenden Merkwürdigkeiten nicht ausgereizt, wie er bei einem Abendessen bei Madeleine Zarfou feststellen musste. Eigentlich wollte Oskar nur mal Urlaub von seiner eigenen Finca nehmen, denn die hatte sich in das korporative Hauptquartier des »Mallorca Total Bookshop« verwandelt – eine Wortschöpfung Jürgens – und ließ Entspannung kaum noch zu. Das Sortiment war zu bestellen, die Regale waren noch nicht gekommen, der Papierkram machte Schwierigkeiten, Helene musste alle drei Stunden dringend nach Palma, die Zahlen tanzten, alles drehte sich im Kreis, und Oskar musste sich das meiste, was er sagen wollte, verbeißen, weil Helene, wenn zugegen, sehr nervös war. »Mach mir keine Probleme, sondern biete Lösungen an«, war ihr Credo. Oskars größtes Problem war Jürgen, und da fiel ihm keine Lösung ein, die weder Helenes Gefühle noch das Strafrecht verletzte. Warum war der Herr Nachbar schon wieder auf Geschäftsreise, auf Kosten der »Mallorca Total Bookshop S. L.«? Warum war nicht Helene zur Buchmesse gefahren, obwohl sie es doch war, die das Sortiment zusammenstellte?

Oskar schluckte die Fragen hinunter und sagte sich: Abwarten. Um also der dicken Luft zu Hause zu entgehen, sagte er spontan Ja, als Madeleine Zarfou, die ihre Antennen wieder mal sehr weit ausgefahren hatte, ihn zu einem ihrer berüchtigten Zarfou-Diners einlud. Berüchtigt waren diese Veranstaltungen deshalb, weil sie das Leben der Beteiligten zuverlässig in ein Vorher und Nachher unterteilten, und zwar nie so, wie man es erwartete. Oskar dachte, schlimmer als daheim könnte es momentan nicht sein, und machte sich voller Optimismus auf den Weg nach Costa d'en Blanes, wo Frau Zarfous mediterraner Wohnbunker von einem Südhang ins Meer runterblickte.

»Oskar«, empfing Frau Zarfou ihn und ließ ihre Augenbrauen hüpfen, die rechte, die linke, dann beide zusammen, wie machte sie das nur? »Lange her, seit ich Sie zum letzten Mal in meine Höhle locken konnte!«

Oskar starrte ihr Outfit an. Es war ein beiges Indianerkleid Typ »Pocahontas in Las Vegas«, und es roch nach Naturleder, Pinien, Lagerfeuer und gebeiztem Wildfleisch. Madeleines schlanker Körper war von einer Milliarde Fransen umflattert, und von einem Stirnband stach schräg eine Feder übers Ohr.

»Sie halten also Hühner auf dem Balkon«, sagte Oskar und zeigte auf die Feder. »Wie praktisch. Sie müssen nur aufpassen, dass Ihnen bei dieser spektakulären Hanglage nicht die Eier davonrollen.«

»Ich muss Sie bei Gelegenheit mit dem Architekten zusammenbringen«, sagte Frau Zarfou. »Sie könnten ihn direkt beleidigen und mich dabei aussparen.«

»Was hör ich? Albert Speer lebt noch?«

»Immer dieselben Kalauer«, sagte Frau Zarfou. »Sie kommen ins Alter, in dem man sich wiederholt. Lassen Sie mich Ihren Mund mit ein paar Aperitifhappen stopfen, damit Sie sich nicht lächerlicher machen als unbedingt notwendig. Aber nicht sabbern!«

»Wenn ich verspreche, außerdem keine Brösel zu machen, darf ich dann reinkommen?«, fragte Oskar.

»Verzeihen Sie, Oskar, natürlich«, sagte Frau Zarfou und gab den Weg frei. »Irgendwie vergesse ich immer meine Manieren, wenn Sie vor mir stehen.«

»Das war jetzt aber kein Heiratsantrag?«, fragte Oskar und zuckte zusammen, als Madeleine in schrilles Gelächter ausbrach. »Was ist daran so lustig?«

»Ach!«, fiepte Frau Zarfou und winkte ab. »Ach! Ach! Sie denken also immer noch, ich sei hinter Ihnen her. Mein armer Oskar!«

Oskar blickte verwirrt um sich. »Was heißt hier: armer Oskar? Ich bin ein glücklicher Mensch, verdammt nochmal.«

»Ich würde Ihnen nie widersprechen«, sagte Frau Zarfou. »Selbst wenn es noch so offensichtlich wäre, dass es nicht stimmt.«

Oskar verschränkte die Arme. »Moment mal. Haben wir was miteinander zu bereden?«

Madeleine winkte ihn ins Haus. »Kommen Sie und lassen Sie sich mit ein paar Appetithappen beruhigen.«

»Ich will mich nicht beruhigen«, sagte Oskar und trat ein. »Ich will wissen, was diese Anspielungen sollen. Da ist doch was im Busch!«

»Im Busch!«, jauchzte Frau Zarfou und verschwand in der Küche. »Gehen Sie weiter. Balduin ist schon da.«

»Balduin? Komischer Name für einen Indianerhäuptling.« Oskar spazierte durch den Gang ins zentrale Wohnzimmer des Zarfou-Bunkers, ein Atrium mit Plexiglaskuppeln und einer von Buchregalen eingerahmten Sitzlandschaft, in der ein junger Mann saß, der wirkte, als sei er direkt einem Modekatalog entsprungen: perfekte Figur, männlich-weiche Gesichtszüge und ein Blick ins Uferlose. Still und einsam knabberte er Nüsse aus einem Olivenholznapf. Als er Oskar sah, sprang er auf und legte eine weiche Hand in dessen Rechte.

»Oskar Tschann«, sagte Oskar. »Sehr erfreut.«

»Balduin Schrammer«, sagte Balduin. »Ganz meinerseits. Madeleine hat mir viel von Ihnen erzählt.«

»Dann müssen Sie sich ja innerlich kaputtlachen«, sagte Oskar. »Und man merkt Ihnen nichts an. Ich bewundere Ihre Selbstbeherrschung. Betreiben Sie eine dieser chinesischen Gesundheitstechniken, wo man mit den Bauchmuskeln denkt und dazu asymmetrisch mit den Ohren wackelt?«

Balduin starrte ihn mit großen Augen an. »Ich weiß ehrlich nicht, wovon Sie sprechen.«

»Dann besteht Hoffnung«, sagte Oskar und setzte sich. Madeleine Zarfou kam mit einem riesigen Tablett voller Appetithäppchen in allen Farben. »Wie lecker«, rief Oskar. »Sollen wir für die anderen Gäste was übrig lassen, oder haben Sie noch welche im Kühlschrank?«

»Es gibt keine anderen Gäste«, sagte Frau Zarfou. »Sie müssen sich keine künstliche Zurückhaltung auferlegen.«

»Was?«, blaffte Oskar. »Wir sind nur zu dritt? Nur wir zwei, ganz allein mit Ihnen?«

Madeleine lächelte geheimnisvoll. »›Nur‹ ist nicht das richtige Wort, wenn ich mit den beiden wichtigsten Männern meines Lebens speise.«

Stille senkte sich über die drei. Balduin fixierte den Nüssenapf, und Oskar, der sich gerade ein Eiergurkenbrötchen in den Mund schob, erstarrte. Madeleine machte melodisch »Mm-mm« und entschwebte wieder Richtung Küche.

Oskar legte den Zeigefinger auf Balduin an, und der machte ein erschrockenes Gesicht. »Sie sind im Vorteil, mein Freund«, sagte Oskar. »Sie wissen alles über mich, und ich weiß nichts über Sie.«

»Ich glaube«, erwiderte Balduin mit sanfter Stimme, »Madeleine hat uns gemeinsam eingeladen, um dieses Ungleichgewicht zu beheben.« Er sprach den Namen ihrer Gastgeberin mit französelndem Akzent aus: »Madläääänö«.

»Hm«, mampfte Oskar. »Dann beheben wir mal. Darf ich Sie zum Einstieg fragen, womit Sie sich beruflich beschäftigen?«

»Ich bin Kaufhauskomponist.«

»Verzeihung?«

»Ich bin ... Kaufhauskomponist.« Balduin senkte den Blick.

»Schämen Sie sich dafür?«, fragte Oskar.

»Madeleine hatte Recht, Sie sind sehr direkt.«

»Keineswegs«, erwiderte Oskar. »Denn wäre ich direkt, hätte ich Sie direkt gefragt, warum Sie einer der beiden wichtigsten Männer im Leben dieser Verrückten sind.«

Balduin wirkte betroffen. »Bitte sprechen Sie nicht so über Madeleine.«

»Fettnapfalarm«, sagte Oskar. »Nehmen Sie's mir nicht übel, ich erlaube mir diese Freiheiten nur, weil Madeleine sie gewährt. Unsere Beziehung ist von sadomasochistischen Unterbodenströmungen geprägt. Aber das soll Sie nicht erschrecken. Sprechen wir über Ihren Beruf. Sie komponieren also diese Melodien, die Hausfrauen in Trance versetzen sollen, damit sie sich dumm und dämlich shoppen.«

»Das ist eine furchtbare Weise, es auszudrücken«, sagte Balduin. »Sie scheinen im Übrigen etwas altmodisch zu sein, heutzutage beschäftigen sich nicht nur Frauen mit den Arbeiten des Haushalts.«

»Ach nein«, sagte Oskar. »Und kompliziert das Ihre Arbeit?«

»Natürlich. Das Zielpublikum ist diverser. Und ich schreibe nicht nur für Supermärkte.«

»Sagen Sie mal«, Oskar hob den Zeigefinger. »Das ist Ihre Musik?« Erst jetzt nahm er wahr, dass ein Nebel von Weichei-Jazz durch Zarfous Behausung waberte.

»Das ist seine Musik«, bestätigte Madeleine und setzte sich neben Balduin. »Verzeih, Liebster, dass ich dich mit diesem Monster allein gelassen habe. Hat er dir arg zugesetzt?« Sie griff nach seiner Hand.

»Es geht so«, sagte er und senkte wieder den Kopf.

»Muss ich jetzt raten, was zwischen euch vorgeht?«, fragte Oskar, »oder kommt da eine offizielle Verlautbarung, bevor ich mich endgültig zum Idioten mache.«

Frau Zarfou strahlte Oskar an und sagte: »Balduin und ich werden im November heiraten.«

Oskar blieb der Mund offen stehen. Er zeigte auf Balduin und blaffte: »Zu Allerseelen? Hast du das mit dem armen Kerl schon abgesprochen?«

»Ach, Oskar!« Balduin lachte.

»Sie müssen verzeihen, aber Sie wirkten so überrollt«, sagte Oskar und ließ sich ins Sofa zurückfallen. »Na, das ist ja ein Ding.«

»Das ist es wirklich«, säuselte Madeleine und zwinkerte Oskar zu. »Und ein ordentliches.«

»Aber wirklich, Madläääänö!«, protestierte Balduin und lief rot an.

»Dann«, sagte Oskar und spürte plötzlich einen Kloß in seiner Kehle, »muss ich als Erstes ganz herzlich gratulieren. Haben Sie Champagner eingekühlt?«

»Japanischen Reissekt«, jubilierte Madeleine und erhob sich. »Aus Feng-Shui-gerechtem ökologischen Anbau.«

»Das garantiert einen gesunden Kater«, feixte Oskar und wandte sich an Balduin. »Darf ich Ihnen noch eine Frage zu Ihrem Beruf stellen? Ihre Musik enthemmt ja wirklich, ich kann mich nicht zurückhalten.«

»Nur zu«, sagte Balduin und machte ein Gesicht, als erwartete er, dass Oskar ihm eine Sahnetorte reindrückte.

»Wie gehen Sie vor? Spazieren Sie mit einer Klampfe durch den Supermarkt und lassen sich direkt vom Ambiente inspirieren?«

»Weit weniger romantisch«, sagte Balduin. »Es ist mehr wie eine Wissenschaft. Ich erhalte von meiner Firma ein exaktes Kundenstromprofil, das mir anzeigt, welche Kundentypen in welcher Kaufhausabteilung zu welchen Tageszeiten vorherrschen und welche Artikel gekauft werden. Dann arrangiere ich für die gesamte Öffnungszeit ein präzise darauf abgestimmtes Musikprogramm. Mal muss es stimulieren, mal beruhigen, und je nach Kundenprofil darf man sich auch nicht im Stil vergreifen. Musik bietet ungeahnte Möglichkeiten, die lange vernachlässigt wurden. Zum Beispiel wurde kürzlich entdeckt, dass man unerwünschte Personen wegkomponieren kann.«

»Balduin, Sie sind ja eine Geheimwaffe!« Oskar war fasziniert. Er dachte sofort daran, einen Anti-Jürgen-Choral in Auftrag zu geben. »Wie machen Sie das bloß?«

Balduin schien geschmeichelt. »Ich kann Ihnen keine Details nennen, aber ich kreiere schon mal Musik, die ausschließlich dazu dient, Eingänge von Kaufhäusern zu beschallen, damit bestimmte Individuen sich dort unwohl fühlen.«

»Unglaublich«, sagte Oskar. »Jetzt werden also Komponisten auch noch dafür bezahlt, das Publikum in die Flucht zu schlagen. Sagen Sie ehrlich: Ist das Ihr Traumberuf?«

Balduin verzog den Mund. »Sie sind grausam.«

»Ich habe dich gewaharnt«, sang Frau Zarfou und tanzte mit einer grünblauen Flasche heran, in der es wild blubberte. »Aber jetzt trinken wir auf unser Glück, und Oskar wird sich benehmen.«

»Ah«, sagte Oskar und zeigte auf das Ökogesöff. »Das ist ein Psychopharmakum. Und jetzt legt ihr gleich die beruhigende Platte von der Stoßzeit im Bettwäschedepartement auf, und ich labere nur noch Nettigkeiten. Ein schönes Manipulantenpärchen seid ihr.«

»Wann heiraten Sie eigentlich mal Helene?«, fragte Frau Zarfou und schenkte milchigen Sprudel in Sektgläser ein.

»Das ist ein heikles Thema«, gestand Oskar. »Außerdem überrascht es mich, aus Ihrem Munde ein so konventionelles Wort wie ›Heiraten‹ zu hören. Seit wann sind Sie so wild auf diesen burgeoisen Kram, der Ihnen beim ersten Anlauf nur Schwierigkeiten bereitet hat?«

»Er spielt auf Heinrich an«, erklärte Frau Zarfou dem groß glubschenden Balduin. »Meinen verstorbenen ersten Ehemann. Habe ich dir zu viel versprochen? Oskar ist im Stande, noch beim Glückwunschtrunk alte Leichen aus dem Keller zu holen.« Sie machte ein nachdenkliches Gesicht. »Aber irgendwie scheine ich das zu brauchen.«

Oskar hob sein Glas. »Lernen Sie, Balduin. Dafür hat Madeleine mich eingeladen. Sie braucht ihre monatliche Oskar-Dosis. Gut möglich, dass Sie für mich einspringen müssen.«

»Balduin wäre zu seelischen Grausamkeiten niemals

fähig«, sagte Frau Zarfou. »Wir werden also in Kontakt bleiben müssen.«

»Dabei fällt mir auf«, sagte Oskar zu Balduin, »dass Sie neben mir der erste Mensch sind, der zu Madeleine eine rein private Beziehung unterhält. Sie sind ja kein Frequentant, oder?«

Balduin widersprach nicht, sondern blickte betreten in seinen Nüssenapf.

»Oh Gott«, sagte Oskar und wandte sich an Frau Zarfou. »Wissen Sie, dass so was strafbar ist?«

»Was für ein kleinbürgerlicher Wicht Sie sein können, wenn es darum geht, eine Pointe anzubringen«, sagte Frau Zarfou. »Dabei ist es nur natürlich, wenn eine Zarfou-Lebenstherapie in eine persönliche Beziehung umschlägt, wenn man sich auf allen Linien mit harmonischen Gleichklängen konfrontiert sieht.«

»Logisch«, sagte Oskar. »Bei einem Kaufhauskomponisten.«

»Ich glaube, wir sollten uns jetzt betrinken«, sagte Frau Zarfou. »Ich beginne mich gegen meine Vorsätze zu ärgern.«

Oskar erhob sich mit seinem Glas. »Das wollte ich nicht.« – Frau Zarfou schrie: »HA!« – »Darum möchte ich einen versöhnlichen Toast ausbringen, sonst glaubt diese Frau noch, ich sei eifersüchtig. Balduin, ein kleiner Tipp zum Einstieg: Bieten Sie Madeleine etwas, woran sie sich reiben kann, und denken Sie dabei nicht an Beate Uhse. Allzu viel harmonischer Gleichklang ist der Tod jeder Beziehung.«

»Wollen Sie es nicht mal als Kaufhausphilosoph probieren?«, schnappte Frau Zarfou.

»So, wie Sie das gesagt haben, könnte man meinen, Sie hätten etwas gegen Kaufhäuser«, sagte Oskar. »Was ist, lasst ihr mich alleine rumstehen und mein japanisches Reissprudelglas schwenken, bis mir die Brühe in der Hand explodiert, oder toasten wir jetzt verdammt nochmal?«

Frau Zarfou und Balduin arbeiteten sich aus ihren Sofas heraus.

»Würden Sie nicht dauernd das Gegenteil behaupten«, sagte Balduin mit einem hintersinnigen Lächeln, »dann würde ich glatt meinen, Sie seien eifersüchtig.« Er zwinkerte Frau Zarfou zu, und die zwinkerte zurück.

»Was soll das Gezwinker?«, blaffte Oskar. »Zwei gegen einen, ihr könnt mich heute unter den Tisch zwinkern. Aber ich habe in diesem Haus schon Schlimmeres erlebt. Ich werde nicht kampflos untergehen.« Er hob sein Glas.

»Oskar ist unglücklich«, raunte Frau Zarfou Balduin zu, und der nickte.

»Wollen wir die Zarfou-Analyse verschieben und jetzt endlich diese Samurai-Mutprobe bestehen?« Oskar setzte das Glas an und trank es in einem Zug leer.

Frau Zarfou und Balduin nahmen beide einen kleinen Schluck und beobachteten Oskar mit Interesse. »Na?«, fragte Frau Zarfou. »Wie fühlen Sie sich?«

Oskar stieß auf. »Als hätte ich einen Liter Plutoniumsuppe geschlürft. Ich sage diesem Getränk eine große Zukunft voraus. Wollen Sie es in Spanien vertreiben, Madeleine?«

»Ich bin keine Händlerin«, sagte Frau Zarfou und schenkte Oskar nach. »Nur zu, enthemmen Sie sich, und bringen wir's hinter uns.«

»Sind Sie unglücklich?«, fragte Balduin.

»Die Frage steht Ihnen nicht zu«, erwiderte Oskar. »Überhaupt habe ich das Gefühl, falsch interpretiert zu werden. So, wie ich jetzt bin, bin ich immer, auch wenn ich vor Glück berste. Fragen Sie Madeleine, die kann es Ihnen bestätigen.«

»Madeleine kümmert sich um die Vorspeise«, sagte Frau Zarfou und flüsterte Balduin zu: »Wenn Oskar übertreibt, schrei nach mir.«

»Schreien Sie jetzt«, sagte Oskar. »Meine bloße Anwesenheit ist eine Übertreibung.«

»Darf ich Ihnen eine ernst gemeinte Frage stellen?«, sagte Balduin und setzte sich wieder zu seinem Nüssenapf. »Eine Frage, die ich nur ungern in Anwesenheit Madeleines formulieren würde.«

Auch Oskar setzte sich und ließ seinen Blick abwesend über die Appetithappen schweifen. »Fragen Sie, Balduin. Der Reissprudel hat mich zu einem lächelnden Japaner gemacht, den nichts mehr aus der Fassung bringt.«

»Oskar«, sagte Balduin und blickte seinem Gegenüber ins Gesicht. »Ich fühle mich ein wenig unwohl beim Gedanken, zwischen zwei Menschen dreinzufunken, die möglicherweise Gefühle füreinander hegen, die sie ...«

Oskar schob sich ein Biotomaten-Schafskäse-Brötchen in den Mund, rieb sich die Hände und sagte: »Die sie was?«

Balduin mischte mit dem Zeigefinger die Nüsse durch und setzte hinzu: »Gefühle, die sie einander vielleicht noch nicht gestanden haben.«

Oskar warf Balduin einen tiefen Blick zu. »Das beunruhigt Sie?«

Balduin nickte.

»Sie haben tatsächlich das Gefühl, Madeleine und ich hätten einen gehemmten Umgang miteinander?«

Balduin zuckte die Achseln. »Mir kommt es vor, da ist viel Theater dabei, das mehr verschleiert als offenbart.«

»Dafür, dass wir einander gerade ein paar Minuten kennen, schürfen Sie ja kilometerweit in die Tiefe«, sagte Oskar. »Aber dieses Bergwerk hat Ihnen vermutlich Madeleine gegraben, und dazu sage ich nur eines: Wer immer sich da reinwagt, ist so gut wie verloren. Glücklich, aber verloren.«

»Das ist Ihre ehrliche Meinung?«

»Ich habe keinen Grund, meine ehrliche Meinung vor Ihnen geheim zu halten. Ich mag Madeleine. Aber ich lebe, nebenbei erwähnt, in einer glücklichen Beziehung mit einer wundervollen Frau, die nur gerade eine schwierige Phase durchmacht. Jeder macht mal schwierige Phasen durch. Das ist normal. Ein guter Partner hält das nicht nur aus, sondern leistet Unterstützung wie ein Freund.« Klingt gut, dachte Oskar. Vielleicht sollte er es konsequenter in die Tat umsetzen.

Balduin lächelte ihn an. »Erzählen Sie mir doch bitte von Ihrer Gefährtin.«

Oskar lächelte Balduin an. »Nein. Erzählen Sie mir zuerst, wie Sie Madeleine ins Netz gegangen sind.«

»Warum bestehen Sie darauf, mich als willenloses Opfer darzustellen?«, protestierte Balduin.

»Alle Männer sind willenlose Opfer«, sagte Oskar. »Männer sind wie U-Boote. Sie kurven durch die Ozeane und fahren ihre Rohre aus und schießen Torpedos ab, doch eines Tages ist es vorbei damit, und sie liegen im Trockendock und fahren ihre Röhrchen nur noch aus, wenn sie dürfen. Können Sie mir folgen?« Er hob sein Glas und nahm einen Schluck.

»Das klingt mehr nach einem frustrierten Weiberhelden«, sagte Balduin. »So hätte ich Sie gar nicht eingeschätzt.«

»Gemach, gemach«, winkte Oskar ab. »Sie dürfen

mein Machogesocks nicht für bare Münze nehmen, ich will Sie nur aus der Reserve locken und Ihre Empfindlichkeiten abklopfen. Das habe ich übrigens von Madeleine gelernt. Sie nennt es Lebenstherapie, ich nenne es rüdes Anquatschen. Alles eine Frage der Etikettierung, wie Sie sehen, aber Madeleine war da schon immer geschickter als ich.«

»Auberginenmousse mit Pinienkernen und Gartengrün«, jodelte Madeleine. »Zu Tisch, die Herren, und nehmt eure Gläser mit.«

»Darf Balduin eigentlich noch essen, was er will?«, dröhnte Oskar und erhob sich. »Oder haben Sie ihn schon auf die Zarfou-Linie zurechtgebügelt?«

»Ich muss jetzt energisch protestieren«, protestierte Balduin ohne rechte Energie und trippelte hinter Oskar her. »Madeleine ist doch keine Domina.«

»Lass nur, Liebster«, sagte Frau Zarfou. »Oskar lässt nur aggressive Wolken ab, die mehr über seinen Zustand aussagen als über unseren. Über Helene hat er nichts erzählen wollen, stimmts?«

Oskar setzte sich an den Tisch und musterte den grünen Haufen vor ihm. »Wenn hier jemand Probleme mit Wolken hat, dann seid ihr das. Madeleine, Sie hätten mir nichts von dieser Sayonarabrause einschenken sollen, ich bin vollkommen enthemmt und kann für meine Worte keine Verantwortung mehr übernehmen.«

»Wenn Sie so enthemmt sind«, sagte Balduin und nestelte eine Serviette in seinen Kragen, »dann erzählen Sie uns doch über Helene.«

»Das kann Madeleine besorgen, sie kennt meine Herzdame.« Oskar rührte mit seinem Löffel die Auberginenmousse um. »Helene macht in Kürze einen Buchladen auf und ist sehr beschäftigt. Sie ist eine moderne Frau.

Logisch, dass so was einen primitiven Affen wie mich aus dem Gleichgewicht bringt.« Er blickte Frau Zarfou und Balduin an, die beide aufmerksam lauschten. »Was ist? Wenn ihr einander wieder zuzwinkern wollt, macht nur.«

»Warum sehen Sie nur überall Verschwörungen?«, sagte Frau Zarfou und zwinkerte Balduin zu.

Oskar stützte den Arm auf. »Liebe Madeleine, wie Sie nach all den Jahren plötzlich einen Traummann aus dem Ärmel zaubern, macht mich einfach stutzig. Das passt nicht zu Ihnen, da kann Balduin noch so sympathisch sein.« Balduin lächelte verlegen. »Gestatten, dass ich eine vorbeugende Eheberatung durchführe?«

»Nur zu«, sagte Frau Zarfou. »Sie haben sich schon auf weniger originelle Weise zum Idioten gemacht.«

»Das gefällt mir«, sagte Oskar. »So langsam kommen wir alle in Schwung. Balduin, ich nehme doch an, dass Sie Ihre Kaufhausliederzyklen in Deutschland komponieren?«

»So ist es«, sagte Balduin, und zu Frau Zarfou: »Köstlich, deine Mousse.«

»Danke, Liebster. Willst du noch Pinienkerne?«

»Lasst mal für 'nen Moment das Harmoniegedusel«, fuhr Oskar dazwischen. »Wie soll das funktionieren? Madeleine hier, Balduin dort, Schmachten per E-Mail? Ich schwöre euch, das haben viele Paare probiert, weil sie dachten, mit Flugzeug, Telefon und Internet sei das alles kein Problem. Nur lassen sich Streicheleinheiten und Spermatozoen, so sehr wir das alle bedauern, derzeit noch nicht in Bytes zerlegen und durchs Glasfaserkabel jagen, nicht mal mit 'ner RSDI-Leitung.«

»Sex ist nicht alles«, sagte Balduin und klang wie ein Pfarrer, weshalb sein folgendes Argument nicht überraschte: »Wenn ich will, kann ich in einem Landhaus auf

Mallorca sitzen und in Deutschland eine Kirchenorgel spielen. Das Einzige, was ich brauche, ist ein Internetanschluss.«

»Und einen Pfarrer, der auf dem Altar sein Mäuschen streichelt«, sagte Oskar. »Und Ihnen mit einem Klick den Einsatz vorgibt. Ich will Sie nicht desillusionieren, aber der Immobilienmarkt quillt über von all den Notverkäufen naiver Lebemänner, die meinten, auf Mallorca könne man leben und werken wie in einem Vorort von Düsseldorf.« Er hob den Löffel und zeigte damit auf Balduin. »Dabei sind Finanzen und Beziehungen den Bach runtergegangen.«

»Ihre Besorgnis ist mir verdächtig«, sagte Frau Zarfou. »Und diese Sozialarbeiterfacette ist mir vollkommen neu. Das passt nicht zu Ihnen. Machen Sie normalerweise nicht auf zynisch und distanziert, oder vollziehen Sie gerade einen Imagewandel?«

»Mein Image ist mir schnurz«, sagte Oskar und baggerte in seiner Auberginenmousse. »Mm. Dafür, wie es aussieht, schmeckt es gar nicht übel.«

»Kommen wir auf Ihre Bedenken bezüglich unseres Ehearrangements zurück«, sagte Frau Zarfou. »Erklären Sie mir nochmal ganz genau, warum unsere Beziehung in die Brüche gehen wird.«

»Distanz«, erklärte Oskar und breitete die Arme aus. »Distanz zwischen Menschen zerstört auf Dauer alles.«

Balduin räusperte sich. »Oskar.«

»Ja, mein Guter?«

»Und Sie und Helene?«

»Und ich und Helene was?«

»Sind Sie als Fotograf nicht dauernd unterwegs, oder hat mich Madeleine da falsch informiert?« Er zwinkerte Madeleine zu.

»So viel Zwinkern ist ungesund«, sagte Oskar, nahm die Flasche mit dem Reissekt und studierte das Etikett. »Davon haben manche Leute einen Lidkrampf gekriegt, und nun kieken sie den Rest ihres Lebens verschwörerisch in die Landschaft und kommen durch keine Zollkontrolle mehr. Und das mit Helene und mir ist ganz was anderes.«

»Das erklären Sie uns mal bitte genau«, sagte Frau Zarfou.

»Sehr einfach. Helene ... äh ... lernte mich schon als unterwegsen Menschen kennen.«

»Unterwegsen?«, gluckste Balduin.

»Oder wie man da sagt.« Nun war es Oskar, der die Blicke der beiden mied. Unschlüssig stocherte er in der Mousse herum. »Die Frage ist: Gibt es eine Alternative? In meinem Fall gehört Abwesenheit zum Beruf. Bei Ihnen ist genau das Gegenteil der Fall. Sie komponieren im eigenen Studio, wie ich vermute. Sie sind also zu Hause, und Madeleine ist weit, weit weg. Und Ihre Kompositionen werden immer trauriger, die Kunden beginnen zu flennen, und die Direktoren kriegen einen Schreikrampf, weil alle nur noch Kleenex kaufen und die Gewinnmargen da so niedrig sind. Das ist der ganze Unterschied.«

»Aber wenn Sie weg sind, sind Sie weg«, sagte Frau Zarfou. »Warum Sie weg sind, spielt für den, der zurückbleibt, keine Rolle.«

»Im Gegenteil, Madeleine. Eine Riesenrolle spielt das. Die Frage für den Partner ist doch immer dieselbe: Liebt mich der andere genug, um sein Leben zu ändern, damit er mit mir sein kann? Würde Balduin seinen Kaufhausmusikjob an den Nagel hängen und hier eine neue Existenz aufbauen wollen, um wirklich mit Ihnen zu leben, oder soll das so eine Art Wochenend-Ehe werden? Oder umgekehrt: Würden Sie, Madeleine, auf Mallorca verzichten, um Ihrem Balduin jeden Tag eine politisch korrekte Vollwertgrütze anzurühren? Würden Sie?«

Nun wurde es ganz still am Tisch. Bis Frau Zarfou zu singen begann. »Dadidü, dadada.«

»Bricht jetzt wieder das große Zwinkern aus oder was?«, polterte Oskar.

»Wir beherrschen uns«, sagte Frau Zarfou. »Der Unterschied, mein lieber, lieber Oskar, ist ein ganz anderer.«

»Nämlich, verdammt nochmal, welcher?«

»Ob Sie den richtigen Partner haben. Denn was Sie da postulieren, sind Maximalforderungen. Wenn du mich liebst, stell gefälligst dein Leben auf den Kopf. Mumpitz! Das klingt mehr nach Machtprobe als nach Liebe. Der Gewinner ist immer der weniger Verliebte.« Frau Zarfou lächelte Oskar zu. »Trotzdem süß, was Sie so daherplaudern. Eigentlich sind Sie ein verlorener Romantiker, und himmlisch altmodisch dazu, wissen Sie das?«

»Reicht doch, wenn *Sie* das wissen«, knurrte Oskar. »Balduin, wie wärs, wenn wir zur Abwechslung auf Ihren Empfindlichkeiten herumtrampeln?«

»Wir haben auf Ihnen herumgetrampelt?«, fragte Balduin.

Oskar zeigte auf die Reste seiner Auberginenmousse. »Ich fühle mich ungefähr so wie dieser Vegetalhaufen, der übrigens gut geschmeckt hat. Trotzdem warne ich Sie, Madeleine: Wenns zur Hauptspeise kein blutiges Steak gibt, fahre ich sofort ins nächste Restaurant. Meine Fangzähne brauchen Abrieb.«

Frau Zarfou seufzte. »Manchmal frage ich mich, ob meine masochistische Ader ausreicht, um einen ganzen Abend mit Ihnen durchzustehen.«

»Madeleine«, sagte Balduin und langte nach ihrer Hand.

»Sie brauchen nicht an Madeleine herumzukneten«, sagte Oskar. »Meine alte Freundin weiß genau, dass ich das nicht ernst gemeint habe.«

»Sie Scheusal!«, rief Balduin aus.

»Sehen Sie, wie wir einander näher kommen?«, erwiderte Oskar fröhlich. »Und ich sage Ihnen: Sie sind mir schon jetzt sympathisch. Ein Jammer, dass die Chancen für eure Ehe so schlecht stehen. Ich werde Sie vermissen, Balduin.«

»Madeleine, was ist da wirklich drin?«, fragte Balduin verwundert und studierte nun ebenfalls das Etikett der japanischen Reissektflasche.

»Ich muss in die Küche«, hauchte Madeleine und erhob sich.

»Darf ich Ihnen helfen?«, bot Oskar an.

»Nicht nötig«, erwiderte Madeleine. »Ich hol nur was Stärkeres zum Trinken.«

Hätte Oskar nicht so begeistert dem japanischen Reissekt zugesprochen, er hätte ganz von alleine gemerkt, was an diesem Abend tatsächlich ablief. Doch seine wahren Sorgen drehten sich um ein anderes Thema, womit ihn die Folgen des Zarfou-Diners unvorbereitet ereilen sollten. Balduin – und das wäre schon ein erstes Signal gewesen, das Oskar unbeduselt hätte deuten können – brachte den Fotografen spät nachts zu seiner Finca zurück, wo die beiden einander ewige Freundschaft und den Verzicht auf jegliche Eifersüchteleien bezüglich Frau Zarfou schworen. Als Balduins Wagen in der Nacht verschwunden war, sperrte Oskar die Haustür auf und fand das Bett leer, nur ein Zettel lag darin: *Bin ausgegangen. Wir haben ein Problem. Sprechen wir morgen früh. In Liebe, Helene.*

Obwohl todmüde, blieb Oskar zwei Stunden lang hellwach liegen, bevor ihn endlich ein rotierender Reissekt-schlummer übermannte. Hatten sie ein Problem, weil Helene ausgegangen war, oder war Helene ausgegangen, weil sie ein Problem hatten? Hatte das Problem mit ihrer Beziehung zu tun, hatte er einen Fauxpas begangen, und war das alles so schwer wiegend, dass sie nicht mal eine Andeutung hatte machen wollen?

Die Wahrheit war, wie Oskar bald herausfinden sollte, viel banaler: Ein Zettel reichte nicht aus, um das Problem zu erklären.

7.

Egon bläst zum Angriff, und Oskar lernt das Mittelalter kennen

»Egon war da.«

Oskar rieb sich die Augen. In seinem Kopf knallte ein japanischer Dampfhammer deutsche Gedanken platt. Der Exotenfusel hatte in seinen Blutbahnen einen Karnevalsumzug mit einer Million Feuer speienden Drachen abgehalten.

»Ich sagte, Egon war da.«

Oskar musste geraume Zeit mit offenen Augen dagelegen und im Halbschlaf die Frau betrachtet haben, die im Bett neben ihm lag und beständig Sätze um das Wort »Egon« herumbaute. So, wie sie da lag, fand er sie am hübschesten: ernster Blick aus braunen Augen, zerzauste Frisur, verrutschtes Nachthemd, eine Schulter entblößt. Sie hatte den Kopf aufgestützt, und ihre Stimme verriet Ungeduld, als wartete sie seit langem auf eine Reaktion, die über automatisches Grunzen in ihren Sprechpausen hinausging. Oskar hatte in der Tat das Gefühl, dass sich sein Wachbewusstsein verspätet ins Programm einklinkte, und ein klebriges »Was?« schälte sich aus seinem Mund, der sich anfühlte, als hätte er eine Nacht lang Umzugskartons gekaut.

»Hörst du mir zu? Egon Siegfried Lamberg, mein Ex. Schöne Überraschung, was?«

»Schöne Überraschung«, stimmte Oskar zu. »Haben wir einander schon Guten Morgen gesagt?«

»Guten Morgen«, sagte Helene und tätschelte ihm mechanisch den Kopf.

»Guten Morgen, meine kleine Stadtmaus«, sagte Oskar und gähnte bis hart an die Kiefersperre. »Wollen wir frühstücken, oder muss ich mir zuerst deine Egon-Siegfried-Lamberg-Horrorstory anhören?«

Das Comeback von Egon S. Lamberg in ihrem Leben konnte nichts Gutes bedeuten. Der knallharte Unternehmer und Vater von zwei Kindern, die Helene vor beinahe zwei Jahrzehnten in die Welt gesetzt hatte, war ein Garant für Schwierigkeiten. Nie hatte er verwunden, dass seine Gattin durchgebrannt war. Und nie hatte er verwunden, dass er eine Frau wie Helene an einen Mann wie Oskar verloren hatte. Egon war ein Erfolgstyp, und Erfolgstypen sind schlechte Verlierer.

»Halt dich fest«, sagte Helene. »Er behauptet, wir schulden ihm Geld.«

Oskar hielt sich fest.

»Wie kannst du jetzt an Sex denken?«, schimpfte Helene und befreite sich aus Oskars Umklammerung. »Hast du gehört, was ich gesagt habe? Mein Exgatte hat einen Weg gefunden, uns das Leben zu vermiesen. Und so wie ich ihn kenne, wird er das bis zum Äußersten auskosten.«

»Damit«, sagte Oskar und kroch ihr hinterher, »bleibt uns nur das Vergnügen der Armen.« Er versuchte ihr das Nachthemd vom Körper zu zerren.

Helene schüttelte ihn ab und sprang aus dem Bett. »Ich muss mich duschen. Reden wir unten weiter, wenn du abgekatert hast und zu einem vernünftigen Gespräch fähig bist.«

»War ich nie«, murmelte Oskar unhörbar für Helene

und umarmte an ihrer statt das Kopfkissen. »Das Leben selbst ist unvernünftig, der Weltraum ist eine Irrenanstalt und der Planet Erde die Intensivstation.«

Oskar hielt inne und registrierte, dass sein Kater verflogen war. Der Name Egon S. Lamberg hatte seine ernüchternde Wirkung getan, und das Gewitzel war nur eine Technik, mit aufwallender Panik umzugehen.

Seit Helene Unternehmerin war, gehörte es zum Morgenritual in »Can Tschann«, dass sie mit Bücherlisten, Verlagskatalogen und amtlichen Dokumenten am Küchentisch saß und abwesend verschlang, was Oskar ihr vorsetzte. »Ich vermisse unsere romantischen Endlosfrühstücke«, hatte Oskar eines Morgens angemerkt, und Helene hatte ihn mit müden Unternehmensgründeraugen angesehen und gesagt: »Ich auch, mein Schatz, aber die Ferien sind vorbei.«

Für Oskars Geschmack schenkte Helene den Katalogen zu viel Aufmerksamkeit und Jürgens Herumtreiberei zu wenig. Er argwöhnte, dass sie sich hinter dieser Arbeit verschanzte, um der Realität nicht ins Auge sehen zu müssen. Zum Beispiel, dass Jürgen gerade jetzt, da die Eröffnung des Buchladens näher rückte, immer häufiger die Insel verließ und unerreichbar war. Und zum Beispiel, dass sie nicht mehr so recht zu wissen schien, wie Oskar noch in ihr Leben passte.

An diesem Morgen war der Frühstückstisch frei von Listen und Katalogen und Dokumenten, nur zwei Tassen Kaffee standen darauf, und als Oskar Platz nahm, sah er hinter dem aufsteigenden Kaffeedunst seine frisch geduschte Geliebte im Morgenrock. Sie bemühte sich um einen unerotischen Gesichtsausdruck, weil sie nie begriffen hatte, dass gerade dieses ernste Gesicht mit seiner Intelligenz und seinem Anflug von Besorgnis in Oskar eine Unmenge an Zärtlichkeit weckte. Unter ihrem Morgenrock, der offenbar für Exhibitionisten geschneidert war, weil er sich immer am entscheidenden Ort teilen wollte, schauten ihre schlanken Beine hervor, ihre hübschen Füße, ihre geraden Schenkel, ihre ...

»Vergiss es, Liebling, wir haben etwas sehr Ernstes zu besprechen.«

Er seufzte und hob seinen Blick. Helene verschränkte die Arme und erklärte, als ob das notwendig wäre: »Ich bin heute wirklich nicht in der Stimmung.«

»Also Egon, der alte Spaßverderber«, sagte Oskar, nahm einen Schluck Kaffee und musterte den Tisch. »Haben wir eigentlich kein Gebäck mehr?«

»Lass mich zuerst erzählen«, sagte Helene. »Dann vergeht dir sowieso der Appetit.«

»Im Gegenteil, Goldschatz«, sagte Oskar. »Dein Egon bedeutet Stress, und Stress macht hungrig. Soll ich nicht ein Brot in den Ofen legen?«

Ein Augenblick unheilvoller Stille folgte dieser Bemerkung, dann kreischte Helene, während Oskar sich hinter seiner Tasse duckte: »Lass mich mit deinem Brot in Ruhe! Dein ewiges Feriengetue geht mir auf die Nerven!«

Schon wieder Ferien. »Ewiges Feriengetue?«, erwiderte Oskar leise. »Wenn ich arbeite, habe ich einen Achtzehn-Stunden-Tag. Du könntest mal als Assistentin mitkommen, ich verspreche dir, nach so einem Job bist du zu was anderem als Feriengetue gar nicht mehr fähig.«

»Assistentin!«, stieß Helene hervor. »Natürlich! Assistentin!«

»Ja, Assistentin«, sagte Oskar. »Tut mir furchtbar Leid, dass man in meiner Branche nicht sofort als künstlerischer Direktor anfängt.«

»Ich bin in deinem ganzen Leben nur noch eine Assistentin«, sagte Helene und schniefte.

Oskar blieb der Mund offen stehen. »Liebling, jetzt redest du aber echt Müll. Hast du Fernsehen geguckt, oder wo kommt dieser blöde Satz her?«

Helene stützte den Kopf in beide Hände und starrte auf den Tisch.

»Du bist überspannt«, sagte Oskar. »Erzähl von deinem Egon und wie er uns das Leben schwer machen will, aber mach bitte kein Theater, wenn ich trotzdem hungrig werde und ein Brot in den Ofen lege.«

»Möchtest du mir endlich zuhören«, sagte Helene matt, »und das Brot so lange warten lassen, bis ich fertig bin?«

»Gut. Schieß los.«

Helene seufzte und erzählte: »Gestern Nachmittag kam Egon zu Besuch. Unangekündigt wie immer. Zu Beginn war er richtig freundlich, deshalb wusste ich sofort, dass etwas faul war. Egon ist nur dann freundlich, wenn er was will oder wenn er jemanden so richtig an den Eiern hat.«

Oskar mimte Entsetzen und hielt erschrocken die Hand vor den Mund. Das war nicht Helenes Vokabular. Außerdem erinnerte es ihn an die fantastischen Frühstückseier von den Happy-Hühnern eines Nachbarhofs. Am liebsten hätte er im Kühlschrank nachgesehen, ob noch welche da waren, und einen Topf Wasser aufgestellt, aber nach Helenes Wutanfall traute er sich nicht.

»Und wen hat er nun an den *huevitos*?«, fragte Oskar.

Helene warf ihm einen kalten Blick zu und schob ihm einen zerknitterten Zettel zu. »Dich.«

Oskar warf einen Blick darauf. Es war ein umständlich formulierter Hinweis darauf, dass der frühere Besitzer dieser Finca einem Don Damián Zaforteza eine halbe Million Peseten entweder schuldete oder bereits bezahlt hatte. Oskar kannte das Schriftstück, es hatte sich bei den Papieren befunden, die Edgar ihm »als Kuriositäten ohne Bedeutung« übergeben hatte.

Helene hatte Recht behalten, Brot und Eier rückten in den Hintergrund, Egon Siegfried Lamberg rückte in den Vordergrund, und Oskar rückte unruhig auf seinem Stuhl herum. »Aber wieso mich? Ich war nie mit ihm verheiratet!«

»Er sagte mir nur: ›Auf Mallorca gibts ein Zauberwort, ihr solltet es euch gut merken. Es lautet Alodio. Ihr schuldet mir vier Millionen Peseten, und mit ein wenig Glück nehme ich euch sogar das Haus weg.‹ Dann wieherte er los wie so ein Bösewicht im Film, es war zum Kotzen.«

»Vier Millionen? Klingt doch wie ein perfekter Bluff«, rief Oskar aus. »Glaubst du nicht?«

»Ich kenne Egon.« Helene schlug mit der Handkante auf den Tisch und verfehlte den Kaffeelöffel um Millimeter. »Wenn er so präzise wird, ist das kein Bluff mehr. Wenn er persönlich hier aufkreuzt und mir konkrete Ziffern nennt, hat er mit seinen Anwälten einen wasserdichten Plan ausgeheckt. Er ist uns Meilen voraus, Oskar. Dieser Zettel befand sich unter den Papieren des Hauses, der Text erwähnt die Zahlung eines Alodio. Wir wissen nicht mal, was ein Alodio ist, oder weißt du es vielleicht?« Oskar schüttelte den Kopf. »Ich habe den ganzen Abend versucht, Jürgen zu erreichen, aber er war ...« Helene brach ab und räusperte sich.

»Nicht erreichbar«, ergänzte Oskar hämisch. »Wenn ich dazu jetzt keine Bemerkung mache, liebst du mich dann wieder?«

»Ist ein Männerhirn eigentlich was anderes als ein Penis in Kastanienform?«, fragte Helene.

»Diese Frage würdest du Jürgen nie stellen«, klagte Oskar. »Ich fühle mich diskriminiert, das will ich mal ganz offiziell anmerken.«

»Ich rate dir, der Sache mit dem Alodio auf den Grund zu gehen.« Helene lächelte bitter. »In jedem Fall werden wir demnächst Post von Egon erhalten. Eingeschrieben. Oh, ich vergaß. Er will mit dir sprechen.«

»Ist ja ein richtiger Genießer, dein Egon«, sagte Oskar gereizt. »Will mich schmoren sehen. Den Gefallen tu ich ihm nicht. Er soll sein Briefchen schreiben, und dann werden wir sehen. Und ich werde mich umhören, was es mit dem lächerlichen Zauberwort auf sich hat.«

Helene schob einen Zettel über den Tisch. »Ich geb dir seine Telefonnummer. Vielleicht solltest du doch mit ihm sprechen.«

»Da kommt Ferienstimmung auf«, sagte Oskar. »Und weil wir den Frühstückstisch heute mit Problemen decken: Hat unser lieber Jürgen endlich die Geschäftslizenzen besorgt? Du eröffnest in drei Wochen, viel Zeit bleibt dir nicht.«

»Er hat es mir versprochen«, sagte Helene.

»Miss ihn daran, ja?«, sagte Oskar.

Er hatte Jürgen nur aus dem Ärmel gezogen, um sich bei Helene für die Egon-Story zu rächen, musste Oskar zugestehen. Erwachen mit Sorgenrunzeln, Frühstück mit Nadelstichen. Sie waren ein ganz normales Paar geworden.

»Du bist ein Dummkopf«, sagte Mulet, während er Oskar eine Tasse Kaffee einschenkte. »Ich nehme mal an, du hast dir vom Vorbesitzer kein Alodio-Zertifikat ausstellen lassen.«

Oskar langte nach der Zuckerschale und betastete sie

unschlüssig. Sein Blick fiel auf ein Landschaftsgemälde, in dem ein Reitersmann zwei waschende Frauen ansprach. Penis in Kastanienform. Wo hatte Helene diese Ideen her? Mulets Frage blieb im Raum stehen. Oskar war schlichtweg zu sauer, um sie zu beantworten.

»Ich interpretiere dein Schweigen als laut gebrülltes Ja«, sagte Mulet und bugsierte seinen mächtigen Körper auf ein zartes Stühlchen. Sowie Oskar das Wort »Alodio« ausgesprochen hatte, hatte der Anwalt ihn in seine Kaffeeecke im Wohnzimmer gebeten, den so genannten Krisenwinkel mit nervenberuhigenden Farben und Pflanzen und Gemälden, wo man in aller Ruhe über Lebensbedrohliches sprechen und dabei ein Tässchen Tee trinken konnte. Oskars Leben war bedroht. Nicht sein physisches Leben, doch sein Lebensstil – von einem Ohr zum anderen grinsen und das Mittelmeer genießen – war daran, in die Brüche zu gehen. Und schuld daran war ein Wort, für das er in seiner Vokabelgarage erst einen Abstellplatz finden musste: Alodio.

»Bevor du mein Selbstbewusstsein weiter in Stücke hackst«, sagte Oskar, »könntest du mir vielleicht erklären, was das für eine dämliche mallorquinische Erfindung ist, dieser Alodio.«

»Ganz einfach erklärt«, sagte Mulet, »und ohne auf die damit verbundenen komplizierten legalen Fragen einzugehen, könnte man sagen: Es ist eine Art Abgabe, die beim Verkauf bestimmter Grundstücke von Privaten eingehoben wird.«

»Von Privaten?«

Mulet nickte.

»In meinem Leben habe ich noch nicht von so was gehört«, erwiderte Oskar gereizt. »Ich bin nämlich in einem demokratischen, entfeudalisierten Land aufgewachsen. In meinen Ohren klingt das wie ein Trick, um Ortsfremde übers Ohr zu hauen.«

Mulet machte eine beschwichtigende Geste. »Langsam, Don Oskar, langsam.«

»Schon gut«, sagte Oskar. »Dann frag ich mal ganz langsam, wie ein Privater dazu kommt, eine Abgabe auf den Verkauf eines Besitzes einzuheben, der ihm nicht gehört. Naiv, wie ich nun mal bin, dachte ich immer, Abgaben seien ein Monopol des Staates.«

»Ich habe nur einen Vergleich gezogen, damit du besser verstehst«, sagte Mulet. »Siehst du, wenn die Adeligen, unter denen König Jaime I. 1229 die Insel aufgeteilt hat, später etwas von ihrem Grundbesitz verkauften, behielten sie das lebenslängliche Recht auf eine Abgabe bei jedem Weiterverkauf. Diese Abgabe kann bis zu vier oder fünf Prozent des Kaufpreises betragen. Wir sprechen von einem Überbleibsel aristokratischer Privilegien, das sich bis heute gehalten hat. Nur hier auf den Balearen.«

»Darauf seid ihr auch noch stolz?«

Mulet vollführte eine Geste der Hilflosigkeit. »Ich habe die Gesetze nicht gemacht.«

»Aber du willst mir nicht weismachen, das balearische Recht sei seit 1229 nicht reformiert worden?«, schnappte Oskar.

»Oh, natürlich!«, rief Mulet fröhlich aus. »Etliche Male. Nur den Alodio haben sie nie angetastet. Es sind beileibe nicht nur Inselfremde, die sich mit diesem Problem herumschlagen. Die wichtigste Frage in deinem Fall ist, ob die Bezahlung des Alodios eingefordert wurde und ob diese Forderung erfüllt wurde. Falls nicht und falls weniger als fünf Jahre vergangen sind, womit der Anspruch, sofern nicht eingeklagt, verfällt, sitzt du in der Tinte. Dann nämlich könnte es sein, dass jemand den Alodio für dich bezahlt hat und jetzt Anspruch auf deinen Besitz erhebt.«

»Das ist doch lächerlich!«, rief Oskar aus.

»Vielleicht«, sagte Mulet. »Aber legal durchaus ernst zu nehmen. Für mich ergibt sich folgendes Szenario. Deinem Freund Edgar gehörte die Finca weniger als ein Jahr. Dir seit einem Jahr. Edgar hat beim Kauf der Finca die Verpflichtung des vorhergehenden Besitzers, den Alodio zu bezahlen, übernommen, das aber nie begriffen. Vielleicht hat ihm jemand eingeflüstert, er müsse das nicht ernst nehmen. Gesetz aus dem Mittelalter, adeliger Trottel, eine Geschichte in der Art. Manche adelige Familien kümmern sich nur halbherzig um den Alodio, weil sie selbst nicht so davon überzeugt sind. Irgendwann kam eine Mahnung, die er ebenfalls weglegte. Dann kamst du und übernahmst mit einer Unterschrift alle Schulden Edgars, somit auch die Verpflichtung zur Zahlung des Alodios, nicht nur seines, sondern auch deines. Damit sind wir bei zehn Prozent des Kaufpreises. Oskar, erlaube mir einen guten Rat: Falls du wieder mal ein Haus kaufst, denk dran, ein Alodio-Zertifikat zu verlangen.«

»Besten Dank, aber wenn alles so ist, wie du es sagst, werde ich in den nächsten fünfzig Jahren gar nicht in der Lage sein, ein Haus zu kaufen. Fällt dir für mich eine Lösung ein?«

»Verhandeln«, sagte Mulet. »Das Haus für einen geringeren Betrag zurückkaufen. Manche lassen mit sich reden. Manche haben ein schlechtes Gewissen, so billig und einfach zu einer Immobilie zu kommen.«

»Klar. Schlechtes Gewissen.« Oskar lachte trocken und trommelte mit den Fingern auf den Kaffeetisch. Lamberg und schlechtes Gewissen. Auf jeden Fall musste er mit ihm sprechen. Es würde eine spaßige Verhandlung werden. Lamberg hatte ihn tatsächlich an den *huevitos*.

»Tja«, sagte Oskar, »sieht so aus, als hätte ich auf Mallorca die Wahl, von einem Auto überfahren oder von einem mittelalterlichen Recht enteignet zu werden. Darf ich dich etwas fragen?«

Mulet lächelte. »Nur zu.«

Oskar bleckte die Zähne. »Brauche ich vielleicht ein Anti-Sklaverei-Zertifikat, damit nicht eines Tages ein Landsmann an meine Tür klopft, mir Ketten anlegt und mir mitteilt, ich sei herzlich eingeladen, aber auch gesetzlich dazu verpflichtet, den Rest meines Lebens auf seinem Acker zu arbeiten?«

»Don Oskar.« Mulet wackelte mit dem Kopf. »Warum so zynisch?«

»Ich wollte im Mittelmeer leben«, meckerte Oskar. »Und nicht im Mittelalter.«

Der Anwalt rieb sich die Hände. »Natürlich könnten wir die rechtliche Situation prüfen und den Alodio gegebenenfalls anfechten. Das geht allerdings über den Freundschaftsdienst hinaus, ich müsste Honorar verlangen.« Er zuckte die Achseln. »Tut mir Leid.«

Oskar nickte. »Schon gut. Ich habe zwar keine Lust und schon gar nicht das nötige Geld, mich ausgerechnet mit diesem Lamberg in einen Rechtsstreit einzulassen, aber wenn in seinen Argumenten eine Lücke klafft, würde ich das gerne wissen.«

»Rede mit ihm«, sagte Mulet. »Lass deinen ganzen Charme spielen.«

Oskar beugte sich vor. »Esteban, wenn ich deine Gefühle als Mallorquiner verletzt habe, tut mir das Leid.«

»Du kannst über meine Insel herziehen so viel du willst«, sagte Mulet. »Die meisten meiner Landsleute werden dir in vielen Punkten sogar zustimmen, solange du sie nicht direkt selbst attackierst. Pass nur auf, mit wem du worüber sprichst.«

»Tu ich«, sagte Oskar. »Darum habe ich kein Wort über die Zunft der Anwälte gesagt.«

Was immer er sich für die drei Tage vorgenommen hatte, die ihm auf Mallorca blieben, bevor er wieder auf Reisen ging, es hatte seinen Reiz verloren. Oskar spazierte den Uferboulevard zurück ins Stadtzentrum, um auf andere Gedanken zu kommen. In seiner Tasche befingerte er den Zettel mit Lambergs Telefonnummer, konnte sich aber momentan nicht dazu durchringen, ihn anzurufen. Zuerst musste er sich sammeln. Vielleicht sollte er zu Helenes Buchladen gehen. Jürgen hatte sich endlich gemeldet – eine Tante in Deutschland, die ihm sehr nahe stand, lag im Sterben, erklärte er –, und nun hatten sie ein Treffen im »Mallorca Total Bookshop« verabredet. Vielleicht brauchte Helene Unterstützung. Und Oskar interessierte es ohnehin brennend, mit wie vielen sterbenden Tanten Jürgen seine Abwesenheiten der vergangenen Wochen erklärte.

Wie er durch die Arkaden der Einkaufsstraße Jaime III schlenderte, war ihm plötzlich, als kennte er die Frau, die ihn mit energischem Schritt überholte, eine riesige Damentasche in ihrer Rechten, eine gigantische Einkaufstasche in ihrer Linken. Dunkles Haar, heller Teint, sportliche Schuhe, lässige Gangart. Es war Joana Marqués, die Kinderärztin, in deren Haus bei Pollença er Unterschlupf gefunden hatte.

Oskar beschleunigte, und als er auf gleicher Höhe war, sagte er: »Darf ich mich gratis als Träger anbieten?«

»Uep!«, rief sie aus. »Du hast aus der Wildnis herausgefunden. Wie gehts?«

»Gut, mehr oder weniger. Darf ich?« Er nahm ihr die gigantische Einkaufstasche ab und ging fast in die Knie. »Das wiegt ja. Hast du Zementsäckchen geshoppt?«

»Eine Lampe. Ich komme von meiner Ordination, will nach Hause gehen, da fällt mein Blick zufällig in ein Schaufenster, und da steht sie – die Lampe, die in meine Schlafecke passt und nach der ich seit Jahren suche. Ist die Basis, die so viel wiegt.« Sie lächelte ihn verlegen an. »Dass du mich ausgerechnet nach einem Impulskauf sehen musst!«

»Hast du ein Imageproblem?«, fragte Oskar.

Joana legte den Kopf schräg. »Man wird schnell in die falsche Schublade gesteckt. Wo gehst du hin? Ich wohne bei Santa Eulalia, im alten Stadtkern, da habe ich noch ein schönes Stück Weg vor mir.«

»Da hast du Glück, dass du auf einen kräftigen Sherpa aus Teutonien gestoßen bist. Darf ich dich auf eine Verschnaufpause mit Kaffee einladen?«

»Tut mir Leid, ich habe wenig Zeit. Ich werde zu Hause rasch was essen, und dann muss ich wieder zurück in die Ordination.«

»Darf ich dich zum Essen einladen?«

»Das ist nett von dir, aber ich habe was im Kühlschrank, das mir sonst verdirbt.«

»Und hier kennst du keinen allesfressenden Hund, den du damit beglücken könntest.«

»Genau. Wohin bist du unterwegs?«

»Zu Helenes Buchladen.«

»Helene?«

»Meine Lebensgefährtin. Sie macht in ein paar Wochen einen Buchladen auf.«

»Ah.« Joana nickte. Sie gelangten zur Plaza del Rey, wo es über eine breite Allee ins Häusergewirr des ältesten

Teils von Palma ging, hinauf in die Gassen der Oberstadt, von denen einige noch genau so verliefen wie zu römischen Zeiten. »Sie war damals nicht sauer, oder?«

»Nicht im Geringsten.«

»Und warum gehts dir jetzt ›mehr oder weniger‹ und nicht ›gut‹?«

Oskar war überrascht, dass Joana Interesse bekundete. Das spanische »Wie gehts?« war mehr ein Gruß, er hatte darauf zu Beginn nur aus deutscher Gewohnheit mit allen Details geantwortet und immer wieder festgestellt, dass die Spanier auf seine Schilderungen nicht eingingen, ja sogar peinlich berührt schienen, wenn er das »Wie gehts?« zum Anlass eines genauen Lageberichtes nahm.

»Ich hatte gerade einen Termin mit dem Anwalt. Scheinbar hat der Vorbesitzer den Alodio nicht bezahlt, ich habe die Schulden des Vorbesitzers übernommen, und jetzt habe ich die Probleme am Hals. Und ich wusste bisher nicht mal, was ein Alodio ist.«

Joana lachte auf. »Das ist das blödsinnigste Gesetz der Welt, man hätte es schon längst abschaffen sollen. Mein Beileid.«

»Danke.«

»Wo ist Helenes Buchladen?«

»In der Nähe der Plaza España.«

Joana wies auf die Straße, die vor dem Rathaus Richtung Plaza Mayor ging. »Dann gehst du jetzt besser hier entlang. Ich muss da rechts weiter.«

»Ich habe Zeit«, sagte Oskar. »Helene ist am Dekorieren, ich störe dabei nur.«

»Du könntest ihr helfen«, sagte Joana. »Oder bist du einer dieser Männer, die sich absichtlich dämlich anstellen, damit man sie in Ruhe lässt?«

»Zum Donner«, sagte Oskar. »Jetzt habe *ich* ein Imageproblem. Nein, Joana, ich bin von Natur aus ungeschickt, gleiche das aber durch guten Willen und einen soliden Charakter aus. Bin ich aus der Macho-Schublade raus?«

»*Vaya*«, rief Joana aus. »Du hast keine Komplexe.«

»Das Leben ist komplex genug. Ich begleite dich.«

Vorbei an der Barockfassade des Rathauses gingen sie über den Platz vor der Kirche Santa Eulalia und bogen in eine Gasse ein. Oskar bewunderte die Fassaden der alten Herrenhäuser. Gelegentlich konnte man durch ein Gitter einen Patio mit prächtigen Gewölben und Treppenaufgängen sehen. Es war der schönste, der geheimnisvollste Teil der Inselhauptstadt.

Oskar suchte fieberhaft nach einer intelligenten Bemerkung und sagte: »Ich frage mich, worin eigentlich der Fortschritt besteht, wenn der schönste Stadtteil immer auch der älteste ist.«

»Von den Slums bleibt ja nie was übrig«, erwiderte Joana.

Oskar blies die Backen auf. »Bei dir muss man echt aufpassen, was man sagt.«

»Wieso? Wir können doch einfach Meinungen und Eindrücke austauschen.«

»Ja, aber du stocherst in einer offenen Wunde. Du bist nicht die erste Frau, die mir Oberflächlichkeit vorwirft.«

»Das sollte kein Vorwurf sein.« Joana machte eine Pause und fragte dann: »Also Helene wirft dir Oberflächlichkeit vor, hm?«

Was hatte sie wieder mit Helene?, fragte Oskar sich. »Nein«, erwiderte er. »Interessanterweise gehört das nicht zu ihren Themen. Es gibt da eine andere ... äh, das muss ich erklären, eine Freundin, ich meine, nichts Ernstes ...« Warum stammelte er wie ein Idiot, der sich verplappert hat?

»Verstehe«, sagte Joana. »Es soll ja Frauen geben, die einem Mann Oberflächlichkeit vorwerfen, obwohl sie mit ihm keine intime Beziehung unterhalten.«

»Genau ... äh ...«

»Eine Seelenfreundin. Das ist doch schön.« Sie sperrte eine Tür auf, die in einem Tor mit Rundbogen eingebaut war, und trat in einen Patio ein. »Meine Wohnung ist da oben. Schwer zu erreichen, unmöglich zu beheizen, der ganze Charme der Altstadt.«

Oskar stand unschlüssig im Patio und betrachtete eine Palme, die in einem riesigen Topf steckte.

»Bueno.« Joana streckte die Hand nach der Tasche aus. »Vielen Dank, das war wirklich nett.«

Oskar reichte ihr die Tasche und die Hand. »Irgendwann hoffe ich mich revanchieren zu können.«

Joana lächelte. »Schon passiert. Alles Gute!«

Der »Mallorca Total Bookshop« lag in einer heruntergekommenen Gasse namens Calle de la Virgen de la Buena Fuente. Diese war der Spekulations- und Restaurierungswalze, die durch Palma rollte, bisher entgangen. Wann immer Oskar die »Straße der Jungfrau des guten Brunnens« betrat, drang aus einer der Billigwohnungen das Gebrüll einer wüsten Auseinandersetzung, und gelegentlich, wenn der Disput gefährlich wurde, strömten die Polizeikräfte der Innenstadt zusammen, um die Anrainer vor sich selbst zu beschützen. Das Lokal war früher eine Boutique gewesen, dann eine Metzgerei, dann ein vegetarisches Restaurant und zuletzt ein schwarzafrikanischer Friseurladen, der auf Rastazöpfe spezialisiert gewesen war. Das Ambiente, fand Oskar, schrie nicht nach Mallorca-Büchern, eher nach Sozialarbeitern. Dafür war die Miete erschwinglich.

Das Ladenschild zeigte eine typisch mallorquinische Windmühle. Was das mit Büchern zu tun hatte, hatte Oskar sich nie zu fragen getraut. Vielleicht eine Anspielung auf Don Quichote? Drinnen herrschte Chaos. In einer Ecke lag ein Stapel ungeöffneter Buchkartons, Regale waren noch keine montiert, dafür war der Kassatisch auf die erwartete Kundenflut vorbereitet, mit einem billigen Ikea-Tisch, zwei billigen Ikea-Stühlen und einem knallteuren Computer. Versteckt hinter dieser Rechenmaschine der letzten Generation saß Helene, sichtlich bemüht, über die Distanz zu retten, was ihr vom Optimismus des Aufbruchs geblieben war. Vor ihr, auf dem zweiten Ikea-Stuhl, räkelte sich Jürgen Debarcon und vollführte Gesten wie einer, der alles wusste, für den nichts ein Problem war, der die Dinge im Griff hatte.

Oskar beobachtete die Szene durchs Glas der Eingangstür. Jürgen redete und redete, Helene nickte und nickte. Dann flackerte ihr Blick Richtung Eingang, und ihre Augenbrauen gingen mit einem Ruck in die Höhe. Oskar winkte. Seine Traumfrau erhob sich und kam zur Tür, um ihm aufzusperren.

»Störe ich?«, fragte Oskar.

»Klar«, sagte Helene und versetzte ihm einen Knuff. »Immer.«

»Lieber Oskar!«, rief Jürgen und erhob sich. »Schön, dass Sie auch wieder mal auf der Insel sind.«

»Da redet der Richtige«, erwiderte Oskar und blieb am Eingang stehen, damit Jürgen nicht auf die Idee kam, ihn zu umarmen. »Wir haben Ihnen wochenlang hinterhertelefoniert. Wo waren Sie untergetaucht? In Sumatra?«

»Bundesrepublik Deutschland«, tönte Jürgen. »Der Tod einer nahen Angehörigen erforderte meine Anwesenheit, die unmittelbare Familie kam mit dem Papierkram nicht zurecht, und ich musste eine Expedition in den bürokratischen Dschungel unserer Heimat unternehmen. Insofern, mein Guter, könnte man in der Tat sagen: Sumatra.«

»Da wollte ich Ihnen noch mein Beleid aussprechen«, sagte Oskar. »Und entschuldigen Sie, dass ich es nicht früher tat, aber Sie waren einfach nicht zu erreichen.«

Jürgen vollführte eine Geste des Bedauerns. »Sie haben ja Recht. Ich habe mich dafür auch schon bei Helene entschuldigt.« Nun hob er die Hand. »Aber ich war nicht untätig. Der ›Mallorca Total Bookshop‹ verfügt jetzt über das neueste Verwaltungsprogramm für Buchhandlungen, das der Markt bietet. Wir haben es gerade installiert.«

»Aha. Deshalb schaute Helene so verwirrt auf den Bildschirm«, sagte Oskar. »Sagen Sie, verehrter Herr Nachbar, wissen Sie zufällig, was es mit einem Ding namens Alodio auf sich hat?«

Jürgen verzerrte sein Gesicht zu einer theatralischen Maske der Unwissenheit und breitete die Arme aus. »Keine Ahnung. Das Wort kommt mir bekannt vor. Klingt wie der Name eines balearischen Beuteltiers. Stellen Sie meine Kenntnisse in Naturkunde auf die Probe, oder suchen Sie Information?«

Oskar winkte ab. »Beuteltier wäre wundervoll. Nein, Alodio ist ein legaler Begriff. Ich dachte, Sie, der sich so gut auskennt hier, wüssten mehr darüber. Mein Anwalt sagt, das Wort sollte in jedem Immobilienkaufvertrag aufscheinen. Haben Sie denn beim Kauf Ihres Hauses kein Alodio-Zertifikat verlangt?«

»Das ist so lange her«, sagte Jürgen und blickte nun demonstrativ auf die Uhr. »Oh, schon halb drei. Ich muss los.« Er zwinkerte Oskar und Helene zu. »Dann will ich die Turteltauben mal lieber alleine lassen. Helene, wann immer du ein Problem mit diesem Programm hast ...«

»Umgekehrt, verehrter Herr Nachbar«, sagte Oskar. »Wenn das Programm ein Problem mit Helene hat. Wir Menschen sind das Problem. Computerprogramme sind perfekt.«

Jürgen zeigte mit dem Finger auf Oskar. »Sie sind ein Subversiver. Adieu, ihr Lieben.«

»Ihr Lieben«, murmelte Oskar und wandte sich Helene zu, die ihn unbewegt anblickte. »So schnell sind wir ihn noch nie losgeworden.«

»Genau«, sagte Helene. »Ausgerechnet jetzt, wo ich ihn brauche. Du bist hoffentlich nicht stolz auf dich.«

»Nein, aber auf dich.« Oskar wollte sie umarmen, doch ehe er seine Hände aus den Hosentaschen nehmen konnte, hatte sie sich abgewandt. Sie setzte sich wieder an den Computer, fixierte den Bildschirm und schob die Maus herum.

»Hast du noch viel Arbeit, meine kleine Computermaus?«, fragte Oskar.

Helene blickte nicht auf. »Geht so.«

»Kann ich dir etwas helfen?«

»Freundlich mit Jürgen sein.«

»Was soll das? War ich eben nicht ausgesucht freundlich?«

»Du hast ihm nicht mal die Hand gegeben.«

»Ich wollte nur nicht wieder umarmt werden, das widert mich an. Er drückt einen richtig an sich, der hat keine Ahnung, wie Männer sich hier umarmen. Zumal bei dieser Hitze.«

»Du wirst immer einen Grund finden, der gegen Jürgen spricht. Er spürt, dass du ihn nicht ausstehen kannst. Ich hätte noch tausend Fragen mit ihm zu klären gehabt, aber da platzt Oskar Tschann herein, schert sich einen Dreck darum, dass wir mitten in einer Diskussion über eine sehr komplizierte Materie stecken, und wieder ist ein Tag verloren. Danke vielmals, du bist eine echte Hilfe.«

»Moment, Moment«, warf Oskar ein. »Du willst nicht etwa behaupten, ich hätte ihn verjagt?«

Endlich nahm Helene ihren Blick vom Computer, lehnte sich in den Sessel zurück, verschränkte die Hände hinter dem Nacken und sagte: »Das einzige Thema, das dich in Jürgens Anwesenheit wirklich interessiert, ist: Wann zieht der Typ endlich Leine? Glaubst du wirklich, dass einer sensiblen Person so was auf Dauer egal sein kann?«

»Sensibel? Sprechen wir über denselben Mann?«

Helene warf ihre Arme in die Höhe und wandte sich ab. »Ach!«

»Ich möchte nur wissen, was ich diesmal falsch gemacht habe. Hätte ich ihn nicht über den Alodio befragen sollen?«

»Es ist mir egal, was du fragst. Wichtig ist, *wie* du es tust. Warum hast du ihm nicht die Hand gegeben? Er ist extra aufgestanden, und du bleibst wie angewurzelt stehen, steckst die Hände in die Hosentaschen und beginnst zu quasseln, nur um ihn dir vom Leib zu halten.«

»Ich wollte nicht sexuell belästigt werden, und das ist kein Witz.«

»Jürgen hat sich deine Zurückweisung nicht verdient. Und komm mir nicht mit diesem Gewäsch über seine Umarmungen, es gibt wirklich Schlimmeres als Männer, die ihren Gefühlen Ausdruck verleihen.« Helene verschränkte die Arme vor der Brust und schüttelte den Kopf. »Ich weiß einfach nicht weiter mit euch beiden. Als hätten wir nicht genug Probleme. Da.« Sie warf ein Kuvert auf den Tisch. »Das ist heute für dich abgegeben worden.«

Oskar trat an den Tisch und nahm das Kuvert in die Hand, auf dem »Oskar Tschann« geschrieben stand, ohne Adresse, ohne Absender. »Persönlich zugestellt?«

Helene zuckte die Achseln. »Unter der Tür durchgeschoben.«

»Egon?«

»Was weiß ich!«

Nun erst sah Oskar, dass eine Träne Helenes Wange hinunterkullerte.

»Stadtmäuschen«, sagte Oskar und kauerte sich neben ihren Sessel. »Was ist denn? Wegen mir?«

»Wegen allem«, stieß Helene hervor und begann zu schluchzen. Oskar legte seine Hand auf ihre Schulter und sagte: »Und wenn ich dir verspreche, mich ab heute von Jürgen umarmen und von mir aus sogar küssen zu lassen?«

»Blödmann«, erwiderte Helene und lehnte ihren Kopf gegen den seinen. »Es würde schon reichen, wenn du ein bisschen sympathisch zu ihm wärst.«

»Ich würde ihn mit meiner Sympathie förmlich überschütten«, sagte Oskar, »wenn ich das Gefühl hätte, dass er seinen Part in eurem Unternehmen erfüllt. Aber er verschwindet einfach, und du zerkaust dir die Fingernägel. Das macht mich verrückt.«

»Komm, Jürgen war dir noch nie grün.«

»Stimmt, aber er hätte es auf ein akzeptables Hellgrün bringen können, wenn er nicht wochenlang von der Bildfläche verschwunden wäre. Hat er denn alles geregelt, was er versprochen hatte?«

»Er sagte mir, der Papierkram sei in den Händen einer *Gestoría,* da hätte er sowieso nichts machen können, und das würde hier immer länger dauern als erwartet, weil wir im Süden sind.«

»Nie um eine Erklärung verlegen. Gehen wir was essen?«

Helene deutete auf einen Plastiksack auf dem Tisch. »Ich habe mir Sandwiches gekauft. Außerdem habe ich sowieso keinen rechten Hunger.«

»Gut.« Oskar erhob sich und öffnete das Kuvert. »Wenn ich dir helfen kann, sagst du mir Bescheid. In drei Tagen muss ich wieder los. Was zum Teufel ...?«

Er starrte auf ein handbeschriebenes Blatt Papier.

Lieber Oskar,

ich muss dich dringend sprechen. Bitte ruf mich auf mein Handy an und sag auf keinen Fall Madeleine Bescheid. In Freundschaft,

Balduin Schrammer

»Ich habe ein Rendezvous«, sagte Oskar. »Muss telefonieren. Darf ich am Nachmittag nochmal vorbeischauen?«

»Bitte, komm«, sagte Helene. »Aber wenn Jürgen da ist ...«

»Werde ich ihn umarmen, dass die Rippen knacken, das schwöre ich!«

8.

Auch Balduin lässt eine Bombe platzen, und Oskar kriegt fast einen Kuss

»Ich muss dir ein Geheimnis verraten«, sagte Balduin Schrammer. Er saß hinter seinem Kaffee und wirkte angespannt, aber glücklich, fast aufgekratzt. Das Nachmittagslicht floss quer über die alte Seehandelsbörse in das Café und erleuchtete die Fenster, auf die sich der Straßenstaub gesetzt hatte, wie Gardinen.

Oskar war froh, dass Balduin endlich zur Sache kam. Weil es sich um eine wichtige Angelegenheit handeln musste und um Balduin aufzulockern, hatte Oskar zu Beginn Smalltalk gemacht. Der junge Mann hatte sehr nervös gewirkt. Nun sah er schon besser aus. Verstohlen blickte Oskar immer wieder auf die Uhr des Cafés, um immer wieder festzustellen, dass die stehen geblieben war. Komm zur Sache, Kumpel, dachte er. Heute wollte er noch mit Lamberg sprechen. Lamberg lag ihm im Magen. In drei Tagen würde Oskar die Insel verlassen, bis dahin musste er eine Lösung gefunden haben, die Lamberg befriedigte und ihm selbst nicht wehtat.

Oskar hob die Hände. »Ich werde schweigen wie ein Grab«, floskelte er. Der Smalltalk hatte sich totgefahren, und sie waren noch immer nicht beim Thema. Aber der gute Zuhörer, sagte Oskar sich, hört einfach nur zu, die Sachen kommen ganz von selber auf den Tisch.

Der Moment war offenbar gekommen, denn Balduin schien sich innerlich einen Ruck zu geben. Er räusperte sich und sah plötzlich entschlossen drein.

»Ich habe beschlossen«, sagte er, »eine zeitgenössische Oper zu schreiben.«

Oskar sackte in sich zusammen. »Aha.«

»Du ...«, Balduin suchte nach Worten, »... du hast beim Abendessen mit Madeleine einen wunden Punkt berührt. Madeleine hat dich zurechtgewiesen, aber ich habe darüber nachgedacht und war dir im Nachhinein dankbar. Du hattest nämlich Recht. Es war wirklich nicht der Traum meines Lebens, Musik für Kaufhäuser zu komponieren.«

Oskar bemühte sich, sein Desinteresse zu verbergen. »Soso.«

»Die Menschen neigen dazu, ihre Träume eines Tages zu begraben und sich mit der Realität des Lebens zu arrangieren. Oder mit dem, was man ihnen als solche verkauft. Aber wenn sie Glück haben, treffen sie auf jemanden, der sie an diese Träume erinnert. Manche reagieren darauf gereizt, weil sie damit auch an ihre Kapitulation erinnert werden. Sie fühlen sich als Versager, weil die Kluft zwischen dem, was sie erträumten und was sie tatsächlich erreichten, oft sehr weit ist.«

»Wem erzählst du das«, bekundete Oskar Verständnis. »Ich wollte als Kind Feuerwehrmann werden, und sieh, was aus mir geworden ist.«

»Genau«, erwiderte Balduin entrückt. »Es ist ein schmerzhaftes Erlebnis, gegen das man sich mit Zynismus wappnet. Aber dann gibt es diese magischen Momente, wenn man eine sehr spezielle Person kennen lernt.

Plötzlich erwachen die alten Träume wieder, und Energien werden frei, von denen man nichts ahnte.«

»Interessant.« Oskar unterdrückte ein Gähnen. »Und wovon wird deine Oper handeln?«

Balduin verzog sein Gesicht zu einem spionischen Grinsen und hob den Zeigefinger. »Nun kommen wir zum Punkt.«

»Das ist wundervoll.« Oskar lehnte sich zurück und schielte unter dem Tisch auf seine Armbanduhr. Schon sechs. Er musste unbedingt noch mit Lamberg sprechen, und dann wollte er Helene auf ein Abendessen in der Stadt einladen, um das Ergebnis zu diskutieren, aber auch, weil sie schon lange nicht mehr gemeinsam ausgegangen waren. Helene, spürte er, hungerte nach Abwechslung, nach Aufmerksamkeit. Er musste ihre emotionalen Batterien neu aufladen, bevor er nach Costa Rica flog. Und er musste noch seine Ausrüstung vorbereiten, noch Hotels buchen, noch herausfinden, welche Steckdosen dort verwendet wurden, und dann musste er noch diesen holländischen Vulkanologen kontaktieren, der Oskar herumführen würde.

»Sie handelt von diesem sehr speziellen Menschen, der mir ein neues Leben geschenkt hat.«

Oskar schreckte auf. »Sie? Wer sie?«

»Die Oper. Sie handelt von einer außergewöhnlichen Person, die mir neue Perspektiven eröffnet hat.« Balduin blickte Oskar verträumt an.

»Ah! *Voilà*«, rumpelte der gut gelaunt, weil er dachte, das Gespräch sei endlich in die Zielgerade eingebogen. »Weiß Madeleine schon von ihrem Glück? Ich kann sie mir gut als Opernheldin vorstellen. Eine Psycho-Walküre auf Mallorca, zeitgenössischer gehts gar nicht. Ich möchte schon jetzt Eintrittskarten für die Uraufführung bestellen.« Und Ohrenstöpsel, dachte er.

»Nein«, sagte Balduin. »Die Rede ist nicht von Madeleine.«

Oskar runzelte die Stirn. »Ach nein?«

»Denke nach«, sagte Balduin sanft. »Ein außergewöhnlicher Mann, der mein Leben verändert hat.«

»Mann? Ich dachte Mensch!«

»Oskar«, hauchte Balduin. »Die Rede ist von dir.«

Er war nun wieder nervös, seine Lippen zitterten, und Oskar ahnte, dass sein Leben im Begriff war, noch ein klein wenig komplizierter zu werden. Jetzt wurde auch Oskar nervös. »Ist das nicht ein bisschen überzogen?«, erwiderte er mit forcierter Heiterkeit. »Ich habe bei Madeleine nur ein paar blöde Bemerkungen gemacht.«

»Ach, Oskar«, sagte Balduin und ergriff Oskars Hand. »Warum müssen die wunderbarsten Menschen sich selbst immer so heruntermachen?«

Oskar blickte sich ängstlich um, schluckte schwer und zog seine Hand unter dem Vorwand, nach der Kaffeetasse zu langen, zurück.

»Ich bin verwirrt«, sagte Balduin. »Ich habe mich noch nie so verwirrt gefühlt wie in den Tagen seit Madeleines Abendessen.«

»Vielleicht solltest du dich mit aller Kraft auf deine Oper stürzen«, sagte Oskar. »Arbeit hilft ungemein, wenn man verwirrt ist.« Und nach einem Moment gespannter Stille: »Glaubst du wirklich, dass man eine Oper über einen Fotoreporter schreiben kann? Singen und Fotografieren, das passt doch nicht zusammen. Wie soll das Publikum was hören, wenn der Sänger dauernd eine Kamera vor dem Gesicht hat?«

»Es geht nicht um dich als Fotoreporter«, sagte Balduin. »Es geht um dich als Menschen. Um deinen fotografisch präzisen Blick in die Seelen der anderen, hinter ihre verlogenen Gesichter, mitten hinein in die vergessene Schatztruhe ihrer Träume ...«

»Moment, Moment, Moment«, unterbrach Oskar. »Du kannst natürlich machen, was du willst, vorausgesetzt, du lässt meinen Namen aus dem Spiel ... das tust du doch, oder?«

»Eine Widmung«, hauchte Balduin.

»Mein Freund.« Oskar blickte nun demonstrativ auf seine Uhr. »Ich habe heute noch einen sehr schwierigen Termin, und du möchtest wahrscheinlich auch an deiner Oper arbeiten. Erlaube mir, dich einzuladen.« Er winkte nach der Kellnerin.

Balduin blickte ihn flehend an. »Bitte eine Minute noch.«

»Eine Minute, einverstanden«, sagte Oskar, der es langsam mit der Angst zu tun kriegte. »Gibt es sonst noch was zu bereden?«

»Die Oper war nur die Einleitung«, sagte Balduin.

Ich habe es befürchtet, dachte Oskar.

»Es geht um dich und mich.«

Das holzige Interieur des Cafés begann sich um Oskar zu drehen. Aus dem Lautsprecher harkte eine schmalzige Country-Ballade, und draußen spazierte ein Ehepaar mit einem Kinderwagen vorbei.

»Ich weiß nicht, wie ich es dir sagen soll«, sagte Balduin.

»Du hast fünfzig Sekunden, darüber nachzudenken«, sagte Oskar. »Dann muss ich los.«

»Vielleicht sollten wir ein neues Treffen verabreden«, sagte Balduin. »Damit wir diesen ersten Austausch ein wenig verdauen können. Was meinst du?«

»Ich habe alles verdaut«, log Oskar. »Sag, was du sagen musst, dann sage ich dir, was ich dazu zu sagen habe, und dann sehen wir, ob es noch was zu sagen gibt. Und dann schreibst du deine Fotografenoper und lädst mich zur Uraufführung ein. Wäre das ein guter Plan?«

Balduin war verwundet. »Warum drängst du mich so? Könnten wir nicht ein klein wenig ...«

»Lieber Balduin«, erwiderte Oskar gereizt. »Ich habe einen Typen am Hals, der mir wegen eines Gesetzes aus dem Mittelalter Schwierigkeiten macht. Meine Freundin macht demnächst einen Laden auf und hat die aberwitzigsten Probleme zu lösen. Und in drei Tagen muss ich nach Costa Rica, und ich weiß noch nicht mal, welche Stromspannung die dort haben und wie ich meinen vermaledeiten Elektrokram aufladen kann. Bist du mir sehr böse, wenn ich die kommenden drei Tage nicht rund um deine Oper organisiere?«

Balduin blickte auf die Tischplatte. Seine Schultern hingen schlaff herunter, sein Atem ging schwer. So also muss sich eine Frau fühlen, wenn sie einem Kerl einen Korb gibt, dachte Oskar. Und er hatte immer gedacht, das wäre angenehmer, als selbst den Korb verpasst zu kriegen. Man lernte nie aus.

»Und im Auto?«

»Im Auto was?«, blaffte Oskar.

»Auf der Fahrt nach Felanitx hast du mir das Du angeboten. Und dann hast du mir gesagt, dass du mich liebst. Warum spielst du mit meinen Gefühlen?«

Oskar starrte Balduin mit offenem Mund an. »Ich habe WAS gesagt?«

Balduin blickte auf und blinzelte, seine Augenlider plantschten in literweise Wasser. »Du hast mir gesagt, dass du mich liebst.«

Nie wieder, schwor Oskar innerlich, würde er sich bei Zarfou einen ansaufen.

»Ich war blau«, erklärte er. »Und du hast mich um drei Uhr nachts nach Felanitx gefahren. Das soll jetzt nicht abwertend klingen, aber wer mich um diese Uhrzeit und bei diesem Promillestand quer durch Mallorca chauffiert, sollte so eine Äußerung in ihrem Zusammenhang sehen und keine dramatischen Schlüsse ziehen. Andererseits muss ich zugeben«, er klopfte Balduin aufmunternd auf die Schulter, »dass ich ein wenig sauer bin, dass mir Mutter Natur die Gabe, Männer zu lieben, versagt hat. Du bist nämlich ein gut aussehender und sympathischer Junge, den ich im gegenteiligen Fall vom Abendessen weg entführt hätte, Zarfou verzeihe mir meine schmutzigen Gedanken!«

»Ach, Oskar.«

»Hör auf mit ach Oskar. Und weil wir von Zarfou reden: Selbst wenn ich schwul wäre, hätte ich bei so einer Entführungsaktion ein schlechtes Gewissen. Immerhin wollt ihr ja heiraten. Das kleine Detail darf nicht unter den Tisch fallen.«

»Oskar.«

Balduins Stimme ließ ihn erstarren.

»Ich muss dir noch ein Geheimnis verraten«, sagte Balduin und blickte betreten.

»Potz Blitz«, deklamierte Oskar. »Bei deinem Vorrat kannst du einen Geheimnis-Großhandel aufmachen.«

»Die Heirat mit Zarfou«, nun sah Balduin seinem Gegenüber fest in die Augen, »findet nicht statt.«

Oskar krallte sich an der Tischkante fest. »Bitte sag mir nicht, du hast ihr einen Korb gegeben, weil du mich auf ein dänisches Standesamt schleppen willst!«

»Wir müssten nicht nach Dänemark gehen«, sagte Balduin. »Die Bürgermeisterin von Calvià hat vor kurzem ein schwules Paar getraut. Mallorca ist viel aufgeschlossener, als du denkst.«

»Das ist wundervoll«, sagte Oskar. »Aber was wird aus der armen Madeleine?«

»Arm?«, lachte Balduin. »Das ganze Theater ist ihre Idee. Seit sie merkt, dass es zwischen dir und Helene nicht mehr funktioniert, hat sie sich in den Kopf gesetzt, dich zu erobern.« Er hob die Augenbrauen und die Stimme, als er verriet: »Die Hochzeit ist eine Farce. Sie will dich eifersüchtig machen und zu einer Offenbarung zwingen.«

»Ich krieg den Koffer nicht zu«, stöhnte Oskar. Er schnippte nach der Kellnerin, was er sonst nie tat, und sagte im John-Wayne-Tonfall: »Einen vierfachen Whiskey!«

Die Kellnerin, eine ältere Frau mit Brille, blinzelte ihn an und fragte: »Welcher darf es sein?«

»Der mit den meisten Prozenten.«

»Dürfen es auch zwei Doppelte sein? Einen Vierfachen habe ich noch nie serviert.«

Oskar nickte und winkte die Kellnerin davon.

»Ich mache mir Sorgen um dich«, sagte Balduin. »Ich weiß gar nicht, wie ich noch schlafen soll. Oskar. Siehst du denn gar keine Chance für uns? Ich dachte immer, du wärst so liberal, so frei, so ... so anders.«

Oskar warf Balduin einen müden Blick zu und sagte: »Tu mir einen Riesengefallen und schlag dir aus dem Kopf, das hier wäre eine politische Entscheidung.«

»Das würde ich auch nie behaupten«, erwiderte Balduin. »Trotzdem wirst du verstehen, dass ich deine Zurückweisung nicht als letzte Antwort akzeptieren kann. Machen wir uns nichts vor, bei aller Liberalisierung und Toleranz wäre das keine normale Beziehung, und du siehst dich bestimmt unter Druck gesetzt. Ich habe schon hundertmal erlebt, wie sich das mit der Zeit gelegt hat, und dann waren glückliche Paare, die gerade eben unmöglich schienen, plötzlich eine Realität.«

»Heißt das, du willst mir ab jetzt Blumen schicken?«, knurrte Oskar und stürzte den ersten Doppelten hinunter.

»Deine Bemerkungen tun mir weh, aber ich spüre hinter deiner Aggressivität eine Verunsicherung, die mir Hoffnung macht.« Balduin zwinkerte ihm zu und hob seine Kaffeetasse: »Zum Wohlsein!«

Oskar seufzte tief und spielte mit dem zweiten Whiskeyglas. Dann langte er nach seinem Handy, hielt es in die Höhe und sagte: »Ich habe Lust auf ein anderes Problem bekommen. Darf ich kurz telefonieren?«

»Klar.«

Er kramte nach dem Zettel, auf dem Helene die Telefonnummer ihres Exgatten notiert hatte.

Das Taxi verließ die Stadt, überquerte die Ringautobahn, fuhr an einer Schule vorbei, durch einen Vorort hindurch, dann wurde es grün und golfig, und der Wagen rollte vor einem noblen Gebäude aus, das nach fünf Sternen roch, klang und aussah. Oskar war salopp gekleidet und hatte nach seinem Gespräch mit Balduin leicht einen sitzen, die misstrauischen Blicke des Rezeptionspersonals hielten ihn davon ab, nach dem Café zu fragen, also durchkreuzte er auf eigene Faust den Kasten, der Palma überblickte und in dem Könige und Staatsmänner abgestiegen waren, und nun er. Der Spaziergang verschaffte ihm Gelegenheit, ein wenig auszunüchtern, aber doch nicht genug. Als er das Café sah und an einem Tisch die kantigen Konturen von Egon Siegfried Lamberg sich abzeichneten, hätte er fast einen Kampfschrei ausgestoßen. Showdown, Commander Ripley gegen das Alien, und im Überschwang seiner Whiskey-Seligkeit dachte Oskar: Selbst wenn Lamberg gewann, hatte er verloren, nämlich Helene. Dasselbe alkoholische Neuronendoping jedoch, das ihm in dieser Hinsicht Klarheit verschaffte, erinnerte ihn im selben Augenblick an die Hindernisse, die sich vor ihm auftürmten. Punkt eins: eine Gefährtin, die mehr und mehr ihre eigenen Wege ging und sich von Beginn weg auf die Seite des von ihm gehassten Jürgen geschlagen hatte. Punkt zwei: eine alte Freundin, die einen gutmütigen Homosexuellen zum Werkzeug ihrer Manipulationen machte, damit Oskar sich endlich in sie verliebte, mit dem Ergebnis, dass der Homo sich in ihn verknallte, und Punkt drei: ein Alodio, der mit keiner Engelszunge wegzudiskutieren war. Er konnte nur zuhören und nicken oder den Kopf schütteln, aber zu sagen hatte er nichts.

»Herr Tschann!« Egon Siegfried Lamberg erhob sich. Er trug einen eleganten hellen Sommeranzug und auf seiner Stirn einen Willkommen-auf-Mallorca-Sonnenbrand. Seine angegrauten Haare standen vor Energie im rechten Winkel ab, vermutlich kam er gerade aus der Sauna oder einer esoterischen Energiemassage oder sonst einem Wellnessgesäusel. Vor ihm auf dem Tisch stand ein Whiskey, und Oskar dachte: Genau das.

Sie schüttelten einander die Hand. Lamberg strahlte ihn an, als sei er ein Kumpan, mit dem er mehrere Kriege durchgemacht hatte. Helene hatte Recht: Lamberg konnte so charmant sein, dass man an der eigenen sexuellen Orientierung zu zweifeln begann, aber das, fand Oskar, konnte er Balduin nicht einmal in Gedanken antun.

»Glenfiddich?«, fragte er und zeigte auf das Glas vor Lamberg.

»Apfelsaft«, erwiderte der kokett.

Ein Kellner fegte mit einem Tempo heran, als gälte es, in diesem Moment und an diesem Ort das Klischee der spanischen Gemächlichkeit zu zertrümmern. Oskar fühlte sich eingeschüchtert und sagte ohne nachzudenken: »Einen doppelten Apfelsaft, bitte.«

Es entspann sich eine nervöse Diskussion darum, was das konkret bedeutete, denn offenbar polierten die Effizienzkontrolleure des Luxushotels im Hinterhof ihre Henkersbeile, und der Kellner hatte panische Angst davor, etwas falsch zu machen. Am Ende waren alle durcheinander, und Oskar lehnte sich in seinem Fauteuil zurück und machte ein unbeteiligtes Gesicht. Mal sehen, was der Junge bringen würde.

»Herr Tschann«, sagte Lamberg und grinste, dass ihm die Mundwinkel fast in die Ohren fielen.

»Herr Lamberg«, sagte Oskar und grinste nicht.

»Wie geht es Ihnen?«, fragte Lamberg.

»Ach, ausgezeichnet«, sagte Oskar und beschloss, einen Glenfiddich zu bestellen, sollte ihm dieser Blitzkellner tatsächlich etwas Alkoholfreies anschleppen. Der Nachmittag schrie nach einem Besäufnis, obwohl sich in Oskars Ehrgefühl – eine Abteilung seiner Persönlichkeit, die soeben durch eine Reihe einschneidender Sparmaßnahmen auf ein Minimum reduziert worden war – eine Stimme meldete, die darauf beharrte, dass Alkohol keine Antwort war.

»Halts Maul«, brummte Oskar.

»Wie bitte?« Lambergs Weltrekordgrinsen schmolz auf Regionalliganiveau zusammen.

»Ich antwortete gerade meiner inneren Stimme«, sagte Oskar.

»Faszinierend«, sagte Lamberg. »Das müssen Sie unbedingt Ihrem Psychiater erzählen.«

»Mein Psychiater hat sich längst erschossen«, erwiderte Oskar und beobachtete, wie eine Flasche Coca-Cola vor ihm landete und daneben ein Glas mit einer kunstvoll misshandelten Zitrone und direkt daneben ein kleiner Rechnungszettel, in der Tat viel zu klein für die darauf vermerkte Summe. Der Kellner schenkte ein und entfernte sich mit einer eleganten Kreisbewegung, als hätte er gerade ein chinesisches Akrobatik-Kunststück vollführt. Das mit dem doppelten Apfelsaft war gründlich missverstanden worden.

»Das beruhigt mich«, sagte Lamberg. »Es hätte mein Gewissen belastet, diesem armen Mann zusätzliche Probleme aufzubürden. Aber ich denke, wir sind uns darüber einig, dass Psychiater hauptsächlich etwas für emotionell unbefriedigte Frauen sind. Glauben Sie nicht, Herr Tschann?«

»Ich könnte gar nicht einverstandener sein«, sagte Oskar und hoffte, dass Lamberg sein diskretes Lallen überhörte. Nur nicht anecken, hatte er sich vorgenommen, ganz egal, was für einen Schrott der Alte quatschen mochte. Lamberg musste nur »Alodio« sagen, und Oskar lag winselnd auf dem Boden.

Lamberg nahm einen Schluck Apfelsaft, und Oskar griff nach seiner Coca-Cola und fragte sich, ob er damit nicht besser fuhr. Alkohol konnte gleichermaßen als Zeichen von Schwäche wie von Härte ausgelegt werden. »Sind Sie beruflich oder privat auf Mallorca?«, fragte er höflich, weil ihm nichts anderes einfiel.

»Herr Tschann«, sagte Lamberg, und das milde Lächeln, mit dem er Oskar fixierte, ließ nichts Gutes ahnen. Denn darin waren das Mitleid des Stärkeren abzulesen, die Langeweile des haushoch Überlegenen, der im bevorstehenden Spiel keinen Reiz mehr sah, weil der Ausgang klar war. »Wollen wir uns das Palavern sparen und zum Punkt kommen, denn ganz egal, ob ich beruflich oder privat auf dieser Insel weile, ich möchte in keinem Fall meine Zeit verschwenden.«

Oskar, der trotz seiner Ansäuselung die Abschätzigkeit in Lambergs Worten eisklar mitbekommen hatte, zuckte die Achseln und tat, als ob er ganz locker war, obwohl sich sein Magen und alle umliegenden Organe zusammenkrampften und er sich plötzlich ganz schmal fühlte.

»Ich habe die ausständigen Alodio-Zahlungen für Ihre Finca beglichen, das wissen Sie ja schon«, eröffnete Lamberg. »Und Sie haben, wenn Sie einigermaßen auf Zack sind, bereits eruiert, was das konkret bedeutet, und sich wahrscheinlich in den Arsch gebissen, weil Sie sich nicht früher um dieses Detail gekümmert haben. Gute Anwälte mögen teuer sein, Herr Tschann, aber sie bringen ein Vielfaches ihrer Honorarsumme rein. Ihr Fall ist ein Lehrbeispiel. Aber das nur nebenbei.«

Oskar zuckte wieder die Achseln und dachte: Bringen wir's hinter uns, besaufen kann ich mich nachher immer noch.

»Meinen Anwälten zufolge besteht eine reelle Chance, Ihre Finca zwangsversteigern zu lassen. Sie können sie natürlich zurückkaufen, müssen dabei aber mit einem hartnäckigen Bieter rechnen.« Lamberg lächelte mit gefletschten Zähnen. »Nämlich mit mir.«

Wahrscheinlich war das Ansinnen unrealistisch, und wahrscheinlich freute sich Lamberg schon jetzt auf den Rechtsstreit, der Oskar schlaflose Nächte und ihm selbst viel Spaß bereiten würde. Lamberg liebte Rechtsstreit, vor allem mit kleinen Nummern wie Oskar, die bei jedem Gang zum Anwaltsbüro das Geld nachzählen müssen.

Lamberg schien auf eine Reaktion oder Antwort zu warten. Oskar sagte: »Und?«

»Haha. *Und*«, rief Lamberg aus. »Dieses ›und‹ ist das Thema unserer Zusammenkunft, Herr Tschann. Ich habe nämlich, so unglaublich das in Ihren Ohren klingen mag, nicht das geringste Interesse daran, Ihnen das bestimmt angenehme Leben auf dieser Insel zu versauen.«

»Soso.« Oskar nahm wieder einen Schluck Coca-Cola und leckte sich mit der Zunge die Lippen, damit Lamberg ihm die Angst nicht ansah. Der Typ konnte ihn finanziell zerdrücken wie eine verbummelte Fliege, und im Kopf rechnete Oskar schon mal aus, wie viele Tage er jährlich nur für diesen Widerling würde arbeiten müssen. Zurückschlagen? Dem gewieften, von Eliteanwälten umwimmelten Lamberg eine Falle stellen? Das gabs nur im Film und in billigen Romanen. Solche Aktionen wurden mit Lebensqualität bezahlt, und an der lag ihm zu viel. Deshalb war er hier. Deshalb war er mit Helene zusammen. Deshalb stand er jetzt mit beiden Beinen und bis zu den Kniekehlen im Dreck.

Lamberg musterte Oskar, um die Wirkung seiner Worte abzuwägen. Dann, als er sah, dass Oskar ein willenloses Opfer war und nur auf den nächsten Schlag seines Gegenübers wartete, verzog sich sein Mund zu einem verheißungsvollen Grinsen. »Aber ich habe eine Überraschung für Sie. Ein Angebot, das alle Probleme auf einen Schlag löst. Hier.«

Lamberg knallte eine Ledermappe auf den Tisch.

»Öffnen Sie. Lesen Sie.«

Oskar öffnete die Mappe. Darin lag ein einzelnes Blatt Papier. Rasch überflog er die Zeilen. Als er am Ende angelangt war, blickte er auf und musste sich beherrschen, um nicht ein Schimpfwort zu brüllen, das den Verhandlungen ein schnelles Ende bereitet hätte. Das Blatt war eine notarielle Erklärung, mit der Oskar sich verpflichtete, *»mit sofortiger Wirkung das Zusammenleben mit Helene Lamberg zu beenden und besagter Person Aufenthalte in seinem Wohnsitz, die den Rahmen eines freundschaftlichen Besuches bzw. ein Maximum von drei Stunden übersteigen, zu verbieten sowie jegliche sexuellen Kontakte mit besagter Person einzustellen«*. Für den Fall einer Zuwiderhandlung trotz geleisteter Unterschrift vereinbarten die Unterzeichnenden eine Strafzahlung im doppelten Ausmaß der gegenwärtigen Forderungen. Als Gegenleistung erklärte Lamberg alle finanziellen Forderungen an Oskar für null und nichtig.

Oskar hob die Augenbrauen und blickte Lamberg an. Er hoffte, dass sein Zittern unbemerkt blieb.

»Jetzt können Sie sich in Ziffern ausrechnen«, setzte Lamberg hinzu, »wie viel Sie das Zusammenleben mit Helene kostet. Abgesehen von all den anderen Kosten, die Ihnen meine Exgattin zweifelsohne beschert.«

»Tja«, sagte Oskar.

Lamberg hob fragend die Hände. »Also?«

»Ich würde das gerne mitnehmen.« Oskar nahm das Blatt Papier und wedelte damit. »Darf ich?«

»Natürlich. Aber die Mappe gehört mir.«

Oskar faltete das Papier zusammen und steckte es in die Brusttasche.

»Wie Sie sehen, habe ich bereits unterschrieben«, sagte Lamberg. »Mir ist vollkommen klar, dass Sie so etwas nicht von heute auf morgen entscheiden können. Und um Ihnen Handlungsfreiheit zu lassen, gebe ich Ihnen eine Frist von einem Monat. Sie müssen Helene nicht mal in Kenntnis setzen und können Ihre Beziehung in diesem Zeitraum auf natürliche Weise beenden. In diesem Fall bitte ich Sie nur, mir einen Wink zu geben, damit ich die entsprechende Diskretion walten lasse.«

»Ah. Sie wollen das gar nicht als Mittel benutzen, um Ihre Exgattin zusätzlich zu verbittern?«

»Herr Tschann!«, rief Lamberg aus. »Für wen halten Sie mich?«

Das spreche ich lieber nicht offen aus, dachte Oskar. »Aber wozu dann dieses Manöver? Glauben Sie wirklich, Helene kehrt zu Ihnen zurück?«

Nun zeigte Lamberg erste Anzeichen von Verärgerung. »Kümmern Sie sich um Ihren Part«, schnappte er. »Ich kümmere mich um den meinen. Hier ist ein klares Angebot, alles andere ist Geschwätz.« Er erhob sich und bot Oskar die Hand. »Sagen Sie mir Bescheid. Sie haben einen Monat.«

9.

Oskar lernt etwas über Vulkane und kriegt endlich einen Kuss

Auch Peter Volken, der holländische Vulkanologe, den Oskar in Costa Rica aufsuchte, war schwul, aber ein ganz anderer Typ als Balduin. Volken war um die fünfzig Jahre alt, lebte in einer kleinen Ranch eine Autostunde von San José entfernt und beschäftigte zwei junge Männer als Assistenten und Hausdiener, »aber mit denen habe ich nichts«, versicherte er gleich zum Einstieg.

»Wieso haben?«, gab Oskar sich ahnungslos.

»Ihnen kann ich's sagen: Ich bin schwul.«

»Und ich bin hetero, danke der Nachfrage. Wollen wir auch unsere politischen Ansichten und unsere Hobbys diskutieren?«

»Ich dachte, es schadet nicht, wenn wir das von Anfang an klarstellen«, rechtfertigte Volken sich. »Damit ich Ihnen nicht sinnlos den Hof mache. Verheiratet?«

»Beinahe«, gab Oskar grimmig zurück.

Er hatte Helene noch nichts über Lambergs Angebot erzählt. An jenem Abend waren sie gemeinsam ausgegangen, und Oskar hatte ihr vorgelogen, ihr Ex hätte ihn nur aushorchen wollen. Seither dachte er über seine Heimlichtuerei nach und kam zum Schluss, dass Lambergs »Angebot« zum dümmsten Moment kam.

Sollte ihre Beziehung nämlich tatsächlich auseinander brechen, war er mit der Alodio-Geschichte moralisch ans Kreuz genagelt. Sie konnten mit der Krise auch bis Ablauf der Frist warten, aber dann würde Oskar eventuell die Finca verlieren, auf jeden Fall einen teuren Prozess ausfechten müssen, die Ersparnisse seines Lebens riskieren, und das, obwohl Lambergs Bedingungen ja erfüllt wären. Beide Optionen verursachten ihm Brechreiz. Deshalb wehrte er sich auch nicht, als Volken ihn Abend für Abend zu einem »Nightcap« auf die Veranda seiner Dschungelhütte einlud, in der Oskar Quartier bezog, während der Vulkanologe sich um eine gesalzene Hotelrechnung kümmerte, damit in Oskars Spesenroman kein Kapitel fehlte. Kurz: Sie wurden einander sympathisch, und während der langen Jeeptouren und der abendlichen Whiskey-Sitzungen erzählten sie einander über ihr Leben, Volken über seine Männer und Oskar über Helene. Dabei kam auch die Alodio-Geschichte zur Sprache und Oskars moralisches Dilemma. Zum Thema Dilemma hatte Volken etwas beizutragen, denn dass gerade die Lateinamerikaner so schwulenfeindlich sind, sei angesichts der fantastischen Vulkane, die diese Weltregion zu bieten habe, eine Tragödie für ihn. »Entsetzlich vorsichtig« müsse er sein, denn Machismo sei Homophobie, und Homophobie sei verdeckte Homosexualität, mithin sei ganz Lateinamerika »ein einziger Tuntenstadel, in dem jeder den anderen im Nicht-schwul-Sein übertreffen will«, und dann kommen sie als Immigranten in die USA oder nach Europa und beklagen sich über Intoleranz – »was für ein Volk!«

Aber als Vulkanologe habe er gelernt, sich auf gefährlichem Terrain zu bewegen, die Zeichen zu lesen und sich im richtigen Augenblick aus dem Staub zu machen,

»auch wenn man vom Ascheregen gelegentlich was abkriegt«. In diesem Zusammenhang, sagte Volken, der an diesem Abend für Oskar eine Flasche Import-Edelbrand köpfte, sei ihm schon öfter aufgefallen, wie nützlich ihm der Instinkt des Vulkanologen im alltäglichen Leben sei. »Nehmen wir als Beispiel die Geschichte von diesem Lamberg«, sagte Volken. »Dich hat sie wie ein Blitz aus heiterem Himmel getroffen, aber ich wette meine gesamte Whiskeygalerie: Wenn du die Angelegenheit analysierst, kommst du dahinter, dass der Himmel so heiter nicht war, dass es Warnsignale und Anzeichen gegeben hat, kleine Erdstöße und nach Phosphor stinkende Rülpser wie bei einem Vulkan vor dem Ausbruch. Los, denk darüber nach!«

Oskar, inspiriert von einem Glas Import-Edelbrand, verneinte entschieden und ließ sich auf ein Streitgespräch ein, das bis ins Morgengrauen dauerte und die fotografische Ausbeute des folgenden Tages beeinträchtigte. Allerdings: Noch während Oskar sich ins Bett legte, begannen in seinem Kopf die eigenen Argumente Karussell zu fahren und fielen eines nach dem andern vom Pferd, womit er im Nachhinein Volken Recht geben musste, denn es machte alles keinen Sinn. Warum war Lamberg erst nach einem Jahr auf diese prächtige Erpressungsmöglichkeit gestoßen? Hatten seine Detektive, seine Anwälte versagt? Warum hatte der gehörnte Ehemann nicht schon zugeschlagen, als Helene mit einem Milchgesicht aus Oskars Heimatstadt Maringen die Finca bezogen hatte und die Krise auf ihrem Höhepunkt war?

Etwas war faul an der Geschichte, sie roch nach Verrat, nach schmutzigem Spiel eines unbekannten Mitspielers. Wer sonst außer Lamberg hatte Interesse am Auseinanderbrechen seiner Beziehung mit Helene? Frau Zarfou? Am Ende gar ein vertracktes Manöver Edgars, des nach Deutschland geflohenen Zwischendurch-Liebhabers?

»Ich krieg euch!«, murmelte Oskar ins Dunkel, und der Satz hätte auch den Moskitos gelten können, die am Netz entlangpatrouillierten und darauf warteten, dass er im Schlaf mit einem Stück Hand oder Fuß das Netz berührte und damit auch den Moskitos ihren »Nightcap« besorgte, nach dem die Viecher sternhagelblau durch die zentralamerikanische Nacht sägen würden.

Diesmal war Helene am Flughafen, obwohl Oskar mit dem allerletzten Flug aus Madrid und überdies verspätet in Palma ankam. Dass sie auf die Minute genau das Ausmaß der Verspätung registrierte, nahm Oskar seiner Geliebten nicht übel, sondern führte es auf die allgemeine Besessenheit seiner Landsleute mit Zahlen zurück, die ihm erst auf seinen Reisen bewusst geworden war. Wenn es für einen Mexikaner »wahnsinnig heiß« war, musste der Deutsche wissen, wie viel Grad. Wenn in Kenia ein Berg »irrsinnig hoch« war, wollte der Deutsche das in Meter haben. Und auch ein italienischer Sportwagen war nicht eingeordnet, solange er nicht in PS-Leistung, Beschleunigung, Luftwiderstandswert und Durchschnittsverbrauch zerlegt war.

In der Befürchtung, Helenes Bemerkung über die dreiundfünfzigminütige Verspätung spiegle mehr als die deutsche Leitkultur ihrer Persönlichkeit wider und auch um das gegenseitige Angähnen zu überspielen, feixte Oskar: »Ich bin so müde, dass mein Herz nur noch auf Antrag schlägt. Stell dir vor, du isst nach einem anstrengenden Tag sehr spät zu Abend und um drei Uhr nachts rüttelt dich eine Dame aus dem Schlaf und zwingt dich zum Frühstücken und Dutyfreeshoppen. Ich hätte fast mit meiner Kreditkarte den Kaffee umgerührt.«

So müde konnte Helene gar nicht sein, um hier nicht einzuhaken: »Was hast du gekauft?«

»Für dich.« Er kramte eine riesige Tafel Schokolade aus seinem Handgepäck und überreichte sie ihr.

»Schokolade?«, rief Helene. »Bist du verrückt?«

»Ach so, nein, die ist für mich«, sagte Oskar und nahm ihr die Tafel wieder weg. »*Das* ist für dich.«

Er gab ihr eine kleine Schachtel.

»Ein Radiowecker?« Helene lachte. »Oskar!«

»Für die frisch gebackene Unternehmerin«, erklärte er. »Für die Frau, die früher aufsteht als die anderen. Schau, hundert verschiedene Melodien, da macht das Aufstehen richtig Spaß.«

Wenn er ehrlich war, hatte er im Flugzeug nur deshalb etwas gekauft, weil er in Costa Rica vor lauter Diskutieren und Arbeiten nicht dazu gekommen war, ein originelles Geschenk des Landes zu finden. Das war es, was ihn – neben dem Alodio-Albtraum – während des ganzen Fluges wach gehalten hatte.

Nun lächelte Helene endlich und sagte: »Ich habe zwei Überraschungen für dich. Die eine wartet auf dem Parkplatz, die andere daheim.«

Im Parkgebäude stand ein Renault, dasselbe Modell wie ihr altes Auto, aber knallrot und mit dem Logo des »Mallorca Total Bookshop« auf der Tür. »Mein Firmenauto«, verkündete Helene. »Preisgünstiger Gebrauchtwagen. Jetzt hast du eines für dich allein.«

Oskar war zu müde, um sich zu ärgern, denn er war monatelang gegen die Idee des Zweitwagens angerannt, aber vielleicht hatte sie Recht, vor allem jetzt, wo sie ständig unterwegs war. Er umarmte sie wortlos.

Unterwegs musste Oskar »alle gehabten Abenteuer« erzählen, um Helene am Steuer wach zu halten, aber nach zehn Minuten übernahm Oskar, und nun suchte Helene krampfhaft nach Gesprächsstoff. Zu Hause war alles für ein romantisches Tête-à-Tête vorbereitet, und Oskar stand tapfer ein Glas Wein durch, schlief aber danach im Sitzen ein und schreckte hoch, weil er ein Geräusch hörte und zuerst nicht wusste, wo er überhaupt war, und als er sich endlich orientiert hatte, wähnte er Einbrecher im Haus. Aber es war Helene, die einen Blumentopf niedergerannt hatte, um ihre Überraschung vorzubereiten.

Der Abend verlief nicht, wie Helene ihn sich vorgestellt hatte. Und hätte sie in Oskars Kopf blicken können, hätte sie dort eine riesige Count-down-Uhr entdeckt. Denn auch er hatte eine numerische Besessenheit, ihn interessierte derzeit nur eine Zahl: die der Tage bis zum Ablauf des Alodio-Ultimatums. Weshalb eine riesige Vierzehn zwischen seinen Alltagsgedanken herumschwebte.

Für Oskar wiederum, obwohl umnebelt vom Glück der Heimkehr und der Müdigkeit, hatten Helenes Bemühungen einen sonderbaren Beigeschmack. Alles, worum er in den letzten Monaten hatte kämpfen müssen – Abholung vom Flughafen, traute Zweisamkeit ohne Jürgen in Fleisch und Blut oder als Gespenst – erhielt er nun in geballter Ladung wie ein Sonderangebot im Schlussverkauf. Ein letztes Lächeln des Personals, die teure Ware ist spottbillig zu haben, aber dann rasseln die Rollläden runter, und der Schuppen macht dicht. Oder sah er schon wieder Gespenster? Oder Jürgen?

»Hast du mich erschreckt«, sagte Oskar und klammerte sich am Stuhl fest.

»Ich wollte dir etwas zeigen«, erwiderte Helene und lächelte merkwürdig.

Oskar erhob sich und streckte seine Arme nach oben aus. »Das trifft sich gut, ich will dir auch was zeigen. Ab in die Heia, Baby.« Er trottete Richtung Treppe und zwinkerte Helene vieldeutig zu.

Doch die Angezwinkerte ließ die Schultern sinken. »Ich meine es ernst. Willst du dir nicht die Überraschung ansehen? Ich habe dir etwas gekauft.«

»Oh.« Oskar blieb stehen und versuchte, glücklich zu wirken. Er konnte einen Reflex, auf die Uhr zu schauen, gerade noch unterdrücken. Zwanzig Stunden Reise und allzu viele durchquatschte Nächte mit Peter Volken zerrten sein Wachbewusstsein in einen dunklen, bodenlosen Krater.

»Du musst es sehen, bevor wir uns hinlegen«, sagte Helene. »Ich könnte einfach nicht einschlafen.« Sie nahm Oskar an der Hand und führte ihn rund um den Blumentopf, den auch er fast umgerannt hätte. Das Ding steht falsch, dachte er. Direkt in einer Feng-Shui-Verbotszone. Er müsste das mal mit Madeleine Zarfou besprechen, sie hatte das Haus gestaltet. Zarfou! Mit der hatte er eine ganze Gefügelfarm zu rupfen. Den armen Balduin zwangszuverloben, gegen seine Natur und alles nur zum Schein!

»Gefällt er dir?«

Durch mehrere Jetlag-Schleier zeichneten sich die Umrisse eines unglaublich schicken mediterranen Liegesessels ab.

»Wow«, sagte er ein bisschen zu automatisch und fügte hastig hinzu: »Darf ich das Probesitzen auf morgen verschieben? Ich habe Angst einzuschlafen. Mit solchen Vorfällen sind schon Scheidungsprozesse verloren worden.«

Oskar stockte. Was redete er nur? Der Alodio, der verfluchte Alodio.

Helene blickte ihn erschrocken an, sie sah bestürzend wach aus auf einmal. Konnte sie seine Gedanken lesen? Wollte sie das überhaupt?

»Wo, äh«, plapperte Oskar, »hast du das Ding, ich meine, den Sessel denn her?«

»Ellmann«, sagte sie.

Oskar pfiff durch die Zähne. Ellmann. Die deutsche Industrie-Norm des guten Geschmacks. Fünf Geschäfte auf Mallorca, zwei in Ibiza, voll mit indonesischen Schnitzoriginalien und marokkanischen Keramikmöbeln. Hier kauften die Snobs Lebensstil en gros. Oskar hasste Ellmann. Hatte er ihr das nie gesagt oder zumindest durchblicken lassen?

»Sag schon, gefällt er dir?«

»Klar«, erwiderte Oskar. »Tolle Linien.« Er fuhr mit der Hand das »S« nach, in das er sich täglich würde lümmeln müssen, damit Helene nicht beleidigt war. »Apropos tolle Linien«, fügte er an und strich Helene über den Rücken und tiefer. Das Programm hatte viel versprechend begonnen, dachte er, nun musste er den Schwung ausnutzen, ab morgen würde sie bestimmt wieder die dauergestresste Businessfrau sein. Sie lehnte sich tatsächlich an ihn, es war fast ein Schmiegen, und sie gurrte, ja wirklich, nur aus diesem Gurren filterte Oskar einen Satz heraus, der ihm beschied, dass es heute leider nicht ging. Aus biologischen Gründen, du weißt schon, Oskarchen.

Binnen Sekunden war er mit seinen Gedanken ganz woanders. Schnurstracks waren diese zu Joana geeilt und zu seinem Problem. Wie ein Blitzschlag traf ihn die Erkenntnis, dass er seine mallorquinischen Verbindungen spielen lassen musste, um sich in der Alodio-Affäre Klarheit zu verschaffen. Mulet, Joana, seinetwegen auch

Madeleine Zarfou, obwohl die eine Beutemallorquinerin war, aber Verbindungen hatte sie.

Helene wurde wortkarg, sie spürte, dass Oskar sich mental entfernt hatte, obwohl er plötzlich hellwach war. Möglicherweise interpretierte sie ihn falsch. Denn in seinem Inneren hatte Oskar soeben den Beschluss gefasst, um diese Beziehung und gegen das Ekel Lamberg zu kämpfen. Helene, sagte er sich, war anders. Sie kaufte bei Ellmann, aber das war verzeihlich. Sie mochte Jürgen, aber dafür konnte er sie ebenso wenig ans Kreuz nageln, denn bestimmt hatte auch er Bekannte und Freunde, die sie nicht mochte. Der Unterschied: Sie ließ es sich nicht anmerken. Er war damit weniger erfolgreich. Weil er sich weniger anstrengte.

Sie stiegen gemeinsam die Treppe hoch, beide in Gedanken versunken, beide mit Plänen beschäftigt, zwei Menschen auf der Suche nach dem Glück, obwohl man meinen sollte, sie wären längst am Ziel.

»Wer ist eigentlich dieser Balduin?«, fragte Helene beim Frühstück.

Oskar ließ fast die Kaffeetasse fallen und unterdrückte einen Hustenreiz. »Balduin?«, fragte er mit rauer Stimme und räusperte sich mehrfach.

Helene blickte auf und runzelte die Stirn. Sie hatte ihren Terminkalender neben dem Teller aufgeschlagen und ging zwischen Honigbrot und Milchkaffee ihr heutiges Programm durch. Der »Mallorca Total Bookshop« hätte schon längst eröffnet werden sollen, aber ein paar »administrative Stolpersteinchen« und ein Komplott der Handwerker hatten die Eröffnung um mehrere Wochen verzögert. Oskar verdächtigte Jürgen, an der Verzögerung mitschuldig zu sein. Wie konnte es zum Beispiel passieren, dass eine private Telefongesellschaft Helene mit einer Mordsrechnung verfolgte, die noch von der längst entfleuchten Rastazöpferei stammte?

»Hat mehrmals angerufen«, sagte Helene. »Er fragte ständig, ob du schon zurückgekommen seist. Nachdem ich diesen Balduin nicht kenne, habe ich ihm das Datum deiner Rückkehr verschwiegen. Man muss vorsichtig sein heutzutage, findest du nicht?«

»Ich bin vollkommen einverstanden«, erwiderte Oskar und rieb sein Bauernbrot mit Tomate ein. Er hatte dieses Tomatengerubbel anfangs für bescheuert gehalten, mittlerweile erlitt er Entzugserscheinungen, wenn er nicht sein tägliches *Pa amb Oli* kriegte. Auf Reisen suchte er automatisch nach Brot und Tomaten, und in seinem Gepäck führte er ein Fläschchen kaltgepresstes Olivenöl mit. In irgendeinem Flughafenrestaurant in der Karibik, wo er diskret sein Brötchen voll rubbelte, hatte ihn mal ein katalanischer Tiefseetaucher ohne Vorwarnung umarmt deswegen. Bis heute schmerzten ihn die Rippen, wenn er daran dachte.

»Also wer ist das jetzt?«, beharrte Helene.

»Ein Freund. Ein Bekannter. Madeleines Dunstkreis.«

»Und warum ist er so scharf auf dich?«

Helenes Worte waren ohne Bosheit gewählt, sie meinte das bestimmt nur metaphorisch. Trotzdem zuckte Oskar zusammen. »Er, äh, er, äh ...«

»Am Telefon klingt er ausgesprochen nett. Aber du hast mir nie von ihm erzählt.«

»Ich kenne ihn erst seit kurzem. Er, äh ...« Oskar rubbelte und rubbelte.

»Die Tomate ist fertig«, sagte Helene.

»Ja. Richtig.« Er legte die zu Grunde gerubbelte Tomate zur Seite, beträufelte das Brot mit Olivenöl und streute

Salz darüber. Das Ritual hatte etwas Nervenberuhigendes an sich, ähnlich dem Stopfen einer Pfeife. Nur dass seine Hände vor Öl trieften. »Balduin«, sagte er, während er sich die Hände mit einer Serviette reinigte, »ist Komponist, weißt du? Er schreibt gerade eine Oper und sucht Inspiration.«

»Ach!« Helene war ganz Ohr. »Ein Künstler! Und du erzählst mir nichts davon, dass du einen Opernkomponisten kennen gelernt hast! Den musst du mir unbedingt mal vorstellen.«

»Da gibts noch wen anderen, den ich dir vorstellen möchte«, sagte Oskar, einer Eingebung folgend. »Diese Mallorquinerin, bei der ich damals Unterschlupf gefunden habe. Sie ist Kinderärztin. Nette Frau. Ich möchte sie bitten, sich wegen des Alodios umzuhören.« Und vielleicht brauchen wir ja mal eine Kinderärztin, hätte er beinahe hinzugefügt, bevor er den Wahnsinn dieser Worte begriff. Helene hatte dieses Kapitel abgeschlossen. Er hatte es nie aufgeschlagen.

Helene runzelte die Stirn. »Wie soll uns eine Kinderärztin bei einem rechtlichen Problem helfen?«

»Ich habe nachgedacht«, erklärte Oskar. »An der Geschichte mit dem Alodio ist was faul, und Rechtsangelegenheiten sind keine reine Mathematik. Wir leben auf einer kleinen Insel im Süden, Leute kennen Leute, andere Leute beeinflussen sie, die einen sind mächtig, die anderen sind neu zugereist und haben keine Ahnung – wir sollten nicht naiv sein. Erinnere dich an all die anderen Geschichten mit diesem Haus.«

Helene zuckte die Achseln. »Ich sehe nur meinen Exgatten, der Anwälte um sich schart und einen Weg gefunden hat, uns das Leben zu vergällen. Aber hör dich nur um, schaden kann es nicht.«

Genau das wollte Oskar haben: Grünes Licht für ein Rendezvous mit Joana. Die Count-down-Uhr in seinem Kopf tickte. Er hatte noch dreizehn Tage Zeit, um eine Lösung zu finden. Millionen an einen deutschen Millionär zahlen, sich von Helene trennen oder einen dritten Weg finden. Für diesen dritten Weg wollte er alles tun. Er rief sogar Balduin an, der umgehend ins Auto springen und nach Felanitx rasen zu wollen drohte, weil er über Oskars Motive Illusionen hegte, doch Oskar gelang es, den Komponisten zu bremsen und zu einer Tasse Kaffee in »ihrem Café« an der Lonja zu überreden.

Joana war eine härtere Nuss. Oskar zierte sich lange, aber gab sich dann einen Ruck und bat die junge Ärztin um ein Rendezvous, »um in einer dummen Angelegenheit ihren Rat zu erbitten«. Joana wirkte etwas ratlos, aber die bereits erprobte Hilfsbereitschaft der Mallorquinerin gewann die Oberhand, nachdem Oskar versichert hatte, es sei nichts Medizinisches.

Dreizehn Tage. Wohl oder übel musste er sich auch Madeleine Zarfou vornehmen. Die Frau stand zwar mit beiden Beinen fest in den Wolken, aber sie mochte Oskar, und sie war zuweilen überraschend effizient.

10.

Joana ist nicht bei der Sache, und Jürgen schmiedet Pläne für Oskar

Das Café Ca'n Joan de S'Aigo ist bei deutschen Residenten unter anderem deshalb so beliebt, weil man schon mit dem Auswendigwissen und korrekten Aussprechen des Namens Eindruck schindet. Es gibt das Traditionscafé in einer Seitengasse der Oberstadt, und es gibt den Ableger in einer Seitengasse der Einkaufsmeile Jaime III. Den weniger populären Ableger in der Unterstadt hatte Joana als Treffpunkt vorgeschlagen, weil er ganz in der Nähe ihrer Ordination lag.

Oskar war zu früh dort und konnte unbeobachtet Grimassen schneiden, während er das Interieur betrachtete. Es war so Anti-Ellmann, dass es ihm eigentlich gefallen müsste, aber alles hat seine Grenzen. Das Ca'n Joan de S'Aigo war mit Kubrick-Dekor voll geräumt, roter Plüsch und strenge Geometrie, ein Naturreservat für alte Tanten und subtile Psychodramen, bei denen nur geflüstert und sehr leise in Ohnmacht gefallen wurde, aber das Mandeleis schmeckte angeblich verteufelt gut.

Oskar sank in eines der Sofas und dachte, Joana hatte wohl einen sonderbaren Geschmack. Sie war auch nicht sonderlich pünktlich, aber Joana war Spanierin, und es war Oskar, der etwas von ihr wollte, also ausharren. Die akademische Viertelstunde verstrich, zu Lesen hatte er auch nichts dabei, der Versuch eines Rückblicks auf sein Leben endete mit Schwindelgefühlen, aber die eiskalte Horchata tat gut. Hätte er ein Eis bestellt, es wäre längst zu einer Lache geschmolzen gewesen, als Joana endlich das Café betrat. Oskar hatte sie anders in Erinnerung, fröhlicher, lockerer. Sie wirkte auf einmal streng. Ihr dunkles Haar war auf Latino-Art nach hinten gebunden, ihr schlanker Körper steckte in einem mäßig originellen Hosenanzug, und sie trug Sportschuhe, die weder zum Anzug noch in dieses Lokal passten. Ihre Gesichtszüge wirkten hart, und ihr Erscheinungsbild signalisierte: Ich habe mir keine Mühe gegeben, attraktiv zu wirken, und obwohl Oskar ihr nicht den Hof machte, war er ein wenig enttäuscht, denn er hatte sich Lust auf einen harmlosen Flirt eingestanden und war deswegen den ganzen Tag guter Laune gewesen.

Auch die Begrüßung war kühler, als er sich das vorgestellt hatte, ein Monstrum von Sofa stand dem üblichen Wangenkuss im Weg, also schüttelte er schnell ihre Hand, und sie setzte sich zu ihm an den Tisch und sah als Erstes mal auf die Uhr. Oskar hatte sich eine halbwitzige Bemerkung über ihr Zuspätkommen ausgedacht, hielt aber den Mund.

»Tut mir Leid«, erklärte sie, ohne dass in ihrem Gesicht Schuldgefühle abzulesen gewesen wären. »Manchmal dauert alles länger, als man denkt, und ich kann die Patienten nicht gut nach Hause schicken.«

»Harter Tag?«, fragte Oskar.

Sie musterte ihn, als wollte sie sagen: Was interessiert dich das? Dann schien sie sich einen Ruck zu geben und sagte: »Ja, harter Tag. Nicht härter als die anderen, aber gewiss, harter Tag.« Sie machte ein nachdenkliches Gesicht, als wollte sie etwas hinzusetzen, ließ es aber dann. Gott sei Dank trat in diesem Moment ein Kellner heran, denn Oskar fühlte sich derart aus den Angeln gehoben, dass ihm kein banales Gesprächsthema einfiel, mit dem er das Eis brechen konnte.

Apropos Eis. Mandeleis mit Mandelkuchen, das sei hier gut, er möge es doch probieren, ermunterte ihn Joana mit dem Enthusiasmus einer Reiseführerin, die zum zweimillionsten Mal versuchte, einem dumpfen Touristen etwas Besonderes zu zeigen und an Misserfolg gewöhnt war.

Oskar nickte und hielt seine Augen auf Joana gerichtet, die seinen Blick mied. Nur ein Mineralwasser, bat sie. Der Kellner fegte davon. Oskar verschränkte die Arme und räusperte sich. Joana sah wieder auf die Uhr. »Es tut mir Leid«, sagte sie, »viel Zeit bleibt uns nicht. Ich muss in einer Dreiviertelstunde wieder in der Ordination sein. *Bueno*«, sie lehnte sich vor und klopfte mit den Fingern auf den Tisch. »Worum gehts?«

Sie wirkt zerstreut, dachte Oskar. »Bist du sicher, dass du das wissen möchtest?«, fragte er. »Ich habe den Eindruck, dich in einem ungünstigen Moment erwischt zu haben.«

Joana hob die Hände. »*Nonono.* Aber selbst wenn es so wäre, spielt das keine Rolle. Wir sind erwachsene Menschen, und nicht alles kann günstig sein.«

Nicht einmal in ihre Wortwahl legte sie Sorgfalt, dachte Oskar, enttäuscht von ihrem banalen Gefasel. Nun begann sie vor seinen Augen an ihren Fingernägeln zu knabbern. Dann blickte sie nach dem Kellner, dann auf den Tisch, dann in Oskars Augen. »Was ist das Problem?«

Ganz egal, was mit ihr los war, sie hatte offenbar nicht vor, die Gründe ihrer schlechten Laune mit Oskar zu teilen. War sie vielleicht sitzen gelassen worden? Hatte sie Probleme mit der Steuerbehörde? Lag Papa oder Mama im Sterben? Oskar zuckte innerlich mit den Achseln und beschloss, sein Programm abzuspulen, mehr konnte er nicht tun. »Ich habe dir«, begann er langsam und mit umständlichen Gesten, »als wir uns das letzte Mal begegneten, vom Alodio erzählt. Seither habe ich nachgedacht und bin zum Schluss gekommen, dass etwas faul ist an der Geschichte. Der Mann, der den Alodio bezahlte, ist der Exgatte meiner Lebensgefährtin.« Als er Helene erwähnte, zeigte er mit dem Finger ungefähr Richtung Felanitx und ärgerte sich sofort über die dämliche Geste. »Das ist ein stinkreicher Unternehmer«, fuhr er fort, »der stinksauer auf mich ist, weil er meint, ich hätte ihm seine Hübsche geklaut. Dass Frauen einen eigenen Willen haben und aus eigenem Antrieb eine Beziehung beenden können, ohne dass sich irgendein Tarzan an einer Liane durchs Fenster schwingt, ist für diesen Kerl unvorstellbar. Also hat er seine Anwälte ... sag mal, Joana, willst du nicht etwas Interessanteres bestellen als Wasser?«

Joana schreckte auf und blickte ihn mit großen Augen an. »Wieso?«

»Ich stehle dir deine wertvolle Zeit, ich nehme zum zweiten Mal deine Hilfsbereitschaft in Anspruch, ohne mich fürs erste Mal revanchiert zu haben, ich ... wie soll ich sagen, ich fühle mich irgendwie schäbig. Dass heute nicht dein bester Tag ist, sieht man auch, wenn man keine Psychologie studiert hat. Wie wärs, wenn wir die blöde Alodio-Geschichte beiseite lassen und gemütlich ein Eis essen, und du entspannst dich, und dann lasse ich dich in Ruhe?«

Joana seufzte. »Aber diese ›blöde Alodio-Geschichte‹ ist damit nicht erledigt.«

»Für dich schon«, sagte Oskar. »Ich weiß ja nicht mal, ob du mir helfen kannst, und wenn ich ehrlich bin, kommt mir mein Verhalten auf einmal ziemlich unverschämt vor. Ich ruf dich einfach an und bequatsche dich so lange, bis du Ja sagst. Dabei hätte ich mit einigem Feingefühl merken sollen, dass du ein hart arbeitender Mensch bist, der vielleicht anderes zu tun hat, als die Probleme von zugereisten Deutschen zu lösen, die auch nur deshalb Probleme haben, weil sie sich blöd anstellen, weil sie meinen, Mallorca sei eine sonnige Version von Bayern, und weil sie vor lauter Highlife nicht mitkriegen, dass es auf dieser Insel ganz normale Leute gibt, die täglich um sieben aufstehen und zur Arbeit gehen.«

Endlich huschte ein kurzes Lächeln über ihr Gesicht. »Schön gesagt. Aber ich will dir ja wirklich helfen, deshalb bin ich hergekommen. Du kannst mir glauben, ich habe keine Probleme damit, Nein zu sagen.« Dabei sah sie ihm tief in die Augen. Ausgerechnet bei diesem Satz.

»Einverstanden«, seufzte Oskar. »Mandeleis mit Mandelkuchen?«

Joana blickte ihm noch immer fest in die Augen und sagte: *»No.«*

»Dann willst du allen Ernstes, dass ich dir weiter von den Problemchen dieser merkwürdigen Deutschen erzähle?«

»Ich brenne darauf«, sagte sie ohne Nachdruck und ohne mit der Wimper zu zucken. Sie nimmt mich auf den Arm, dachte Oskar.

»Du hast es so gewollt«, sagte er. »Dieser Lamberg also, Exgatte meiner Lebensgefährtin«, wieder flog der Zeigefinger Richtung Felanitx, er konnte es nicht verhindern, »schickt seine Detektive und Anwälte los. Aber das war vor einem Jahr. Ich bin mir sicher, dass es nicht seine Leute waren, die auf den vergessenen und nicht bezahlten Alodio gestoßen sind. Das sieht mir nach einem Insider-Job aus. Irgendjemand hat dem guten Mann eine Steilvorlage geliefert. Die Frage ist: Gibts da *noch* einen Trick, von dem Lamberg nichts weiß? Irgendeine alte Geschichte mit dem Haus und einem früheren Besitzer? Helene, meine Lebensgefährtin«, diesmal fing er seinen Zeigefinger, der schon wieder Richtung Felanitx unterwegs war, auf halbem Weg ab, »war schon auf dem Gemeindeamt, und dort waren sie zu ihr so freundlich und offen wie die Berliner Mauer, Gott hab sie selig. Meine Bitte ist: Könntest du dich umhören? Hast du einen Bekannten oder Verwandten, der mit Alodios zu tun hatte? Ich bin für jeden Hinweis dankbar. Ich bin dir sogar dankbar, wenn du keinen Hinweis findest. Nur fürs Umhören. Fürs Herkommen. All das.« Seine Hand kreiste wie auf der Suche nach Weiterem, wofür er dankbar sein konnte. Er fand, dass er sich wie ein authentischer Trottel aufführte.

Der Kellner brachte Mandeleis und Mandelkuchen und Mineralwasser. Joana nippte an ihrem Glas, und Oskar begann am Eis herumzuschaben und eine psychodelische Skulptur daraus zu machen.

»Das sieht lecker aus«, sagte er. »So, jetzt bist du dran.«

»Ich bin dran?«, fragte Joana erstaunt.

»Klar«, sagte Oskar und probierte das Mandeleis. »Sehr gut. Bist du öfter hier?«

Joana zuckte die Achseln. »Fast nie.« Sie lehnte sich zurück und schien sich ein wenig zu entspannen. »Oskar, womit bin ich dran?«

»Gib mir eine Chance, etwas für dich zu tun. Ich hab ja

schon gemerkt, dass die Mallorquiner panische Angst davor haben, von einem Ausländer eine Gefälligkeit anzunehmen, weil sie sich dann in der Pflicht fühlen, aber man muss das ja nicht übertreiben. Mein Gott, da wird es doch irgendwas geben. Brauchst du nicht ein Passfoto, zum Beispiel?«

Joana lachte trocken auf. »Ich werde doch nicht einen *international renommierten Fotoreporter* bitten, mir ein Passfoto zu machen.«

Oskar fühlte sich verspottet, sagte aber nichts. Er senkte kommentarlos den Kopf und widmete sich dem Eis.

Joana, die mit einer kleinen Pause Platz gemacht hatte für eine Reaktion – warum provozierte sie ihn? – setzte fort: »Da geh ich in einen Automaten, zieh den Vorhang zu, grinse die Optik an und fertig. Was kümmert es mich, ob die Zollbeamten mich hübsch finden?«

»Du bist kein bisschen eitel?«, fragte Oskar, den Kopf noch immer gesenkt.

»Doch, na klar. Aber nicht, was meine Passfotos betrifft. Ich bin eitel in meinem Beruf.«

Ihr Tonfall hatte gewechselt, und Oskar blickte auf. Der spöttische Ausdruck in ihrem Gesicht war verflogen. Plötzlich schien sie wieder bedrückt, nicht bei der Sache. Ein kurzer Moment, ein Blick ins Leere, ein vergessenes Trommeln der Finger auf die Tischplatte, ein rasches Knabbern an einem ihrer Fingernägel, dann der Blick zum Eingang, als erwartete sie noch jemanden.

Oskar war einen Augenblick lang versucht, Joana für das Treffen zu danken und sich zu verabschieden. Die Angelegenheit war besprochen, wozu die Zeit verlieren, wozu seine offenbar lästige Gegenwart weiter ausdehnen? Doch seine Intuition befahl ihm, sitzen zu bleiben und wieder eine Weile den Mund zu halten. Sie war immerhin erschienen, das musste er respektieren. Und etwas in ihrem Verhalten signalisierte ihm Verletztheit. Er verzehrte das Eis und den Kuchen und lobte beides. Sie nippte weiter desinteressiert am Mineralwasser.

»Ich könnte auch das Haus fotografieren«, bot Oskar an.

Joana runzelte die Stirn. »Welches Haus?«

»Das bei Pollença. Sollte deine Familie es verkaufen wollen, rufst du mich an, ich mach ein paar schöne Fotos, und dann verkauft es sich leichter.«

»Oskar, *por Dios,* ich meine das ernst«, sagte Joana leicht genervt. »Du musst nicht krampfhaft nach einer Gefälligkeit suchen, die du mir erweisen kannst. Sind Schuldgefühle eine deutsche Spezialität?«

»Darin sind wir Weltmeister«, gab Oskar zu.

»Warum seid ihr eigentlich so versessen auf Wettbewerb?«, fragte Joana und schien erstmals wirklich interessiert an ihrem Gesprächspartner. »Ich habe das Gefühl, ihr wollt ständig alles besser machen. Daran habe ich nichts auszusetzen, wenn es um Autos oder Kühlschränke geht, aber warum müsst ihr auch lauter lachen und lauter weinen und euch lauter schuldig fühlen als die anderen?«

»Ich verrate dir jetzt ein Geheimnis«, sagte Oskar. »Wenn es um den Ausdruck von Gefühlen geht, haben wir Probleme mit der Dosierung.«

»Ach wirklich?«

Oskar nickte ernst. »Und auch unsere Spontaneität funktioniert nur, wenn sie präzise geplant ist.«

Joana hielt den Kopf schräg und kniff die Augen zusammen und sagte: »Sag mal, und du hast diese Probleme auch?«

»Na klar«, gab Oskar zurück. »Darum bin ich hier. Mallorca ist das weltweit größte Rehabilitationszentrum für emotionell desorientierte Deutsche. Der mediterrane Lebensstil ist als Heilmittel registriert. Darum kommen wir zu tausenden hierher. Und ihr seid, ohne es zu wissen, als Heiler engagiert.«

»Mein Gott!«, rief Joana aus, und ihr entfuhr so was wie ein Lachen.

»Ein wichtiger Teil der Therapie ist der Kontakt mit den Eingeborenen«, sagte Oskar. »Zurück zum urigen Kontakt mit dem Nächsten, du weißt schon. Fröhlichsein, ohne dass dabei unbedingt der Boden zittert. Gelegentlich jemandem sagen, dass man ihn gerne hat, ohne dass dabei tausend Geigen schluchzen.«

»Ich muss zugeben, dass ich von dir immer wieder was Interessantes über eure Rasse erfahre«, sagte Joana.

»Gerechtigkeitssinn. Ganz wichtig«, sagte Oskar. »Wenn ihr also dieses Haus ...«

»Sobald ich vor einer Situation stehe, die ich ohne dich nicht bewältigen kann, greife ich umgehend zum Telefon«, unterbrach Joana ihn, und ihr spöttischer Ton hatte nach den Nadelstichen zu Beginn nun etwas wohltuend Neckisches angenommen. »Darauf kannst du zählen. Mallorquiner haben in ihrem Hirn eine Namensliste eingebaut, die ihnen in jeder Lage sagt, wer aushelfen kann und wer ihnen noch einen Gefallen schuldet. Darum werden Polizisten und Beamte und Politiker als Freunde besonders heftig umworben.«

»In deiner Liste müsste ich ja prominent vertreten sein«, feixte Oskar.

»Generell«, sagte Joana, und ihre Miene drückte das Bedauern eines professionellen Leichenbestatters aus, »haben es Inselfremde schwer, in diese Liste aufgenommen zu werden. Das ist eine Ehre, die man sich erst verdienen muss, denn damit gehört man dazu. Ich spreche jetzt nicht über mich, sondern über meine Landsleute im Allgemeinen.« Joana machte eine Pause. Dann sagte sie mit einer wegwerfenden Handbewegung: »Ich dachte, es kommt deinem Gerechtigkeitssinn entgegen, mal was über die Eingeborenen zu erfahren. Auch wenn ihr alle nur zur Therapie hier seid.«

»Du bist aber nicht sauer, weil ich ›Eingeborene‹ gesagt habe?«, erkundigte sich Oskar besorgt.

»Keine Sorge, ich krieg schon mit, wenn du ironisch wirst«, sagte Joana. »Sei nur vorsichtig, wenn du mit anderen meiner Landsleute sprichst. Meinen Bruder Nadal könnte so was wie eben gerade sehr böse machen.«

»Ich bin übrigens nicht nur zur Therapie hier«, setzte Oskar nach.

»Ich wollte nur ironisch sein«, erwiderte Joana mit einem halben Lächeln.

»Richte Nadal bitte aus, dass auch ich keine Ironie verstehe«, sagte Oskar. »Wir werden uns demnach prächtig verstehen. Hättest du eigentlich mal Lust, Helene und mich zu besuchen? Mittlerweile schulde ich dir zehn Abendessen und würde gerne mal anfangen, das abzustottern. Und vielleicht wäre es nett, wenn sich auch unsere Partner kennen lernen würden.«

»Warum nicht?«, sagte Joana, aber es klang wenig überzeugend, und sie wechselte für Oskars Geschmack allzu rasch das Thema: »Willst du eigentlich für immer hier bleiben?«

»Vorläufig schon«, sagte Oskar.

»Vorläufig für immer?« Joana verzog das Gesicht. »Klingt wie jemand, der sich nicht entscheiden kann.«

»Mitnichten. Es sollte wie jemand klingen, der mal einen ernsthaften Versuch macht.«

»Und wie ist der Zwischenstand zur Halbzeit?«

»Der Zwischenstand ist der, dass ich mich von der Halbzeit immer weiter entfernt fühle. Darf ich dich fragen, warum du Kinderärztin geworden bist?«

Joana wirkte überrumpelt und blickte auf die Uhr. »Ich fürchte, die Frage sprengt den Zeitrahmen.« Und nicht nur den, dachte Oskar. Aber wenigstens schaute sie nicht mehr drein, als wäre er der Scheidungsanwalt eines Exgatten.

»Du hast einen fantastischen Beruf«, sagte Oskar, der das Bedürfnis fühlte, noch etwas Persönliches anzubringen. »Ich bin nach langen Jahren zu dem Schluss gekommen, dass Kinder das Faszinierendste der Welt sind.«

Joana blickte ihn befremdet an.

»Die Kleinen verändern sich ständig«, führte Oskar aus. »Von Monat zu Monat, von Jahr zu Jahr. Ich kannte mal einen Jungen, der war gerade zehn Jahre alt, als ich ihn zum ersten Mal sah. Wir verstanden uns gut. Er war der einzige Sohn eines Bankbeamten in einer Kleinstadt in Deutschland. Ich zog dorthin, weil ich ein Haus erbte, und mein erster Freund war dieser Bankbeamte, der mich so ganz anders behandelte als man es in einer Bank erwarten würde. Bald war ich Stammgast bei ihm zu Hause. Sein einziger Sohn hieß Edgar, und wir wurden dicke Freunde. Aber wie sich der Kleine veränderte und wuchs, so veränderte sich auch unsere Beziehung. Heute sind wir ziemlich entfremdet, mir ist fast zu Mute, als wäre ich eine Art zweiter Vater für ihn gewesen, und so läuft das eben zwischen Vätern und Söhnen. Eines Tages war er weg. Spurlos verschwunden. Mit zweiundzwanzig Jahren aus seinem Studienort abgehauen, und die Familie war verzweifelt, wie du dir vorstellen kannst. Sie bat mich, nach ihm zu suchen. Und wo finde ich den Lauser? Auf Mallorca.«

»Zur Therapie«, ergänzte Joana.

»Bingo«, rief Oskar aus.

»Und ist er immer noch hier?«

»Nein.« Oskar fuhr mit der flachen Hand horizontal durch die Luft. »Kapitel abgeschlossen. Aber die Therapie hat gewirkt. Er war einer dieser lobenswerten Charaktere, die spüren, wenn sie fehl am Platz sind. Die wissen, wo sie hingehören. Mallorca gefiel ihm, aber es war nicht sein Ding. Du magst Kinder sehr, nicht?«

Joana nickte wortlos.

»Und wenn sie leiden, leidest du mit.«

Sie sah ihn an und wirkte überrascht, fast unangenehm berührt. Sie machte eine unbestimmte Bewegung mit dem Kopf, dann sagte sie leise, ein Flüstern war es beinahe: »Natürlich.«

»Wenn ich in einem dieser Länder unterwegs bin, die wirkliche Probleme haben – ich meine nicht, wenn die Müllabfuhr streikt oder ein Länderspiel verloren geht, sondern echte Probleme –, dann sehe ich mir immer die Kinder an. Man sieht in ihren Augen alle Energie, alle Hoffnung, allen Idealismus der Welt. Und man denkt sich: Kinder sind das Symbol der Zukunft. Und wenn es den Kindern schlecht geht, ist die Zukunft im ... verzeih, ich wollte nicht pathetisch werden.«

Joana lächelte. »Eine andere deutsche Spezialität. Hast du je ein Kind gehabt?«

»Nein.«

»Warum nicht?« Es klang beinahe anklagend. »Du redest wie einer, der gerne etwas Zukunft in die Welt streuen würde.«

»Es ist wie beim Twingo: Dazu braucht es zwei.«

»Du wolltest Tango sagen«, lachte Joana.

Oskar griff sich an den Kopf. »Das muss dieses mallorquinische Mandeleis sein. Mir war von Anfang an verdächtig, dass du keines wolltest. Was ist da drin, raus mit der Sprache?«

»Mandeln und Zucker. Aber vielleicht vermisst du die Konservierungs- und Stabilisierungsstoffe von BASF und bist deshalb aus dem Gleichgewicht geraten. Ein paar Moleküle aus der Heimat, schon ist der Deutsche wieder zufrieden.«

»Das Knackwurstsyndrom.« Oskar nickte und legte noch eins drauf, um sich auf Joanas Seite zu schlagen. »Unser Patriotismus reduziert sich mehr und mehr aufs Kulinarische und auf den Fußball. Aber nach zwei Weltkriegen ist das ein Fortschritt, oder?«

»Du wirst wieder pathetisch.«

»Heute bist du aber sehr hart mit uns.«

»Das ist der Preis des Vertrauens.« Joana blickte wieder auf die Uhr. »Wenn die Eingeborenen ihre Zurückhaltung aufgeben, können sie sehr extrovertiert sein. Das kannst du gleich in deinem ethnologischen Notizblock vermerken.«

»Ich finde dich eigentlich sehr zurückhaltend«, sagte Oskar und fand sich ein bisschen zu mutig mit dieser Bemerkung.

»Was erwartest du?«, erwiderte sie trocken.

Oskar zuckte die Achseln. »Entschuldige. Dummes Geschwätz.«

»Ich muss zurück, bin spät dran«, sagte Joana und wandte sich nach dem Kellner um.

»Um Gottes willen, lass mich wenigstens bezahlen, bitte«, sagte Oskar matt. Sie lächelte ihm kurz zu und ging fort, ohne ihm Adios gesagt zu haben.

Oskar legte einen Boxenstopp im »Mallorca Total Bookshop« ein. In der Calle de la Virgen de la buena Fuente war wieder einmal das Geschrei eines Verrückten zu hören, andalusischer Akzent, wenn »Conchi« nochmal in seine Nähe käme, werde sie schon sehen, was ihr passieren würde, ihr und ihrer ganzen Verwandtschaft, und unten standen auch schon zwei Polizisten mit Handschuhen und Handschellen, und in ihren Gesichtern war zu lesen: Ach der schon wieder.

Jürgen Debarcon hatte Glück, denn Oskar hatte sich auf dem Weg vom Ca'n Joan de S'Aigo zum »Mallorca Total Bookshop« vorgenommen, nicht nur zu Helene, sondern auch zu seinem Nachbarn ein neues Verhältnis aufzubauen, deshalb zwang er sich ein fröhliches »Hallo!« ab, als er im Laden die übliche Szene vorfand: Helene am Schreibtisch, den sorgenvollen Blick auf den Bildschirm gerichtet, Jürgen vor ihr im Sessel, Souveränität ausstrahlend.

»Oskar, wie wars in Costa Rica?«

»Feucht«, sagte Oskar.

»Dafür ist das Land bekannt«, gab Jürgen sich weltgewandt. »Bananen, Vulkane und Luftfeuchtigkeit.«

»Und wie wars in Bürokratien?«

»Trocken«, erwiderte der Nachbar. »Man muss immer wieder schmieren, damit was vorwärts geht.«

Womit sie umgehend beim Thema waren. Wie Jürgen nämlich klarlegte, benötigte Helene für den Buchverkauf eine spezielle Lizenz, ohne die sie den Laden nicht eröffnen konnte. Das sei natürlich von Anfang an klar gewesen, nahm Jürgen Oskar das Wort aus dem Mund, aber sie hätten versäumt abzuklären, wer sich darum kümmern sollte. Dabei rollten Jürgens Pupillen helenewärts, womit er »unter Männern« andeutete, dass das chaotische Weibsbild dafür verantwortlich gewesen wäre. Aufgrund des Versäumnisses drängte nun die Zeit, und der Behördenweg müsste mit einem »kleinen Beitrag an die Kaffeekasse dynamisiert« werden.

Oskar schluckte runter, was ihm tatsächlich durch den Kopf ging, und erwiderte milde: »Ich dachte, der Papierkram wäre Ihr ureigenes Bier, Herr Nachbar.«

»Für den Laden!«, sagte Jürgen mit erhobenem Zeigefinger. »Aber die Lizenz ist persönlich, darum *kann* ich mich gar nicht kümmern.«

Helene saß unglücklich hinter ihrem Schreibtisch und schüttelte nur den Kopf. »Nichts als Probleme, nichts als Hindernisse«, klagte sie. »Kaum ist eines überwunden, taucht das nächste auf. Was ist mit dieser Depotzahlung für den Großhändler? Ich dachte, das sei schon längst geregelt.«

»Du hast zu lange nichts von dir hören lassen«, beschied Jürgen. »Die glauben, dich gibts gar nicht mehr. Und das beste Lebenszeichen ist immer noch eine Überweisung. Mein Ratschlag, liebe Helene.«

»Hattest du nicht einen direkten Kontakt?«, fragte Helene. Ihre Stimme klang weinerlich.

»Der hat vor kurzem die Firma gewechselt«, erklärte Jürgen mit der Fröhlichkeit eines Mannes, der auf alles eine Antwort wusste. Er flutscht durch jede Befragung wie ein Aal, dachte Oskar. »Irre Fluktuation in diesen Firmen. Wäre ich heute Unternehmer in Deutschland, ich würde eine Visitenkartendruckerei aufmachen. Jeden Tag wechseln Millionen Angestellte die Firma, die Abteilung oder den Beruf. Bombengeschäft.«

»Warum muss ich dauernd zahlen?«, klagte Helene. »Warum wird man hinten und vorne ausgenommen, wenn man nur einen kleinen Laden aufmachen will?«

»Weil man sich später quadratisch verdient«, sagte Jürgen. »Der Bookshop wird ein wahnsinniger Erfolg, das kann ich dir mathematisch versichern.«

»Apropos Mathematik«, sagte Helene. »Die Rechnung

deines Informatikspezialisten kommt mir seltsam vor.« Sie schwenkte ein Blatt Papier. »Warum kostet dieses lächerliche Kabel fast so viel wie der ganze Computer?«

Jürgen zuckte die Achseln. »Ich habe das noch nicht nachprüfen können. Aber ich kenne den Mann, der ist seriös. Ein Spezialist. Hat für IBM gearbeitet, auf höchster Ebene, bis es ihm zu stressig wurde. Kam nach Mallorca, machte kleinen Laden auf, und jetzt rennen ihm alle die Tür ein, und er hat mehr Stress als je zuvor, weil es auf dieser Insel kaum einen Informatiker gibt, der eine Festplatte von einer Kochplatte unterscheiden kann und dich bei der Rechnung nicht bescheißt, verzeiht bitte den Ausdruck.« Jürgen lachte herzlich, aber allein. Dann warf er einen Blick auf die Rechnung und verzog das Gesicht zu einer Kennermiene. »Wahrscheinlich ist das kein simples Kabel, sondern eines dieser Glasfaserdinger mit eingebautem Weißderteufelwas. Die Frage müsste umgekehrt lauten: Warum ist der Computer so billig wie das Kabel. Ist wahrscheinlich der letzte Schrei.«

»Den hörst du bald von mir«, sagte Helene. »Rein zufällig ...« – an der Melodie ihrer Worte erkannte Oskar, dass dieser Zufall so rein nicht gewesen war – »... habe ich dasselbe Kabel in einem Geschäft hier um die Ecke um ein Tausendstel des Preises gesehen.«

»Tausendstel? Donnerwetter!«

»Vielleicht wars auch ein Hundertstel. Jedenfalls zu viel Unterschied.«

»Wahrscheinlich billige koreanische Klonware.« Jürgen nahm die Rechnung an sich. »Werde das trotzdem überprüfen.« Er faltete das Blatt und steckte es in seine Brusttasche. »Sie ist eine hartgesottene Geschäftsfrau«, raunte er Oskar zu. »Genau so muss man heutzutage agieren, sonst wird man gnadenlos über den Tisch gezogen. Übrigens«, er legte seine Hand auf Oskars Schulter, »sensationell, die Bilder aus Marokko. Sie sind ein zweiter Bruno Barbey. Wie Sie die Fotos von den muslimischen Frauen machen konnten, ist mir schleierhaft.« Er grinste Oskar an und wartete auf eine Reaktion auf sein Wortspiel, aber die kam nicht. »Haben Sie nie daran gedacht«, bulldozerte Jürgen weiter, »hier mal eine Ausstellung zu machen? In Palma stehen zehn Kulturzentren von reichen Banken, deren Direktoren sich die Haare raufen, weil sie nicht wissen, womit sie ihre Säle füllen sollen. Da liegt das Gold barrenweise auf dem Boden, man muss es nur aufklauben. Und für einen originalen Oskar Tschann würden die Schickimickis aus Puerto Andratx bald mal 'ne Million hinlegen, wenn man die Sache richtig aufzieht und Ihren Namen auf passende Weise in Umlauf bringt. Sie müssten eine Marke werden. Man könnte zum Beispiel Ellmann überreden, eine erste Ausstellung zu machen und eine Kollektion anzubieten.« Oskar zuckte bei der Erwähnung Ellmanns mit keiner Wimper und war sehr stolz auf sich. Jürgen war unterdessen nicht aufzuhalten: »Edler Rahmen, limitierte Auflage. ›The Oscar Tschann Collection‹. Soll ich Ihnen einen Kontakt vermitteln? Ich kenne den Gebietsleiter persönlich, ich bringe Sie mit ihm zusammen, selbstredend nach adäquater Einführung durch meine Person, damit der Kerl weiß, wen er vor sich hat. Wenn das funktioniert, können Sie mehr Zeit auf der Insel verbringen.« Er zwinkerte Oskar zu, klopfte ihm auf die Schulter und flüsterte: »Hätten mehr Zeit für Helene. Keine Ursache, Nachbarn sind da, um zu helfen.«

»Sie wollen schon gehen?«, entfuhr es Oskar.

Jürgen holte die Computerrechnung aus der Brusttasche und winkte damit. »Ich muss mir diesen Fachmann vornehmen. Mal sehen, ob er sich nur verrechnet hat oder uns tatsächlich anschmiert. Ihr hört von mir. Küsschen, Helene!«

Die Tür winselte und schloss mit einem rostigen Krachen.

»Aus welchem Spukschloss hast du die Tür geklaut?«, fragte Oskar.

»Da gibt es einen Laden Richtung Sineu ..., ach Oskar.« In ihrem Blick waren rote Ziffern abzulesen.

Oskar stellte sich hinter sie und massierte ihr den Nacken. »Ach Oskar was?«

»Das tut gut.«

»Soll ich dir sagen, was ich denke?«

»Nein. Du hast noch nicht alles gehört.«

»So schlimm?«

»So schlimm.« Sie ergriff seine Hand und zog sie an ihre Wange. »Das Geld reicht nicht.«

»Das ist doch normal. Das Geld reicht nie.« Er massierte ihre Kopfhaut, weil das angeblich wohl tat. Helene begann zu schnurren und zu summen. »Deshalb spricht man von einem Kostenvoranschlag. Das sind die Kosten, die anfallen, bevor dich der Schlag trifft.«

»Oskar, man kann nicht sein Leben lang auf Probleme mit Kalauern antworten. Ich meine es ernst, die Geschichte wächst mir über den Kopf. Das ist kein Total Bookshop, sondern ein totaler Fehlschlag. Ich habe Angst.«

»Wir sollten gemeinsam einen heben gehen. Das stärkt die Moral und vertreibt die Gespenster.« Nun massierte er ihre Schultern. Darin waren so viele verkrampfte Knoten, dass ihm bald die Finger wehtaten. »Mensch, an dir könnte Reinhold Messner seine Bergsteigerklauen trainieren. Dein Rücken fühlt sich an wie das zweitweichste Stück der Eigernordwand.«

»Oskar.«

»Gut.« Er ließ ab und setzte sich in den Stuhl, in dem zuvor Jürgen gute Laune verbreitet hatte. »Reden wir Tacheles. Wie viel?«

»Dreieinhalb Millionen.«

»Mich holt der Geier. Sag mal«, er rückte unbehaglich auf dem Stuhl herum. Eigentlich hatte er Jürgen schonen wollen, aber er schaffte es nicht. »Warum lädst du nicht deinen Spitzenmanager ein, sich mit ein paar Peseten an diesem unvermeidlichen Bombenerfolg zu beteiligen? Das wäre gut für sein Bankkonto und vor allem gut für seine Motivation.«

Helene seufzte. »Es war ausgemacht, dass er sich nur mit seinem Wissen und seiner Arbeit beteiligt. Das kann ich nicht einfach ändern.«

»Es war auch ausgemacht, dass er sich um den Papierkram kümmert«, sagte Oskar. »Und wenn ich das richtig mitkriege, hast du ausgerechnet damit laufend Probleme. Kein Wunder, Helenchen, denn der gute Mann trägt nicht das geringste Risiko.«

»Ich will darüber nicht sprechen«, sagte Helene. »Nicht jetzt. Vielleicht war es ein Fehler, diese Bedingung zu akzeptieren, aber das kann ich nicht *ihm* zum Vorwurf machen.«

»Soll ich mit ihm reden?«

»Bitte nicht«, sagte sie mit flehendem Blick.

»Ich wäre *extrem* höflich.«

»Genau davor habe ich Angst. Ich kenne dich. Er kennt dich. Das geht nicht gut. Ach, übrigens«, ihr Gesicht hellte sich auf, »diese Idee mit der Fotoausstellung ist doch nicht schlecht. Jürgen hat Recht. Warum versuchst du nicht mal, mit deinen Talenten hier auf der Insel Geld zu verdienen? Nimm Jürgen beim Wort, spanne ihn für das Projekt ein.«

Oskar wiegte den Kopf. Er wurde das Gefühl nicht los, Jürgen hatte das Thema nur aufs Tapet gebracht, um die Konversation in andere Bahnen zu lenken und in der allgemeinen Verwirrung das Weite zu suchen.

»Komm schon, gib ihm eine Chance, etwas für dich zu tun!«

»Vorher würde ich ihn gerne näher kennen lernen«, sagte Oskar. »Ich war zum Beispiel noch nie in seinem Haus. Und ich möchte ein ausgeglicheneres Verhältnis, bevor ich meinen guten Namen in die Arena werfe.«

»Er ist dir noch immer nicht grün, gibs zu.«

»Jetzt wechsle mal *ich* das Thema«, erklärte Oskar. »Was essen wir zu Abend? Soll ich Pizza mitbringen oder surfen wir auf der Mikrowelle? Ich muss nämlich gehen und werde keine Zeit zum Kochen haben. Sorry, kleine Stadtmaus, die Mission Alodio ruft nach mir.«

11.

Balduin fasst sich an die Kehle, und in Felanitx tagt ein Krisengipfel

Oskar beschloss, grausam zu sein. Es gibt Situationen im Leben, sagte er sich immer wieder, da hat man die Wahl zwischen unglücklichem Engel und glücklichem Schweinehund. Noch Jahre später plagten ihn Gewissensbisse wegen seines Verhaltens an diesem Frühlingsabend im Café Lonja. Aber selbst wenn er gewusst hätte, welches Chaos er damit auslösen sollte, er würde heute wieder so handeln. Weil er keine andere Wahl hatte und weil er nach jedem Strohhalm griff, der sich ihm bot. Einer dieser Strohhalme war Balduin Schrammer, der sich nichts sehnlicher wünschte, als dass Oskar nach ihm griff. Wer könnte dieser Versuchung widerstehen? Nicht Oskar, nicht in seinem Alter, nicht in seiner Lage.

Als er das Café Lonja betrat, saß dort auch schon Balduin »Strohhalm« Schrammer mit seinen großen, verliebten Augen, ahnungslos, dass der nette Oskar nur deshalb nett war, weil es in seinen Plan passte. Es war der Plan eines Verzweifelten, dies sei zu Oskars Entlastung vorgebracht, und mit ein bisschen Antenne hätte Balduin das falsche Spiel durchschauen sollen. Aber seine waren die Augen eines Liebenden, und die durchschauen nichts mehr. Sowie er Oskar erblickte, sprang Balduin auf und redete auf Oskar ein, bevor dieser auch nur »Guten Tag, Balduin« sagen konnte. Es ging um die Briefe und die Missverständnisse, die Balduin damit eventuell ausgelöst hätte, und er würde das gerne erklären.

»Welche Briefe?«, rief Oskar.

Balduin starrte ihn entsetzt an. »Sag nicht, du hast meine Briefe nicht bekommen!«

»Ich habe deine Briefe nicht bekommen«, sagte Oskar.

»Oh, mein Gott.«

»Meiner auch. Setz dich. Reden wir.«

Oskar bestellte einen Tee, um seine Nerven zu beruhigen. Im Café Lonja ertränken sie keine unschuldigen Teebeutel, sondern servieren ein halbes Kräuterbeet im Rustikalaufguss.

»Der Reihe nach«, schlug Oskar vor. »Von welchen Briefen sprichst du?«

»Meine«, sagte Balduin und gestand mit gesenktem Kopf: »Ich habe dir Briefe geschickt.«

»Und wozu?«, blaffte Oskar.

»Wozu schreibt man?«, gab Balduin überraschend firm zurück. »Was hätte ich denn tun sollen? Zeichnungen schicken?«

Oskar schluckte. »Verzeihung, aber ...«

»Nein, ich weiß schon«, maulte Balduin. »Es ist altmodisch, und man macht sich allzu leicht lächerlich damit. Briefe sind Selbstmord. Du gibst deine Worte aus der Hand, und sie können jederzeit gegen dich verwendet werden. Aber so bin ich nun mal. Alles oder nichts.«

So sind sie nun mal, die Kaufhauskomponisten, dachte Oskar. Doch er glaubte zu verstehen. Balduin hatte sich die Hoffnung auf eine unmögliche Liebe von der Seele geschrieben und war danach zu Sinnen gekommen. Zu spät, die Briefe waren bereits unterwegs. Jetzt war er wütend auf Oskar, denn während er sich in heißem Liebesbangen die Nächte um die Ohren geschlagen und mit üppiger Fantasie die Reaktionen seines Angebeteten ausgemalt hatte, hatte Oskar nicht nur nicht reagiert – er hatte von dieser Seelenoper nicht mal was mitbekommen. Schlimmer noch: Wenn der Vorhang endlich aufging, war die Veranstaltung längst vorbei. Balduin schämte sich seiner Gefühlsäußerungen, er hatte die Wahl zwischen peinlicher Selbstdarstellung und Mord am Briefträger.

Oskar sagte mit beschwichtigendem Tonfall: »Briefe sind auf dieser Insel oft lange unterwegs. Man sollte der Post nur haltbare Gefühle anvertrauen.«

»Oh.« Balduins Wut implodierte förmlich, übrig blieb ein Häufchen Zerknirschtheit und, wie Oskar mit diabolischer Befriedigung registrierte, Anbetung. »Wie schön du das gesagt hast.«

»Soll ich sie ungelesen verbrennen?«

»Das würdest du tun?«

»Natürlich nicht«, sagte Oskar. »Das sage ich nur, damit du dich besser fühlst. In Wahrheit lese ich alle Briefe durch, lach mich schräg und lege einen Ordner an, betitelt: Meine Liebhaber, Band eins.«

»Ach, Oskar!«, rief Balduin aus und verabreichte Oskar eine dieser zärtlichen Ohrfeigen, die in Wahrheit eine Vorstufe zum Geschlechtsverkehr waren. Von der Bar blickte ein Geschäftsmann zu ihnen herüber und grinste hämisch.

»Wir heiraten in Calvià«, rief Oskar ihm zu. Der Typ wandte sich konsterniert ab.

»Er scherzt nur!«, setzte Balduin laut hinzu.

Oskar nahm den Aufguss aus seiner Tasse und setzte den Tisch unter Wasser. Während er mit Papierservietten aufwischte, sagte er: »Wir müssen einen Weg finden, diese Geschichte zu normalisieren. Ich habe in Costa Rica Gelegenheit gehabt, nachzudenken.« Er blickte Balduin tief in die Augen und hatte plötzlich das Gefühl, Joana zu imitieren. Den folgenden Satz sprach er langsam und mit Nachdruck aus, und wenn er später darüber nachdachte, kam er zum Schluss, dass alles, was folgte, auf diesen verhängnisvoll zweideutigen Satz zurückzuführen war, mit dem er formal gar nichts sagte, aber bei Balduin emotionelle Erdbeben auslöste, deren Erschütterungen bald in Felanitx zu spüren sein sollten. Es war ein mieses, kalkuliertes Spiel, auf das Oskar nicht stolz war. Zu rechtfertigen war es nur mit Notwehr. Von allen Seiten prügelten die Mächte der Finsternis auf sein Wohlbefinden ein, also schlug Oskar dort zurück, wo die Feindesreihen am schwächsten waren, leider auch am unschuldigsten.

Er sagte also: »Dabei ist mir klar geworden, dass nichts klar ist.«

Balduin erlitt beinahe einen Herzanfall vor Glückseligkeit, denn er interpretierte diesen Satz auf die einzige in seinem gegenwärtigen Zustand mögliche Weise. Aber Idiot war er auch keiner, also bat er mit leiser Stimme: »Was willst du damit genau sagen?«

Nun kam die Meisterprüfung der Intrige. »Ich will damit sagen, dass es ein Fehler ist, die Dinge in der Perspektive des Absoluten zu betrachten.« Sehr gut, gratulierte sich Oskar. Hohles Gefasel, aber es klang toll. »Man muss sich bewegen und manchmal auch neue Wege erkunden.« Alarm, das war fast schon Täuschung, und bald würde ihm nichts mehr einfallen, also wurde Oskar in seinem Sinne konkret. »Balduin, ich befinde mich in einer kritischen Situation. Ich brauche Hilfe. Und ich wende mich keineswegs an dich, um die Lage auf billige Weise auszunützen.«

Das nun war die einzige dicke Lüge des Abends, denn genau deshalb wandte er sich an Balduin. Sollte der seine Energien darauf verwenden, eine Lösung für Oskars Alodio-Dilemma zu finden, statt nächtelang über Liebesbriefen zu brüten. Oskar war sicher, dass umworbene Frauen schon mal ähnlich gehandelt haben, ihm fiel momentan nur kein konkreter Fall ein.

Balduin reagierte wie vorhersehbar, seine Augen schrien: »Benütze mich!«, und seine Miene, die vom Skeptischen ins Hellhörige wanderte, zeigte Oskar an, dass er seinen Star-Verbündeten gefunden hatte. Balduin – Marsch ins Gefecht! »Worum geht es?«, fragte der mit gesenkter Stimme, als fürchte er, dass zwischen den Kamilleknöllchen des Aufgusses amphibische Mikrofone herumschwammen.

»Ich bin verzweifelt«, sagte Oskar und musste ein wenig schauspielern. Verzweifelt, er? Bei seinen Reporterjobs hatte Oskar eine Million verzweifeltere Fälle gesehen als seinen. Kurz: Er legte ein wenig Shakespeare in seine Stimme und ein wenig »Tatort« und sagte leise: »Ich weiß nicht mehr weiter.«

Die Mischung kam an. »Verzweifelt?«, hauchte Balduin, die Verzweiflung Oskars zur seinen machend.

Oskar nickte schwermütig. »Ich bin das Opfer einer mafiosen Immobilienoperation, und ich nehme jede Hilfe an, die ich kriegen kann.«

Nun schien Balduin wirklich entsetzt. »Und du willst, dass man den oder die Verantwortlichen ...«, er fuhr in einer unendlich delikaten Geste mit dem kleinen Finger vor seiner Kehle vorbei, »... aus dem Verkehr zieht?«

Er kriegt wirklich alles in den falschen Hals, dachte Oskar. Vielleicht sollte er seine Performance weniger dramatisch anlegen. »Das«, sagte er, »steht auf der Liste der

Lösungen nicht an vorderster Stelle. Es gibt nämlich diese andere Immobilie, von der ich mich nach Möglichkeit fern halten möchte.«

Balduin starrte ihn verständnislos an. »Andere Immobilie?«

»Das Gefängnis«, sagte Oskar. »Es muss eine Möglichkeit geben, sich zu wehren, ohne mit den wichtigeren Paragrafen des Strafrechts in Konflikt zu kommen. Ich habe sie nur noch nicht gefunden. Deshalb wende ich mich an dich. Und nicht, weil ich einen Auftragskiller suche.«

»Zähl auf mich«, zischte Balduin.

Um sein schlechtes Gewissen zu besänftigen, warf Oskar noch ein Sonderangebot auf den Tisch: »Und was deine Briefe betrifft – du bekommst sie original und ungeöffnet zurück. Abgemacht?«

Balduin fehlten die Worte. Aber das machte nichts, denn ab jetzt hieß es zuhören – Oskar hatte ihm eine Menge zu erzählen.

Im Nachhinein war Oskar fasziniert von der Allmählichkeit, mit der sich das Drama zu entfalten begann. Dass er mit einem Anruf bei Madeleine Zarfou automatisch eine surrealistische Anekdote provozierte, nahm er als gegeben hin. Auch wusste er, dass sie seinen Hilferuf voll auskosten, seine Abhängigkeit schamlos ausnützen würde. Doch selbst gemessen an dem, was Oskar von ihr gewohnt war, übertraf sie sich einmal mehr selbst.

»Sie wollen WAS?«, brüllte er ins Telefon.

»Ich sehe keine andere Möglichkeit«, erwiderte Madame Zarfou mit provokant zarter Stimme. »Morgen habe ich keine Zeit. Voll ausgebucht. Der wichtigste Tag meiner Antidepressionsgruppe, das geht von morgens bis abends und tief in die Nacht hinein.«

»Noch immer?«, sagte Oskar und dachte: Wahrscheinlich war das der vermaledeite Tag der Menschfindung, dadadim, dadadam. »Das geht ja schon Monate. Sie werden noch eine ganz neue Art von Depression entdecken: Depression durch eine Überdosis Antidepressionstherapie.«

Mit der Witzelei kaschierte Oskar seinen Ärger. Dieses Hinauszögern war eindeutig ein Schachzug, um sein Verlangen zu steigern.

»Wir haben zwischendurch ein paar Wochen ausgesetzt, um die Wirkung des ersten Durchgangs zu verdauen«, erklärte Madeleine. »Ich will meine Frequentanten dazu bringen, ihr ganzes Leben zu einer Antidepressionstherapie umzugestalten. Aber sie sind noch nicht so weit. Stellen Sie sich vor, einer hat im Überschwang des Erfolges der ersten Therapiewochen eine politische Partei gegründet.«

»Mein Gott.«

»Schon bei der Gründungsversammlung wurde er abgewählt. Jetzt ist er wieder dort, wo er vor meiner Therapie war. Ich muss meinen Frequentanten beibringen, mit realistischen Erwartungen in die Realität zurückzukehren.«

Das würde auch Madeleine gut tun, dachte Oskar. »Und wie heißt diese Partei, nur damit ich weiß, für wen ich auf keinen Fall stimmen darf?«

»Partei der deutschsprachigen Unzufriedenen auf Mallorca oder so ähnlich«, sagte Madame Zarfou.

»Das klingt ja schon so depressiv«, sagte Oskar. »Kein Wunder, dass der Mensch gleich abgewählt wurde.«

»Ich entnehme übrigens auch Ihrer Stimme ein Wölkchen Depression. Wollen Sie nicht ...?«

»Das ist kein Wölkchen, Gnädigste, sondern eine tiefdunkle Wolkendecke, die meinen Himmel zur Gänze ausfüllt«, klagte Oskar und versuchte, weniger entnervt zu klingen. »Um zu meinem Anliegen zurückzukommen: Könnte ich Sie vielleicht in einer Pause ...?«

»Solchen Dingen muss man Zeit geben. Und wir machen keine Pausen.«

»Ich habe keine Zeit. Ich bin mit einem Ultimatum konfrontiert. Meine ... äh ...« Beinahe hätte er ausgerufen: Meine Beziehung zu Helene ist in Gefahr, aber damit hätte Madame Zarfou endgültig Blut geleckt. »... mein Haus! Mein Leben!«, korrigierte er sich rechtzeitig und fügte in Gedanken hinzu: vor allem mein Bankkonto.

»Dann bleibt nur die angebotene Tour. Übermorgen.«

Oskar sank in sich zusammen. Wenn es nach Frau Zarfou ging, und es sah ganz danach aus, musste er seine alte Freundin übermorgen auf einer Inseltour begleiten, um Veranstaltungsorte für eine Hochzeit zu besichtigen, die nie stattfinden würde. Madeleines angebliche Hochzeit mit Balduin Schrammer. Oskar fand, dass sie es zu weit trieb. Andererseits konnte er ihr nicht auf die Nase binden, dass das Manöver aufgeflogen war, sonst wäre sie sauer auf Balduin, und Balduin, ein treuer Zarfou-Fundamentalist, sauer auf ihn, und dann gute Nacht, Philip Marlowe. Kurz versank Oskar in eine düstere Meditation über die Grausamkeit eines Schicksals, das ihn in die Fänge zweier emotionell instabiler Charaktere getrieben hatte. Wenn er die Liste aller Personen durchging, die er bisher auf dieser Insel kennen gelernt hatte, war nur eine einzige halbwegs normale dabei: Joana Marqués. Denn auch Helene, musste Oskar eingestehen, war kein Muster an Ausgeglichenheit. War er denn selber eines? Er wurde noch verrückt.

»Sie sind so still auf einmal«, hörte er Madeleines Stimme wie aus weiter Ferne. »Sind Sie noch dran? Hallo?«

»Natürlich bin ich noch dran.«

»Dann abgemacht«, sang sie fröhlich. »Treffpunkt Naturprodukteshop Porto Pí, zehn Uhr. Unterwegs haben wir dann alle Zeit der Welt, um Ihr Problem bis in den letzten Winkel auszuleuchten. Und dann trete ich in Aktion.« Mit verschwörerischem Timbre fügte sie hinzu: »Sie kennen mich ja.«

Oskar schluckte schwer und brachte momentan keine Antwort hervor.

In seinem Haus in Felanitx erwartete ihn ein von niemandem einberufener Krisengipfel. Vor Oskar, der sich am Kühlschrank festkrallte, saßen rund um den großen Esstisch: Helene Lamberg, Lebensgefährtin; Jürgen Debarcon, Nachbar und Lebensgefährtingeschäftspartner; Balduin Schrammer, Kaufhauskomponist und Lebensgefährtschaftsanwärter. Der Vierte in der Runde kam ihm schrecklich bekannt vor.

Helene folgte offenbar seinem Blick, der glasig und starr am besagten Vierten hängen geblieben war. »Du erinnerst dich an Herrn Köller.«

»NEIN!«

Alle starrten ihn erschrocken an.

»Ich meine: Ja«, korrigierte Oskar sich und schritt zur Begrüßung. »Das ist ja eine Überraschung. Wie gehts Ihnen. Wie gehts der armen Minze?«

»Sie macht sehr gute Fortschritte«, erwiderte Friedmund Köller, Pflanzenpsychologe und Partylöwe. Seine Stimme klang so krampfhaft positiv wie die eines Privatchirurgen, der die gute Nachricht mit der Übergabe einer gesalzenen Rechnung verknüpfte. Oskar verbarg mit Mühe seine Verärgerung. Hatten sie nicht ausgemacht, auf die Dienste dieses Kräuterhypnotiseurs zu verzichten? Aber wahrscheinlich hatte die Minze einen Rückfall erlitten. Helenes Besessenheit mit diesem Gewächs beunruhigte ihn langsam. Eher brauchte *sie* einen Psychologen. Oder war *das* der Grund von Köllers Anwesenheit? Beinhalteten Köllers Dienste auch die Behandlung der Pflanzenbesitzer? *Behandelte* er Helene?

Oskar schüttelte noch immer Köllers Hand und vergaß damit aufzuhören. »Sind Sie privat oder beruflich hier?«, entfuhr es ihm.

»Der berufliche Teil ist abgeschlossen, jetzt bin ich auf Einladung Ihrer entzückenden Gattin auf ein Kaffeechen privat hier.« Köller entwand seine Hand dem nervösen Griff Oskars.

»Balduin!«, wandte dieser sich an den Nächsten. Was tat Balduin hier? »Schon Neuigkeiten?«

»Deshalb bin ich hier«, sagte Balduin und lächelte zahnig. Offensichtlich hatte auch er nicht mit diesem Auflauf gerechnet.

»Oskar, ich bin böse auf dich«, griff Helene ein, die Oskars Verstörtheit bemerkte. »Du hast mich diesem interessanten Herrn nie vorgestellt. Wie egoistisch von dir. Oskar«, erklärte sie an die Versammlung gewandt, »ist gesellschaftlich ein wenig ...« Nun wusste sie nicht recht weiter. Sonderbar? Ungeschickt? Was konnte sie vor dieser erlauchten Runde sagen, ohne dass Oskar an die Decke ging?

»... außer Übung«, half Jürgen aus. »Wenn man so viel in schwierigen Missionen unterwegs ist, wäre alles andere eine Überraschung. Nicht wahr, Oskar? Wohin gehts als Nächstes?«

Ins Irrenhaus, dachte Oskar. »Das ist noch ungewiss. Darf ich mich setzen?«

»Schatz!«, rief Helene aus. »Das ist dein Haus! Dein Tisch!«

Alle lachten, außer Oskar. Der wusste nicht, was er sagen sollte, aber alle blickten ihn an, als erwarteten sie eine originelle Antwort.

Als die nicht kam, posaunte Jürgen: »Wussten Sie eigentlich, dass dieser Mann dabei ist, eine Oper zu schreiben?«, und legte beide Zeigefinger auf Balduin an.

Oskar erwiderte wie betäubt: »Ja, wusste ich.«

»Das ist aber auch ein komischer Zufall, dass wir alle hier zusammensitzen«, sagte Jürgen. »Ich bin nur zugegen, weil Herrn Köllers Auto nicht angesprungen ist und Helene mich um Hilfe ersuchte. Dann kam Herr Schrammer dazu, und wir konnten alle gemeinsam anschieben. Dabei hatten wir so viel Spaß, dass wir uns sagten: Trinken wir doch was gemeinsam.«

Köller sah demonstrativ auf seine Uhr und erhob sich. »Es tut mir schrecklich Leid, aber mich erwartet ein Kunde in Alcúdia. Helene, es war *wie immer* bezaubernd.« *Wie immer?*, dachte Oskar. Köller machte einen Diener und wollte entschwinden, doch Helene begleitete ihn zur Tür, und gemeinsam murmelten sie noch am Eingang herum. Oskar bekam einen langen Hals.

»Ein hochinteressanter Mann«, bemerkte Jürgen und breitete seine Pfeifenutensilien auf einem Tuch vor sich aus. Das tat er letzthin immer, wenn Oskar auftauchte. »Auch ich hatte meine Zweifel, was die Seriosität seiner Profession anlangt, aber wenn man sich mal länger mit diesem Individuum unterhält – man kommt aus dem Staunen nicht raus.«

Oskar nickte. »Das kann man wohl sagen.«

»Wenn Ihr Auto wieder bockt«, rief Jürgen Richtung Eingang, »jetzt sind wir zu dritt!«

Oskar zeigte auf die zurückkommende Helene. »Frauen zählen nicht?«

»Mein Guter!«, protestierte Jürgen gut gelaunt. »Ich muss schon bitten!«

»Wir haben die spontane Versammlung dazu genützt, um über die Alodio-Geschichte zu diskutieren«, sagte Helene im Bemühen, den gewohnten Austausch von Boshaftigkeiten zu unterbinden, und setzte sich. »Jürgen und Herr Schrammer haben beide interessante Neuigkeiten.«

»Oh, ja. Der Alodio. Vertrackt, mein Guter, vertrackt«, sagte Jürgen, der sich schon ganz dem Pfeifenstopfzeremoniell widmete. »Ein guter Bekannter von mir, hohes Tier am Gerichtshof, sagte mir, dass Sie gegen den Alodio nicht das Geringste tun können.«

»Das ist ja wirklich eine interessante Neuigkeit«, sagte Oskar und handelte sich einen warnenden Blick Helenes ein.

»Aaaber«, fügte Jürgen an und ließ diesem »Aber« eine bedeutungsschwere Pause folgen, während alle den Atem anhielten, doch Jürgen musste zuerst seine Pfeife ansetzen und vor aller Augen ein paar Mal probesaugen, ffft, ffft, »Sie können die Höhe der Zahlung anfechten. Was dieser Lamberg von Ihnen verlangt, ist vollkommen absurd. Wahrscheinlich hat er den tatsächlichen Wert der Liegenschaft als Basis seiner Berechnungen genommen. In Tat und Wahrheit dient der behördlich verbriefte Wert als Grundlage. Sie haben beim Kauf doch hoffentlich das Finanzamt betrogen, oder? Diese Finca ist nicht mit ihrem tatsächlichen Wert registriert. Sagen Sie mir nicht, sie ist es, Oskar!«

Dieses Thema wollte Oskar nur ungern mit Menschen

besprechen, zu denen er kein uneingeschränktes Vertrauen hatte, also ging er auf Jürgens Provokation nicht ein und sagte: »Ich glaube nicht, dass Lambergs Anwälte so blöd sind, einen fiktiven Wert als Grundlage ihrer Forderungen zu nehmen.«

»Nicht fiktiv, Herr Nachbar. Marktwert. Die Leute haben die Inseratenseiten der Zeitungen und die Angebote der Immobilienagenturen studiert und einen Vergleichswert ermittelt. Soundso viel Quadratmeter Land, soundso viel Quadratmeter bebaute Fläche, etcetera, etcetera.«

»Bebaute Fläche, dass ich nicht lache«, sagte Oskar. »Bevor dieses Anwesen seinem ursprünglichen Besitzer abgekauft wurde, war es eine Ruine. Die wollen mich hoffentlich nicht für die Ergebnisse meiner eigenen Renovierungsarbeiten zur Kasse bitten!«

»Sie wären nicht der Erste«, sagte Jürgen schmunzelnd. »Ich kenne Fälle, da haben Mieter für billiges Geld eine Bruchbude gemietet, für teures Geld renoviert, dann kam der Besitzer, sah sich um und sagte: Toll, für so ein schönes Haus muss ich gleich mehr Miete kassieren.«

»Schauergeschichten«, erwiderte Oskar, erinnerte sich dann aber plötzlich, dass er schon Ähnliches gehört hatte. Mallorca war berüchtigt für morbide Geschichten zwischen Mietern und Vermietern. Aber ganz egal, ob man nun mit einem Mieter oder einem Vermieter sprach, stets hatte man es mit einem Geschädigten zu tun. Was war nur los auf dieser Insel?

Um Jürgen, der schon wieder Luft holte, das Wort abzuschneiden, wandte Oskar sich an Balduin: »Und was sagt unser Opernkomponist?«

Ein verwundeter Blick war die Antwort. »Der *Opernkomponist*«, sagte Balduin affektiert, »hat Erkundigungen eingezogen, ganz wie von ihm verlangt.«

Verlangt?, dachte Oskar, und eine erste Vorahnung der kommenden Probleme beschlich ihn. Die Wortwahl verhieß nichts Gutes. Es klang, als fühlte sich Balduin zu seinem Tun gezwungen. Die Frage war: Was erwartete er sich als Gegenleistung? Doch hoffentlich nicht ...

Oskar beschloss, Balduins Stimmung auszuloten und fragte: »Und was hat er in der kurzen Zeit konkret herausgefunden, der *Opernkomponist*?«

»Der *Opernkomponist*«, erwiderte Balduin mit noch mehr Nachdruck, »hat aus seinem Freundeskreis läuten gehört, dass politische Bestrebungen im Gang sind, den Alodio abzuschaffen. Den gibt es nämlich nirgendwo sonst in Spanien, nur hier.«

Helene und Jürgen folgten dem Austausch mit gehobenen Augenbrauen. Jürgen setzte dazu ein Grinsen auf, als ahnte er, was in Wahrheit zwischen den beiden vor sich ging.

»Damit würde sich das Problem in Luft auflösen«, analysierte Jürgen. »Aber ich würde nicht darauf bauen, dass so was von heute auf morgen passiert. Die Mühlen der Gerechtigkeit mahlen langsam auf dieser Insel, vor allem, wenn es gegen die Interessen der Mächtigen geht.«

»Es gibt noch eine andere Möglichkeit«, sagte Balduin. »Der Verkäufer hätte euch über den Alodio informieren müssen. Verklagt ihn.«

»Vergiss es!«, sagten Helene und Oskar wie aus einem Mund und sahen einander an, entzückt über den Moment der Einigkeit und gleichzeitig auf die zunehmende Seltenheit dieser Momente aufmerksam gemacht. Ein bittersüßer Augenblick, denn auch Erinnerungen an die Anfänge ihrer Beziehung wurden wach. Oskar nämlich hatte das Haus Helene und ihrem Exgeliebten Edgar Faber abgekauft. Dieser wiederum war der einzige Sohn seiner guten Freunde in Maringen.

»Ich erkläre dir später mal in Ruhe, warum das unmöglich ist«, raunte Oskar Balduin zu, der ihm daraufhin verschwörerisch zublinzelte. »Wie gehts übrigens mit der Oper? Inspiriert?«

»Geht so«, sagte Balduin und vollführte eine Geste kreativer Erschöpfung. »Könnte besser gehen.«

»Das wird garantiert ein Meisterwerk«, feixte Jürgen, »denn genau das soll auch Mozart gesagt haben, als er die Zauberflöte komponierte.« Er lachte schallend, aber weitgehend allein. Balduin blickte gequält. »Nichts für ungut, mein Freund«, fügte Jürgen hinzu und paffte an seiner Pfeife. »Schlechter Scherz einer musikalischen Null. Purer Neid, hehe.«

Zehn Tage bis zum Ablauf seines Alodio-Ultimatums, dachte Oskar, und wir quatschen hier über Mozart. Einem Impuls folgend, seine Probleme mit dem plötzlich wieder sehr präsenten Jürgen zu teilen und die Ernsthaftigkeit von dessen Anteilnahme öffentlich, vor Helene und Balduin, auf die Probe zu stellen, sagte er: »Jürgen, verzeihen Sie, wenn ich abrupt das Thema wechsle, aber ich habe über den zusätzlichen Finanzbedarf des ›Mallorca Total Bookshop‹ nachgedacht, und dabei ist mir eine *ge-ni-ale* Lösung eingefallen.«

Helene blickte ihn erschrocken an. Warum hatte er das zuerst nicht mit ihr besprochen?

Jürgen verging kurzfristig das Paffen, und er war ganz starr und Ohr. »Ach so?«

Tapfer machte Oskar weiter, obwohl ihm Helenes Blick in die Seite stach. »Diese dreieinhalb Millionen Peseten, lieber Freund, so aus dem Stand ist das zu viel für mich. Das und die Alodio-Geschichte und die Honorare für Herrn Köller ...« Ein Seitenhieb auf Helene, aber Oskar war nach Zoff zu Mute. »Kurz gesagt, mein Bankkonto kreucht und keucht, andererseits halte ich Ihre Beteiligung an dem Geschäft für allzu mickrig. Es wäre doch nicht gerecht, die Früchte des unausweichlichen Erfolges so einseitig aufzuteilen, womit ich eine Beteiligung Ihrerseits vorschlage. Damit erhöhen Sie Ihren Gewinnanteil, und der Gerechtigkeit ist Genüge getan. Und wir lösen einen unangenehmen Engpass. Was sagen Sie?«

Ohrenbetäubendes Schweigen. Balduin sank auf seinem Sitz zusammen. Nicht blöde, hatte er sofort verstanden, dass Oskar ihn wieder mal benutzte, diesmal als Publikum, damit Jürgen vor aller Augen Farbe bekennen musste.

Aber auch Jürgen war nicht von gestern. Als eifriger Konsument politischer Nachrichten hatte er genügend nichts sagende Floskeln aufgesogen, um solche Situationen souverän zu übertauchen. Nach einem Paff-Paff aus seiner Pfeife sagte er: »Interessanter Vorschlag. Ich werde darüber nachdenken.«

»Um den Vorschlag noch interessanter zu machen«, legte Oskar nach, »biete ich an, genauso viel auf den Tisch zu legen wie Jürgen. Fifty-fifty, nicht mehr, nicht weniger. Fairer kann man kaum noch sein, was sagst du, Helene?«

Oskar war hoch zufrieden. Spontan war ihm ein Trick eingefallen, Jürgen zum Handeln zu zwingen, ohne dass Helene viel daran aussetzen konnte. Die Summen waren nicht Schwindel erregend, und falls Jürgen so betucht war, wie er tat, konnte das für ihn kein Problem sein. Falls.

»Ich hätte das gerne unter vier Augen mit dir besprochen«, kam es eisig aus Helenes Ecke. »Das ist immerhin eine Frage des Prinzips. Müssen wir eigentlich Herrn Schrammer mit unseren Geschäftsproblemen belasten?«

»Vielleicht inspiriert ihn das für seine Oper«, sagte Oskar und hielt das, noch während er den Satz aussprach, für eine perfekt dusselige Bemerkung.

»Ha!«, entfuhr es Jürgen.

»Ich verstehe dein Verhalten nicht«, sagte Helene zu Oskar und wandte sich an die konsternierten Gäste. »Ich muss mich für Oskar entschuldigen. Er hatte viel Stress in den letzten Tagen.«

»Das ist wahr«, stimmte Oskar gut gelaunt zu. Er verstand nicht, warum er immer zum Ekel werden musste, nur um seine legitimen Interessen zu wahren, aber nun war es raus, und er fühlte sich leichter. Zu viel hatte er mit sich herumgeschleppt, ohne es offen auszusprechen. Zu viel Rücksichtnahme auf »Situationen« und »Gefühle« und »Abmachungen«, während er pausenlos unter die Räder geriet.

»Ich glaube, ich geh jetzt lieber«, sagte Balduin und schälte sich vom Stuhl. »Wir hören voneinander.« Er winkte Oskar schüchtern zu.

»Seht ihr, wir haben ihn inspiriert«, sagte Oskar und sprang auf, bevor Helene es tun konnte. »Warte, Kumpel, ich begleite dich zur Tür.«

Bleiernes Schweigen hinter sich lassend, gingen die beiden zur Tür. Oskar reichte Balduin die Hand. »Du bist mir doch nicht böse wegen meiner Blödelei?«

»Nichts für ungut, du hast viel am Hals«, sagte Balduin mit einem tapferen Lächeln. »Ich versteh das. Aber nimm Rücksicht auf Helene. Sie ist eine ganz wundervolle Frau.«

Bei den letzten Worten wurde seine Stimme melodiös, und seine Augen nahmen einen seltsamen Glanz an. Für einen kurzen Augenblick des Wahnsinns spürte Oskar Eifersucht – war Balduin nicht in *ihn* verknallt? Oskar wurde von derselben Eitelkeit gequält, die nach Einladung verlangt, nur um sie ablehnen zu können. Er musste an sein Gespräch mit Joana denken. Mallorca als Therapiezentrum für emotional unausgeglichene Deutsche. Gehörte er selbst zu den heilbaren Fällen? Er begann daran zu zweifeln. Oskar hatte eher umgekehrt das Gefühl, seit seiner Ankunft auf Mallorca an den Rand einer Geisteskrankheit gebracht worden zu sein. Aber so geht das, wenn ein Normaler eine Irrenanstalt betritt: Was normal ist und was nicht, steht plötzlich in Zweifel.

Damit, und nur damit, ist zu erklären, warum Oskar Balduin fixierte, ihn an der Schulter packte, ohne die Konsequenzen seines Tuns zu bedenken, und leise sagte: »Ich danke dir, Balduin. Wir verstehen uns, nicht wahr?«

»Ja«, hauchte Balduin und wich zurück, Erstaunen im Blick, die Hand auf die berührte Schulter gelegt. In diesem Moment verstand Oskar, was er angerichtet hatte, konnte aber nicht mehr zurück.

Und obgleich er dazu neigte, all das, was sich um ihn herum abspielte, sogar das Alodio-Ultimatum Lambergs, als Anekdoten einzustufen, war er nicht wirklich überrascht, als in den folgenden Tagen seine Welt auseinander zu brechen begann. Nur machte es das um nichts leichter.

12.

Oskar entdeckt den Täter und wird zu seiner eigenen Hochzeit eingeladen

Was man metaphorisch unter einer Kopfwäsche versteht, war nicht Helenes Spezialität. Eine lausige Friseuse hätte sie abgegeben. Sie hätte Oskar wohl den Kopf waschen, ihm alles an denselben werfen wollen, was sie an diesem Tag und an den Tagen und Wochen davor gestört hatte, sich womöglich alles für diesen Augenblick aufgehoben, was sie je an ihm gestört hatte, und das war eine Menge, aber wenn wir die Metapher weiterdenken, gehören zu einer ordentlichen Kopfwäsche das Shampoonieren und Ausspülen. Helene spülte nicht, sie shampoonierte bloß und ließ Oskar mit halb gewaschenem Kopf zurück, die Haare voller Shampoo, die brennenden Augen geschlossen, er fühlte sich blind und doof, jeder Möglichkeit beraubt, das Angesprochene zu klären.

Nein, sagte sie, jetzt sei nicht der Moment, darüber zu sprechen, warum sie stocksauer sei, aber in allernächster Zukunft müssten sie sich mal zusammensetzen und »ernsthaft miteinander diskutieren«. Als ob sie bisher nur Witze gerissen hätten, dachte Oskar, dabei taten sie nicht mal mehr das. Jedoch richtete er sich gehorsam auf eine Aussprache in der nicht näher präzisierten allernächsten

Zukunft ein und wünschte sich nur, das Tohuwabohu möge nicht mit dem Ablauf des Alodio-Ultimatums zusammenfallen. Überraschend brach es dann doch aus Helene heraus, nicht im Rahmen einer Aussprache, sondern noch am selben Abend in Form sporadisch abgeschossener Pfeile, im Vorübergehen und so nebenbei. Er hätte Jürgen bloßgestellt, beschuldigte sie Oskar auf dem Weg ins Badezimmer, und damit eine »delikate Geschäftsbeziehung« unnötig gefährdet. Als Oskar verblüfft fragen wollte »Warum delikat?«, ging vor seiner Nase die Tür zu. Wann immer er seine Finger in den »Mallorca Total Bookshop« stecke, müsse sie nachher die Trümmer wegräumen, sagte sie auf dem Weg vom Badezimmer hinunter in die Küche. Oskar rannte hinterher: »Wie meinst du das?« Darüber, sagte Helene, müssten sie mal ernsthaft reden. Aber später. Und sie öffnete die Kühlschranktür und suchte nach ihrem Gesundheitsjoghurt. Im Übrigen, rief sie ihm, der schon wieder frustriert die Treppe erklomm, hinterher, fühlte sie sich moralisch im Nachteil, da sie ihn ständig um Geld angehen müsse und deshalb große Hemmungen verspüre, das, was sie störe – und das war eine Menge, die sich besser in Tonnen als in Kilo rechnete –, offen anzusprechen.

»Ist das ein Problem aller ehemaligen Millionärsgattinnen?«, rief Oskar zurück. »Diese Fixierung aufs Geld?«

Eine beleidigte Stille verdeutlichte ihm, dass er einmal mehr ins Fettnäpfchen getreten war.

»Helene?«

»Wir werden darüber reden«, kam es dünn und kühl von unten her, begleitet vom Klingeling des Löffels im Joghurtglas.

»Warum nicht jetzt?«

»Ich habe keinen mentalen Raum dafür«, erwiderte sie mit müder Stimme. »Der Buchladen steht kurz vor der

Eröffnung, und das Letzte, was ich brauche, ist eine durchquatschte Nacht mit Oskar Tschann. Verzeihung, wenn es deine Eitelkeit verletzt.«

Der Buchladen stand seit Monaten kurz vor der Eröffnung. Der Buchladen begann ihm auf den Wecker zu gehen, denn er diente als Schutzschild, Ausrede, Argument für und gegen alles, er hatte den »Mallorca Total Bookshop« satt.

»Wir bräuchten eine ganze Nacht, um meine Fehler zu besprechen?«, feixte Oskar. »Scheint, als wäre ich auf dem Weg ins Guinness-Buch der Rekorde.« Und dachte: Helenchen, wenn du über das Ultimatum deines Ex Bescheid wüsstest, kein böses Wort käme mehr über deine Lippen. Aber er konnte es ihr nicht sagen, es würde, fürchtete Oskar, die Situation komplizieren und ihre Beziehung auf Dauer beeinträchtigen. Und er musste sich widerwillig eingestehen, dass Lamberg damit zum Teil schon erreicht hatte, was er wollte. Denn die Beziehung war seither wie verhext. Oskar sah sich genötigt, den Edelmütigen zu spielen, aber hinter geschlossenem Vorhang. Etwas Frustrierenderes gab es nicht. Lamberg war auf seine Weise ein Ass. Und ein Aas. Oskar würgte an seinem Handtuch herum, als wäre es eine Lamberg-Voodoo-Puppe.

»Was war so hinterhältig an meinem Vorschlag, Jürgen sollte sich finanziell beteiligen?«, rief Oskar.

»Könnten wir uns das für die Quatschnacht aufsparen?«, flehte Helene. »Wenn es dir jetzt nicht klar ist, werde ich Stunden brauchen, bis ich dich überzeugt habe.«

Stunden. Das klang nicht nach Überzeugen, sondern nach Weichquatschen. Kein Wunder, dass Helene den Moment dafür selbst aussuchen wollte.

So ging Oskar mit halb gewaschenem Kopf, die Haare voll metaphorischen Shampoos und die brennenden Augen geschlossen, ins Bett und bekam am nächsten Morgen noch mit, wie Helene sehr früh das Haus verließ. *Termin mit Transporteur,* hatte sie ihm auf einen Zettel geschrieben. Zärtliche Beiworte fehlten.

Noch während er den Zettel in seinen Händen hin und her wendete, als ob doch irgendwo ein »Kuss, Helene« versteckt sein könnte, läutete das Telefon. Sein Freund Günther Deutling von der Agentur Prisma grüßte ihn mit verdächtiger Fröhlichkeit, wie immer, wenn er einen Gefallen verlangte, der an Unverschämtheit grenzte. Ob er nicht »superkurzfristig«, also ungefähr morgen früh, nach Menorca schippern und dort rasch mal archäologische Stätten fotografieren könne, wo er doch direkt nebenan wohne? Oskar fuhr seine Vampirzähne aus und fragte: »Aber natürlich, Günther, Kumpel, altes Haus. Du kennst mich ja, ich habe noch nie einen *sehr gut bezahlten* Job abgelehnt.« Günther hatte das Ausfahren der Vampirzähne mitbekommen und stöhnte: Ach, lieber Freund, überall streichen sie die Budgets zusammen, Betriebe fusionieren, Abteilungen werden verschlankt, freie Mitarbeiter von heute auf morgen ihrer Einnahmequellen beraubt, ganze Branchen versinken im Treibsand der Globalisierung, es sei ein Drama, ein Massaker, und Oskar sollte sich glücklich schätzen, zu den Überlebenden zu zählen. So ging das hin und her, bis Oskar, der die Dringlichkeit roch, ein gutes Honorar ausgehandelt hatte, das es rechtfertigte, die wieder mal für Helenes Ladeneröffnung freigehaltene Woche zu opfern und, wichtiger noch, einen Teil der kritischen letzten Tage vor Ablauf des Lamberg-Ultimatums nicht am Ort des Geschehens zu sein, sondern auf Menorca, praktisch einem anderen Planeten, zwischen antiken Steinhaufen und glücklichen Kühen. Madame Zarfou, dachte Oskar, als er gerade aufgelegt hatte, würde morgen ebenfalls auf seine Dienste verzichten müssen. Was bedeutete, dass er auch auf die ihren verzichten müsste. Das musste er umgehend abklären. Stichwort Weichquatschen.

So selten er bei seiner alten Freundin anrief, Frau Zarfous Telefonnummer ging ihm nicht aus dem Kopf, als wohnte ihr eine kabbalistische Magie inne. Er könnte, sagte er und versuchte dabei nicht hämisch zu klingen, »leider, leider« nicht mitkommen, ein dringender Auftrag, er müsse morgen schon abreisen, genau an dem Tag, da sie ihre gemeinsame »Hochzeitsreise« absolvieren wollten, ob sie sich denn nicht doch heute treffen könnten, trotz der Antidepressionstherapie oder eigentlich wegen, denn er habe ein Problem, das in eine Depression münden könnte, wenn sie ihm nicht zur Seite stünde. Madame Zarfou hatte wahrscheinlich bereits begonnen, sich für den Ausflug – ein ganzer Tag mit Oskar! – vorzubereiten. Womöglich, argwöhnte er, schminkte sie sich bereits, während ihre Frequentanten führerlos in der Antidepressionskammer saßen und mit ihren mentalen Wölkchen Gewitter und Schnürlregen und Nebelbänke produzierten. Jedenfalls war sie überraschend schnell am Apparat gewesen, im Hintergrund herrschte untypische Stille, aber nachdem Oskar sein scheinheiliges »leider, leider« angebracht hatte, gab Madeleine sich eisig. Sie hätte schon viel wichtigere Termine sausen lassen, wenn es darum ging, Oskar in Schlüsselmomenten des Lebens das Händchen zu halten, aber bitte.

Oskar war sprachlos. Er fand es schon mal unverschämt, dass sie gleich mehreren Personen die wertvolle

Zeit rauben und Aussicht auf ein Geschäft vorgaukeln wollte, nur damit ihre Hochzeitslüge überzeugender klang.

»Madeleine«, sagte er und legte Sinnlichkeit in seine Stimme. Warum nicht auch mit ihren Gefühlen spielen? »Bitte! Ich brauche Sie. Ich ...«, nun ging er aufs Ganze, »... ich werde erpresst.«

Stille in der Leitung. Dann hörte er Madeleine tief atmen, ohne dass klar wurde, ob das ein Seufzer war. Schließlich sagte sie, noch immer merkwürdig trocken: »Warum haben Sie das nicht gleich gesagt? Wird Ihr Telefon abgehört?«

»Ich wollte nicht dramatisch werden.«

»Männer!«, rief Frau Zarfou aus. »Immer diese Angst vor Gefühlen! Eine Bande Waschlappen seid ihr!«

»Madeleine!«, flehte Oskar.

»Reicht eine Stunde?«

»Reicht.«

»Dann um neun Uhr vor dem Einkaufszentrum. In der Bar ›Pirat‹.«

Oskar rechnete nach. Um halb zwölf ging das Flugzeug nach Menorca. »Einverstanden.«

Helene nahm die Nachricht über Oskars Menorca-Trip gelassen hin. Die Eröffnung des »Mallorca Total Bookshop« würde sich, ganz wie er vorhergesehen hatte, wieder mal hinauszögern, er möge sich nicht extra Ferien nehmen deshalb, und die Saison sei mittlerweile ja gelaufen. Im Klartext: Um über den Winter zu kommen, würde sie zusätzliches Kapital benötigen, da kam der Menorca-Auftrag gerade recht, und sie wünschte ihm viel Spaß auf dem »sterbenslangweiligen« Nachbareiland. Oskar kam kurz auf seinen Vorschlag bezüglich Jürgens Beteiligung zurück, aber Helene brachte ihn mit einem Fauchen zum Schweigen.

Nun war der Zeitpunkt gekommen, da die Achterbahn zu rollen begann. Die Sonne an diesem Donnerstag ging wie üblich im Osten auf, das Vogelgezwitscher ließ nichts Böses ahnen, und Helene, die immer früher aufstand, vor Nervosität kaum noch schlafen konnte und bereits durch Palma tourte, während Oskar noch die erste Augengymnastik machte, war wie üblich weg, als das Telefon zum ersten Mal läutete. Es war kurz nach sieben, eine Uhrzeit, die für schlechte Nachrichten reserviert war. Oskar grapschte nach dem Kabellosen, das neben dem Bett am Boden lag, und krächzte ein akzentfreies *»Sí!«* hinein, überzeugender als sonst, weil er zum ersten Mal auf Spanisch geträumt hatte (*muy bueno,* hatten die Traumfiguren stundenlang gebrüllt. *Muy, muy bueno.)*. Es war Deutling. Er entschuldigte sich tausend Mal, bot ein Ausfallshonorar an, auch das Flugticket werde man ersetzen, das Problem war, dass man rechtzeitig einen Fotografen ausfindig gemacht habe, der ein hervorragendes Archiv zum Thema anbot, jedenfalls fiel Menorca flach. »Ich danke für dein Verständnis, cool, klasse, Mann, bis zum nächsten Mal, juhu!«

Cool. Oskar schlurfte hinunter in die Küche, stolperte über das vorbereitete Reisegepäck, machte sich einen Kaffee für die morgendliche Hirnspülung und versuchte dann, Helene anzurufen, aber die war nicht erreichbar. Na, schön. Klasse, Mann. Cool. Das hieß, er konnte Madeleine Zarfou auf ihrem Psychotrip begleiten. Oskar stützte den Kopf in die Hände und fragte sich, ob er Madeleine verständigen sollte, immerhin könnten sie sich nun das Stündchen im »Pirat« sparen, und er könnte noch ein wenig faulenzen.

In diesem Augenblick klingelte es erneut.

»*Sí!*«, bellte Oskar entnervt ins Telefon.

»*El Señor Oskar Etschann?*«, fragte eine Stimme, die ihm bekannt vorkam.

»*Sí, soy yo.* Das bin ich. Was wollen Sie?«

»Ich bin Joana Marqués. Tut mir Leid, dich so früh am Morgen zu stören, aber ich hatte Angst, dich untertags nicht zu erwischen. Du hast mir keine Handynummer gegeben.«

»Joana!«, rief Oskar aus. »Ah, richtig. Ich schleppe normalerweise kein Handy mit mir herum. Angst vor den Strahlen.«

»Meinst du das jetzt ernst?«

Oskar blickte auf die Uhr. »Zu früh, um das zu beantworten. Wie geht es dir? Was gibts Neues?«

»Deshalb rufe ich an. Ich weiß, wer euch den Alodio eingebrockt hat.«

Oskar erhob sich und stand plötzlich stramm. »Sprich weiter«, sagte er leise.

»Ich dachte, das interessiert dich. Deshalb rufe ich zu dieser unhöflichen Uhrzeit an. Hoffentlich habe ich niemanden geweckt. Hab ich?«

»Ja, hast du, und zwar mein Interesse. Um Gottes willen, schieß los, ich bitte dich!«

»Die Schwester einer Schulfreundin arbeitet im Gemeindeamt von Felanitx. Ich habe sie gebeten, sich umzuhören, und der Gemeindearchitekt konnte sich gut an die Person erinnern, die Nachforschungen über deine Finca angestellt hat.«

Oskar stützte sich auf den Tisch. Er wagte kaum noch zu atmen.

»Bist du noch dran?«

»Und wie!«

»Gut. Die besagte Person hat sich auffällig für deinen Besitz interessiert, kam mehrmals ins Gemeindeamt, wurde auch ans Grundregister in Palma verwiesen, jedenfalls war der Mann dort wochenlang Stammgast.«

Ein Mann. Oskar begann unruhig auf und ab zu gehen.

»Dann war er plötzlich weg«, erzählte Joana weiter. »Offenbar hatte er gefunden, wonach er gesucht hatte. Kurze Zeit später hat jemand der adeligen Familie die Rechte auf das Alodio-Inkasso abgekauft oder sich die Vollmachten erteilen lassen, wahrscheinlich als Teil eines unsauberen Deals. Möglicherweise sind dabei Bestechungsgelder geflossen und Dokumente umdatiert worden. Deshalb wollte auch niemand deiner Gefährtin Auskunft geben. Xisca, ich meine: die Schwester meiner Freundin, musste sich auch hintenrum erkundigen, denn sie merkte sofort, dass das Thema heiß war. Jetzt hast du zumindest einen Anhaltspunkt, der dir vielleicht weiterhilft. Ob man genug beweisen kann, um die Verantwortlichen so richtig in die Pfanne zu hauen, ist eine ganz andere Frage. Ich wäre da eher pessimistisch.«

»Ich werd verrückt«, hauchte Oskar. »Joana, du bist unbezahlbar. Und kennst du den Namen des Mannes, der da herumgestöbert hat?«

»Ich hab ihn mir aufgeschrieben. Diese deutschen Namen sind nicht leicht zu merken, obwohl ...«, eine Pause, offensichtlich holte Joana einen Zettel hervor.

»Obwohl was?«, wiederholte Oskar atemlos.

»Obwohl der Nachname französisch klingt. Debarcon. *Hola?* Bist du noch dran?«

War er noch dran? Das wurde er letzthin öfter gefragt. Der Boden begann unter seinen Füßen zu wanken. Oskar setzte sich an den Frühstückstisch, fiel dabei fast vom Stuhl.

»Genau, das war sein Vorname. *Jurchen. Hola?*«

Oskar lächelte kurz über Joanas Aussprache, schüttelte den Kopf und fragte: »Verzeih, ich muss das erst verdauen.«

»Du kennst den Mann«, sagte Joana. »Ein Freund?«

»Schlimmer«, sagte Oskar. »Der Geschäftspartner von Helene.«

»O-oh.«

»Das kann man wohl sagen. Ist die Information zuverlässig?«

»Ist sie. Und vertraulich. Ich zähle auf deine Diskretion, sei also vorsichtig, sonst bekommt Xisca Schwierigkeiten. *Bueno,* das wars. Mehr kann ich momentan nicht tun. Außer Glück wünschen. Ich war übrigens ... wie soll ich sagen ... letztes Mal im Café, es war nicht deine Schuld, ich hatte ...«

»... einen schlechten Tag.«

»Genau. Es hatte nichts mit dir zu tun, dieses Treffen kam nur zu einem ungeeigneten Zeitpunkt.«

Oskar schwieg, weil er dachte, vielleicht kommt da noch was, aber Joana wollte ihn nicht mit Details behelligen. Sie war zu beschäftigt damit, anderer Leute Probleme zu lösen.

»Grob geschätzt schulde ich dir zweihundertfünfzig Abendessen«, sagte Oskar.

»Oder Mittagessen«, schlug Joana vor.

»Deine Wahl«, sagte Oskar. »Abendessen sind angenehmer, weniger Stress, der Arbeitstag ist vorbei, und man braucht nicht dauernd auf die Uhr zu sehen.«

»So wie ich im Ca'n Joan de S'Aigo.«

»Mein Gott, ich wollte nicht sticheln, Joana, ich will nur irgendwann meine Schuldgefühle in wohl schmeckende Kalorien umsetzen. Das hat durchaus eine egoistische Komponente. Bring deinen Freund oder Lebensgefährten mit oder meinetwegen deine Lebensgefährtin.«

»Was willst du denn *damit* sagen?«

»Ich will damit sagen: Jedermann an deiner Seite ist willkommen. Nur bitte ich um Verständnis, wenn ich in den nächsten Tagen etwas beschäftigt bin.« Er blies Luft aus. »Also Jürgen Debarcon. Ich werd verrückt. Womöglich hat er auch Helene reingelegt. Obwohl ich ihren Geschäftsvertrag von einem Anwalt habe prüfen lassen, und der sagte, es sei alles in Ordnung.«

»War der Vertrag unterzeichnet?«

»Ich glaube nicht. Es war die spanische Übersetzung.«

»Dann gebe ich dir einen letzten Tipp: Finde schnellstmöglich heraus, ob der unterschriebene Originalvertrag denselben Wortlaut aufweist wie die nicht unterschriebene Übersetzung.«

Oskar erstarrte. »Mein Anwalt ...«, stammelte er. »Mein Anwalt hat ...«

»Anwälte sind Menschen. Du hast ihn ja nur gebeten, einen Text zu prüfen. Jetzt, wo du weißt, dass dieser *Jurchen* gefährlich ist, fallen sogar einer Kinderärztin ein paar Punkte ein, die man sofort überprüfen müsste. Tut mir Leid, Oskar. Sieht aus, als hättest du jetzt ein Problem mehr statt eines weniger. Ruf mich an, wenn der Sturm sich gelegt hat, dann essen wir mal zu Mittag oder Abend und können hoffentlich über alles, was dich und mich so beschäftigt dieser Tage, lachen ... na ja, oder wir haben es zumindest überwunden.«

Oskar lauschte nachdenklich der Stille, die eintrat. Dann sagte er: »Danke klingt mickrig, aber mir fällt einfach kein anderes Wort ein. Danke, Joana.«

»Nicht der Rede Wert«, sagte Joana. *»Suerte, muchacho!«*

Oskar hätte jetzt gerne Joga gemacht oder sonst was Beruhigendes, stattdessen stürmte er planlos durchs Haus, flog mehrmals über das noch herumstehende Menorca-Gepäck, nahm immer wieder das Telefon in die Hand und versuchte vergeblich, Helene zu erreichen. In der Buchhandlung war noch nicht mal ein Beantworter installiert – oder es war einer installiert worden und wieder mal defekt oder nicht eingeschaltet –, und die Mobiltelefongesellschaft teilte ihm, herzlichen Dank, »gratis« mit, dass Helenes Handy entweder ausgeschaltet oder außer Reichweite war. Mit Wutgebrüll sprang Oskar ins Auto. Während er durch das Buschland von Felanitx preschte, ging er seine Optionen durch. Die offensichtlichste bestand darin, zu Jürgens Haus zu fahren, das Tor aufzubrechen und mit einem Tranchiermesser in der Rechten eine ungezwungene Aussprache anzuregen. Diese Option hatte einen Haken: Er wusste bis heute nicht, wo »Solentuna Hem«, wie der Betrüger seine Villa nannte, genau lag. Ein- oder zweimal waren sie durch eine Gegend gefahren, und Helene, die eine Zeit lang Jürgen fast täglich besucht hatte, vornehmlich wenn Oskar sich auf Reisen befunden hatte, hatte erwähnt: Schau da drüben, da liegt Jürgens Finca, die musst du dir unbedingt mal ansehen, ist nämlich *so was* von schön. Nur hatte sich Oskar dabei auf die Straße konzentriert, ein bisschen mit Absicht, um sein Desinteresse am aufdringlichen Nachbarn zu demonstrieren.

Nun, das hatte sich geändert. Er war *so was* von wild darauf, Jürgens Finca zu sehen, und zwar mit Jürgen drin, in Lebensgröße. Oskar ballte die Faust. Warum hatte er nicht auf seinen Instinkt vertraut, warum hatte er sich weich quatschen lassen? Es war offensichtlich: Helene hatte sich Jürgen anvertraut, und der, viele Jahre Mallorca auf dem Buckel und mit allen mediterranen Wassern gewaschen, hatte die Informationen eiskalt zu seinem Vorteil genutzt. Hatte hinter ihrem Rücken recherchiert und Lamberg einen Deal vorgeschlagen. Hallo, Landsmann! Wie viel ist Ihnen eine Information wert, mit der Sie den beiden Turteltäubchen ordentlich eins auswischen können?

Oskar stieg auf die Bremse. Links ging es nach Felanitx, rechts nach Palma. Er blickte auf die Uhr. Mein Gott, Zarfou! Er brauchte sie eigentlich nicht mehr, oder mehr als je zuvor, und nun war er spät dran, und Madame Zarfou, trotz ihrer eigenen Zeitrechnung, war immer teuflisch pünktlich. Aber musste er nicht zuerst zum »Mallorca Total Bookshop«? Natürlich. Er musste Helene warnen. Sie musste den unterschriebenen Vertrag sofort zu einem Anwalt bringen. Oskar hämmerte auf die Konsole des Wagens. Jürgen! Er hatte es gewusst! Mit kreischenden Reifen bog er Richtung Palma ab und gab Gas.

In Palma das alte Lied: Keine Parkplätze. Oskar stellte seinen Wagen mitten in einer Garageneinfahrt ab, sprintete zum Buchladen, fand denselben verschlossen, hämmerte gegen die Rollläden, sprintete wieder zurück. Hupen und eine erhobene Faust aus einer dunklen Limousine erwarteten ihn. Ihr könnt mich alle, murmelte Oskar und preschte wieder los. Stieg hart auf die Bremse, die Limousine fuhr ihm fast hinten rein. Er hätte einen Zettel unten durchschieben sollen, eine Warnung. Gehupe von hinten. Fluchen. Schreien. Ein ganz normaler Tag in Palma, lass deine Emotionen raus, sei du selbst, lebe! Schreitherapie in der Inselhauptstadt, Parkplatzsuche als ultimativer Selbstvertrauenstest. Die Magie des Mittelmeers, projiziert auf Blech und Parkverbote. Oskar blickte wieder auf die Uhr. Plötzlich raste die Zeit, Madeleine saß wahrscheinlich bereits im »Pirat« und schwor sich in diesem Augenblick, nie wieder etwas für Oskar zu tun, wenn der sie nicht umgehend heiratete. Wieder stieg Oskar aufs Gaspedal, beschleunigte Richtung Terreno, Richtung Pirat, Richtung Madeleine, Richtung Wahnsinn.

»Sie sind spät dran«, sagte Madeleine Zarfou mit einer erhobenen Augenbraue.

Oskar war von dieser Geste fasziniert. Immer wieder hatte er vor dem Spiegel versucht, nur eine Augenbraue zu heben, nie war es ihm gelungen, stets gingen beide in die Höhe. War es Übung? Ein Naturtalent? Überwältigt von seinen Lebensproblemen, krallte Oskar sich an unbedeutenden Details fest. Zarfous Kleidung zum Beispiel. Heute war sie eine grüne Explosion, ihr Arm war von einer grünen Reptilienuhr umringelt, ihre schlanken Füße steckten in Krokodilbabys, und aus ihrem Hut wuchs ein Büschel Petersilie. Oder war es Dill? Er war ein miserabler Gärtner.

Keuchend setzte er sich an ihren Tisch und fragte: »Wie machen Sie das mit der Augenbraue?«

Madeleine senkte nun die rechte und hob die linke. »Was?«

»Das, genau das!« Oskar zeigte darauf. »Üben Sie das?«

»Mein Lieber, ich weiß nicht, wovon Sie sprechen.« Im Widerspruch dazu begannen beide Augenbrauen – dunkelgrün nachgezogen, Madeleine war aufgemacht wie eine Urwaldbonbonniere – unabhängig voneinander zu tänzeln. Oskar war fasziniert.

»Wir sollten die Zeit nützen und Ihr Problem besprechen«, sagte sie und saugte an einem Strohhalm, der in einen Eiscafé von der Größe eines Fußball-Europapokals führte. Der Halm färbte sich dunkel. »Mmmmm.«

»Ich kann übrigens doch mitkommen, die Reise wurde im letzten Moment abgesagt«, teilte Oskar mit und beobachtete Frau Zarfous Reaktion. Jetzt musst du die Show durchziehen, dachte er.

Madeleine zuckte mit keiner Wimper. »Gut«, sagte sie kühl. »Dann haben wir ja Zeit zu einem intensiven Austausch.« Sie fixierte ihn, und ihre linke Augenbraue hüpfte wie ein mallorquinisches Folkloremädchen.

»Wie geht es Balduin?«, fragte Oskar. »Warum kommt eigentlich *er* nicht mit?«

»Balduin ist in Deutschland«, beschied Frau Zarfou. »Er arbeitet an einem dringenden Auftrag einer Ladenkette für Bastel- und Bauzubehör, deren Umsatz eingebrochen ist.«

»Mit ein paar Takten hypnotischer Zwölftonmusik kriegt er das bestimmt wieder hin«, analysierte Oskar und dachte: In Wahrheit schwirrte Balduin auf Mallorca herum, komponierte eine Fotografenoper und war nebenher als Privatdetektiv tätig, wer belog hier wen? Balduin Madeleine oder Madeleine Oskar? Und log nicht auch er selbst? Gab es außer Joana jemanden, der die Wahrheit sagte? Wo zum Teufel trieb sich Helene wirklich herum, während er um ihre Zukunft kämpfte?

»Balduin ist in seiner Branche als Troubleshooter bekannt«, sagte Madeleine. »Keine Sorge übrigens, er ist daran gewöhnt, von Menschen, die keine Ahnung haben, gering geschätzt zu werden.«

Die Spätsommerluft duftete nach Show-down. Wenn Oskar es recht bedachte, hatte er Glück gehabt, Helene weder telefonisch noch physisch anzutreffen. Er wollte ihr mit durchdachten und wohl konstruierten Sätzen gegenübertreten, nicht wie ein panischer Gockel. Er wollte ihr großzügig alle Irrtümer nachsehen – sie und Edgar waren ja auch nicht unschuldig an der Alodio-Situation –, sie trösten, beruhigen, ihr zur Seite stehen und in souveräner Manier einen Rettungsplan präsentieren, ein Auftritt Marke »Schau mir in die Augen, Kleines«. Die Krise gab ihnen die Chance, einen neuen Anfang zu machen, und er würde sich den Respekt seiner Angebeteten zurückerobern. Helene würde sich bald schluchzend an seine Brust werfen. Darauf wollte er sich vorbereiten. Seine Gefühle sortiert und poetische Antworten vorbereitet haben. Solche Momente, wie sie Kino und Fernsehen täglich zu dutzenden ausspucken, kommen im Leben allzu selten, das durfte er nicht verpatzen.

Dass Madeleine ihn zum Narren hielt, sollte ihn vor diesem Hintergrund nicht stören. Während sie mit dem Geländewagen Palma Richtung Sóller verließen, parlierte er mit ihr gut gelaunt über die seltsamen Wendungen, welche Menschenschicksale so nahmen, und meinte das, was er sagte, immer ganz anders, als sie es auffasste. Sie besuchten prächtige Landsitze, die von ihren Eignern für Veranstaltungen vermietet wurden, um Restaurierung und Erhalt bezahlen zu können. Oskar sprach Madeleine auf den Umstand an, dass am Ende meist jene Frauen, die in ihrem Leben auf die Traditionen pfiffen, die großartigsten Hochzeiten in Weiß feierten, während die scheinbar Braven eines Tages plötzlich verschwanden, um in Kopenhagen oder auf Madeira einen unrasierten Künstler zu ehelichen und die Verwandtschaft mit einer Postkarte abzuspeisen. Ob Madeleine ihm das mal erklären könne, sie sei ja selbst ein Beispiel.

»Ich heirate nicht in Weiß«, erklärte sie, während sie durch die Säle von Sa Font Seca bei Bunyola schritten und die exquisite Ausstattung bewunderten: Ölgemälde, schwere Vorhänge, historische Truhen sowie Kronleuchter, die hundertbirnig von den Decken hingen. »Im Übrigen finden Sie die Antworten auf alle Ihre Fragen in meiner Zarfou-Theorie über das Gleichgewicht des Universums. Habe ich Ihnen nicht mal ein Büchlein geliehen?«

Richtig, erinnerte sich Oskar. Er hatte es als Lektüre für die meditativen Pausen seines letzten Südseejobs mitgenommen und in irgendeinem Atoll-Tauch-Hotel-Klo liegen gelassen.

»Äh, ja, stimmt«, brummte er.

»Dann wissen Sie, wovon ich spreche. Ich habe mich von unseren Konventionen so weit entfernt, dass ich mich ihnen so unvoreingenommen annähern kann wie eine Anthropologin den Hochzeitsriten eines afrikanischen Stammes. Daher müssen Sie diese traditionelle Hochzeit nicht als Akt der Traditionstreue, sondern als Ausdruck von Freiheit und Extravaganz sehen.«

»Und was sagt Balduin dazu?«

»Balduin komponiert gerade einen Chorgesang zum Einzug der Braut.«

»Hoffentlich kommen ihm in der Aufregung nicht die Partituren durcheinander«, sagte Oskar. »Sonst schreiten Sie zu den Klängen einer Sonate für den Ausverkauf in der Damenwäscheabteilung zum Traualtar.«

»Altar gibt es keinen. Jedenfalls nicht im herkömmlichen Sinn. Mir schwebt ein Arrangement mit tropischen Früchten vor. Fällt Ihnen auch dazu was Komisches ein?«

Oskar schüttelte den Kopf. »Nur die klassische Bananenschale auf dem Boden, und schwupp ... Wer führt Sie eigentlich zu Ihrem Früchtehaufen?«

Madeleine blinzelte ihn von der Seite an. »Ich dachte dabei an Sie.«

Oskar war gerührt. Madeleine hatte die Show so organisiert, dass Oskar bis zum letzten Moment vor ihr auf die Knie sinken und sie um ihre Hand anflehen konnte, ganz wie diese typischen Hollywood-Inszenierungen, wo der eigentliche Geliebte auch immer erst auftaucht, wenn die Braut Millimeter vom »Ja« entfernt ist. »Kommt denn Ihr Papa nicht?«, fragte Oskar. Madeleine hatte ihm nie über ihren familiären Hintergrund erzählt.

»Papa darf seine derzeitige Wohnstätte nur in Begleitung von zwei bewaffneten Beamten verlassen«, sagte Madeleine. »Sie werden verstehen, dass der Einzug der Braut unter diesen Umständen einiges von seinem Reiz verlöre.«

»Oh«, sagte Oskar und verzichtete darauf, nach Mama zu fragen.

»Fahren wir weiter?«, fragte Madeleine. »Ich müsste mein Haus verkaufen, um die Veranstaltung in diesem Palast zu bezahlen. Obwohl ...«, Oskar bemerkte, dass ihre Augen glänzten, und spürte plötzlich ihre Hand an seinem Arm, »... es wäre wunderschön.«

Am Ende des Tages, der kein konkretes Ergebnis brachte, jedoch Oskar den Reichtum dieser Insel vor Augen führte, fühlte *er* sich als der eigentliche Betrüger, weil er die Komödie mitspielte und damit Madeleines Hoffnungen nährte. Die Hoffnungsvolle setzte ihn in Porto Pí ab, und Oskar fuhr zurück nach Felanitx. Er hatte die Zeit genutzt, sein Plan stand fest. Wenn er das, was er für den Alodio auslegen müsste, stattdessen einem guten Anwalt zuschanzte, würde er Lamberg in Grund und Boden prozessieren, und alle außer Lamberg würden glücklich. Und sollte es Jürgen noch einmal wagen, ihm unter die Augen zu treten, würden die Fetzen fliegen, und diesmal, war Oskar überzeugt, mit Helenes Anfeuerungsrufen auf seiner Seite.

Oskar fühlte sich seit langem wieder ausgeglichen und gesammelt, als er das Tor aufschloss. Dabei fiel ihm ein, dass Helene ihn ja auf Menorca wähnte, womit er eine doppelte Überraschung für sie bereithielt. Er war auf alles gefasst. Nur nicht auf die Szene, die sich ihm bieten würde.

13.

Oskar ist zum Kotzen zu Mute und wird zum Essen eingeladen

Erst viele Monate später erfuhr Oskar, was sich an diesem Nachmittag tatsächlich in seinem Haus abgespielt hatte, bevor er den Weg durch den Gemüsegarten nahm, weshalb er das zweite, diskret geparkte Auto nicht bemerkte, dann an der deprimierten Minze vorbei an die Panoramascheibe trat und, weil diese geschlossen war, seine Nase darandrückte und seine Augen abschirmte, um zu sehen, ob Helene zufällig im Raum war. Das war sie auch, aber nicht nur sie. Oskar musste eine Weile genau hingucken, bis er begriff, dass seiner Geliebten kein zweiter Satz Hände aus dem Nierenbecken wuchs, sondern dass diese Hände jemand anderem gehörten, auf den Helene die Sicht verdeckte, und dass diese Hände etwas taten, worauf er das Monopol zu haben glaubte.

Wäre es Jürgen gewesen, der Helene umschlang und betatschte, Oskar hätte dem Impuls, durchs Panoramafenster zu brechen, nicht widerstehen können und sich dabei die Nase gebrochen, denn das Fenster mit seiner Doppelverglasung und dem Anti-Einbrecher-Schutz hätte ihm den Auftritt versaut. Aber es war nicht Jürgen, denn nirgendwo schaute dessen weißes Wuschelhaar hervor, und Rotwein stand auch keiner auf dem Tisch. Rasch hatte Oskar auch Helenes Sohn verworfen, denn erstens wusste er über dessen Besuche Bescheid, und zweitens streicheln nur ganz wenige junge Männer ihrer Mama den Hintern.

Oskar stellte sich auf die Zehenspitzen und hörte seine Zähne knirschen und das Gebälk seines Lebensgebäudes. Dann traf ihn der Blitz des Erkennens, und er ließ sich sprachlos, atemlos und pulslos auf seine Fußballen zurücksinken. Das konnte nur eine Fata Morgana sein. BALDUIN???!!!

Die Geschehnisse ab diesem Moment blieben Oskar in Erinnerung, als hätten sie sich abwechselnd in Zeitlupe und -raffer ereignet, als spielte das Raum-Zeit-Gefüge im passenden Moment verrückt: Balduin, der den Schatten im Fenster bemerkte, aufblickte und dessen Mund sich zu einem »Oh!« öffnete, das Oskar wegen der Doppelverglasung mehr ahnte als hörte. Helene, die sich umwandte, deren Antlitz sich zu einer Schreckensmiene verzog und deren Lippen ein schrilles »Oskar!« artikulierten, worauf der Angesprochene den Eindruck hatte, eine Salve hochkalibriger Ausrufezeichen schlüge ins Panoramafenster ein. Oskar, der mit der flachen Hand gegen eben jene Panoramascheibe drosch und einen Satz brüllte, in dem er ein Maximum an Schimpfwörtern mit einem Minimum an Verben verknüpfte, eine Szene, an deren Details er sich später nie erinnern würde. Balduin, der sich erhob, die Hand vor den Mund hielt und ein imaginäres Publikum zu fragen schien: Huch, was nun? Helene, deren Schreck sich in Zorn verwandelte und deren mithin mehr wütende als verschreckte Gestalt plötzlich vor ihm auftauchte und nach frenetischem Gerüttel am Schloss die Panoramascheibe zur Seite brachte. Oskar, der nun gerne weitergebrüllt hätte, stattdessen aber auf Balduin wies und nur ein »Also ... du ... also ...!« hervorbrachte, die eben noch vorhandene Eloquenz erstickt unter den Trümmern des gebrochenen Herzens.

»Ich dachte, du seist auf Menorca!«, schrie Helene.

»Ganz offensichtlich hast du das gedacht!«, schrie Oskar.

»Spionierst du mir nach?«, schrie Helene.

»Hätte ich denn Grund dazu, meine Allerliebste?«, schrie Oskar.

»Ach!«

Und aus dem Hintergrund drang Balduins dünnes Stimmchen und schlug vor: »Könnten wir nicht ganz vernünftig ...?«, aber weiter kam er nicht, denn niemand konnte mehr vernünftig.

Nie, niemals hätten Oskar und Helene gedacht, dass sie schon Monate später über diese Szene lachen würden. Nicht verbittert, nicht melancholisch, sondern so richtig ablachen. Als die Gefühle sich abgekühlt hatten, klang Helenes Version der Geschehnisse glaubwürdig. Dass Balduin angerufen und eine »dringende Aussprache« in einer »lebenswichtigen Angelegenheit« erbeten habe. Dass die »lebenswichtige Angelegenheit«, wie sich beim Gespräch im Wohnzimmer herausstellte, darin bestand, dass Balduin »sehr starke, kaum bezähmbare Gefühle« nicht nur für Oskar, sondern auch für Helene hegte und mithin die Möglichkeit eines »unorthodoxen Zusammenlebens« sondierte, das wäre nicht der erste Fall, und drei wäre doch so eine schöne runde Zahl, und wenn er ehrlich war, bei aller Ernsthaftigkeit seiner sexuellen Orientierung, erschien ihm Helene, wie die Ziffer, als schön und voller attraktiver Rundungen, denn bei einem intensiven »In-sich-Gehen« habe er eine bisexuelle Komponente entdeckt, welche die Lösung aller Probleme darstellte, und wie wärs? Dass dann, als Helene nach mehreren Minuten – die sie unter anderem dazu nutzte, das Panoramafenster zu schließen, nur um irgendetwas zu tun – ihre Sprache wiedergefunden und das Anliegen als »in Anbetracht der Umstände sehr unrealistisch« zurückgewiesen hatte, Balduin heulend zusammengebrochen sei. Dass sie ihn tröstend in die Arme genommen und daraus eine Situation unverfänglicher Zärtlichkeit entstanden sei, die deshalb einen Anschein von Verfänglichkeit erhielt, weil Balduin sich ein wenig näher an Helene gedrückt hatte, als diese ursprünglich zu erlauben geplant hatte, aber wer hatte schon das Herz, ein schluchzendes Wrack in die Schranken zu weisen, zumal Balduin ihr von Beginn weg sympathisch gewesen war und sein Dilemma ihr Mitgefühl fand?

Doch von dieser nüchternen Betrachtung, und von Gelächter ganz zu schweigen, waren die drei, die einander an diesem Nachmittag im Wohnzimmer der Villa Tschann gegenüberstanden, mit rasendem Puls und ebensolchen Gedanken, weit entfernt. Oskar verlor die Beherrschung. Statt den erhofften Neubeginn mit Helene zu machen, erwischte er sie in den Armen desselben Mannes, der – zum Schein, aus Hinterlist, etwa im Auftrag der ewig intriganten Kuh Zarfou? – vorgegeben hatte, in Oskar verknallt zu sein.

Noch bevor Helene einen ersten Erklärungsversuch starten konnte und dabei um die in Filmen gebräuchlichen Floskeln nicht herumkam – »es ist nicht, was du glaubst« oder »lass dir erklären« –, hatte Oskar das Thema bereits abgehakt und stürmte an den beiden vorbei hinauf in sein Arbeitszimmer. »Wo rennst du denn hin?«, rief Helene ihm nach, und Oskar schrie: »Eine Unterschrift machen! Nur eine Unterschrift machen!«

Damit meinte er natürlich den von Lamberg vorgeschlagenen Vertrag. Dieser war die Waffe, die ihm erlaubte, ihre Beziehung mit einem gezielten Schuss zu beenden.

»Du bist meine Opfer nicht wert«, keuchte Oskar, der in seinen Papierbergen nach dem Vertrag suchte, während die in den letzten Wochen angestaute Anspannung sich entlud. »So!« Triumphierend hielt er den Lamberg'schen Schrieb in die Höhe, fetzte mit dem ersten Kugelschreiber, den er fand, seine Unterschrift darunter und kehrte an den Ort der allgemeinen Bestürzung zurück.

All die schönen Redemanuskripte, die er sich in seinem Kopf für diesen Abend zurechtgelegt hatte, musste Oskar erst durch die metaphorische Schnitzelmaschine jagen, um Worte zu finden, die dem Anlass gerechter wurden, oder zumindest sah er das damals so. Und kam auf Touren. »Und damit du's weißt: Den Alodio hat uns Jürgen eingebrockt. Dein Jürgen!«, brüllte er und stieß Balduin, der sich beschwichtigend an ihn klammern wollte, rüde hinweg. »Dein Mauschelnachbar, der alles besser weiß und dich viel besser unterhält als der dauernd unterwegse Oskar.«

»Unterwegse?«, erwiderte Helene.

»Komm mir jetzt nicht mit dem Duden, Unwürdige! Deine Probleme sind Jürgen und deine Naivität, nicht meine Adjektive. Ich habe die Information aus sicherer Quelle, und weißt du was? Dein Geschäftsvertrag ist wahrscheinlich eine Zeitbombe. Jürgen ist ein Betrüger, ich habs immer gewusst! Du hast deine Zeit und mein Geld versenkt, und nun hast du noch einen Grund mehr, mich zu hassen. Das Schlimmste, was einer Frau wie dir passieren kann.« Die Luft fauchte ihm aus Nüstern, bevor er zischte: »Ich hatte nämlich Recht! *So!*«

»Du bist verrückt«, stammelte Helene. »Oskar, komm zu Sinnen!«

»Diesen Wunsch«, erwiderte Oskar zitternd, »erfülle ich besser nicht, denn sobald ich in Anbetracht dieser Scheiße hier zu Sinnen komme, ist niemand mehr seines Lebens sicher.«

»Oskar!«

»Es hat sich ein für alle Mal ausgeoskart!«

»Ich habe unterschätzt, zu welcher Fiesheit du fähig bist«, sagte Helene und begann zu schluchzen.

»Ja ja, dein Stehsätzchen für die Krise«, tobte Oskar und fuhr fort, obwohl er spürte, dass sein Diskurs aus dem Ruder lief: »Genau das hast du schon mal zu deinem Exgatten gesagt. Ich bin zu dem Schluss gekommen, dass du bei ihm tatsächlich besser aufgehoben bist. Weil ihr zusammenpasst! Jawoll!«

Sein fiebriger Blick fiel auf Balduin. »Was wolltest du eigentlich mit dem? Ihn von seiner Homosexualität heilen?«

»Ach!«, rief Helene aus. »Ach!«

»Ach mal schön«, sagte Oskar. »Ihr könnt gerne weiter zusammen achen. Oskar Tschann hat von dieser Seifenoper die Nase voll. Er hat vom Subventionieren die Nase voll und von Egoisten, die ihm auf den Nerven und auf dem Geldbeutel liegen. Ich bin kein Abfalleimer für eure Neurosen, ich habe sämtliche Schnauzen voll!«

Er stapfte davon, blieb jedoch am offenen Panoramafenster noch einmal stehen und wandte sich um: »Und wenn mir noch einmal dieser Gebüschpsychologe unter die Augen tritt, kann er gleich sein eigenes Grab ausheben. Direkt neben dem Kompost, damit er wenigstens zu *etwas* gut ist. Kompost mortem. Und die Scheißminze, das sage ich dir zum extrem letzten Mal, hat noch immer keinen ordentlichen Schatten!«

Es waren die letzten Worte, die er in diesem Herbst mit

Helene wechselte. Noch am selben Abend rief Oskar Lamberg an und übergab ihm in einer Bar der Innenstadt das verlangte Papier. Den Rest des Abends verbrachte er damit, in derselben Bar Alkoholsorten spanischer Herkunft auf ihre Stärke zu testen.

Oskar hatte das Hostal »Conquistador« in nostalgischer Erinnerung. Es war seine erste Unterkunft gewesen, als er nach Mallorca gekommen war, um für seine Freunde in Maringen nach dem ausgebüxten einzigen Sohn zu suchen. Jenem selben Jüngling, dem er Monate später in einem Akt egoistischer Selbstlosigkeit – ein für Oskar typisches Paradox – die Finca abkaufte, weil der Ausreißer bis zum Hals in Schulden steckte.

Das Hostal gehörte noch immer Jaume, dem kratzbürstigen Mallorquiner, der tat, als würde er ihn nicht erkennen, aber vielleicht hatte das mit der Uhrzeit zu tun, oder mit Oskars Zustand. »Ein Zimmer, bitte«, lallte Oskar auf Französisch und setzte hinzu: *»A room please. Or maybe two rooms, because I see everything double, haha.«*

Jaume kratzte sich den Dreitagebart, den Nacken und die Fortpflanzungsorgane, bevor er in den Schlüsselkasten griff und einen Zimmerschlüssel auf den Rezeptionstisch knallte, dessen Schlüsselanhänger annähernd die Größe einer Rettungsboje hatte.

Spanische Alkoholsorten, musste Oskar zugestehen, hatten es in sich. Aber sie waren nicht stark genug, um seine Zweifel daran zu ertränken, ob er korrekt gehandelt hatte. Im Moment spürte er nur ein überwältigendes Bedürfnis, seinem eigenen Zuhause fernzubleiben, als ob die Dinge sich dadurch selbst regelten. Wann immer er an Helene und an Jürgen dachte, spürte er, wie die Wirkung des Alkohols verflog und Ernüchterung einkehrte.

Die Zimmer des »Conquistador« waren von der mallorquinischen Regierungsinitiative zur Aufwertung des touristischen Angebots unberührt geblieben. Das Bett quietschte und knarrte bei jeder Bewegung, durch die Wände hörte man das Schnarchen der Nachbarn, und der Stuhl brach fast zusammen, als Oskar seine Hose über die Lehne hängte. Doch wie bei vielen vorhergehenden Gelegenheiten erlebte er in diesem schäbigen Raum das Wunder des Morgens: Ein klares Licht, das durch die Lücken des wahrscheinlich noch während des Spanischen Bürgerkriegs beschädigten Fensterladens direkt auf sein Kopfkissen knallte und ihn mit einem Kitzeln auf seinen Augenlidern weckte.

Oskar erkannte, dass sich seit dem ersten Brandy gestern Abend nichts geändert hatte, womit er das Besäufnis als vollkommen nutzlose Operation abschreiben konnte. Glasklar – und das Morgenlicht im »Conquistador« mochte ihn zu dieser Erkenntnis inspiriert haben – sah er, dass ihm nur zwei Optionen offen standen. Er konnte Helene aufsuchen, sie in Ruhe um eine Erklärung bitten, gegebenenfalls eine Überreaktion seinerseits eingestehen und dann versuchen, die Dinge wieder ins Lot zu bringen und das Abkommen mit Lamberg rückgängig zu machen. Dabei stand allerdings eine Klausel im Weg, die Lamberg, der gewiefte Vertragstexter, eingefügt hatte, um genau das unmöglich zu machen: Die »Strafzahlung im doppelten Ausmaß der gegenwärtigen Forderungen im Fall einer Zuwiderhandlung«.

Wenn er ehrlich war, stand dieser Option mehr im Weg als nur diese Klausel. Oskar hatte den Glauben an die Beziehung verloren. Zu viel hatte er schlucken müssen, und wenn er Helenes Verhalten in den letzten Monaten Revue passieren ließ, dann war offensichtlich, dass auch sie der

Meinung war, zu viel schlucken zu müssen. Wozu die allseitige Schluckerei, dachte Oskar, wenn es auch anders geht? Wenn eine Show keinen Erfolg hat, wird sie abgesetzt. So ist das am Broadway, und so ist das in der modernen Ehe.

Ergo klang die zweite Option zwar nicht attraktiv, aber realistischer: Trotz aller Zweifel den derzeitigen Weg weitergehen, die Beziehung liquidieren, ein neues Leben beginnen.

Und in diesem Augenblick, als Oskar vor einer Geräuschkulisse bestehend aus Lärm von der Straße, Keuchhusten aus dem Nebenzimmer und Brummen aus dem eigenen Schädel das Für der zweiten und Wider der ersten Option abwog, stand plötzlich ein Gedanke im Raum und ließ sich nicht mehr vertreiben: Mallorca machte keinen Sinn mehr. Hatte er sich auf dieser Insel nicht niedergelassen, weil er hier Liebe und Lebensqualität gefunden zu haben glaubte? Nichts war davon übrig geblieben, nichts als ein Riesenloch in seiner Brieftasche und ein nagender Schmerz in seinem Herzen (oder wars der Magen?). Er hatte teures Geld für einen Traum bezahlt, erkannte er, doch dieser Traum war nie Wirklichkeit geworden. Mallorca war eine Lüge, ein Betrug, eine riesige Falle für Träumer. Mallorca war eine überlaufene Veranstaltung voller Taschendiebe und Betrüger, das Mallorca der Mallorca-Fans existierte einzig in deren Köpfen. Mallorca war, schlussfolgerte Oskar, eine Droge: irreal, teuer und gesundheitsschädlich. Die Oasen der Normalität auf dieser Insel der Wahnsinnigen waren zu klein, um all den Schutzsuchenden Asyl zu gewähren, das »ursprüngliche Mallorca« war längst zu einem Thema für Feuilletonjournalisten verkommen, die Schönheit dieser Insel war die verlogene Attraktivität einer Hure, die nur zu bestimmten Uhrzeiten und unter einem ganz bestimmten Licht wirkt.

Oskar begann zu schluchzen. Ausgerechnet er, der Zyniker, der so stolz darauf gewesen war, Traum und Wirklichkeit klar auseinander halten zu können, er, der weit gereiste Fotoreporter, gewöhnt an das Beste und das Schlechteste im Menschen, war von einem stinknormalen Pauschalreiseziel in einen Hinterhalt gelockt und seelisch wie monetär bis aufs Hemd ausgezogen worden.

Tränen tröpfelten auf das Kopfkissen, in dem sich wie eine Landschaft die Flecken von mehreren tausend Vorgängern abzeichneten. Oskar stellte sich vor, dass er nicht der Erste war, der in dieses Kissen hineinflennte, und fragte sich, ob das schon mal jemand aus demselben Grund getan hatte. Es gab zu viele Gründe zum Flennen auf dieser Welt. Er verscheuchte einen plötzlich aufkommenden Gedanken an Madeleine Zarfou, auch sie eine Träumerin, doch geübt darin, ihre Traumtänze in bares Geld zu verwandeln. Sie überlebte in diesem Hexenkessel der Lebensgier, genoss ihn sogar und war auf mysteriöse Weise immer dann an Oskars Seite aufgetaucht, wenn es ihm dreckig ging, wenn er nicht mehr weiterwusste.

War wieder so ein Moment? Er stützte sich im Bett auf. Im Nebenzimmer war der Hustenanfall verklungen. Vor dem Hostal jaulte ein Zigeuner eine Strophe Flamenco in die Morgenluft, und aus der Smogglocke der Inselhauptstadt tönte das Knattern des königlichen Helikopters. Der König. Auch er ein Masochist. Seine Schwester gehörte zu den an den Fingern einer Hand eines Sägewerksbediensteten abzählbaren Individuen, denen ein nicht perfekt legal errichtetes Gebäude abgerissen wurde. Das Terreno war voller perfekt illegal hochgezogener Wohnblöcke, die ganze Insel war eine Ansammlung illegaler Hütten und Häuschen und Chalets und ganzer Wohnsiedlungen, aber kaum ein Besitzer musste die Abrissbirne fürchten, es sei denn, er war mit dem König verwandt oder prominenter Deutscher oder mit dem lokalen Immobilienmafioso über Kreuz.

Als hätte eine Abteilung in seinem Gedächtnis genau für diesen Moment Material gesammelt, kamen Oskar der Reihe nach all die Skandale und Skandälchen in den Sinn, die er in der lokalen Presse oder im Gespräch mit Bekannten aufgeschnappt hatte. Und mit einem Mal fiel ihm kein einziger positiver Grund mehr ein, auf Mallorca zu bleiben. Oskar erkannte: Er musste weg, er musste verkaufen, und er musste das verloren gegangene gelobte Land wiederfinden: sich selbst.

Mit psychodelischer Intensität meldete sich ein Verlangen nach Schnee, nach derber Kost und gutem Bier, nach wolkenverhangenem Himmel und nach einem Fernsehprogramm in seiner Muttersprache. Binnen Sekunden hatte Oskar die wichtigsten Entscheidungen des Jahres getroffen: Er würde eine Immobilienagentur aufsuchen, um seine Finca zu verkaufen, und er würde in einem sehr guten Skigebiet Urlaub machen, um Staub, Schmutz und Schmach gründlich abzuschütteln, um Mallorca zu vergessen, um seinen Traum unter mehreren Metern Schnee zu begraben. Danach konnte er sich überlegen, wie sein Leben weitergehen sollte, und vor allem wo. Und wie. Und mit wem.

Palmas Straßen waren dieselben geblieben, und auch die Passanten verhielten sich nicht anders, sprachen nicht anders, blickten und bewegten sich nicht anders, doch Oskar schlich durch die Stadt, als läge sie tief in feindlichem

Gebiet, er ein infiltrierter Agent, umgeben von Spitzeln, die nur auf ein Signal warteten, um sich auf ihn zu stürzen. Mittlerweile war Oskars Körper auch physisch ernüchtert. Das Frühstück im »Conquistador«, das er früher so genossen hatte, lag ihm im Magen wie eine Stange Dynamit, die jeden Moment detonieren konnte, also kehrte er in der Einkaufsstraße Jaime III in eine stadtbekannte Eisdiele ein, um mit einer kalten Mandelmilch den ranzigen Nachgeschmack der Sobrasada zu vertreiben.

Wenn er es recht bedachte: Mit wem hatte er in den langen Monaten auf Mallorca Freundschaft schließen können? Er war ein Fremder geblieben, die Insel, die sich dem Touristen gegenüber so freundlich und idyllisch zeigt, wechselte abrupt ihr Gesicht, sobald man sich entschieden hatte, für immer hier zu bleiben.

Oskar klapperte Immobilienagenturen ab und vereinbarte Besichtigungstermine. Der Markt stünde gut, wurde ihm versichert. Kein Problem, in spätestens zwei oder drei Monaten sei das Haus verkauft.

Die eilfertigen Immobilienagenten, das träumerische Leuchten in den Augen jener, die vor den Schaufenstern standen und Angebote studierten, ein schlechtes Pauschalmenü in einem dieser Restaurants mit Tischen auf dem Gehsteig und mit Kellnern, die mit Speisekarten bewaffnet auf Touristen lauerten, um sie mit billigem Fraß abzuspeisen, ein Schreiduell mit einem Zuhältertypen, der bei Rot über eine Kreuzung donnerte und dabei fast eine Frau überfuhr, und dann ein Regenguss, einer der ersten des Herbstes, und Oskar fiel ein: Hatte Frau Zarfou nicht jetzt, im November, heiraten wollen?

Alles Täuschung, alles Lüge. Er hatte die Nase voll. Auf der Treppe hinauf zur Plaza Mayor, wohin Oskar unterwegs war, ohne zu wissen, was er dort wollte, vorbei an den Krimskramsläden mit Schinken und Mallorcasouvenirs und Sonnenbrillen und T-Shirts, passierte es dann. Es war wie ein Schwindelgefühl, die Läden und die Treppe und die wenigen Touristen, die um diese Jahreszeit noch die Stadt nach Ambiente, Attraktionen und kulturhistorisch wertvollen Bauten durchkämmten, begannen sich um ihn zu drehen, und er musste sich an einer Mauer abstützen. Sein Herz pochte, und er fühlte ein plötzliches Bedürfnis, sich zu übergeben. Er begriff sofort, dass es sich nicht um einen späten Kater handelte, sondern um das erste Symptom von etwas ganz anderem.

Oskar hatte Routine in solchen Situationen, bei seinen Reisen war er oft genug zur unpassendsten Zeit und am ungünstigsten Ort von körperlichem Unwohlsein überfallen worden, meist ein Werk lokaler Speisen oder Viren oder manchmal schlichter Erschöpfung. Also analysierte er auch diesmal rasch seine Möglichkeiten. An wen konnte er sich in Palma wenden? Da war der Fotohändler. Vergiss es, sagte Oskar sich, so gut kannten sie einander nicht, und was sollte er im engen Angestellten-Klo des kleinen Ladens schon tun? Der »Mallorca Total Bookshop« kam ebenfalls nicht infrage, und Mulet wohnte zu weit weg, zumal Oskar Hemmungen spürte, den Anwalt in anderen als juristischen Angelegenheiten zu konsultieren. Balduin wohnte wahrscheinlich in einem Hotel an der Küste, aber jedenfalls nicht in Palma, soviel er wusste. Solange Oskar keine medizinische Betreuung brauchte, könnte er also höchstens in eines der großen Kaufhäuser gehen, sich dort ins WC einschließen, tun, was immer seine Innereien verlangten, und dann eine Apotheke aufsuchen, und husch, husch zurück ins »Conquistador«, um auszuruhen. Er könnte auch ein Zimmer in einem Hotel im Stadtzentrum nehmen, nur für eine Nacht. Teuer, so was, aber eine Möglichkeit.

Oskar fühlte sich dafür nicht krank genug, deshalb entschied er sich für das Kaufhaus »El Corte Inglés« in der Einkaufs-Avenue Jaime III. Mit vorsichtigen Schritten überquerte er die Straße vor dem Gran Hotel und ging langsam, wie ein Schlafwandler und sehr auf sein Innenleben konzentriert, offenbar auch leicht gekrümmt, weil ihn alle anstarrten, zur Plaza del Rey, volkstümlich »Schildkrötenplatz« genannt, weil der beim Brunnen stehende Monolith auf den Rücken von vier Schildkröten stand. Er könnte sich, dachte Oskar, auch ein wenig am Brunnen erfrischen. Merkwürdig, der Magen schien es nicht zu sein, obwohl beim Mittagessen das Fleisch in Öl förmlich ersoffen war und die Pommes frites anscheinend eine schlimmere Nacht hinter sich hatten als er.

Oskar überquerte die Straße und setzte sich an den Brunnen. Sein Körper fühlte sich an, als wäre die Blutverteilung aus dem Takt geraten. Die Schwindelgefühle waren verschwunden, doch jetzt begann es in seiner Brust zu rumoren, als würden sich Herz und Lunge nach all den Jahren friedlicher Nachbarschaft nicht mehr vertragen.

Scheiße, dachte Oskar, das wird wohl kein Infarkt sein, in meinem Alter, und ausgerechnet hier, auf der »Trauminsel«, der »Insel der Stille«, für ihn womöglich bald die »Insel der ewigen Ruhe«.

Er verwarf den Gedanken an den »Corte Inglés« und erwog, vielleicht doch einen Arzt aufzusuchen, nur zur Sicherheit. Ganz in der Nähe befanden sich zwei Privatspitäler. Lieber nicht, entschied Oskar, denn er hatte den Verdacht, die würden ihm sofort zu einer Herztransplantation raten, nur weil damit mehr Geld zu verdienen war, schließlich war dies Mallorca, und er war ein *Guiri,* den man noch ordentlich ausnehmen musste, bevor er das Weite suchte.

Vollkommener Blödsinn, erkannte er dann, er sah schon Gespenster, litt an Verfolgungswahn, die Ärzte hier waren weder besser noch schlechter als daheim in Deutschland. Wahrscheinlich werde ich verrückt, dachte er dann, während seine Hand durchs Brunnenwasser schwappte und sich wie gelähmt anfühlte, aber das war wohl nur die Kälte. Das muss psychisch sein, und ein normaler Doktor versteht das nicht, der hört nur meine Herzmuskeln ab, haut mir aufs Knie, leuchtet meine Pupillen aus, schließt Elektrosensoren an und nimmt mir Blut ab, nur um mir am Ende zu sagen: Sie sind kerngesund, guter Mann, nur ein wenig abgespannt. Macht zwanzigtausend Peseten, wir nehmen auch Kreditkarte.

Dann fiel ihm Joana Marqués ein, die ganz in der Nähe ihre Ordination hatte. Er schüttelte den Kopf. Dieser Frau war er schon oft genug auf die Nerven gefallen. Und was sollte er ihr sagen? Joana, ich fühle mich merkwürdig, die Symptome wechseln alle fünf Minuten, mal Richtung Herzinfarkt, mal Richtung Durchfall, was könnte das sein?

Und sie würde auf ein fünfjähriges Kind mit roten Flecken am ganzen Körper zeigen und sagen: Freut mich, dich zu sehen, aber ich habe im Moment Wichtigeres zu tun. Und wie Recht sie hätte!

Oskar schleppte sich durch die Jaime III, vorbei am »Corte Inglés«, und erwog gerade, beim dortigen Standplatz in ein Taxi einzusteigen und sich ins »Conquistador« bringen zu lassen, um einfach mal auszuspannen, als ihn ein dumpfes Gefühl, das Nacken, Brustkorb, Weichteile und sogar seine Oberschenkel umfasste, beinahe auf den Boden zwang, ausgerechnet vor einem Bettler, der neben dem Eingang zu diesem luxuriösen Kaufhaus Stellung bezogen hatte und im Sitzen um Almosen für seine angeblich vier Kinder bat.

In der irren Vorstellung, er könnte sich von seinem Zustand freikaufen, langte Oskar nach seiner Brieftasche und ließ einen Tausend-Peseten-Schein in den Korb des Bettlers segeln, taumelte dann rasch davon, weil ihm das Dankgewinsel peinlich war, und musste sich wenige Meter weiter an einer Arkadensäule abstützen.

»*Señor.*« Ein Polizist näherte sich, die Hand am Sprechfunk, offensichtlich bereit, eine Ambulanz anzufordern. »*Señor,* sind Sie in Ordnung?«

Obwohl er das offensichtlich nicht war, so offensichtlich, dass sogar die Ordnungskräfte auf ihn aufmerksam wurden, zwang Oskar ein abscheulich misslungenes Lächeln auf sein Gesicht, richtete sich auf und erwiderte mit forcierter Fröhlichkeit: »Oh, kein Problem, nur ein kleiner ... äh, ... Müdigkeit, ein bisschen ... na, Sie wissen schon, das passiert mal.«

Ungläubig hörte er dem Stumpfsinn zu, den er von sich gab, und befürchtete, nur dafür verhaftet zu werden: Anwendung des soeben eingeführten Quasselparagrafen. Er brauchte Hilfe, aber keinen jungen Polizisten, der ihn für einen Drogenunfall zur falschen Tageszeit hielt, und keine Ambulanz. Joanas Ordination lag, wenn er sich recht erinnerte, nur hundert Meter von hier. Mit einem hohlen Gefühl im Magen, als täte sich mitten in seinem Inneren ein Abgrund auf, der an Tiefe mit jedem Schritt zunahm, steuerte Oskar die inselweit einzige Adresse an, von der er sich in seiner Situation etwas erwartete. Sein in Schüben und immer stärker wiederkehrendes Unwohlsein ließ ihn alle Zurückhaltung über Bord werfen.

Joanas Ordination lag im vierten Stock eines Gebäudes

in einer dieser von Mobiltelefon- und Gourmetläden durchsetzten Nebengassen der Arkadenstraße Jaime III. Oskar betrat einen Warteraum voller Patienten und ihrer erwachsenen Begleiter. Kinder mit Verbänden, mit scheuem Blick, mit bösen Vorahnungen, andere frech und unbesorgt, einige klammerten sich an Papa oder Mama, andere vergnügten sich in einer chaotischen Spielecke. An den Wänden hingen Poster, die medizinische Themen der Altersgruppe gemäß darstellten, aber auch Szenen aus Märchen. Eine Mutter ging mit ihrem Mädchen die Märchenbilder durch und erzählte zu jedem Poster eine Geschichte, während das Kind mit großen Augen und weit geöffnetem Mund dazu nickte.

Einige der Erwachsenen blickten den Neuankömmling erstaunt an, was Oskar zunächst auf seinen Zustand – irrer Blick, heftiges Atmen, ungelenke Bewegungen, düstere Vergangenheit, stockdunkle Zukunftsperspektiven – zurückführte, bis er erkannte, dass er der einzige Erwachsene ohne Kind war, womit sich den Anwesenden die Frage stellte: Was zum Kuckuck wollte der hier? War er vielleicht Elektriker? Steuerberater? Klinkenputzer?

Die Sekretärin war ein selbstbewusstes Mädchen mit kernigem Akzent. Auch in ihrem Blick las Oskar Befremden ab. Als er dann in einem Spanisch, das vor lauter Fehlern nur so krachte, darum ersuchte, kurz mit Joana sprechen zu können, und die Sekretärin nach dem Grund fragte, wusste er nicht recht weiter. *»Un asunto«*, sagte er platt, »eine Angelegenheit«, weil er unfähig war, in wenigen Worten auszudrücken, was ihn plagte. Auch konnte er schlecht um einen normalen Arzttermin bitten. Das Misstrauen wuchs. Oskar spürte sogar einen Funken Angst, also setzte er schnell hinzu: »Sagen Sie Joana bitte meinen Namen, und ich möchte sie nur eine Minute sprechen. Bitte.«

Mit unbewegtem Gesicht fragte ihn das Mädchen: »Könnten Sie mir den vielleicht sagen?«

»Wen?«

»Ihren Namen.« Sie hielt ihn für einen spät berufenen Junkie, kein Zweifel.

»Oskar Tschann.«

Ohne ihn aus dem Blick zu lassen, drückte die Sprechstundenhilfe eine Taste und sagte: »*Señora,* da ist ein Herr Oskar Schaan, der Sie sprechen will.«

Die Stille, die auf diese Durchsage folgte, war von schmerzhafter Länge. Oskar war drauf und dran, sich zu entschuldigen und die Ordination zu verlassen, als er hörte: »In welcher Angelegenheit?«

Als wäre Oskar taub für Lautsprecher, sagte die Sprechstundenhilfe: »Und was ist diese *Angelegenheit*?«

»Eine Art medizinischer Notfall«, sagte Oskar.

Das Mädchen wiederholte präzise seine Worte. Wieder warteten sie beide auf Antwort, da ging die Tür zum Untersuchungszimmer auf, und Joana kam im weißen Arztkittel heraus. Ihr Gesicht war so streng wie damals im Café. Sie musterte ihn von oben bis unten, runzelte die Stirn und fragte: »Ein Notfall? Bist du verletzt?«

»Nicht direkt.«

»Ich bin Kinderärztin«, sagte Joana und zeigte auf ihr Publikum. »So gerne ich dir helfen würde, du bist ein bisschen ...«, nun lächelte sie kurz, »... über dem Alterslimit. Oder hast du Mumps?«

Oskar war unfähig, auf die Witzelei einzusteigen. Außerdem wurde ihm die Unterhaltung vor Publikum peinlich, also bat er mit brüchiger Stimme: »Könnten wir ganz kurz unter vier Augen sprechen? Ganz, ganz kurz nur. Ich bitte dich.«

Spürte sie endlich seine Verzweiflung? Und wenn sie

sie spürte, machte es einen Unterschied? Im Moment ließ Joana sich keine Regung anmerken, die Oskar eine Antwort auf diese Frage gegeben hätte. Wortlos stieß sie ein leeres Untersuchungszimmer auf und bat ihn hinein. Er trat in das Zimmer, sie kam nach, schloss die Tür, verschränkte die Arme und sagte, weder freundlich noch unfreundlich, in neutralem Ton, offenbar auf alles gefasst: »*Díme.*« Sag mir.

Nun begann Oskar zu schwitzen. Er dachte, er würde hier und jetzt zusammenbrechen, und das wäre wohl auch das Praktischste gewesen, hätte es ihm doch alle weiteren Erklärungen erspart. Aber er brach nicht zusammen, sein vertrottelter Körper, der ihn seit einer halben Stunde mit den verrücktesten Signalen traktierte, hielt sich aufrecht, als wollte er sich über ihn lustig machen und alles, was er sagte, ad absurdum führen.

Oskar suchte krampfhaft nach Worten, dann breitete er hilflos seine Arme aus und sagte: »Mir ist nicht gut.«

Er wäre am liebsten im Erdboden versunken. Sie musste ihn für einen Idioten halten. Für eine Filzlaus. Für einen Fehlschlag der Evolution. Oder schlimmer noch: für den Protoypen des *Guiri.*

»Symptome?«, fragte Joana, noch immer mit neutraler Miene.

»Gemischt«, erwiderte Oskar. »Als ob ...« Er machte eine kreisförmige Geste, »... als ob ich alles Mögliche zugleich hätte, aber dann doch wieder nichts. Vorhin bei der Plaza Mayor hätte ich fast einen Ständer mit Pornopostkarten umgeworfen ...«

»Einen *was*?«

»Nein, es waren Paprikawürste. Sobrasadas. Oder Sonnenbrillen.« Oskar wischte sich den Schweiß von der Stirn.

»Was ist passiert?«, fragte Joana. »Etwas ist geschehen, nicht wahr? Erzähl, aber bitte rasch, ich habe einen Patienten im Behandlungsraum.«

»Ich hatte keinen Unfall oder so ...«, begann Oskar, doch Joana fiel ihm ins Wort: »Ich weiß.«

Oskar spürte unglaubliche Erleichterung. Er wäre Joana am liebsten um den Hals gefallen. Endlich jemand, der ihn verstand! Oskar musste lachen, es war ein nervöses Lachen, das von seinem verhärteten Magenboden heraufkollerte wie Kanonenkugeln. »In der Tat ist etwas *geschehen*«, sagte Oskar. »Das könnte man so sagen. Definitiv. Es ist vorbei.«

Joana beobachtete ihn aufmerksam. »Was ist vorbei? Erklär mir das in einem Satz.«

»Mein Leben hier.«

»Verstehe. Dein Leben *hier*.« Joanas Miene entspannte sich ein wenig. »Du leidest offenbar unter den ersten Symptomen einer Psychose. Das passiert, wenn der emotionale Stress zu groß wird. Wenn das Fass überläuft. Dafür braucht sich niemand zu schämen, kann jedem passieren. Jeder hat seine Schmerzgrenze, und deine ist überschritten.«

»Das wäre auch mein Tipp«, laberte Oskar und hasste sich für jedes Wort, das er hier, vor der einzigen Person dieser Insel, zu der er noch so etwas wie Vertrauen spürte, in die Luft spuckte.

»Deine Psyche hat dem Druck standgehalten, dafür spielt jetzt dein Körper ein wenig verrückt. Psychosomatisch. Das kann gefährlich werden, aber wenn du einigermaßen gesund bist ...«

Oskar nickte. »Bin ich, bin ich.«

»Sehr gut. Oskar, ich kann dich jetzt nicht untersuchen, weil wir seit heute Morgen schon mehr als eine Stunde

Verzug angesammelt haben. Ich will dich auch nicht vorziehen, solange es nicht wirklich dringend ist, denn das wäre unfair gegenüber den Patienten, die lange Wartezeiten auf sich nehmen.« Sie sprach mit ruhiger Stimme. Sie hat die Situation im Griff, dachte Oskar. Er war in Sicherheit. »Und mit Kindern«, fuhr sie fort, »ist die Warterei noch schwieriger. Das verstehst du, nicht wahr?«

»Natürlich.« Er presste wieder dieses künstliche Lachen hervor, das nicht zu stoppen war.

»Willst du vielleicht in die *Rotger?* Eine gute Klinik, zehn Minuten von hier.«

Oskar schüttelte hektisch den Kopf und murmelte: »Bitte, Joana. Ich warte so lange du willst, aber untersuche du mich.«

Joana legte den Kopf schräg und nickte. »Ich nehme dich ganz am Ende dran. Nach dem letzten Patienten. Aber das kann noch drei oder vier Stunden dauern. Geduldsprobe.«

Oskar verstand. Er vollführte eine pathetische Geste des Einverständnisses, als wäre das eine fantastische Nachricht, und beschloss, wenn nötig drei Tage zu warten.

»Du bleibst am besten so lange im Wartezimmer. Lass dir von Laura etwas zu trinken geben. Sollte sich dein Zustand verschlechtern, sag ihr Bescheid, und sie ruft mich.«

Er nickte wie ein Verrückter.

»Aber warte nicht, bis du ausrastest oder dein Kreislauf verrückt spielt«, warnte Joana. »Bei den ersten Anzeichen schlägst du Alarm.«

»Mach dir keine Sorgen um mich«, sagte Oskar.

Sie sah ihn unbewegt an, und die Strenge kehrte in ihre Miene und ihre Stimme zurück. »Ich mach mir vor allem

Sorgen um die Kinder. Wenn du hier einen Purzelbaum schlägst, kriegen die einen Herzinfarkt vor Schreck. Tu mir also den Gefallen, ja? Ich meine das ernst.«

Idiot, sagte Oskar zu sich selbst und kehrte mit gesenktem Kopf ins Wartezimmer zurück. Was war er für ein Idiot. Vielleicht war das seine Krankheit. Unheilbare Idiotitis, die sich in affenhaftem Verhalten ausdrückt, speziell und besonders spektakulär vor Frauen, die ihm gefielen.

Die Stunden vergingen, und Oskar beobachtete die Kinder, registrierte das bange Hineingehen und das erleichterte Herauskommen. Bemerkte das Strahlen auf manchen Gesichtern und die Ruhe bei den Eltern. Hinter der Tür zu Joanas Behandlungszimmer warteten Hoffnung, Heilung und Offenbarung. Oskar versank in Gedanken und bemerkte nach einiger Zeit, dass die Symptome verschwunden waren. Er fühlte sich zwar noch immer nicht großartig, aber wenigstens hatte sich sein Puls beruhigt, und auch seine Gedanken flossen wieder normal und ruhig. Er blickte auf die Uhr. Drei Stunden waren vergangen. Die Sprechstundenhilfe war schon müde und warf missbilligende Blicke auf den seltsamen »Patienten«, den Joana sich für den Abschluss eines harten Arbeitstages aufsparte. Auch sie blickte auf die Uhr und seufzte laut.

Als der letzte Knirps und sein Papa zur Tür rausgingen, schob die Sprechstundenhilfe ihre Papiere zusammen, schloss den Schrank ab, schaute kurz zu Joana rein und verabschiedete sich ohne Lächeln von Oskar. »Die Doktorin kommt gleich.« Oskar nickte und blieb schicksalsergeben sitzen.

Endlich ging die Tür auf, und Joana erschien. Oskar machte Anstalten, sich zu erheben, doch Joana sagte:

»Bleib sitzen, bleib sitzen!« und nahm neben ihm Platz, mit umgehängtem Stethoskop und ernster Doktormiene. »Wo waren wir stehen geblieben? Ach ja. Dein Leben hier ist zu Ende. Erzähl, wo drückts?«

»Ehrlich gesagt überall«, erwiderte Oskar. »Obwohl es mir schon besser geht.«

Joana griff nach seinem Arm und nahm den Puls. »Normal«, sagte sie. »Was ist denn passiert?«

»Wenn ich das genau so erzähle, wie es passiert ist, lässt du mich sofort in die Psychiatrische überweisen.«

Joana setzte ihr Stethoskop ab und sagte: »Tief durchatmen. So.«

Oskar atmete tief.

»Atmen«, befahl Joana. »Nicht seufzen. Normal atmen.«

»Oh, Gott«, sagte Oskar.

Joana sah ihn an. »Probleme mit deiner Beziehung?«

Oskar blickte starr an die Wand gegenüber. »Es gibt keine Beziehung mehr. Ich werde die Finca verkaufen und die Insel verlassen. Ich bin am Ende. Mit meinen Nerven, mit meinem Idealismus, mit meinem Geld. Ich kann nicht mehr.«

Joana holte eine Lampe aus ihrer Brusttasche und leuchtete in Oskars Augen, ausgerechnet jetzt, da diese sich mit Tränen füllten. Er fühlte sich wie der letzte Waschlappen des Mittelmeers.

»Was hat die Finca damit zu tun? Warum kannst du sie nicht behalten?«

Oskar zuckte die Achseln. »Ich komme mit Mallorca nicht zurecht. Tut mir Leid, das so sagen zu müssen, Joana. Aber es ist die Wahrheit. Mallorca und ich, wir passen einfach nicht zusammen.«

Joana steckte ihre Lampe wieder ein. »So schlimm?«

Oskar reckte sich. »Jetzt geht es mir schon besser. Tut mir Leid, dass ich dir schon wieder auf den Geist gegangen bin. Du wirst zu den sehr angenehmen mallorquinischen Erinnerungen gehören.«

Joana ließ ihre Hände in den Kitteltaschen verschwinden und sagte: »Wird Zeit, dass ich dir etwas gestehe, Oskar. Ich dachte mir, dass dir genau das bevorsteht, was eingetreten ist.«

Er sah sie erstaunt an. »Ach ja?«

»Als wir uns im Haus meines verstorbenen Onkels kennen lernten, da warst du gerade von einer langen Reise zurückgekehrt. Niemand hat am Flughafen auf dich gewartet, und du bist spät nachts mit Bauchschmerzen und einem falschen Plan durch die Landschaft geirrt. Wenn das kein Omen ist!«

Oskar zuckte die Achseln. »Das hat eigentlich nichts mit der Trennung zu tun. Letztes Mal holte sie mich ab, weißt du?«

»Ich dachte, vielleicht hat das mit eurer Kultur zu tun. Die Deutschen sind anders, sagt man bei uns, und sie tun vieles, was wir nicht verstehen. Aber bei allen kulturellen Unterschieden sind die Menschen einander doch sehr ähnlich.« Sie blickte ihn an. »Steht dein Entschluss fest?«

»Ja«, sagte Oskar und klatschte die Hände zusammen. »Nächste Woche kommen die Immobilienheinis und sehen sich das Haus an. Mallorca ist ein zu hartes Pflaster für mich. Und ohne Helene habe ich keinen Grund mehr, weiter zu kämpfen. Ich habe Millionen in einen Buchladen versenkt, den sie eröffnen will, und ein Jahr meines Lebens zwar nicht verschenkt, aber ich bin jetzt um eine, sagen wir, interessante, prägende und niederschmetternde Erfahrung reicher. Ich kann einfach nicht ...« Ein Kloß setzte sich in seiner Kehle fest, und für einen Moment hatte er Angst, er würde losheulen. Das kann ich weder ihr noch mir antun, dachte Oskar und würgte den Kloß bis runter in den Magenboden, von wo er gekommen war.

»Hör auf den Rat eines Arztes«, sagte Joana. »Du musst dich aussprechen. Alles loswerden, was dich bedrückt. Frei erzählen. Dabei werden die Dinge klarer, und die Seele fühlt sich leichter. Und es ist rezeptfrei.« Sie lächelte ihm aufmunternd zu.

Oskar nickte. »Da gibts Typen, die sich dafür bezahlen lassen, so angejammert zu werden.«

»Die gibts«, stimmte die Ärztin zu. »Und es gibt andere, die dafür bezahlen. Warum gehen wir nicht in ein gemütliches Lokal und setzen dort unsere Gesprächstherapie fort? Du bist eingeladen, denn ich kann unmöglich erlauben, dass deine letzten Eindrücke von Mallorca in einer Psychologenpraxis geprägt werden. Eine Sache patriotischen Stolzes.«

»Du spinnst«, entfuhr es Oskar. »*Du* willst *mich* einladen? Jetzt schlägts aber hundertfünfzig. Und wer heilt den Schuldkomplex, den ich mir dabei auflade?«

»Den behandeln wir gleich mit.« Joana erhob sich und bedeutete ihm, er möge sitzen bleiben. »Warte einen Moment, ich ziehe mich nur schnell um und hole meine Sachen.«

»Joana!«, rief Oskar, den nichts mehr auf seinem Stuhl hielt. Er sprang auf, ging im Kreis und flehte: »Lass mich *ein einziges Mal* etwas für dich tun! Ich bitte dich auf Knien!«

»Darauf komme ich zurück«, klang es aus ihrem Untersuchungszimmer. »Aber heute bezahle ich. Das ist die Bedingung, sonst kannst du dir jemand anderen suchen, der sich deinen Schlamassel anhört. Verstanden?«

Oskar blieb in der Mitte des Wartezimmers stehen, verschränkte die Arme und schüttelte den Kopf. »Verstanden, Joana. Verstanden. Dieses eine Mal.«

Er würde die Insel und die Trümmer seiner Träume zurücklassen, aber zuvor schenkte ihm Mallorca einen letzten Sonnenstrahl.

14.

Oskar und ein Hubschrauber geraten in Turbulenzen

Dieses Hotel verfügt über ein intelligentes Musiksystem, das Ihre anfängliche Auswahl mitverfolgt und nach zwei Tagen Ihre Vorlieben kennt, sodass Sie nur noch einen Knopf drücken müssen, und der Computer bietet eine beliebige Zeitspanne Ihrer Lieblingsmusik. Wir sind sehr stolz auf dieses System.«

Die Worte der reschen Chefrezeptionistin Christa klangen noch in seinen Ohren, konnten sich aber nur schwer gegen das musikalische Gewitter durchsetzen, das ihn aus dem Schlaf gerissen hatte. Oskar blickte auf seine Uhr. Wenigstens die Zeit stimmte: halb acht. In zwei Stunden war er mit »Tonai« an der Talstation verabredet. Aber aus den Lautsprechern donnerte »Carmina Burana«, und er konnte sich nicht erinnern, jemals Carl Orff gewählt zu haben. Entweder verwechselte ihn das intelligente Musiksystem mit einem früheren Zimmergast, oder es war nicht so intelligent, wie behauptet wurde.

Das Hotel »Alpenkaiser« in Lech am Arlberg rühmte sich, das erste Luxus-Wintersport-Resort der Alpen mit »integraler intelligenter Einrichtung« zu sein. Der Besitzer war Vorsitzender der örtlichen Hoteliersvereinigung, Vorsitzender des Fremdenverkehrsverbandes, Präsident des »Promotion Project Arlberg« und Klarinettist in der Blaskapelle. Er hatte Oskars Bilder für die Geo-Reportage über Grenoble gesehen und entschieden: Dieser Mann macht die Fotos für das »Lech am Arlberg Image-Archiv«, und dafür kann er gerne eine Woche Urlaub in meinem intelligenten Alpenkaiser dranhängen.

Oskar hatte eine Woche mit blendendem Wetter hinter sich und war mit dem Fortschritt der Arbeiten zufrieden. Heute Vormittag würde er mit dem reschen Skilehrer »Tonai« eine kleine Tour abseits der Pisten machen, um das Archiv »Sport in der Natur« anzureichern. Zwei resche junge Lecher, aufs Knalligste eingekleidet vom örtlichen Luxussportgeschäft, warteten mit Snowboards auf ihren Einsatz. Und am Nachmittag würde er Frederick Dünser glücklich machen, den Pressemanager des Fremdenverkehrsverbandes, der Oskar seit einer Woche mit dem Angebot verfolgte, Lech vom Helikopter aus zu fotografieren, wobei Dünser, ein akademisch verfeinertes Tiroler Urgewächs, das Wort »Helikopter« mit einem »k« aussprach, das ungefähr so krachte wie ein Hubschrauber gegen eine Felswand.

Oskar machte sich frisch und kleidete sich gemächlich fürs Frühstück an, während er im Kopf das Programm eines neuen Arbeitstages durchging. Seine Rechnung war aufgegangen, das Projekt half ihm tatsächlich, die Nachwehen des Mallorca-Desasters zu verkraften. Nur selten wanderten seine Gedanken zu jener fernen und sich immer weiter entfernenden Insel der Enttäuschungen zurück. Gerne blieben sie nur an dem Abend hängen, als die junge Ärztin Joana Marqués ihn zum Essen eingeladen und sich seine Klagen über Mallorca, die Frauen, die Männer, die Welt, das Leben im Allgemeinen und das seine im Besonderen angehört hatte. Es war ein langer

Abend geworden, später waren sie noch in ein Café gegangen, und danach hatte Oskar sie durch die Gassen der Innenstadt nach Hause begleitet, auf ihren ausdrücklichen Wunsch, weil die Gegend nicht die sicherste war. Und sie hatte ihn auf einen Drink eingeladen, »aber wirklich nur einen Drink«, und dabei blieb es auch, obwohl aus dem einen Drink vier oder fünf wurden, wenig Alkohol, viele Worte, viel Verständnis. Joana, fand Oskar, war eine Wohltat. Schade, dass sie auf dieser unmöglichen Insel lebte.

Auch an der Immobilienfront würde die Lage bald geklärt sein. Wahrscheinlich besichtigten schon die ersten Interessenten sein Haus. Er hatte es drei Tage nach dem großen Krach so vorgefunden, als habe Helene nie existiert. Sie hatte all ihre Sachen zusammengepackt und sogar noch aufgeräumt. Nur einen Zettel hatte er gefunden, auf dem stand: *Schade, aber vielleicht ist es besser so. Glück und Liebe, Helene.*

Glück und Liebe. Das hatte eine Spur zärtlicher geklungen, als er erwartet hatte. Zuweilen krochen sie wieder an ihm hoch, die Zweifel.

Seine Gedanken kehrten zurück in den Alpenpalast, den Oskar mit dem Schlenderschritt des Luxushotelgastes durchmaß. Ihn erwartete der »Alpenpanorama-Frühstückssalon« mit Gesundheits-, Schlemmer- und Rustikalbuffet, jamaikanischem Blue-Mountains-Kaffee, frisch gepresstem Grapefruit- und Orangensaft, »rustikalen Brötchen aus dem eigenen Ofen«, einem marokkanischen Omelettier, der ständig mit banger Miene den verschneiten Hang musterte, als fürchtete er jeden Augenblick eine Lawine (angeblich war er schon mal von einer Dachlawine bis unter die Kochhaube begraben worden und litt seither unter einem Trauma), sowie bergbraungebrannten Kellnerinnen in modischem Dirndl-Look, die jede Bestellung mit einem Enthusiasmus aufnahmen, der hart an einen Orgasmus grenzte. Oskar machte kurz entschlossen einen Umweg über die Rezeption, um mit »Christa«, deren rescher Name von einem Brustschild verkündet wurde, ein paar Worte über das angeblich so intelligente Musiksystem zu wechseln.

»Christl von der Alm!«, grüßte Oskar die bildhübsche Frau im Alpenkaiser-Hiphop-Dirndldress. »Einen guten Morgen den Bergbewohnern!«

»Guten Morgen, Herr Tschann«, erwiderte die strahlende Christa und zwinkerte komplizenhaft, als hätten sie in der vergangenen Nacht dasselbe Leintuch zerknäult. Im Gegensatz zu den Kellnerinnen war sie blass, weil sie tagsüber nicht vor die Tür kam. Oskar hatte nachgerechnet, dass sie ungefähr zwölf Stunden täglich arbeitete. Wie sie dabei so frisch blieb, war ihm ein Rätsel. Er lehnte sich gut gelaunt gegen den Rezeptionstresen. Er bemühte sich erfolglos um ein strenges Gesicht und sagte: »Ich muss Sie schon wieder mit einer Beschwerde über die Musikanlage belästigen.«

»Oje, genau wie Herr Leimsteiger auch.« Mit Verschwörermiene wies Christa auf einen älteren Herrn, dessen Bergurlaubergesicht hinter dem Rosamunde-Pilcher-John-le-Carré-Taschenbuchständer auftauchte. Er war ein dynamischer Sechziger, dessen Blick Antworten einforderte. »Nawasisjetzt?«, schnappte er.

»In etwa einer Stunde wird der Informatiker in Lech ankommen«, erklärte Christa mit bedauernder Miene. »Er ist gerade eben aus Bregenz abgefahren. Bis dahin würde ich den Herren vorschlagen, die Musikanlage nicht zu betätigen.«

»Wenn ich nochmal von Carmina Burana aus dem Bett

geholt werde«, sagte Oskar, »könnt ihr den Notarzt rufen. Das beginnt so leise-leise, und plötzlich brüllt ein hundertstimmiger Chor los, als hätten sie alle Bauchschmerzen. Orff soll froh sein, dass er tot ist, sonst würde ich ihn an einem amerikanischen Gericht auf Schadenersatz klagen.«

»Carmina Burana!«, knarzte Leimsteiger. »Das war meine Morgenmusik!«

»Das war die Weckmusik von General Schwarzkopf am Tag, als er den Irak angriff«, ätzte Oskar. »So was kann man doch nicht im Bergurlaub spielen!«

»Das passt zehnmal besser in den Bergurlaub als der Krampf, den ich mir anhören musste«, sagte Leimsteiger und fixierte ihn herausfordernd. »So ein langweiliges Frauen-, Klavier- und Gitarrengedusel, ich wäre um ein Haar wieder eingeschlafen ...«

»Miss Perfumado!«, schrie Oskar, der den Disput genoss. »Das war mein Morgenprogramm!«

»Oje«, sagte Christa und lächelte beiden zu, damit sie sich beruhigten.

»Wo kommt denn das her?«, fragte Leimsteiger. »Gibts da Berge und Schnee?«

»Kapverdische Inseln«, sagte Oskar und wandte sich an Christa. »Sagen Sie dem Techniker, er soll sich beeilen. Wenn das intelligente Musiksystem noch mehr durcheinander gebracht hat, prügeln sich in den Gängen schon die Gäste.«

»Meinen S' das ernst?«, erwiderte Christa, als meinte sie das ernst.

»Kapverdische Inseln«, rief Leimsteiger aus und ging kopfschüttelnd Richtung Frühstück davon. »Einen Geschmack haben die Leute.«

»Wenn dieser Mann Ihnen je einen Heiratsantrag

macht«, sagte Oskar zu Christa, »womit er mehr guten Geschmack beweisen würde, als ich ihm zutraue, dann lassen Sie von Ihrem Anwalt eine Klausel über die Musik im Haushalt einfügen, sonst sind Sie verloren.«

Christa war zu seinem Erstaunen rot angelaufen. Sie blickte ihm in die Augen und sagte leise: »Miss Perfumado gefällt mir *sehr viel* besser.«

Oskar spürte, wie es ihn heiß und kalt durchwallte, und er fand momentan keine Worte. »Dann will ich mal ...«, stammelte er, wies mit fahriger Geste zum Frühstückssalon und schritt zögernd davon, »... etwas naschen. Ich meine, essen.«

»Ich hoffe, das Problem ist bald gelöst«, sagte Christa und lächelte und lächelte. »Damit Sie in Ihrem Zimmer genau das haben, was Sie wollen.«

Oskar nickte und fiel im Davonschreiten fast über ein Sofa. Kein Zweifel, hier würden seine Wunden gepflegt.

Den gesamten Vormittag verbrachte Oskar in Antarktiskluft auf einer Bergkante hoch über Lech, um die beiden Snowboarder abzulichten sowie die jungfräulich beschneiten Hänge, die von den Arlberger Jünglingen mit Hollarätuljö durchfurcht wurden. Mittags löffelte er eine Knödelsuppe, die er nachmittags beinahe über ganz Lech verteilt hätte. Der Hubschrauber geriet während des Standschwebeflugs in beträchtlicher Höhe in Turbulenzen, und Oskar, der sich mit einem Sicherheitsgeschirr aus der offenen Schiebeluke lehnte und fotografierte, merkte aufgrund seiner Konzentration aufs Bildermachen zu spät, dass sein Magen rotierte. In Panik langte er nach einem vor ihm hängenden Plastiksack mit dem Logo des »Promotion Project Arlberg« (Dünser sprach das hartnäckig »Promouschn Proudschekt Arlböörg« aus), in dem ein Presse-Paket mit Hochglanzbroschüren, Ansteckern, einem T-Shirt und einem Murmeltiermaskottchen als Geschenk für Oskar vorbereitet war. »Keine Sorge«, versicherte Frederick Dünser mit einem tapferen Lächeln, nachdem Oskar den Sack und die Gaben voll gereihert hatte. »Wir haben mehr davon.«

Trotz des Zwischenfalls zufrieden mit seiner Ausbeute, schleppte Oskar sich am Abend zurück ins Hotel. Christa war bereits vom Abendrezeptionisten abgelöst worden, einem dünnen Wiener mit einem Sticker, der »I hate Haider« sagte. Oskar erfuhr später, dass der Sticker zwar nicht zur Uniform des Hotels gehörte, doch vom Besitzer an alle Angestellten ausgeteilt worden war, »zwecks dem Image mit den Ausländern«. Aber was Oskar wirklich komisch fand: Der Wiener hieß Adolf.

In seinem Zimmer schälte Oskar sich aus seiner alpinen Überlebenskluft aus Goretex, Flexotex, Sincotex und Texotex und schaltete zur Probe die Musikanlage an. Zuerst ertönte gar nichts, dann hörte er ein »Piep«, und eine Frauenstimme belferte los: »So, jetzt redmamal Tacheles, du und ich. Du glaubst, ich weiß nicht, was sich zwischen dir und Ingrid abgespielt hat. Mir war sofort verdächtig, dass es dir wurscht war, als ich früher abreisen wollte, und deshalb habe ich Vorkehrungen getroffen. Erwin, du bist ein Schwein, und noch dazu ein dummes. Du kannst dich schon mal ...«

Oskar schaltete aus. Er duschte, zog sich etwas Bequemes an und ging zur Rezeption. »Meine Musikanlage ...«, begann er.

»Jessass, hat man Ihnen das nicht gesagt?«, rief der Wiener aus. »Sowie der Techniker das System repariert gehabt hat, ist alles komplett durcheinander gekommen, und jetzt werden sogar Nachrichten vom Anrufbeantworter kreuz und quer durchs Hotel geschickt und kommen aus allen Lautsprechern.« Adolf hob die Arme. »Ein einziges Dradiwaberl.«

»Möglich«, sagte Oskar, der die Tiefen des österreichischen Vokabulars nie ergründet hatte. »Warum schalten Sie das Ding nicht einfach ab?«

»Offizielle Antwort: weil gerade *online* repariert wird.« Adolf blickte nach links und nach rechts und beugte sich dann zu Oskar vor. »Inoffizielle Antwort: weil jeder Schiss hat, da was anzurühren. Das System ist so kompliziert, dass nur der Techniker was machen kann, und der ist gerade nicht greifbar. Wenn Sie mich fragen ...« Er machte eine Wackelgeste mit seiner Rechten.

»Damit haben Sie wahrscheinlich recht«, sagte Oskar und lenkte seine Schritte zum »Gourmetrestaurant Fischerin vom Bodensee«. Dort beruhigte er seinen vom Hubschrauberflug aufgewühlten Magen mit einer Frittatensuppe und einem extraleichten Alpenröschti mit Grünburgunder Krautsalat. Während der ersten Tage hatte sich noch der Besitzer zu ihm gesetzt, mittlerweile ließ man Oskar allein, und er nutzte die Mahlzeiten, um seine Arbeitspapiere durchzusehen: Zeitpläne, Arrangements für Fotos mit Models usw. Die Arbeit tat ihm gut, denn sie ließ das noch immer brodelnde Unwohlsein nicht an die Oberfläche kommen. Manchmal dachte Oskar, es wäre wohl besser, sich seinen Gefühlen und Zweifeln zu stellen, doch er hatte Angst davor und zögerte den Moment immer wieder hinaus.

Deshalb schaltete er im Zimmer sofort den Fernseher ein, der vom intelligenten Chaos noch nicht erfasst war, und lenkte sich mit einem Film ab.

Mittendrin klingelte das Telefon. Es war kurz nach elf.

Eine sehr freundliche Frauenstimme sagte: »Guten

Abend, Herr Tschann. Ich wollte Sie nur fragen, ob alles in Ordnung ist.«

Oskar setzte sich im Bett auf. Es war Christa.

»Sind Sie denn noch im Dienst?«, fragte er.

»Natürlich, ich bin immer im Dienst.« In ihrer Stimme schwang etwas Neckisches mit, es war nicht die Dienststimme der Rezeptionistin.

»Ich meine, an der Rezeption«, sagte Oskar.

»Nicht direkt«, sagte Christa. »Aber in diesem Hotel gibt es immer was zu tun. Vor allem seit der Vertrag mit der Informatikfirma gekündigt wurde. Ich glaube, der Techniker hat das Chaos mit Absicht ausgelöst.«

»Interessant«, murmelte Oskar und fasste sich an den Kopf.

»Das bleibt unter uns«, setzte Christa rasch hinzu. »Interne Information. Sind Sie sehr müde?«

Nicht mehr, dachte Oskar. Plötzlich fühlte er sich sehr, sehr wach. »Äh, kaum«, erwiderte er. »Ein bisschen, es war ein intensiver Tag.«

»Mit dem Hubschrauber, hm?« Sie lachte ins Telefon. »Fliegen ist wundervoll. Ich glaube, ich würde schon abheben, wenn Sie mir Miss Perfumado vorsingen würden.«

»Am Telefon?«

Nach einer kurzen Pause sagte Christa: »Das ist die eine Möglichkeit.«

Nun schwiegen sie beide etwas länger, dann fragte Oskar mit brüchiger Stimme: »Und die andere?«

»Vor dem Wellness-Center«, sagte Christa, »wo rechts der Eingang zum Schwimmbad ist und links die Wellness-Anschlagtafel hängt, geht eine schmale Treppe runter. Du kommst in einen Gang mit drei Türen links und drei Türen rechts. Die dritte Tür links ist offen. Wenn du im Gang wem begegnest und gefragt wirst, was du dort tust: Geradeaus weiter gehts zum Skiraum. Dort könntest du was vergessen haben.«

»Gut möglich«, sagte Oskar.

»Verlauf dich nicht«, sagte Christa und legte auf.

Oskar hatte mehrere Gesprächsthemen vorbereitet, zum Lockerwerden und um sich in aller Ruhe näher zu kommen, aber Christa erklärte ihm, ihr blieben gerade noch acht Stunden bis zum Beginn ihrer Schicht, wozu die Zeit verschwenden, reden können wir nachher auch.

Nur dass es Oskar bis dahin nachhaltig die Rede verschlagen hatte. Er hatte vergessen, wie wundervoll es war, eine Frau abwechselnd über, unter und neben sich zu haben, von der ihn keine Missverständnisse, keine Erwartungen, keine Enttäuschungen trennten, ohne die Last einer gemeinsamen Geschichte mit ihren dunklen Flecken, ein frisches Feld, auf dem ganz neue Pflanzen sprossen, Blumen unbekannter Schönheit und auch massivere Gewächse.

Der kleine Wohnraum Christas erfüllte Oskar mit Behagen. Das Luxuszimmer hatte begonnen, ihn zu bedrücken, seine Größe machte die Leere deutlich, die nun in Oskars Leben herrschte, und die hübsche Österreicherin füllte einen kleinen Winkel dieses Lebens mit einer Nacht aus, die zum ersten Mal nicht von den Gespenstern der Vergangenheit bevölkert war.

»Wir bleiben draußen besser beim Sie«, sagte sie zum Abschied. »Diese Art von, ähem, *Kontakt* mit Gästen ist streng verboten. Kündigungsgrund. Ich mache das zum ersten Mal. Wir müssen sehr vorsichtig sein. Warte auf meinen Anruf. Ich mag dich. Schönes Fotowetter!«

Sie küssten einander, und Oskar schlich in sein Zimmer zurück, um noch zwei Stunden zu schlafen, aber daraus wurde nichts, weil er mit weit geöffneten Augen auf dem Bett lag und sich des Lebens freute.

Im Nachhinein betrachtet, war es clever, jeden Augenblick zu genießen, denn von da an ging alles schief.

Es begann mit dem Wetter, das plötzlich umschlug und das Winterwunderland mit dem gefürchteten Föhn traktierte. Gelbliche Wolken verpesteten den Himmel, warme Winde verwüsteten die Skipisten, und Oskar musste umdisponieren, indem er drei Tage hintereinander nur Innenaufnahmen machte.

Christas Anruf ließ auf sich warten. Sie spielten Theater an der Rezeption, aber die Unbefangenheit war aus dem Lächeln Christas verschwunden. Oskar schien, als hätte sie Probleme, ihm in die Augen zu sehen. Am dritten Abend nach ihrer Liebesnacht erfuhr er, warum.

Während Oskar im Gourmetrestaurant ein Pfeffersteak vertilgte, näherte sich der Vizedirektor, ein distanzierter Charakter namens Marander, und fragte, ob er sich kurz zu ihm setzen könne.

»Oh, bitte«, sagte Oskar fröhlich und wies auf den Stuhl.

Marander, in elegantem Schwarz und stets mit untadeligen Manieren, erkundigte sich nach dem Fortgang der Arbeiten, wie ihm Lech gefalle, wie ihm das Hotel gefalle, ob er schon dies oder jenes gemacht oder gesehen hatte, und Oskar, der argwöhnte, man habe ein Programm »Seid nett zu Oskar« ins Leben gerufen, gab leichtherzig Auskunft.

Marander tat dann, als wollte er sich bereits erheben und einen schönen Abend wünschen, und als fiele ihm noch eine Nebensache ein, die er loswerden müsse. Die Szene war gerade so schlecht gespielt, dass Oskar merkte, dass sie gespielt war, und zwar mit Absicht. »Ich vergaß beinahe, Herr Tschann«, sagte er und bedachte den Fotografen mit einem Lächeln und einem sehr langen, nicht sehr warmherzigen Blick, »es gibt bestimmte Bereiche in diesem Hotel, die von unseren Gästen gemieden werden sollten, um die ... *Intimsphäre* der Angestellten zu wahren. Unsere Leute arbeiten sehr hart. Wir wollen vermeiden, dass sie ungebührlich ...«, wieder machte er eine Pause, »... *abgelenkt* werden. Verstehen Sie, was ich Ihnen damit sagen will? Schönen Gruß vom Direktor übrigens. Er ist sicher, dass Sie hervorragende Arbeit leisten und für weitere Projekte empfohlen werden können. Einen schönen Abend noch, Herr Tschann. Na ...«, er setzte ein joviales Gesicht auf und machte eine Geste Richtung Panoramafenster, hinter dem die Lichtkegel der an den Hängen herumkriechenden Pistenraupen zu sehen waren, »... hoffentlich wird auch das Wetter besser.«

Oskar blieb beinahe ein Bissen Steak im Halse stecken, und er starrte Marander nach. Dann seufzte er und murmelte: Wahrscheinlich warst du immer scharf auf sie, Lump.

An diesem Abend war an Schlaf nicht zu denken. Sehr spät kam der erwartete Anruf. Aus Christas Stimme war jede Fröhlichkeit verschwunden. »Bei uns haben sie Kameras in den Gängen, wegen der Sicherheit«, erklärte sie. »Ich dachte, die seien mit der Informatikpanne auch ausgefallen, aber jemand hat das System ohne mein Wissen repariert.«

»Wundervoll«, sagte Oskar. »Und mir hat der Vize-Großinquisitor gedroht, meine Karriere nach Kräften zu boykottieren, sollte ich mich nochmal in deinen Gang verirren. Aber er hat es mit sehr höflichen Worten getan. Mein Gott, was haben wir uns in die Nesseln gesetzt!«

»Tut mir Leid, wenn ich dir Schwierigkeiten bereitet habe.«

»Mach dir um mich keine Sorgen. Was ist mir dir? Du hast mir gesagt, das sei ein Kündigungsgrund. Wirst du jetzt gefeuert?«

»Nein, ich bin abgemahnt und stehe unter Beobachtung. Ein Fehler, und ich bin raus. Marander könnte mich jederzeit auf die Straße setzen, diese Macht will er auskosten. Ich trage es mit Fassung, ich mache meinen Job gut.« Sie schwieg einen Moment, dann fragte sie leise: »Hast du es bereut?«

»Ach, sei nicht dumm! Keine Sekunde. Es ist nur alles so ...«

»Absurd.«

»Hm.« Oskar nickte ins Telefon hinein.

»Du bleibst noch bis Mitte Dezember«, sagte Christa, »wir werden uns fast jeden Tag sehen. Wird nicht einfach für uns. Es tut mir so Leid.«

»Du bist ein Prachtmädchen«, sagte Oskar. »Ein echtes Prachtmädchen. Schlaf gut.«

Er legte auf, bevor Christa antworten konnte.

Das Wetter besserte sich nicht, und Oskar verlegte die ausgemachten Urlaubstage in diese Schlechtwetterphase hinein, um vielleicht am Ende seines Aufenthaltes noch einmal auf Fototour zu gehen. Lech versank in grauen Wolken, es begann sogar zu regnen, und Oskar drehte Runden wie ein Wolf, unschlüssig, auf der Suche nach Halt. Die Gespenster der Vergangenheit kehrten wieder, und sie waren in Topform. Helene wartete im Bett auf ihn, Jürgen draußen im Gang, und Balduin lauerte im Badezimmer.

Aber das hübscheste Gespenst von allen war in Fleisch und Blut vertreten. An Christa musste er ein Dutzend Mal am Tag vorbei. Manchmal sprach er mit ihr, um Nachrichten entgegenzunehmen, und er wusste nicht, welchen Ton er dabei anschlagen konnte, ohne dass Marander aus einem Schrank sprang und »Jetzt hab ich euch!« schrie. Einmal strich er zärtlich über ihre Hand, und sie wurde entsetzlich nervös, worauf Oskar einen Tag lang Schuldgefühle mit sich herumschleppte und der Eindruck an ihm nagte, auch im »neuen Leben«, weit weg von Mallorca, hoch oben in den Alpen, wieder mal alles falsch zu machen. Erstmals kam ihm der Gedanke, dass die Ursache seiner Probleme nicht Mallorca hieß, sondern Oskar Tschann.

Als er eines Abends an der Bar saß und ihm plötzlich bewusst wurde, dass er bereits drei Whiskey intus hatte, zog er die Notbremse. Er musste etwas unternehmen, um aus diesem Seelentief herauszukommen, egal was. Wie ein Dieb schlich er zum Wellness-Center, hielt sich demonstrativ vom besagten Treppenabgang fern und studierte den Aushang. Aromatherapie. Moorbad. Massagen. Whirlpool. Reiki. Bewegungsanalyse mit der britischen Spezialistin Sandra Fletcher. Meditation mit dem iranischen Neurophilosophen Guguda Gugudi. Heiljodeln mit der Jodeltherapeutin Sieglinde Mauermann.

Heiljodeln ...

»Jodle dich gesund!«, verkündete die Heiljodelinfo. »Der menschliche Körper kann auf verschiedenste Weise negative Energien evakuieren. Eine der effizientesten ist das Jodeln. Studien haben bewiesen, dass die mentale Kraft und physische Gesundheit der Alpenbewohner, die sich in unglaublichen Leistungen bei Wintersportwettbewerben niederschlagen, auf über Generationen hinweg konsequent betriebenes Jodeln als Verständigung, musikalische Darbietung oder simplem emotionellen Ausdruck in der freien Natur zurückzuführen sind. Das Jodeln hatte so tief greifende Auswirkungen auf die Menschen, dass sogar Nachkommen, die sich dieser jahrtausendealten alpinen Ausdruckstechnik nicht bedienen, davon profitieren.

Sieglinde Mauermann aus Bonn, diplomierte Jodeltherapeutin, Psychologin, Atemtrainerin und Ethnologin, führt eine kleine Gruppe von Interessenten durch ein fünftägiges Intensivprogramm, zwei Stunden täglich.

Höchstzahl der Teilnehmer: sieben. Information und Anmeldung an der Rezeption.

Wer zuerst kommt, jodelt zuerst.«

Neben dem Infotext prangte ein Portrait der Jodeltherapeutin, die ihren Mund gerade zu einem hurrikanischen Monumentaljodler öffnete.

»Das!«, sagte Oskar zu sich selbst und nickte. »Genau das. Mir ist zum Schreien zu Mute, und ich will es richtig tun. Meine negativen Energien müssen raus.«

Sieglinde Mauermann muss die esoterische Reinkarnation eines preußischen Paukers sein, dachte Oskar, als er zwei Tage später mit »bequemer, leichter Kleidung und ohne Schuhe, aber mit Socken« den Meditationsraum des Wellness-Centers betrat und sich sagte: Hier werde ich Mallorca ein für alle Mal an die Wand jodeln, hier findet der Exorzismus statt.

In der Mitte des sechzig Quadratmeter großen, mit Holz ausgekleideten Raumes mit »audiovisueller Nische«

und einem Fenster mit Blick auf den jungfräulichen Teil der Bergwelt saßen vier Personen schweigend am Boden und wirkten in etwa so glücklich, als erwarteten sie ihre Hinrichtung. Auf einem niedrigen Podest saß im Schneidersitz eine dünne, drahtige Frau mit vorspringendem Gesicht und rückspringender blonder Frisur und fixierte Oskar, als hätte er ihr an den Hintern gelangt oder schlimmer.

»Bitte Türe schließen und hierhin setzen«, befahl sie und wies auf die Zentralzone mit den anderen Verurteilten.

Er zuckte die Achseln und setzte sich zu den anderen. Drei Frauen und ein Mann. Oskar fühlte sich von der strengen Atmosphäre ermutigt, ein einziger Trachtenhut hätte genügt, ihn davonzujagen. Doch hier dräute keine Folkloregefahr, denn Sieglinde Mauermann war es ernst.

Die Jodeltrainerin studierte eine Liste und warf einen scharfen Blick auf ihr Grüppchen. Dann schnappte sie: »Wir sind komplett. Vorstellung. Sie!«

Alle fünf zeigten erschrocken auf sich selbst und blickten hin und her, um zu sehen, wer gemeint war.

»Sie! Nein, Sie, nicht die Dame. Der Herr mit den grellgrünen Socken.«

Sie meinte Oskar, der verlegen auf seine Socken starrte. Er hatte die wolligen Dinger bei einer Zwischenlandung in einem Laden des Flughafens von Dubai erstanden, weil ihm auf dem Flug eiskalt geworden war, und er hatte damals beim Kaufen wie auch heute beim Anziehen übersehen, dass auf ihnen dutzende rosarote Maulwürfe abgebildet waren.

Alle starrten auf seine Socken und bemühten sich, nicht zu breit zu grinsen. Er räusperte sich. »Mein Name ist Oskar. Zweiundvierzig Jahre alt. Keine jodeltechnischen Vorkenntnisse. Freut mich sehr, euch kennen zu lernen.«

»Warum sind Sie hier?«, fragte Frau Mauermann, ohne den Blick von ihrer Liste zu nehmen.

»Warum ich hier bin?«, erwiderte Oskar. »Hier in Lech am Arlberg, oder hier in diesem Raum?«

»In diesem Raum«, kam es knapp zurück.

»Zum Jodeln.«

Alle lachten, wobei sich erste Jodeltonalitäten einschlichen, vermutlich um sich gleich als guter Schüler zu qualifizieren. Nur Frau Mauermann lachte weder, noch jodelte sie vor Vergnügen. Sie rückte ihre Figur zurecht, atmete tief ein und ließ eine Pause auf das Publikum einwirken, bevor sie mit leiser Stimme sagte: »Wir haben zwei Möglichkeiten, diesen sehr kurzen Intensivkurs durchzuziehen. Die eine besteht darin, ernsthaft und diszipliniert die Möglichkeiten zu erarbeiten, welche die Jodeltherapie bietet. Die andere besteht darin, möglichst viel Spaß zu haben, Witze zu machen und alles auf die leichte Schulter zu nehmen. Die zweite Möglichkeit klingt attraktiv, aber ich vermute, dass die tieferen und wahren Gründe Ihrer Anwesenheit zu wichtig sind, um eine Gelegenheit, sich gravierenden seelischen Problemen zu stellen und diese zu bewältigen, vorübergehen zu lassen, nur weil ein oder zwei Mitglieder der Gruppe sich amüsieren wollen.«

Sie musterte jeden Einzelnen und Oskar besonders lange. Oskar versuchte, wie Frau Zarfou die linke und rechte Augenbraue unabhängig voneinander zu lüpfen, brachte dabei aber nur eine missverständliche Grimasse zu Stande.

»Deshalb«, schnitt Frau Mauermanns Stimme durch den Raum und quer durch die Innereien der Schüler,

»stelle ich gleich zu Beginn die Vertrauensfrage und fordere jene auf, die zu ernsthafter, disziplinierter Arbeit nicht bereit sind, den Raum zu verlassen und sich an der Rezeption die Kursgebühr erstatten zu lassen.«

Die Kursteilnehmer hielten den Atem an. Oskar blickte sich um. Da saßen sie, seine Begleiter auf dem Weg zur Jodelseligkeit, wie er sie in den nächsten Tagen kennen lernen würde. Eine Sportgroßmutter namens Ursula starrte vor sich hin, als stünde sie vor der Eigernordwand, eine elegante Fünfzigerin namens Babette staunte über den harschen Ton, ein blasser Jüngling namens Heinz, mit früher Glatze, frühem Bauch und früher Lebensmüdigkeit, übte den Treue-Hunde-Blick, und ein junges Mädchen namens Lucky (in Wahrheit Elke) tat auf »bin so was von cool«.

Oskar dachte: Sieglinde befiehl, wir jodeln dir.

»Gut«, verkündete Frau Mauermann. »Das wäre geklärt. Mein Programm wird Sie in den kommenden fünf Lektionen Schritt für Schritt an das befreiende Heiljodeln heranführen. Am letzten Tag sollten Sie im Stande sein, sich Ihrer Lasten ein für alle Mal zu entjodeln. Wir steigen ein mit Übungen zur Atemtechnik, leiten über zu jodelfreiem Ausdruck und Meditation, sodann beginnen wir mit dem Präjodeln, dem Anjodeln und dem Einjodeln. Am vorletzten Tag wenden wir die erworbenen Fähigkeiten mit dem akustischen Halb- und Volljodeln an. Und den letzten Tag ...«

Sie hob die Arme und lächelte zum ersten Mal, »... werden wir dem ganzheitlichen therapeutischen Heiljodeln widmen. Ich verspreche Ihnen, Sie werden Ihr Innenleben nicht wieder erkennen. Nützen Sie die Zeit, um sich von Ihren Lasten und Sorgen zu verabschieden. Sie können die erlernte Technik selbstverständlich auch später anwenden, müssen dafür jedoch in Übung bleiben. Und wenn Sie tiefer in die Geheimnisse Ihres Lebens, Ihres Körpers und Ihrer Seele eindringen wollen, empfehle ich Ihnen einen weiterführenden Kurs in transzendentalem Powerjodeln.«

Sieglinde Mauermann ließ ihren Schülern Zeit, das Gehörte zu verdauen. Oskar nickte zufrieden. Es klang alles so verrückt, dass Mallorca schon jetzt, noch bevor er den ersten Präjodler von sich gegeben hatte, nicht mehr vorhanden war.

»Dieser Raum ist übrigens hundertprozentig schallisoliert«, sagte Frau Mauermann. »Niemand muss sich aus falscher Scham Zurückhaltung auferlegen. Und damit Sie einen Eindruck davon erhalten, worauf wir ab jetzt konsequent und systematisch hinarbeiten, gebe ich Ihnen ein Beispiel für einen mit mäßiger Kraft durchgeführten Heiljodler.«

Gespannte Erwartung erfüllte den Raum. Sieglinde Mauermann atmete konzentriert und tief und immer tiefer, bis sie graziös wie eine Balletttänzerin ihre schlanken Arme ausbreitete und langsam den Mund öffnete. Ein letzter Atemzug, und was dann kam, verglich Oskar später, als er sich erholt hatte, mit dem Erlebnis, von einem Schnellzug überrollt zu werden. Es begann mit einer Ahnung in der Ferne, schwoll zu Gewissheit an, erfüllte plötzlich den Raum, packte ihn, beutelte ihn, ging quer durch ihn durch, rumpelte Waggon für Waggon über sein Trommelfell und war ebenso schnell wieder verschwunden.

Oskar warf einen raschen Blick in die Runde. Alle hatten den Mund wie zum Druckausgleich geöffnet.

»Darin«, fügte Frau Mauermann mit leiser Stimme an und blickte wohlwollend in die Runde, als sei sie stolz darauf, dass ihre Schüler diese Probe überstanden hatten, »liegt die ganze Kraft der Alpen. Wenn Sie wollen, gehört sie Ihnen.«

Oskar blickte verstohlen durch das dreifach verglaste Fenster, um sicherzugehen, dass keine Lawine ausgelöst worden war.

15.

Jemand denkt an Oskar, und wieder fliegt der Hubschrauber

Ein Anruf um drei Uhr morgens bedeutet selten etwas Gutes. Noch während Oskar schlaftrunken nach dem Telefon tastete, bildete sich in seiner Kehle ein Kloß von der Größe eines Tiroler Knödels.

Er fürchtete um sein vor kurzem erst wiederhergestelltes inneres Gleichgewicht, denn er befand sich in einer Phase des geistigen Aufbruchs. Im Meditationsraum war er unter der Anleitung von Sieglinde Mauermann in die Gefilde des Präjodelns vorgestoßen und schickte sich zum Gipfelsturm an, um den Kurs mit jenem alpinen Urschrei abschließen zu können, der Zertifikat und Seelenfrieden brachte, während die Arbeits- und Urlaubstage sich je nach Wetterlage miteinander vermischten.

Dass er bei Mauermanns Heiljodelseminar ernst bleiben konnte, schrieb er einer neuen Toleranz zu, die in sauerstoffarmer Höhenluft offenbar leichter aufzubringen war. Auf Meereshöhe, ahnte Oskar, hätte er sich schon längst zum Affen gemacht.

Das Telefon musste eine Weile geklingelt haben. Oskar hoffte zunächst auf eine weitere Panne im Zentralcomputer des intelligenten Alpenkaisers. Sein zweiter Gedanke war Christa. Aber um drei Uhr morgens?

Doch die Stimme, die aus weiter Ferne zu ihm sprach, leise und undeutlich, fand ihren Weg in den empfindlichsten Teil seiner Seele. Er war sofort hellwach.

»Joana?«, rief er in den Hörer.

»Wie benehmen sich die Berge?«, fragte Joana. Sie sprach in merkwürdigem Singsang, und hätte er sie nicht besser gekannt, er hätte schwören können, dass sie angetrunken war. »Sind sie gut zu dir?«

»Wer?«, erwiderte Oskar.

»Die Berge«, wiederholte Joana und seufzte, als machte ihr jedes Wort Mühe. »Ich fragte, ob sie nett zu dir sind.«

»Oh, ja. Sehr«, sagte Oskar.

Etwas stimmte nicht. Etwas war furchtbar außer Tritt geraten.

»Und ist die Insel nett zu dir?«, fragte er vorsichtig.

»Die Insel schon«, sagte Joana. »Aber das Leben nicht so sehr.«

Für einen Augenblick war er enttäuscht. War das die intelligente, souveräne Ärztin, für die er mit jeder Begegnung mehr Bewunderung und Zuneigung empfand? Sie sprach zu ihm wie eine sitzengelassene Mittfünfzigerin in einer Bar.

»Erzähl«, forderte Oskar sie energisch auf.

»Miquel ist gestorben.«

»Wer ist Miquel? Ein Verwandter?« Ein Freund?

»Ein kleiner Junge. Sieben Jahre alt. Hältst du es für lächerlich, wenn eine Ärztin um einen Patienten weint?« Sie legte ein trockenes Lachen hinzu, das gegen Ende hin mehr wie ein Weinen klang. Doch sie hatte sich im Griff.

»War er dein Patient?«, fragte Oskar.

»Eigentlich nicht mehr«, erzählte Joana. »Ich hatte ihn schon längst an einen Spezialisten weitergereicht.

Bei Blutkrebs kann Joana Marqués nichts mehr machen. Aber der Kleine sah mir so tief in die Augen, dass ich seine Akte nicht einfach beiseite legen konnte. Denn Miquel hatte entschieden, dass ich ihm das Leben retten würde. Dummerweise wurde nichts draus. Er ist heute Nacht gestorben. Mein Kollege hat mir gerade Bescheid gesagt. Gerade? Nein, vor einer Stunde muss das gewesen sein. Miquel hat in seinen letzten Stunden nach mir gerufen. Obwohl er nicht mehr rufen konnte, muss mehr ein Flüstern gewesen sein. Er hatte also den Namen dieser Hochstaplerin auf den Lippen, die ihm bei jeder Gelegenheit vorgaukelte, alles würde gut. Bis zum Schluss dachte er, ich würde heranbrausen wie der Held im Film und mit einer Operation seinem Leiden ein Ende machen. Aber wenn ich es recht bedenke: Sein Leiden ist zu Ende.«

Joana begann zu weinen. Sie deckte nicht mal den Telefonhörer ab.

»Entschuldige«, schluchzte sie. »Ist dir das nicht zu blöd? Ich ruf dich später an, wenns mir besser geht. Tut mir Leid, dich geweckt zu haben.«

»Rede keinen Unsinn. Erzähl weiter, Joana.« Geduldig wartete er, bis sie sich beruhigt hatte. »Warst du im Spital?«

»Gestern Nacht«, sagte Joana. »Heute Nacht war ich so müde, dass ich nicht mal das Telefon hörte. Mein Kollege sagte mir, er hätte es nicht lange klingeln lassen, er hatte ja mitgekriegt, dass ich mir die Nacht zuvor um die Ohren geschlagen hatte. Ich wachte erst auf, als er zum zweiten Mal anrief. Um mir zu sagen, dass Miquel tot war. Oskar, gibt es so was wie Gerechtigkeit? Sag es mir!«

»Es gibt sie«, sagte Oskar. »Aber sie kommt ohne Garantie, ist nicht allumfassend, und sie wird nicht allem gerecht.«

»Dann gibt es sie nicht.«

»Das ist wissenschaftlich schwer nachweisbar, aber du hast Recht: Alles deutet darauf hin, dass sie nicht perfekt ist.« Oskar setzte sich in seinem Bett auf. »Aber das hilft dir momentan auch nicht weiter, was, Joana?«

»Nein.«

»Hast du ein bisschen getrunken?«

»Ja. Nicht viel. Ich bin schon vor Traurigkeit hinreichend besoffen. Warum sind die Einbrecher nicht da, wenn man sie braucht. Ich würde ihm sagen: Knall mich ab, du tust mir einen Gefallen.«

»Ich hoffe für alle deine kleinen Patienten, die in dich verliebt sind, dass sich heute Nacht kein Einbrecher in deine Wohnung verirrt.«

»Oskar, erklär mir: Wie hält man Distanz? Ich kann doch nicht jedes Mal ausrasten, wenn ein kleiner Miquel ... die Augen schließt und ...« Joana begann wieder zu schluchzen. »Entschuldige. Ich lege auf.«

»Joana!«, sagte Oskar sanft. »Joana, bitte, leg nicht auf. Erzähl mir von Miquel. Warum hat er dir so viel bedeutet?«

Die Ärztin atmete tief durch und schnäuzte sich. Dann sagte sie mit ruhiger Stimme: »Manchmal entdeckst du in den Augen eines Kindes viel mehr, als da eigentlich sein dürfte. Weisheit. Liebe. Er kann sich noch so benehmen wie ein Achtjähriger, aber dann sagt er etwas und blickt dich an, dass du dich am Stuhl festhalten musst. In der Sprechstunde, als ich seine Eltern mit den Ergebnissen der Untersuchung konfrontierte, saß er gegen meine Erwartung im Wartezimmer. Eltern unterschätzen immer wieder die Antennen ihrer Kinder. Ich empfehle ihnen grundsätzlich, das betroffene Kind zu einer solchen Aussprache nicht mitzubringen, damit sie einen ganzen Heimweg Zeit haben, sich zu überlegen, wie sie mit einer negativen Nachricht umgehen und was genau sie dem Kind wie erzählen wollen. Damals ist genau das passiert, was ich befürchtet hatte. Miquel las in den Gesichtern seiner Eltern augenblicklich, was los war. Die beiden verstellten sich, aber es war vollkommen zwecklos. Der Kleine verlangte mich zu sehen. Die ratlosen Eltern baten mich, es ihm auf meine Weise zu erklären. Da saß ich also hinter meinem Schreibtisch, vor mir, winzig auf dem Stuhl und mit ernstem Gesicht, Miquel mit seinem dunklen Haarschopf und seinen klaren Augen. Ich quasselte etwas von einer Krankheit im Blut, die man ernst nehmen müsse und für die er eine nicht ganz angenehme Behandlung über sich ergehen lassen würde und wollte den üblichen Quatsch vom tapferen Jungen von mir geben, auf den seine Eltern stolz sein würden, als er mich unterbrach, mit Tränen in den Augen, weil er viel mehr verstanden hatte, als ich ihm sagen wollte, und mir sagte: ›Doctora Marqués, du wirst mich heilen. Versprich es mir.‹ Dann begann er zu heulen und sagte, er hätte Angst, aber wenn ich in seiner Nähe bliebe, würde alles gut. Ich sagte ihm, mein Kollege sei ein ausgezeichneter Spezialist, aber er wollte nichts davon wissen. Er wollte mich in die Pflicht nehmen. Da saß dieser achtjährige Knirps vor mir, seine Beine reichten nicht mal bis zum Boden, und er weigerte sich, mich aus meiner Verantwortung zu entlassen. Ich versprach also, ihn zu heilen. Er bat mich, ihn zu besuchen und mit dem Kollegen zu sprechen, damit der alles richtig mache. Auch das versprach ich. Am Ende beruhigte er sich, und als er sich schon zum Gehen wandte, blieb er nochmal stehen und sagte etwas mit leiser Stimme, was ich nicht verstand. Bitte?, sagte ich. Er wiederholte. Weißt du, was er mir sagte?«

»Was sagte er?«

»Umarme mich. Er sagte das ganz leise, wie ein Flehen kam es, und ich konnte mich kaum auf den Beinen halten, als ich zu ihm trat, in die Knie ging und ihn umarmte. Er klammerte sich an mich. Ich war drauf und dran, in Tränen auszubrechen und konnte mich noch beherrschen, bis er zur Tür draußen war. Aber dann habe ich ein ganzes Paket Papiertaschentücher aufgebraucht.«

»Weil das Ergebnis der Untersuchung so mies war«, sagte Oskar.

»Genau. Fünf Prozent Überlebenschance. Mein Kollege sagte, das Nobelste wäre, ihm die letzten Monate seines Lebens so angenehm wie möglich zu machen.«

»War das derselbe Tag, an dem wir uns im Café sahen?«

»*No, Señor.* Das war der Tag, an dem die letzten fünf Prozent den Bach runtergingen. Mein Kollege probierte eine neue Methode aus. Ich besuchte Miquel im Spital, musste ihn wieder belügen, er kriegte es wieder mit, und ich war den ganzen Tag wie betäubt. Es gibt Situationen, für die es keine korrekten Antworten gibt. Man kann es nur falsch machen.«

»Mein Gott. Und da komme ich und quatsche dir die Ohren mit Immobilienproblemen voll. Gröber danebenstehen kann man wirklich nicht.«

»Wie könnte ich dir das zum Vorwurf machen, du hast ja nichts davon gewusst.«

»Miquel wusste auch nichts, aber er hat alles, was man ihm nicht sagte, gefühlt. Er wäre ein prima Kerl geworden. Abgesehen davon bin ich sicher, dass er dich niemals eine Lügnerin genannt hätte, weil er auch das verstanden hat. Miquel hat dich geliebt, das war ein großartiger kleiner Mann, der eine großartige Frau erkannte, wenn er sie sah.«

»Oskar, ich sitze hier mit einer Flasche Branntwein, die ich eigentlich nur für Gäste gekauft habe, und frage mich langsam, ob ich verrückt geworden bin. Warum rufe ich dich an?«

»Joana, sei nicht ungerecht. Ich habe dir angeboten, auch mal was für dich zu tun, wenn sich die Gelegenheit bietet. Dass ich ein Weilchen den Hörer ans Ohr halte, ist wohl das Mindeste. Wie hast du mich eigentlich ausfindig gemacht?«

»Internet. Du hattest Lech erwähnt, und ich habe die guten Hotels durchtelefoniert.«

»Alle?«

»Das vierte war schon deines. Nette Person am Telefon.«

Christa!, durchzuckte es Oskar. Seit zwei Tagen war sie zu Nachtdienst verdonnert, und ausgerechnet *sie* vermittelte ein Damengespräch um drei Uhr morgens für ihren stets netten Oskar Tschann.

»Die Leute hier sind alle nett«, log er. Gerade heute hatte er sich eine Standpauke der Sportoma im Jodelseminar anhören müssen. Er bräuchte mehr Pfeffer im Arsch und eine bessere Einstellung, sie hätte noch die Russen erlebt, und wenn sie Typen wie ihn sehe, fragte sie sich, wozu man eigentlich den Zweiten Weltkrieg geführt hätte. Oskar hatte aufmerksam zugehört und sich entschuldigt, er hätte einen dringenden Termin. Er hoffte ernsthaft, dass sein abschließender Heiljodler auch das Gequatsche der Alten aus seiner Seele putzen würde.

»Erzähl mir was, damit ich auf andere Gedanken komme«, bat Joana. »Erzähl mir, was du in deiner Freizeit tust, wenn du nicht den hübschen Österreicherinnen nachjagst.«

»Die können alle besser Skifahren als ich«, gab Oskar verlegen zurück. »Ich hole sie nie ein. Aber ich bin gerade dabei, einen Jodelkurs zu machen.«

»Oh«, sagte Joana. »Das klingt bodenständig. Ich wusste gar nicht, dass du eine Ader dafür hast. Hielt dich eher für den urbanen Typ.«

»Ich bin ein Mischtyp«, sagte Oskar. »Und das Gejodel ist rein therapeutisch. Wenn du willst, bringe ich es dir bei. Die Idee besteht darin, dass du negative Energien aus dir rausschreist, und zwar in Form eines Jodlers. Modulierte Schmerzensschreie, wenn du so willst.«

»Tut das nicht eher den anderen weh?«

Oskar musste lachen. »Verzeih, Joana. Aber was du gerade gesagt hast ...« Er versuchte sich zu beherrschen, lud dann aber einen minutenlangen Lachanfall ins Telefon ab, in dem sich einiges entlud, das überhaupt nicht komisch war. Am anderen Ende der Leitung war es verdächtig still geworden.

»Bist du noch dran?«, fragte er bang.

»Oh, ja. Es tut so gut, jemanden lachen zu hören.«

»Es ist vielleicht nicht der Moment ...«

»Irgendwann muss man damit wieder anfangen. Mit Miquel habe ich viel gelacht. Ich habe ihm normalerweise etwas mitgebracht, meist ein Buch, und das haben wir gemeinsam gelesen. Es war immer etwas Witziges.«

»Und seine Eltern?«

»Rackerten wie Verrückte, um die Spezialbehandlung zu bezahlen. Ich glaube, die haben sogar ihr Haus verkauft. Ach, Oskar, reden wir von was anderem, das ist alles so unfair, so ungerecht, erzähl mir von diesem Jodelkurs. Oder besser noch: Jodle mir was vor. Ich will mich kranklachen.«

»Ich weiß nicht, ob die Telefonleitungen auf so was vorbereitet sind«, sagte Oskar. »Und die Zimmer sind auch nicht perfekt schallisoliert.«

»Du hast Angst, du könntest deine Zimmernachbarn wecken?«

»Joana«, sagte Oskar. »Du hast keine Ahnung, wovon hier die Rede ist. Ich bin in eine Sphäre des akustischen Ausdrucks vorgestoßen, von der ich nicht mal wusste, dass sie existiert. Wenn ich jetzt loslege, wecke ich das ganze Hotel. Die Trainerin hat uns am ersten Tag mit einer kleinen Demo die Trommelfelle über die Ohren gezogen.«

»Das klingt wie eine Veranstaltung für Menschen mit Problemen«, sagte Joana. »Geht es dir inzwischen gut?«

»Wenn ich mit dir spreche, geht es mir immer gut.«

Oskar stockte. Der Satz war ihm spontan entfahren, er fand allerdings nichts, was an ihm auszusetzen war.

Auch Joana war im Moment sprachlos. Dann sagte sie: »Das ist das Netteste, was ich seit langem gehört habe.«

Oskar winkte ab, unsichtbare Geste für seine Gesprächspartnerin, die in zweitausend Kilometer Entfernung in einer Wohnung mitten in einem mediterranen Stadtkern saß und ihre Gefühle sortierte. »Deine Patienten sagen dir solche Sachen ununterbrochen.«

»Ich habe auch ein Privatleben, Oskar. Gelegentlich habe ich auch ein Privatleben.«

»Natürlich. Verzeih.«

»Wird sich der angehende Jodelprofi Oskar in diesem Privatleben mal wieder blicken lassen?«

Oskar bewunderte die Formulierung. Es war eine distanzierte Einladung, den Kontakt nicht abreißen zu lassen, aber zwischen den Buchstaben entdeckte er Botschaften, die ihn verwirrten.

»Oh, ja, ich muss auf jeden Fall den Verkauf abwickeln und meinen Kram einpacken.«

Das, fand er, war keine warmherzige Antwort auf ihre subtile Einladung gewesen. Und wieder diese Stille im Hörer.

»Na, gut«, sagte sie. »War nett, dass du mir zugehört hast.«

»Joana«, sagte Oskar unbeholfen.

»Ja?«

»Joana, ich ...« Er wollte nochmal was Nettes sagen, wusste aber nicht, wie weit er damit gehen konnte. Es war zum Verzweifeln. »Joana ...«

»Du sagst nur meinen Namen, sonst nichts?«

»Joana.« Oskar spürte, wie sein Gesicht in ein entspanntes Lächeln auseinander fiel. »Das ist ein schöner Name, es macht mir Freude, ihn auszusprechen. Darf ich?«

»Bitte, tu dir keinen Zwang an.«

»Joana. Hm. Wirst du jetzt schlafen können?«

»Das hängt von den unerwünschten Nebenwirkungen meines Gästefusels ab. Am besten schütte ich das Zeug weg und nehme eine Alka-Seltzer.«

»Braves Mädchen. Danke für den Anruf, Joana.«

»Du bedankst dich immer so viel.«

»Reiner Vorwand, damit wir im Gespräch bleiben. Ich freu mich darauf, dich wiederzusehen.«

»Bis hoffentlich bald, Oskar. Und halte dich von den Lawinen fern.«

Und von den hübschen Österreicherinnen, meinte Oskar in ihren Gedanken zu lesen.

Die letzten beiden Tage des Jodelkurses waren eine Mischung aus Kabarett und Hölle. Die Kraft-durch-Freude-Oma wollte unbedingt am lautesten jodeln, um den jungen Schlappis zu zeigen, was eine Harke ist, und dann mussten sie sich alle minutenlange Hustenanfälle anhören, die auf die »trockene Luft« und die »negativen Schwingungen im Raum« zurückzuführen waren. Die negativen Schwingungen, daran bestand für die Achse Ursula-Sieglinde kein Zweifel, gingen von Oskar aus, der immer wieder zu grinsen wagte, und dass er dabei diskret zu sein versuchte, machte alles noch schlimmer. Babette hingegen brachte keinen Ton zu Stande, der lauter war als ein Hilferuf aus dem Inneren einer Lawine, und Sieglinde Mauermann entwickelte Theorien darüber, um welche »erstickenden Elemente« im Leben der vornehmen Dame aus gutem Hause es sich wohl handelte. Am Ende des vierten Tages (Halb- und Volljodeln) raunte Babette Oskar vertraulich zu: »Frau Mauermann hat Recht. Aber Heinrich hat das Geld. Was würden Sie tun?«

Oskar erwiderte: »Schreien.«

Dem bleichen Heinz gelangen die Schmerzensschreie noch am besten. Wenn er mal angefangen hatte, wollte er nicht mehr aufhören, ein offensichtlicher Fall pathetischen Selbstmitleids, es war ein sagenhaft atonales Geheul über die eigenen Unzulänglichkeiten, und wenn Heinz an der Reihe war, wurde Oskar besonders streng überwacht, weil sich die Grinsgefahr erhöhte. Lucky jodelte am schönsten, aber es machte ihr Spaß, und das sollte es nicht: Wir sind hier, um unsere Schmerzen rauszuschreien, mahnte Frau Mauermann, und nicht, um schöne Lieder zu singen. Bockig baute Lucky ein paar Molltöne ein und machte dann Platz für Oskar.

Der tat sich keinen Zwang an und brüllte Mallorca aus

sich heraus. Dabei schlichen sich spanische Schimpfwörter in sein Gejodel ein, die Gott sei Dank niemand verstand. Er schrie »Joderdijodeldidü« und »Mierdaladulidu« und »Hijodejodeldiputa«, und obwohl sie argwöhnisch den seltsamen Kreationen lauschte und Oskar von Anfang an im Verdacht hatte, er sei »Spiegel«-Reporter und wolle nur eine Klamaukreportage schreiben, damit sich ganz Deutschland über die Jodeltherapie krummlachte, konnte sie sich ein anerkennendes Nicken nicht verkneifen.

Am Tag des Heiljodlers erschien Sieglinde Mauermann in besonders feierlicher Trainingstracht, aber sie hätte besser einen Erste-Hilfe-Kasten mitgebracht, denn Ursula – wollt ihr den totalen Jodler? – überanstrengte sich gefährlich und musste mit Frederick Dünsers Image-Helikopter ins Landeskrankenhaus Feldkirch geflogen werden. Nach der Evakuierung war irgendwie die Luft raus und die Zeit um, und die vier Überlebenden des Jodelkurses saßen mit Sieglinde Mauermann im Hotelcafé, um sich mit biodynamischer Bergcremetorte und Tiroler Waldbeerenküchlein vom Schrecken zu erholen.

Am Abend gabs einen Sondertermin, und jeder kam zu seinem Heiljodler. Oskar dröhnten von seinem eigenen Superbrüller noch stundenlang die Ohren, doch bei allem Gegrinse und allem Gewitzel – er fühlte sich besser.

Oder war der Grund dafür Joana?

16.

Madeleine verblüfft nicht, Joana kommt zu spät, und Oskar hat einen übersäuerten Magen

Ich hätte einen besseren Preis herausgeholt«, sagte Madeleine Zarfou, doch es klang wie eine Pflichtübung, als müsste sie auch heute die Rolle der Madeleine Zarfou spielen, um das Publikum nicht zu enttäuschen.

Oskar betrachtete sie und empfand eine Zärtlichkeit, die nie in einen Heiratsantrag münden würde, aber ebenso wenig Gefahr lief, sich im Alltag abzunutzen oder von Frau Zarfous seltsamen Manövern fortgeschwemmt zu werden.

Mit sanfter Stimme fragte er: »Wo ist eigentlich Balduin?«

Frau Zarfou stach mit ihrem Löffel im Mandelkuchen herum. Sie saßen gemeinsam im Ca'n Joan de S'Aigo, diesmal das Café in der Oberstadt, fast unmöglich zu finden und trotzdem stets voller Touristen, vermutlich Leute, die sich im Gewirr der Altstadtgassen verlaufen und auf diese Insel der alten Cafékultur gerettet hatten.

»Ja, wo ist er bloß? Das frage ich mich auch.« Madeleine mied seinen Blick und stocherte und stocherte.

»Die Hochzeit?«, fragte Oskar leise.

»Tja, die Hochzeit«, sagte Madeleine. »Wir haben jeden Tag Hochzeit gefeiert und uns jeden Tag wieder geschieden. Wir werden jeden Tag geboren, sterben, heiraten, vermehren uns, vermindern uns, jeder Tag ist wie ein ganzes Leben, die Sonne geht unter, der Vorhang fällt, und was ist von uns übrig? Erinnerungen. Kein Millionär kann seinen Reichtum in den Schlaf mitnehmen.«

»Vor zwei Monaten hat das noch ganz anders geklungen«, sagte Oskar. Er probierte eine »Chocolate a la taza«, ein dickes braunes Gebräu, das ein normaler Mensch einmal im Monat zu sich nehmen kann, ohne eine Darmverstopfung zu riskieren.

»Ich glaube, er hat die Insel verlassen«, wurde Frau Zarfou unerwartet konkret. »Vorher hat er mir eine merkwürdige Geschichte erzählt. Er sei schuld daran, dass Sie und Helene sich getrennt hätten.«

»Ehrlich ist er ja«, sagte Oskar. Er fühlte sich vollkommen frei von Zorn und dachte: Das musste doch ein Effekt des Heiljodlers sein, denn Frau Mauermann hatte genau das versprochen.

»Wie gehts jetzt mit Ihnen weiter?«, fragte Frau Zarfou. »Bis wann müssen Sie das Haus räumen, und wohin gehen die Kisten?«

»Vorläufig in ein Lagerhaus hier auf der Insel«, sagte Oskar. »Ich habe nämlich nicht die leiseste Ahnung, wo ich meine Zelte aufschlagen werde. Mein Haus in Maringen ist seit langem verkauft, und als ich mich um eine Mietwohnung umsah, kriegte ich fast ...« Einen Weinkrampf, dachte Oskar den Satz zu Ende. Hinterhöfe, Gartenzwerge, argwöhnische Gesichter hinter beschlagenen Fensterscheiben. Der Immobilienmakler war ein junger Typ mit Sport-BMW, Pferdeschwanz und Handy gewesen, der für möglichst viel Provision möglichst wenig arbeiten wollte und so gut wie nichts über die Wohnungen, die er zeigte, wusste. Ein Verkäufertyp. Ein Siegertyp. Die neue deutsche Dynamik, nun auch in der Provinz erhältlich. Oskar, der bei den Fabers untergekommen war, hatte am Abend einen Spaziergang weit raus ins Feld unternehmen müssen, um dort, unter einer deutschen Eiche, einen Heiljodler abzulassen.

»... kriegten Sie fast was?«, stieß Frau Zarfou nach.

»Einen Rappel«, erwiderte Oskar rasch. »Was soll ich in Maringen? Das ist eine Kleinstadt, bis zum nächsten Flughafen sind es zweihundert Kilometer, bei meinem Beruf sollte ich mir eine Wohnung am besten gleich in einem Flughafenterminal nehmen, ehrlich, hätte ich dort kein Haus geerbt, ich hätte mich nie in einer Stadt wie Maringen niedergelassen. Dort kennen sich alle noch von der Schule her, und ich war der ewige Fremde. Aber wenn ich schon der ewige Fremde sein muss, dann kann ich das auch in der Fremde sein.«

»Zum Beispiel auf Mallorca«, sagte Frau Zarfou schüchtern. Das war eine ganz neue Facette an ihr: dieses Leise, Schüchterne. Oskar hatte sie nur als schnippisch und forsch in Erinnerung.

»Mallorca haben wir ja probiert«, brummte Oskar. »Und der Erfolg hielt sich in Grenzen. Hier wird man nicht nur von den Einheimischen, sondern auch von den eigenen Landsleuten aufs Kreuz gelegt. Wenn dieser Jürgen Debarcon jemals wagt, in meiner Nähe einen Schatten zu werfen ...« Oskar ballte die Fäuste und spürte, wie sich der Säuregehalt in seinem Magen schlagartig versiebenfachte.

»Aber irgendwo müssen Sie doch ein neues Heim suchen. Ein Monat ist rasch vorbei.«

»Unterschätzen Sie nicht meine Fähigkeit, mich in schäbigen Hotelzimmern wohl zu fühlen«, sagte Oskar.

»Was ist mit den großen Städten?«

Der Fotograf schüttelte den Kopf. »Große Städte haben einen entscheidenden Nachteil. Sie sind große Städte.«

»Aber kleine Städte liegen Ihnen ja auch nicht. Und ein einsames Haus auf dem Land hat ebenfalls nicht funktioniert.« Frau Zarfou probierte ein Lächeln. »Könnte es sein, dass dieser Planet einfach zu wenige Alternativen bietet?«

»Warum soll immer ich an allem schuld sein?«

Frau Zarfou zuckte die Achseln. Dann räusperte sie sich und sagte: »Was machen Sie zu Weihnachten?«

»Arbeiten.«

»Als was?«

»Als Weihnachtsmann.«

»Oskar!«

»Im Ernst. Ich hatte vor, eine Runde zu drehen und jeder Person, die in den knapp eineinhalb Jahren meines Inseldaseins anständig zu mir war, ein Geschenk zu überreichen. Dazu muss ich aber erst shoppen gehen.« Oskar überprüfte im Kopf seine Liste: Frau Zarfou, trotz allem. Joana Marqués, natürlich. Sebastian Mulet, alter Griesgram, aber immer ehrlich mit ihm. Luis, der Mann vom Fotolabor. Jaume und Aina, die beiden Kratzbürsten des Halbstern-Hostals »Conquistador«. Und wenn er den Mut aufbrachte, Helene aufzusuchen, hätte er auch ihr gerne ein Weihnachtsgeschenk überreicht.

»Sie überraschen mich immer wieder«, sagte Frau Zarfou. »Ein echter Romantiker!«

»Weihnachten ist nur ein guter Vorwand«, sagte Oskar. »Wenn du nämlich ohne Vorwand mit einem Geschenk auftauchst, denkt jeder, du bist bekloppt oder führst was im Schilde.«

»Und wenn Sie Ihre Runde gedreht haben ...«

»Madeleine«, sagte Oskar. »Wir kennen einander mittlerweile. Warum sagen Sie es nicht einfach? Warum fällt es Ihnen so schwer, mich zu Ihrem Weihnachtsabend einzuladen?«

Frau Zarfou blinzelte verstört. »Ich verblüffe Sie nicht mehr. Das ist ein schlechtes Zeichen.«

»Natürlich verblüffen Sie mich. Ich kann mich nämlich erinnern, dass Sie den Zeitpunkt von Weihnachten mit einem merkwürdigen Zeremoniell selbst bestimmen. Da legen Sie wahrscheinlich einen Jahreskalender auf Ihren Balkon und warten ab, auf welchem Tag die erste Vogelkacke einschlägt.«

Frau Zarfou verdrehte die Augen. »Ich versichere Ihnen, dass mein Zeremoniell um einiges würdiger und logischer ist, als Ihre Vorstellungskraft es zulässt.«

»Jedenfalls finden Ihre Weihnachten jedes Jahr an einem anderen Datum statt.«

»Tut es auch dieses Jahr. Das Zeremoniell hat den 24. Dezember ergeben. Das ist mir noch nie passiert.«

Sie schwindelt, dachte Oskar, so einen Zufall gibts doch gar nicht. Doch Frau Zarfou zuckte mit keiner Wimper.

»Sie glauben mir nicht«, stellte sie fest.

»Nicht ganz«, sagte Oskar und versuchte wieder, die Augenbrauen einzeln zu lüpfen, so wie Frau Zarfou das gerade machte, erst die linke, dann die rechte, dann begannen beide für sich zu tanzen, aber Oskars Brauen fuhren immer nur gemeinsam hoch und runter. »Sie müssen mir endlich mal verraten, wie Sie das machen.« Er zeigte auf ihre Augenbrauen.

Frau Zarfou zuckte die Achseln. »Nichts dabei. Was ist jetzt? Kommen Sie?«

»Wird das ein Tête-à-tête?«

Zwei Augenbrauen tanzten. »Gut möglich«, summte Madeleine.

Oskar blickte auf die Uhr. »Hoppla, ich muss los.«

»Noch ein Rendezvous?«, fragte Frau Zarfou.

»Ich bin ein offenes Buch für Sie«, klagte Oskar. »Aber keine Sorge – die Dame ist lediglich eine gute Freundin und Mallorquinerin.«

»Wieso keine Sorge?«

»Ganz einfach.« Oskar legte Frau Zarfou eine Hand auf die Schulter und drückte ihr einen Kuss auf die Wange. »Die Mallorquiner vermischen sich nicht.«

Als Oskar schon gegangen war, murmelte Frau Zarfou: »Die Deutschen auch nicht.«

Zumal er drei Tage hatte warten müssen, um bei Doña Joana einen »Termin« zu erlangen. Nach dem überraschenden und sehr intimen Telefonat hatte Oskar sich eine enthusiastischere Reaktion erwartet, als er sie direkt nach seiner Ankunft angerufen hatte, und Joana klang auch durchaus freundlich, aber heute gings nicht, morgen auch nicht, übermorgen, ja, da war noch eine Lücke in ihrem Kalender. Verzeih, Oskar, aber der Stress.

Ja ja, der Stress, knurrte Oskar danach. Den spür ich langsam auch.

Also verbrachte Oskar zwei Tage damit, den Inhalt seines Hauses in Kartons und Kisten zu entleeren und auf seiner Terrasse Abende zu verbringen, die nicht weniger leer waren als das ehemalige Haus seiner Träume. Es hätten schöne Abende sein können. Die Winterkälte, weit feuchter und unangenehmer, als einer mediterranen Urlaubsinsel zustand, hatte das Volk schon längst von den Terrassen vertrieben, doch Oskar harrte aus, weil der Sternenhimmel nie klarer zu sehen war und weil er keine Lust hatte, das leere Haus zu heizen. Auch Mallorquiner schienen eine Aversion gegen Heizungen zu haben, viele schlotterten sich tapfer durch den Winter, der angeblich so kurz und milde war, doch Oskar hatte den Verdacht, diese Mentalität stammte noch aus einer anderen Klimaperiode, denn die winterfesten Nordländer froren erbärmlich und rannten sofort in Elektroläden und schmiegten sich Nacht für Nacht an ihre Radiatoren.

Am dritten Tag fuhr Oskar ohne sonderliche Erregung nach Palma, um sein Rendezvous mit Joana wahrzunehmen und Weihnachtseinkäufe zu erledigen. Bis Weihnachten war es nur noch eine Woche, und Oskar bereute schon, bei Zarfou zugesagt zu haben, denn er hatte seine Evakuierung aus Mallorca vorbereitet und sollte sich eigentlich um eine Wohnung in Deutschland kümmern, und vor allem: Was tat er hier noch?

Andererseits war es wirklich egal, wo er die Feiertage verbrachte. In seinem Terminkalender klaffte eine Lücke von fast einem Monat, Geld hatte er mit dem Verkauf seiner Finca genug, auf Reisen hatte er keine Lust und auf Wohnungssuche auch nicht.

Sie trafen sich in einem modernen Café in einer Seitenstraße der Jaime III, unweit des zerplüschten Ca'n Joan de S'Aigo, wo Oskar erstmals eine mürrische, unwillige Joana erlebt hatte. Obwohl sie für ihre Laune gute Gründe gehabt hatte, beschlich Oskar auch diesmal eine böse Vorahnung. Suchte Joana die Cafés nach ihrer Stimmung aus? Welche Signale vermittelten ihre Wahl? War Nähe Jaime III gefährlich oder nur praktisch, weil es wenige Meter von ihrer Ordination entfernt war?

Wie erwartet war Joana zur ausgemachten Zeit nicht zur Stelle, und Oskar bat um einen Kaffee. Er setzte sich an einen Tisch, von dem er den Eingang sehen konnte, und versuchte eine Zeitung zu lesen, konnte sich aber nicht konzentrieren. Was tat er hier? Warum zögerte er seinen Abschied von Mallorca und all den Figuren, die sein Leben verdunkelt und erhellt hatten, so lange hinaus?

Joana trat ein. Sie trug einen beigen Mantel, ein hübsches Seidenhalstuch und eine elegante Einkaufstasche. Als sie Oskar erblickte, lächelte sie. Bevor er aufstehen konnte, hatte sie sich ihres Mantels entledigt. Sie trat heran, und sie küssten einander auf die Wangen, wie es in Spanien bei allen Begegnungen zwischen Mann und Frau üblich war, außer bei Begegnungen zwischen Parksündern und Polizistinnen, und nicht mal da war Oskar sich absolut sicher.

»Wie geht es auf deiner Finca?«, fragte Joana atemlos. Sie war offenbar gelaufen. Der Stress, dachte Oskar, der Stress.

»Leer geräumt«, sagte er. »Ich muss nur noch beim Notar vorbeischauen, dann bin ich fertig.«

»Hm«, machte Joana. »Und wie lange bleibst du?«

Das hatte sie ihn schon am Telefon gefragt. Oskar hatte geantwortet: Weiß nicht.

»Weiß nicht.« Er zuckte die Achseln.

»Hast du in Deutschland schon eine Wohnung gefunden?«

»Nein. Aber das ist nicht weiter tragisch. Es gibt Hotels.«

»Oh, sicher.« Sie blickte ihn prüfend an. Dann wandte sie sich an die Kellnerin, die an den Tisch getreten war, und bestellte ebenfalls Kaffee.

Oskar hatte beschlossen, ihr die Initiative zu überlassen. Er sah sie an und nickte. »Na ja«, sagte er nach einem Moment beidseitigen Schweigens. »Und du? Viel Arbeit?« Blöde Frage.

»Ja«, erwiderte sie, und ihre Hand fiel wie zufällig auf

die seine oder als wollte sie sich seiner Aufmerksamkeit versichern. Oskar spürte einen elektrischen Schlag in seinem ganzen Körper. »Darüber wollte ich mit dir reden. Ich habe extra Termine zusammengelegt ...« Sie zog ihre Hand zurück und richtete sich das Halstuch. »... und mir damit ein paar Stresstage eingebrockt, um vor Weihnachten einen Tag komplett freinehmen zu können. Deshalb musste ich unser Treffen auf die lange Bank schieben. Aber ich hasse Weihnachtseinkäufe in Palma. Mir geht der ganze Zirkus auf den Wecker. In Spanien sind wir jetzt dazu übergegangen, nicht nur zu Heilige Drei Könige, sondern auch an den Weihnachtsfeiertagen zu schenken. Für die Kinder ist das praktischer, die haben noch die Ferien vor sich, um mit den Sachen zu spielen. Aber für uns ...« Sie wedelte mit der Rechten. »Jetzt werden wir zweimal zur Kasse gebeten.«

»Man muss sich diesem Konsumterror doch nicht unterwerfen«, sagte Oskar steif und fand die Bemerkung wert, in die fünf dämlichsten des Jahrzehnts eingereiht zu werden. Könnte ihm, dachte er, bitteschön auch mal was Charmantes, Intelligentes oder Witziges einfallen, anstatt ein offizielles Antikonsum-Statement zu verlautbaren?

»Stimmt schon«, sagte Joana. »Andererseits ist Weihnachten ein guter Vorwand, mit einem Geschenk aufzutauchen, wenn du jemanden wirklich gut kennst und gern hast. Warum nicht? Die Idee muss was für sich haben, sonst wäre sie nicht so erfolgreich. Und Kinder erwarten sowieso was.«

Oskar ging auf Nummer sicher und erlaubte seinem Mundwerk nur ein kurzes: »Hast Recht.«

»Ich suche jedes Jahr etwas für meine Problempatienten ...« Kurz verschwand die Fröhlichkeit aus ihren Augen, und Oskar las »Miquel« darin. Doch sie fing sich und sprach weiter, und wieder fiel ihre Hand kurz auf die seine, und wieder hatte Oskar das Gefühl, für eine Sekunde direkt an den Hauptgenerator des Stromwerks Alcudia angeschlossen zu sein. »Aber ich würde das gerne mit einem Ausflug verbinden. Es gibt auf dieser Insel Dörfer mit sehr schönen Geschäften. Manche führen Touristenkitsch, andere bieten wirklich was Besonderes, aber der Bummel ist in jedem Fall entspannender als in diesem Hexenkessel. Mein Gott.« Sie hielt dieselbe Hand, die zweimal Oskars berührt hatte, vor den Mund. »Ich rede wie ein Werbespot.«

Oskar öffnete den Mund, um etwas zu sagen, war aber so unsicher, dass da etwas Passendes herauskommen würde, dass er vorzog, einfach nur mit offenem Mund dazusitzen.

Joana lachte. »Willst du mitkommen, oder langweilt dich so was zu Tode?«

»Dein Werbespot war gut«, sagte er. »Du hast einen Kunden gewonnen. Ich hatte nämlich auch vor, ein bisschen was einzukaufen. Schön, dass du es vorher zugegeben hast, ich hatte Angst, du würdest das schrecklich unoriginell finden.«

»Ist es auch«, sagte Joana. »Aber zum Teufel mit der Originalität, wenn ich meinen Neffen eine Freude bereiten kann.«

»Wann willst du aufbrechen?«

»Ich dachte, so früh wie möglich. Es wäre schön, das bisschen Zeit, das uns bleibt, zu nutzen. Wer weiß, wann du dich wieder auf diese *schreckliche* Insel locken lässt.«

Nun mussten sie beide grinsen, und Oskar verstand nicht ganz, warum.

»Du reist ja bald ab. Für immer.« Sie fixierte ihn, und er musste blinzeln.

»Vorläufig für immer«, relativierte Oskar und nahm einen Schluck Kaffee. »Aber offen gestanden habe ich damit keine Eile. Bis Mitte Januar ist mein Terminkalender eine weiße Wüste.«

»Ich habe mir den morgigen Tag freigeschaufelt. Mir ist erst heute eingefallen, dass wir diesen Ausflug ja gemeinsam machen könnten, darum habe ich dir nicht vorher Bescheid gesagt. Ich hoffe, du hast keinen Termin. Kannst du mitkommen? Willst du ...?«

Oskar verschluckte sich fast, so eilig war es ihm mit seiner Antwort: »Oh, ja. Beides. Sehr gern.«

»Freut mich«, sagte Joana. »Zu zweit macht so was mehr Spaß.«

Ganz meiner Ansicht, dachte Oskar. Zu zweit macht *alles* mehr Spaß.

17.

Oskar kauft Olivenöl und wird von der Sippe beschnuppert

Joana hatte nicht zu viel versprochen. Valldemosa, das Oskar von einem Ausflug ganz zu Beginn seiner Inselentdeckung in unrühmlicher Erinnerung war, stellte sich als kleines Disneyland heraus, nur dass alles echt war statt aus Plastik. Zwischen dem Großparkplatz und der berühmten Kartause reihten sich Restaurants und Bars und Souvenirläden aneinander, und trotzdem war der Ort authentisch geblieben, vollführte eine Gratwanderung zwischen Niveau und Kommerz, zwischen Charakter und Kitsch, mit gelegentlichen Abstürzen ins Kommerz-Kitsch-Loch, aber alles andere wäre eine Überraschung angesichts der schönheitssüchtigen Massen, die täglich über das Dörfchen herfielen. Zu Oskars Überraschung befanden sich unter den Besuchern zahlreiche Mallorquiner. »Verrückt«, sagte er. »Die Einheimischen tappen in ihre eigenen Touristenfallen.«

»Wir kennen Valldemosa für die Cocas de Patata«, sagte Joana. »Kaufen wir ein paar für zu Hause. Die sind lecker, du wirst sehen.«

Sie waren in Joanas unsäglichem Kleinwagen unterwegs, einem ehemals weißen Seat mit existenzialistischem Rostkratzdesign. Oskar nahm Urlaub von Zentralverriegelung, elektrischen Fensterhebern und Fünfganggetriebe. »Von welchem Autofriedhof hast du diese Karre geklaut?«, fragte er.

»Das ist der alte Wagen meines Vaters«, erwiderte Joana. »Hast du Angst?«

»Ja.«

»Sag mal, habt ihr Deutschen keinen Stolz? Ein Spanier würde das nie zugeben, und schon gar nicht vor einer Frau.«

»Ich wollte nicht, dass du mein Zähneklappern mit einem Defekt im Motor verwechselst. Wir Deutschen denken da sehr praktisch.«

Joana knuffte ihn in den Magen. »Du nimmst mich auf den Arm.«

Wie gern würde ich, dachte Oskar.

In Valldemosa jedenfalls fand Oskar ein paar hübsche Flaschen Olivenöl, mit denen er einige Freundschaften pflegen würde.

Auf der Route Valldemosa-Deià bemerkte Joana, dass sie leider eine typische Touristenroute fuhren, versprach aber Besserung. Das Problem sei: Um Sóller käme der originelle Weihnachtseinkäufer nicht herum.

»Warum ist das ein Problem?«

»Mein ehemaliger Lebensgefährte ist *Solleric*«, sagte Joana.

Oskar zeigte auf den Himmel. »Ich habe das Gefühl, es wird bald regnen.«

»Ich brauche nur an den Typen zu denken, und Wolken ziehen auf«, sagte Joana.

»So schlimm?«, erkundigte Oskar sich vorsichtig. Es war das erste Mal, dass Joana über ihre Vergangenheit sprach.

»Na ja.« Joana wirkte auf einmal angespannt. Sie beschleunigte die Fahrt und ging mit Schwung in eine enge Kurve. Oskar klammerte sich an den Haltegriff, bemerkte, dass der im Begriff war, sich zu lösen, und tastete nach stabileren Autoteilen, an die er sich krallen konnte. »Keine Katastrophe. Nicht gewalttätig oder so. Im Grunde ein guter Kerl. Aber so was von ...« Sie nahm beide Hände vom Lenkrad und formte mit ihnen vor ihrem Gesicht einen Kasten. »... engstirnig und stolz.«

»Da vorn ... eine Kurve!«, kreischte Oskar.

Joana packte das Lenkrad und riss es herum. Der Seat jaulte. Vor ihnen tauchte straßenfüllend ein riesiger Autobus auf. Joana stieg beherzt auf die Bremse und lenkte den Seat in eine Nische rechter Hand. Der Bus schob sich vorbei, eine Galerie verängstigter Touristengesichter, offener Mund, deutende Zeigefinger, Höhenangst und Platzangst im Duett, die klassische Deià-Valldemosa-Tour tat ihre Wirkung, in den Prospekten wurde der Ausflug ehrlicherweise als »atemberaubend« beschrieben, tatsächlich schien im Bus momentan jeder den Atem anzuhalten.

»Keine Sorge.« Joana tätschelte Oskar gedankenverloren den Oberschenkel. »Alles unter Kontrolle. Aber wenn ich an Josep denke, werde ich immer ein bisschen nervös. Es ist so eine Zeitverschwendung, mit jemandem zu sein, der dich nicht wirklich respektiert, der dich verändern und zurechtbiegen will. Kompromisse schön und gut, Zugeständnisse – einverstanden. Aber man muss doch begreifen, dass die Zeiten sich ändern, dass man mit dem anderen reden muss, dass man gelegentlich auch mal zuhören muss ... ach.« Sie stieg wieder aufs Gas, Oskar sah in jeder Kurve Autobusse, Lastwagen, Ambulanzen mit Blaulicht und Sirenengeheul. »Da ist es besser, man bleibt allein. Findest du nicht?«

»Absolut«, presste Oskar hervor und stemmte sein Bein gegen ein imaginäres Bremspedal.

Joana sah auf die Uhr und sagte: »Wir müssen uns beeilen, die Geschäfte machen bald zu.«

Oskar sah sie mit großen Augen an. »BEEILEN?«

Sie saßen in einem Restaurant im Hafen von Sóller und begutachteten ihre Beute. »Hier finde ich immer was«, erklärte Joana und betrachtete stolz eine Schale aus Olivenholz.

»Deine Neffen werden entzückt sein«, sagte Oskar.

»Die ist für mich«, erwiderte Joana. »Mein größtes Problem zu Weihnachten – einmal im Jahr nehme ich mir Zeit zum Einkaufen und finde hauptsächlich Sachen für mich.« Sie zuckte die Achseln. »Aber gut. Soll ich das stehen lassen, nur weil Weihnachten ist und es meine Pflicht wäre, für andere zu kaufen?«

»Ausgeschlossen«, stimmte Oskar zu.

»Dir gehts nicht ähnlich?«

»Manchmal. Aber was soll ich kaufen, ich habe Hausrat für zweihundert Quadratmeter Wohnfläche in einem Lager stehen, alles verpackt in Kartons und Kisten? Außerdem leide ich unter chronischer Kaufhemmung.«

»Die brauche ich gar nicht«, sagte Joana. »Ich komm sowieso nie dazu. Und am Samstag habe ich Besseres zu tun, als an der Völkerwanderung zu den Einkaufszentren teilzunehmen. In den Dörfern ist das noch anders. Deshalb gefällt mir das Haus in Pollença. Ich nehme das Rad und fahr schnell ins Zentrum, kaufe Brot, Tomaten, Wein, tratsche ein wenig mit der Verkäuferin, die ich seit Jahrhunderten kenne ... da fällt mir ein, in Pollença könnten wir auch noch einen Bummel unternehmen. Ist es dir egal, wenn es spät wird? Ich hab noch kein Spielzeug gefunden. Sag mir sofort Bescheid, wenn es dir langweilig wird. Ich will niemanden sinnlos quälen. Da gibts ein paar Läden, ich sag dir ...«

Oskar zwinkerte ihr zu und hatte das Gefühl, er hätte endlich mal eine Augenbraue unabhängig von der anderen bewegt. »Nichts wie hin.«

Sie nahmen den Weg über Inca, das hässliche Städtchen am anderen Ende der Bahnlinie, Sineu, das Geheimtipp-Hauptdorf der Insel, und Manacor, das zweithässlichste Städtchen Mallorcas, neben dessen gotischem Kirchturm ein einsamer Wolkenkratzer hochgezogen worden war, um den Fortschritt einzuläuten und einen Kontrapunkt zur ländlichen Kitschidylle zu setzen. Es war offensichtlich: Inca und Manacor lebten von der Tüchtigkeit ihrer Menschen und niemals von ihrer Schönheit. Und Sineu lebte davon, dass die »Geheimtipps« allgemein bekannt waren.

Die Kilometer wurden lang, und eine halbe Stunde vor Ladenschluss – es war längst dunkel – trafen sie in Pollença ein. Sie stürmten in einen Kreativ-Textilladen an der Kalvarientreppe, und Oskar entdeckte zu seiner Verblüffung, dass an das winzige Geschäft historische Gewölbe mit einem Kunstmuseum angeschlossen waren.

»Verrückte Insel«, bemerkte Oskar, als sie aus dem Laden traten. »Hinter den Fassaden steckt immer mehr, als man glaubt.«

»Oskar«, sagte Joana und hängte sich bei ihm ein. »Hast du Lust, gemeinsam mit mir und meinen Eltern Abend zu essen, oder soll ich dich nach Hause fahren? Ehrliche Antwort bitte, in solchen Situationen kann mir Höflichkeit gestohlen bleiben. Eigentlich in allen. Was ist?«

»Das hängt davon ab, ob deine Eltern Lust haben, mit mir Abend zu essen. Musst du sie nicht vorwarnen?«

Joana zückte ein Handy. »Schon geschehen. Von der Menge her ist es in keinem Fall ein Problem. Es wird halt nichts Besonderes geben, das war eine spontane Idee von mir, und meine Eltern haben mir gesagt, ich könnte einen Gast mitbringen. Papa und Mama sind sehr gastfreundlich, die kochen immer zu viel.«

»Da sag ich gerne Ja und bring gleich die Flasche Wein mit, die ich in Inca kaufen musste.«

»Musste?«

»Sei ehrlich, Joana, du hättest mich nie wieder aus diesem Geschäft gelassen. Wahrscheinlich ist das ein Verwandter von dir. Du hast auf mich eingeredet, als ob du Kommission kriegen würdest.« Er blieb stehen. »Gibs zu, du kriegst Kommission.«

Joana blieb ebenfalls stehen und stemmte die Fäuste in die Hüften. »Das ist eine Frechheit. Ich entdecke einen Superjahrgang von einem Superwein und will dir einen Gefallen erweisen ... ach, Ausländer!« Sie zog Oskar an den Ohren und versetzte ihm ein paar Fausthiebe in den Magen. »Alle gleich. Wenn sie aufpassen müssten, tappen sie in die Falle, und misstrauisch werden sie erst, wenn man ihnen in selbstloser Absicht Gutes tut. *Patético!*«

Oskar krümmte sich und röchelte. »Ich habe gar nichts dagegen, in eine Falle zu tappen. Aufpassen, Joana, die Leute drehen sich schon nach uns um.«

»Warte nur, bis wir alleine sind.«

»Gern.«

Ein neuer Fausthieb landete in seiner Nierengegend. »Bevor wir beim Haus deiner Eltern sind«, stöhnte er, »sag mir bitte, wo die Minen liegen.«

»Die Minen?«

»Themen, die ich besser nicht anspreche. Dinge, die ich besser nicht angreife. Was man als Besucher so alles falsch machen könnte.«

»Gute Frage.« Sie hob den Zeigefinger. »Sehr gute Frage. Am besten hältst du den ganzen Abend den Mund und greifst nur an, was man dir direkt anbietet. Gott, seid ihr Deutschen systematisch. Möchtest du auch die Tierkreiszeichen wissen, damit du abgleichen kannst, was da laufen wird?«

»Wieso systematisch? Joana ...«

»Lass den Abend auf dich zukommen. Du bist unser Gast. Solange du keine Teller gegen die Wand wirfst, ist alles in Ordnung. Verlass dich auf dein Feingefühl!«

»Genau das ist mein Problem«, wandte Oskar ein. »Vergiss nicht, du hast es mit einem wilden Germanen zu tun.«

Joana versetzte ihm einen letzten, schon ins Zärtliche tendierenden Faustschlag. *»Relax, baby!«*

Oskar lächelte. Selten hatte er Fausthiebe so genossen wie jene der jungen Kinderärztin, die an diesem feuchtkalten Winterabend mit ihm durch die Gassen Pollenças spazierte.

Oskar begriff nach zwei Minuten, dass Joana ihn nicht eingeladen hatte, weil das so üblich war oder weil Joanas Familie so wild darauf war, Deutsche kennen zu lernen, oder weil es in Pollença keine guten Restaurants gäbe. Obwohl er ihr glaubte, dass der Einfall spontan gewesen war, steckte wohl die Absicht dahinter, ihn, den Fremden, von der Sippe beschnuppern zu lassen. Oskar fühlte sich ein wenig übertölpelt, Joanas Eltern offenbar auch. Aber da war noch jemand, der überraschend aufgetaucht war und dem Abend seine eigene Note verlieh: Nadal, Joanas älterer Bruder. Er war ein korpulenter Kerl mit dem Lächeln eines liebenswürdigen Henkers. Sein Blick sagte: Hier bist du auf meinem Territorium, Fremder.

Oskar verstand das alles blitzartig und legte wieder mal brav die Ohren an, um auch diesen Abend mit Würde zu überstehen, oder notfalls auch ohne Würde. Er konnte immer noch um Mitternacht die Kalvarientreppe erklimmen und von oben einen Heiljodler auf die Insel seiner Freuden und Leiden loslassen, aber manchmal half stämmiger Rotwein genauso.

Mama Margalida war eine freundliche Person, streng mit Joana, freizügig mit Nadal, Oskar hatte das Gefühl, hier wurde maßstabsgetreu eine Kinderzimmersituation nachgestellt, nur mit anderen Gesprächsthemen.

»Und Sie leben hier?«, fragte Margalida und drückte ihrem Mann mit einer instruierenden Geste ein Geschirrtuch in die Hand.

»Oskar hat hier gelebt«, sagte Joana rasch, als sie sah, dass Oskar um eine Antwort rang. Sein Leben war so kompliziert letzthin, dass ihm keine griffigen Zweizeiler mehr gelingen wollten. »Er reist demnächst ab.«

»Ah«, rief Margalida aus. Sie hatte ein schmales Gesicht, drahtgraue Haare und trug ein rasch übergeworfenes Kleid, das zu ihren Hausschuhen passte wie eine Taucherglocke zu Skischuhen. »Gefällt es Ihnen nicht?«

Wieder rang Oskar um eine Antwort, und Joana sprang erneut ein: »Er hat schlechte Erfahrungen gemacht.«

»Ya«, urteilte Margalida und fixierte ihre Tochter. »Joana ist zu direkt, das kommt bei Männern nicht gut an. Aber sie ist ein gutes Mädchen.«

»Mamá!«, protestierte Joana.

»Ich ...«, sagte Oskar.

»Die guten Weingläser oder die normalen?«, ertönte die Stimme von Vater Jordi, ein rüstiger Sechziger mit Pokerface und so vielen Falten um die Augen, dass er in seinem Leben entweder unendlich viel gelacht oder unendlich viel gelitten hatte. Oskar tippte auf Lachen.

Ein kurzer Augenblick der Stille machte allen die Peinlichkeit der Situation bewusst. Nadal rettete die Situation, wenn Rettung das richtige Wort ist, denn aus dem Speisezimmer heraus entschied er in breitem Mallorquinisch: »Die normalen, Papa, mach keine Umstände!«

Mamas und Papas Blick streifte Oskar – war er beleidigt? –, dann log Mama, dass die Deckenbalken des alten Dorfhauses sich bogen: »Die guten sind nicht sauber, glaube ich.«

»Ich muss mich noch fürs Benzin bedanken«, versuchte Oskar, das Thema zu wechseln.

»Das Benzin!?«, schrie Papa.

»Papá«, sagte Joana. »Er ist der Mann, dem bei mir das Benzin ausging.«

»Ah, das Benzin«, schrie Papa. »Nicht der Rede wert. Das habe ich aus dem Feuerzeug eingefüllt.«

Mama Margalida verdrehte die Augen.

»Oskar, ich will dir schnell etwas zeigen«, sagte Joana, zupfte ihn am Ärmel und ging voraus die Treppe hoch. »Schau mal, dieser wunderschöne Schrank ...«, begann sie oben, im Halbdunkel des Treppenabsatzes, zog Oskar zu sich und flüsterte: »Ich wusste nicht, dass mein Bruder heute hier ist. Er kann ein bisschen rüde sein, vor allem mit Leuten von auswärts. Lass dich nicht provozieren.«

»Was macht ihr da oben?«, tönte Jordis mächtige Stimme durchs Treppenhaus.

»Ich zeige ihm den Schrank, auf den du so stolz bist«,

rief Joana. Sie tippte Oskar auf die Brust. »Er ist ein bisschen eigen. Ich übernehme keine Verantwortung für sein Verhalten. Tut mir Leid, aber es sieht nach einem komplizierten Abend aus.«

»Ich lass ihn einfach auf mich zukommen«, sagte Oskar. »Dazu hat mir vor kurzem eine Mallorquinerin geraten, auf deren Meinung ich großen Wert lege.«

»Das war unfair«, sagte Joana. »Gehen wir runter?«

»Toller Schrank!«, rief Oskar fröhlich. »Der ist sicher tausend Jahre alt.«

»Tausend Jahre alt ist hier nur das Fahrrad von Margalida«, erwiderte Papa Jordi und verschwand im Esszimmer.

Nadal schoss heraus, das Handy am Ohr, und brüllte eine Viertelstunde mit jemandem herum, dem man alles zehnmal erklären musste. Derweil setzten sich Oskar und Joana an den Tisch, und Papa Jordi stellte normale Weingläser vor sie hin, und Mama Margalida blickte Oskar sehr streng an, dann Joana, und dann bemerkte sie: »Wenn er jetzt keinen Fisch mag, sind wir aufgeschmissen.«

Joana blickte ihn an. Alle blickten ihn an, sogar Nadal unterbrach sein Telefongebrüll.

»Ich liebe Fisch«, sagte Oskar.

»Und Lamm?«, fragte Papa Jordi rein informationshalber.

»Auf dem Teller oder ganz allgemein?«, fragte Oskar zurück.

»Ich weiß nicht, wie ihr in Deutschland Lämmer liebt«, sagte Papa Jordi, ohne seine Miene zu verziehen. »Auf Mallorca lieben wir sie auf dem Teller. Aber jedes Volk hat so seine Eigenheiten.«

»PAPA!«, protestierte Joana.

»Wir sprechen hier sonst nie Spanisch«, bemerkte Nadal und setzte sich dazu. »Aber wir verkraften das schon, dass der Fortschritt unser Haus für diesen Abend ausspart.« Er griff nach Brot und fragte, ohne Oskar anzusehen. »Wirst du Katalanisch lernen?«

»Oskar reist ab«, blockte Joana.

»*Me cago en Deu,* jetzt habe ich den falschen Wein aufgemacht«, rief Papa Jordi. »Roten für Fisch. Das wird uns Joana nie verzeihen.«

Joana verdrehte die Augen.

»Wenn du hier leben würdest«, beharrte Nadal, noch immer ohne Oskar anzusehen. »Würdest du *dann* Katalanisch lernen?«

»Zwangsläufig«, erwiderte Oskar und erntete ein Lächeln Joanas.

»So«, sagte Nadal. *»Zwangsläufig.* Sehr witzig.«

»Wir könnten Roten und Weißen mischen«, schlug Papa Jordi vor. »So wird Rosé ohnehin gemacht. Will jemand Rosé?«

»Schwing keine Reden und mach den Weißen auf«, befahl Margalida, die mit einem riesigen Keramiktopf das Esszimmer betrat. »Wenn das nicht genug ist, in der Küche hats mehr. Und wenns Oskar nicht schmeckt, backe ich ihm schnell ein Schnitzel.«

»Besser eine Wurst«, grinste Nadal mit vollem Mund. »Deutsche essen gerne Wurst, stimmt doch, *Señor* Oskar?«

»Die Wurst ist unser nationales Symbol«, sagte Oskar. »Im Parlament diskutiert man gerade, den Wappenadler gegen zwei Wiener Würstchen auszutauschen. Überkreuzt.« Er machte das mit den Zeigefingern vor. Unter dem Tisch spürte er Joanas linken Fuß gegen seinen rechten Knöchel. Es war nicht wirklich ein Schlag, mehr eine Berührung.

»*Muy bien*«, lachte Jordi, zeigte Daumen hoch und schenkte Weißwein ein.

»Liegt Wien nicht in Österreich?«, fragte Nadal mit scharfem Kennerblick.

»Na und?«, sagte Oskar und betrachtete den Wein aus der Nähe. »Wir haben auch überall Löwen auf den Wappen, und Löwen gibts nur in Afrika.«

»Ich mag Ausländer«, erklärte Nadal mit einem Stück Brot in der erhobenen Rechten. »Solange sie unsere Kultur respektieren.«

»Ich finde die Kultur hier sehr schmackhaft«, sagte Oskar, der in den Topf blickte und auf Margalidas Einladung zugriff. Arroz brut mit Meeresfrüchten.

»Wie gehts dir?«, flüsterte Joana. »Stehst du das durch?«

»Das«, flüsterte Oskar, »kommt ganz auf den Wein an.«

Der Wein war gut. Nadal war einer der typischen Nationalisten, die so lange auf deutsche und andere Invasoren einprügeln, bis sie einem gegenüberstehen. Dann übernimmt normalerweise ihre naturgegebene Freundlichkeit die Kontrolle, und die Xenophobie bleibt ein Hobby für den Freundeskreis.

Es wurde sehr spät. Oskar musste begründen, warum er zuerst Spanisch gelernt hatte statt Katalanisch, und tat es ohne Diplomatie. Papa Jordi drosch auf den Tisch und brüllte: »Recht hast du. Aber traurig ist es trotzdem, wenn deine Muttersprache im eigenen Land die zweite Geige spielt.«

»Immerhin hat sie überlebt«, sagte Joana. »Schau in Frankreich, was mit dem Okzitanischen oder dem Bretonischen passiert ist.«

»Aus mir wird die Globalisation das Mallorquinische

nicht herausprügeln«, verkündete Nadal. »Das schwöre ich.« Den Rest des Abends widmete er der Rettung des heimischen Sprachguts, indem er Oskar die wichtigsten Schimpf- und Kosewörter des mallorquinischen Dialektes beizubringen versuchte. »Damit du mehr nach Hause bringst als einen Sonnenbrand, verdammter Guiri!«

Oskar blieb erstaunlich nüchtern, denn mehr als der Wein, sogar mehr als die hervorragende Reis-Fisch-Suppe interessierte ihn, was in Joana vorging und warum sie ihn wirklich der Sippe vorstellte. Sie griff selten ins Gespräch ein, beschränkte sich aufs Zuhören und auf kleine Gesten der Ermunterung.

Was Oskar auffiel: Niemand sprach über sein Berufsleben. Abgesehen von einem kurzen Austausch auf Mallorquinisch zwischen Vater und Sohn, in dem es darum ging, »wie die Sache gelaufen sei« und ob »Pons endlich begriffen habe, dass man so nicht arbeiten könne«, wurde das Thema konsequent ausgespart, als wäre seine Erwähnung ein unhöflicher Akt.

Am Ende musste Oskar sich von Nadal umarmen lassen, und seine Rippen krachten ähnlich wie bei dem katalanischen Tiefseetaucher. Im Eingangsraum brach noch eine Diskussion los, wie der Rest der Nacht zu organisieren sei. Oskars Wagen stand in Palma, Oskars Bett in Felanitx und Oskars Gedanken pendelten zwischen Deutschland und Mallorca, zwischen dem schwarzen Loch seiner Zukunft und dem angenehmen Gefühl einer Gegenwart unter Fremden, die keine mehr waren, obwohl er noch immer nicht wusste, womit sie ihren Lebensunterhalt bestritten.

»Wir besprechen das«, beendete Joana die Diskussion und zog Oskar fort. Wortlos setzten sie sich ins Auto. Joana fuhr durch Gassen, die Oskar nie gesehen hatte, über Landstraßen, die ins Nichts führten, und standen dann plötzlich vor einem Haus, das ihm definitiv bekannt vorkam.

»Ah«, sagte Oskar.

»Weißt du, wie spät es ist?«, fragte Joana. »Blödsinn, jetzt nach Palma zu fahren. Hast du morgen einen Termin?«

»Ja«, sagte Oskar.

»Hm.« Joana trommelte aufs Lenkrad. »Was dagegen, wenn wir trotzdem hier übernachten? Wir sind so viel gefahren heute, ich will mich nur noch hinlegen.«

»Nichts dagegen«, sagte Oskar. Sein Schädel brummte, und es war nicht der Wein.

Sie betraten das Haus.

»Du unten, ich oben. Wie damals«, sagte Joana. »Ich mach dir schnell das Bett.«

»Kommt nicht infrage, gib mir die Bettwäsche, ich mach das schon.«

»Einverstanden.« Joana gähnte und kam nach drei Minuten mit vollen Händen zurück. Sie legte die Bettwäsche ab. Oskar blickte sie an.

»Na?«, fragte sie.

»Was na?«

»Wie hat dir der Abend gefallen?«

»So gut wie der ganze Tag«, sagte Oskar. »Es war der schönste Tag, den ich auf dieser Insel erlebt habe. Danke, Joana.«

»Im Ernst? Es war doch nichts Besonderes.«

»Doch, doch. Wirklich. Vielen Dank.«

»Danke, danke«, imitierte sie ihn. »Ständig bedankst du dich, als würdest du mir etwas schulden. Jetzt danke mal *ich*.« Sie trat dicht an Oskar heran, schlang ihren rechten Arm um seinen Hals und drückte ihm einen kurzen, festen Kuss direkt auf den Mund. »Gute Nacht. Die Mückentabletten sind im Nachtkästchen. Und wenn du Wasser brauchst ...«

»Gute Nacht, Joana«, sagte Oskar, dem der Mund offen stand.

»Gute Nacht.«

Joana verschwand, genau wie in jener Nacht, als er sie kennen gelernt hatte. Als hätte sich seit damals nichts verändert. Aber, bei Gott, wie viel war seither geschehen.

Oskar lag die ganze Nacht wach. Mehrmals wollte er sich einen Ruck geben und in den oberen Stock gehen, ihr Zimmer aufsuchen, Joana berühren, sie liebkosen. In Gedanken liebkoste er sie die ganze Nacht, aber er war nicht sicher, dass ihr Kuss wirklich eine Einladung war. Er hatte Angst, alles zu verbocken, und beschloss, im Zimmer zu bleiben. Wenn sie gewollt hätte, wäre sie bei ihm geblieben. Oder? Verstehe einer diese Mediterranerinnen ...

Es war halb acht, ein strahlender Wintertag, und Joana schlief noch, als Oskar, der kein Auge zugedrückt hatte, ein Stück Papier auf den Küchentisch legte, vor die Tür trat und den Fußweg nach Pollença antrat. Er war ein seltsamer Wandersmann, mit seinen Einkaufstaschen kleiner Läden in Valldemosa, Sóller, Inca und Manacor. Ein wortkarger Mallorquiner las ihn nach wenigen Minuten auf und brachte ihn mit seinem zerbeulten Landrover nach Pollença. Eineinhalb Stunden später war er in Palma.

Joana,

nach manchen Gute-Nacht-Küssen kann man besonders gut schlafen, und nach manchen überhaupt nicht.

Ich wollte dich nicht wecken. Du hast geschlafen wie jemand, der alles klar sieht. Willst du diese Klarheit mit mir teilen?

Ich weiß nur, dass ich dich liebe.

18.

Helene macht Oskar ein Geständnis, Oskar macht Joana ein Geständnis, und Madeleine trägt einen Bart

Das Notariatsbüro lag in einer Parallelstraße der Calle de la Virgen de la Buena Fuente. Mit seiner Unterschrift besiegelte Oskar den Verkauf seiner Finca an einen jungen Briten, wahrscheinlich ein Börsenmakler, der auf der Achterbahn der Börse sowohl an den Aufwärts- wie an den Abwärtspassagen seine Maut einhob. Oskar verspürte ein Gefühl der Leere, als er mit seinen vollen Einkaufstaschen auf die Straße trat. Seit er das Landhaus bei Pollença verlassen hatte, plagten ihn widersprüchliche Gedanken. Dass Joana ihn leiden mochte, war offensichtlich. Aber was sollte daraus werden? Was erwartete *sie* sich von ihm, von ihrer Freundschaft, ihrer Beziehung? Gelegentlich eine Postkarte, einmal im Jahr ein Wochenende in Palma mit angenehmer Plauderstunde in einem Café, und irgendwann würde sie ihm ihren neuen Lebensgefährten vorstellen, die Kontakte würden versiegen, in »geschwisterlicher Freundschaft« versickern?

Er war restlos verknallt, so viel wusste er, und es war ein Gefühl, das ihm mittlerweile physische Schmerzen verursachte. Wollte sie eine niveauvolle Affäre, bevor Oskar das Weite suchte? Nichts dagegen einzuwenden, dachte er, weder moralisch verwerflich noch unschön, im Gegenteil. Er hatte lediglich Angst, dabei vor die Hunde zu gehen. Sie war sein Seelenpartner. Keine Traumfrau wie Helene, die tatsächlich in seinen Träumen am besten aufgehoben war. Keine Frau, die ihn zu Gedichten oder Heldentaten inspirierte. Joana hatte ihre Kanten, sie gehörte einer anderen Kultur an, sie hatte ihren Beruf, ihr Leben. Materiell brauchte sie von Oskar nichts. Sie war selbstbewusst, nicht zu verbiegen, aber zugleich einfühlsam, verständnisvoll, ein echter Freund. Und sie gefiel ihm, die etwas blasse Mediterranerin mit der zarten Figur, dem dunklen Haar, den klugen Augen.

Oskar, dachte Oskar. Oh, Oskar. Wo reitest du wieder rein?

Nun plagten ihn auch Zweifel, ob er in seiner Zettelbotschaft so deutlich werden musste, zumal er danach einfach das Weite gesucht hatte.

Er blieb mitten auf der Straße stehen und sah sich erstaunt um. Ohne nachzudenken, war er in die Calle de la Virgen de la Buena Fuente eingebogen. Er lauschte dem traditionellen Mordgebrüll, das zu jeder Tageszeit aus einem der Fenster drang. Zu seiner Überraschung sah er den »Mallorca Total Bookshop« geöffnet. Nur dass er nicht mehr »Mallorca Total Bookshop« hieß, sondern »Llibrería Total Mallorca«.

Schüchtern näherte er sich dem Laden und spähte durch das Schaufenster. Weil es im Inneren dunkler war, erkannte er abgesehen von den ausgestellten Büchern nicht recht, was im Geschäftsraum vorging, weshalb er fast einen Schrei ausstieß, als plötzlich die Tür aufging und Helene vor ihm stand.

Sie trug Wanderschuhe, Jeans und Pullover. Ihr Gesicht

war ungeschminkt hübsch und ihr blondes Haar zu einem Pferdeschwanz zusammengebunden. Sie zwinkerte ihm zu und sagte: »Komm rein.«

Mit geducktem Kopf betrat er den Laden. Er sah sich um. Stellagen voller Bücher, Landkarten, CDs. Das Angebot war strikt nach Sprachen und Kategorien durchorganisiert.

»Großartig«, sagte Oskar. »Ich gratuliere. Seit wann läuft der Laden?«

»Seit vorgestern.« Helene hatte die Arme verschränkt und folgte seinem Blick. »Gefällts dir?«

Oskar nickte. »Gute Arbeit.«

»Tut mir Leid, dass ich dich nicht zur Eröffnung eingeladen habe«, sagte sie. »Aber das war ein bisschen ... wie soll ich sagen ...«

»Zu früh«, half Oskar.

Sie nickte.

»Und Jürgen?«, sondierte er.

»Hat eine Klage am Hals. Aber zur Sicherheit habe ich die alte Gesellschaft aufgelöst und eine neue gegründet.«

»Ah, deshalb der Name.«

»Setz dich bitte!« Sie wies auf einen Stuhl. »Möchtest du Kaffee oder Tee?«

Oskar ließ sich auf den Stuhl sinken. »Ein Kaffee wäre ganz himmlisch.«

Helene setzte eine Kaffeemaschine in Gang, die auf einem Schrank hinter dem Schreibtisch stand, neben einem Teeboiler, Tassen und diversem Zubehör.

»Gemütlich«, lobte Oskar. Aus einer der Einkaufstaschen holte er die Flasche Wein, die er in Inca auf Joanas Empfehlung gekauft hatte, und stellte sie auf den Schreibtisch. »Fröhliche Weihnachten.«

Helene lächelte. »Danke. Sehr aufmerksam.«

»Ich schulde dir eine Entschuldigung«, sagte Oskar. »Unsere Trennung ist nicht sehr zivilisiert verlaufen.«

Helene zuckte die Achseln. »Kann nicht immer so sein.« Sie nahm die Flasche in die Hand und betrachtete sie. »Interessant, kenn ich gar nicht.«

»Ein sehr guter Jahrgang«, sagte Oskar, »Das hat mir, äh, ... das hat mir jemand versichert.«

»Nett von dir und diesem Jemand. Hätte ich mir nicht erwartet. Immerhin bin ich dein größter Schuldner.«

»Ach«, sagte Oskar. »Vergiss es.«

Helene schwenkte den Zeigefinger. »*No, Señor.* Du kriegst dein Geld zurück, bis auf den letzten Pfennig. Dazu stehe ich. Gute Freundschaft, strenge Rechnung.«

Oskar blinzelte verblüfft. Gute Freundschaft ... Sie schwiegen, während im Hintergrund die Kaffeemaschine blubberte.

»Diese Geschichte mit Balduin ...«, sagte Oskar dann und machte eine hilflose Handbewegung. »Ich ... na ja ...«

»Weißt du was?«, sagte Helene und erhob sich. »Ich mache dicht und lade dich in ein Café ein. Wir müssen uns aussprechen, und wenn da plötzlich ein Kunde reinkommt ...«

Sie schaltete die Kaffeemaschine aus und langte nach einem Schlüsselbund.

Überraschung Nummer eins: Nachdem Helene sich Jürgens als Freund, Geschäftspartner und Nachbar entledigt hatte – ein Vorgang, der juristisch noch nicht abgeschlossen war, unter anderem wegen des Zeitbomben-Vertrags, den Helene gutgläubig unterschrieben hatte –, war ein gewisser Ewald Siegfried Lamberg mit einem Großteil seiner Ersparnisse eingestiegen, Sohn von Egon Siegfried

Lamberg und Helene. Oskar musste anerkennen, dass er den jungen Mann falsch eingeschätzt hatte. »Was du als Arroganz empfindest«, hatte ihm Helene immer gesagt, »ist in Wahrheit Unsicherheit. Die heutige Jugend ist genauso idealistisch wie jede andere, man macht es ihr nur schwieriger, an Ideale zu glauben und sie zu leben.«

Überraschung Nummer zwei: Helene bat ihrerseits um Verzeihung, weil die blöde Szene mit Balduin aus dem Ruder gelaufen war, weil sie nicht auf Oskar gehört hatte, was Jürgen betraf, und weil sie zu spät begriffen hatte, dass ihre Beziehung auf Dauer nicht funktionieren konnte, nachdem beide einander in einem »Ausnahmezustand« kennen und lieben gelernt hatten.

Überraschung Nummer drei: Helene liebte Oskar noch immer, aber das müsse ja nicht unbedingt auf der Matratze ausgetragen werden.

Dass ihr Exgatte Egon aufgetaucht war und das Sonderangebot des Jahrhunderts unterbreitet hatte, um seine Helene zurückzuerobern, war hingegen keine Überraschung. Ebenso wenig, dass Helene ihn davongejagt hatte.

Aber es gab noch eine vierte Überraschung: Helene wusste über Joana Bescheid. »Die Insel ist klein, *Oskarcito,* und dieser hübsche Laden in Valldemosa wird von einer Freundin von mir geführt, die dich auf dem Fest von Alfred Schnabel gesehen hat. Viel Glück!«

»Und du?«, fragte Oskar.

»Keine Eile«, sagte Helene. »Ich muss mich noch erholen. Aber wenn ich in diesen unangenehm kalten Winternächten auf eine Alternative zur Wärmflasche zurückgreife, wirst du mich nicht mit Verachtung strafen, oder?«

»Wenn er nur keine Flasche ist«, sagte Oskar.

Helene versetzte ihm lachend einen Fausthieb gegen die Schulter. Letztens, dachte Oskar, fanden die Frauen Vergnügen daran, ihn zu schlagen. Offenbar strahlte er eine Art Sandsack-Erotik aus, die zum Draufhauen einlud.

Sie verabschiedeten sich mit einer Umarmung. Oskar fühlte sich mit der Insel versöhnt und genoss einen Spaziergang durch die Innenstadt. Dabei kam er an mehreren Immobilienagenturen vorbei und blieb immer wieder stehen, ohne recht zu wissen, warum. Bis ihn der Blitz der Erkenntnis traf: Er musste Mallorca und sich selbst eine zweite Chance geben. Ein kleines Haus, in einem Dorf oder auf dem Land, oder eine kleine Stadtwohnung, um sich von seinen Reportagen zu erholen und ein unspektakuläres, ruhiges Dasein zu führen, wenn er nicht über den Globus raste. Das einfache Leben. Und vor allem wollte er auf derselben Insel leben wie Joana.

Er ließ sich im Café Lonja nieder und blätterte die Immobilienseiten der Zeitungen durch. Es war später Nachmittag, als er die Dinge klar sah und er den Mut aufbrachte, Joanas Ordination aufzusuchen. Er ließ seine Einkaufstaschen im Auto, kaufte in einem Bonbonladen eine Minitüte mit exquisiten Naschereien und spazierte grübelnd durch die Jaime III Richtung Paseo Mallorca. Wie ein Roboter bog er in die richtige Seitenstraße ein, und als er aus seinem gedankenversunkenen Zustand erwachte, stand er im Warteraum der Ordination und blickte in das leicht erschrockene Du-schon-wieder?-Gesicht der Sprechstundenhilfe Laura.

»Keine Sorge, mir gehts gut«, sagte Oskar.

»Das freut mich«, sagte das Mädchen mit unbewegtem Gesicht.

»Könnten Sie Joana ... ich meine, der Frau Doktor Bescheid sagen, dass ich sie gerne sprechen würde?«

»Wenn Sie mir Ihren Namen verraten, von Herzen gern.«

»Verzeihung, wie blöd von mir. Oskar Tschann.«

»Oskar ... ah ja.« Sah er Gespenster, oder hellte sich ihr Gesicht auf? Sie gab den Namen durch und erwiderte auf Joanas Rückfrage: »Nein, nicht am Telefon, er ist hier.« Das Mädchen wandte sich Oskar zu und schenkte ihm ein Lächeln. »Gleich nach dem Patienten, der gerade dran ist. Nehmen Sie doch Platz.«

Oskar setzte sich in die Runde wartender Kinder, Mamas und Papas und hatte das Gefühl, dass er von allen angegrinst wurde, obwohl das bestimmt Unsinn war. Er kam sich belämmert vor mit dem kleinen Päckchen Süßigkeiten aus Palmas bester »Bonbonería«, wie ein Halbwüchsiger bei seinem ersten Rendezvous, und Nervosität begann an seinen Innereien zu fressen, als hätte er einen Liter Zitronenkonzentrat geschluckt.

Als die Tür aufging und eine Mutter mit einem etwa sechsjährigen Mädchen herauskam – auch sie grinsten, was war denn los? –, spürte er, wie sein Magen durchsackte und seine Beine versagten.

»Oskar Tschann!«, rief das Mädchen und zwinkerte ihm zu.

Die Tür stand offen, Joana war nicht herausgetreten. Sie ist wütend auf mich, weil ich einfach abgehauen bin. Mein Brief ist ihr peinlich. Jetzt wird sie mir erklären, dass alles ein Missverständnis war, dass wir gerne Freunde sein können ...

Oskar betrat den Raum. Joana saß an ihrem Schreibtisch. Sie war in ein Dokument vertieft oder tat so. Oskar blieb in der Mitte des Raumes stehen. Er kam sich vor wie ein Antragsteller in einer Behörde. Joana blickte auf. Sie wirkte angespannt und räusperte sich. »Ich habe leider nur ein paar Minuten«, sagte sie leise.

»Natürlich«, presste Oskar hervor. »Das verstehe ich.«

Joana erhob sich umständlich und blickte ihn nachdenklich an. »Oskar ... wie soll ich das sagen?«

»Vielleicht gehts besser auf Mallorquín«, schlug er vor.

Sie lachte nicht. Sie wirkte traurig, desorientiert, ratlos. Was war nur los mit ihr?

»Es tut mir Leid wegen heute Morgen«, sagte Oskar.

Sie sah ihn mit großen Augen an. »Warum?«

»Na, einfach wegzulaufen. Und der Brief ... das war vielleicht zu direkt. Ich wollte dich nicht verstören.«

»Aber genau das hast du getan. Oskar, was soll mit uns werden?« Sie schob ihre Hände in die Taschen ihres Arztkittels und zuckte die Achseln. »Warum hast du das geschrieben?«

»Weil es wahr ist.«

»Aber ...«, sie warf die Hände in die Luft, »... ist das nicht absurd? Du hast gerade deine Sachen gepackt und wirst dich weiß Gott wo niederlassen. Hätten wir es nicht dabei belassen können, wie es war?«

Oskar atmete tief. »Joana, ich geh nirgendwo hin. Ich will es bei nichts belassen. Ich will sein, wo du bist. Natürlich nur, wenn du dasselbe empfindest. Nur dann.«

Joana starrte ihn an. »Hast du nicht gerade dein Haus verkauft?«

»Nächste Woche sehe ich mir andere Häuser ein. Etwas Kleines und Einfaches. Ich habe beschlossen, hier zu bleiben.«

Joana wurde bleich. Sie ließ sich auf ihren Stuhl fallen

und stützte ihren Kopf in die Rechte, wie sie es immer tat, wenn sie betroffen, nachdenklich oder romantisch gestimmt war. Jetzt war sie betroffen.

»Ist das wirklich dein Ernst, Oskar?«

»Absolut.«

Sie schwieg eine Weile. Oskar stand noch immer in der Mitte des Raumes, das Bonbonsäckchen in der Hand, und fühlte sich wie bei einer Prüfung, die über den Rest seines Lebens entschied.

»Oh Gott«, seufzte Joana. »Das geht mir alles zu schnell. Ich brauche Zeit. Bleib nicht allein wegen mir, bitte. Ich will nicht der einzige Grund sein. Es gibt zu viele Menschen auf dieser Insel, die zu wenige gute Gründe haben, hier zu leben. Und du hast selbst gesagt, dass dir Mallorca auf die Nerven geht, dass du mit dieser Insel nicht zurechtkommst. Aber diese Insel ist meine Heimat, meine Kultur, sie ist ein Teil von mir.«

»Du bist nicht der einzige Grund«, sagte Oskar. »Nur der wichtigste. Wenn du mir hier und jetzt einen Korb gibst, bleibe ich trotzdem.«

»Du bist verrückt.« Sie erhob sich und trat an ihn heran. »Verlang bitte keine schnelle Antwort. Das Ganze ... überfordert mich.«

Oskar zuckte die Achseln. »Ich wollte dich nicht unter Druck setzen, sondern nur sagen, was ich fühle.«

»Ich weiß schon«, sagte Joana. »Aber mich hat das aus dem Gleis geworfen. ›Ich liebe dich‹ sind Worte, die ich verdammt ernst nehme. Du auch?«

Oskar nickte.

Sie sah aus, als wollte sie losheulen. Vor Glück? Vor Verzweiflung? Sein Instinkt ließ Oskar im Stich. Immerhin: Nach einem Korb sah das nicht aus.

»Sei ganz ehrlich«, sagte Joana. »Wenn ich mich gestern zurückgehalten hätte, hättest du den Brief genauso geschrieben?«

Oskar schüttelte den Kopf. »Gott sei Dank hast du dich nicht zurückgehalten. Ich hätte sonst nie den Mumm gehabt, dir zu sagen, was ich in meinem tiefsten Inneren fühle, seit ich dich kenne.«

Joana fasste sich an den Kopf. *»Vaya.«* Sie lächelte unsicher. »Oskar. Ich ... gib mir bitte etwas Zeit.«

»Nimm dir so viel Zeit, wie du brauchst. Wenns nicht Jahre sind ...«

»Nein, Jahre werden es nicht sein.« Sie drückte seinen Arm. »Ich muss den nächsten Patienten rufen. Ach ja: Weihnachten verbringe ich bei der Familie, dazu kann ich dich schwer einladen, aber ...«

»Wir müssen ohnehin abwarten, was aus uns wird«, sagte Oskar. »Ich hab dir übrigens was mitgebracht.« Er gab ihr das Bonbonsäckchen. »Das ist gut für die Zähne.«

»Dummkopf. Ich ruf dich an. Adios.«

Sie küssten einander zögernd auf beide Wangen, obwohl Oskar sie hätte umarmen und an sich drücken wollen, und sie sagten zweimal »Adios«, was die anderen Worte ersetzte, die Oskar gerne gesagt und gehört hätte. Grußlos durchquerte er das Wartezimmer und trat wie betäubt auf die Straße. Dann erkannte er, dass Joana richtig gehandelt hatte. Wenn er jetzt noch Lust hatte, weiter auf Mallorca zu leben, dann nicht alleine wegen ihr.

Oskar klopfte an die Tür der Zarfou'schen Residenz in Costa d'en Blanes. Er hatte sich für diesen Abend vergleichsweise elegant angezogen. Bestimmt war er overdressed oder underdressed, denn bei Frau Zarfou wusste man nie. Wie wichtig konnte ihr Weihnachten schon sein? Glaubte sie überhaupt an Gott? An Jesus? An die

Bedeutung des Weihnachtsgeschäftes für das menschliche Glück? An diesen Fragen kaute Oskar herum, als die Tür aufging.

»Maria und Josef verliefen sich im Wald ...«

Oskars Kinnlade ging in den freien Fall über. »MADELEINE!?«

Eines der merkwürdigsten Phänomene der Globalisierung war die Ausbreitung gewisser Feiertagsbräuche ohne Rücksicht auf die Klimazonen. Hart am Rand eines Hitzekollaps bimmelten in der Karibik, in Australien, in Südamerika dick vermummte Weihnachtsmänner das Weihnachtsfest ein. In Palma waren die Temperaturen an diesem 24. Dezember nicht mild, aber man konnte tagsüber im Hemd durch die Stadt laufen. Sobald die Sonne weg war, wurde es jedoch rasch kalt. Allerdings nicht kalt genug für ein rotes Pelzkostüm.

Oskar versuchte zu erraten, wie lange Frau Zarfou bereits in der Weihnachtsmannkluft steckte, denn in ihrem Gesicht – oder dem, was unter einem angeklebten, vollkommen zerrupften Bart davon zu sehen war – glänzten Schweißperlen. Auch ihre Augen glänzten. In der Rechten hielt sie eine riesige Glocke, die sie unkontrolliert herumschwenkte.

Oskar hielt eine kleine Geschenkpackung in der Rechten und eine Flasche Wein in der Linken. Er wich zwei gefährlichen Glockenschwüngen aus und sagte: »Mit dem Ding könnten Sie eine Kuh erschlagen.«

»Machen Sie keine Bemerkungen über mein Ding«, röhrte Frau Zarfou. »Ich mache ja auch keine über Ihres.«

Oskar zeigte auf die Kluft. »Ein ethnologisches Experiment?«

Madeleine blickte erstaunt an sich herab, als merkte sie erst jetzt, dass sie in einem Weihnachtsmannkostüm steckte. Sie nahm die rote Fellmütze mit dem weißen Fellbimmel ab, darunter kam ein sauerstoffblonder Igelhaarschnitt zum Vorschein. »Lappländische Wintermode. Gefällt sie Ihnen?«

»Sehr.« Oskar schnüffelte. Eine Wolke aus Alkoholatem umwaberte ihn. »Hat die Party schon begonnen?«

»In diesem Augenblick.« Sie ergriff die Bartspitze und wedelte Oskar damit im Gesicht herum. Er musste niesen.

»Gesundheit«, wünschte sie rau. »Die Belgier nennen das den Orgasmus des kleinen Mannes. Wars schön?«

»Herrlich«, erwiderte Oskar und fragte, während er einen bangen Blick über ihre Schulter warf: »Sind wir allein?«

»Niemand wird uns stören«, rief Frau Zarfou, riss sich den Bart vom Gesicht und pfefferte ihn gegen ein Gebüsch. »Kommen Sie rein, wenn Sie sich trauen.«

So viel war klar: Madeleine Zarfou hatte mit dem Feiern lange vor Oskars Ankunft begonnen.

Sie schlurfte in ihren rot-weißen Weihnachtsstiefeln voraus. Das Atrium ihres Hauses war ein Albtraum in Rot und Gold. Die Regale mit ihren geliebten Kriminal- und Horrorromanen waren mit Engelchen und Kügelchen und güldenen Girlanden niedergekitscht, und auf einer afrikanischen Buschtrommel stand ein Weihnachtsstrauch, dem nur noch eine Kerze fehlte, um unter der Last seines Schmucks zusammenzubrechen. Die Sitzgruppe war mit Fellen aller möglichen Tiere zu eine Liegegruppe umgestaltet. Und im Mittelpunkt des Zarfou-Weihnachts-Themenparks lag ein Haufen Geschenke.

»Ich hoffe, Sie haben Hunger«, gurrte Frau Zarfou und öffnete mit einem exhibitionistischen Ruck ihren Weihnachtsmannmantel. Sie trug ein schulterfreies, eng anliegendes Glitzerkleid mit so tiefem Ausschnitt, dass ihre festen kleinen Brüste und die Schwerkraft bei jeder Bewegung einen Kampf ausfochten, der den Sitz des Kleides neu definierte.

Allerdings sah sie komisch aus, mit der dicken roten Pluderhose und dem engen Kleid.

»Gibts Hühnchen?«, fragte Oskar, um seine Belustigung zu verbergen.

»Es gibt, was immer Sie wollen«, hauchte Frau Zarfou, schüttelte die Weihnachtsstiefel ab, schälte sich aus der Pluderhose und ließ Oskar mit offenem Mund im Atrium stehen. Das Glitzerkleid deckte nicht einen Millimeter ihrer Oberschenkel ab. Und – musste Oskar zugestehen – sie hatte tatsächlich eine gute Figur. So sexy hatte er sie noch nie erlebt. Nach Wochen der Enthaltsamkeit spürte er, wie sich bei ihm was regte. Nein, dachte er. Madeleine, das ist unfair!

»Schwedischer Weihnachtspunsch!«, rief Frau Zarfou und tänzelte mit zwei bauchigen Gläsern heran, in denen es rosarot schwappte. »Zum Aufwärmen.«

»Was ist da drin?«

»Rentierblut mit reinem Alkohol und ein paar Zitzen Ziegenmilch. Kennen Sie Weihnachtslieder?«

Oskar starrte den Punsch an. »Äh ...«

»Ich auch nicht. Balduin hat mehrere komponiert, ich leg mal eine CD auf.«

Frau Zarfou drehte den Lautstärkeregler bis zum Anschlag. Ein Kinderchor mit Glöckchenbegleitung brachte das Atrium zum Erbeben. Auf den Boxen der Stereoanlage schepperten die aufgetürmten CD-Hüllen. Vom Weihnachtsstrauch fiel eine Goldkugel und zerschellte am Boden.

»Das hat er für die Weihnachtskampagne einer Kette

von Spielzeugläden geschrieben«, brüllte sie. »Geht voll rein, was?«

»Haben Sie noch Kontakt?«

»Natürlich. Wir hätten ja beinahe geheiratet, so was verbindet.«

»Könnten Sie das leiser machen?«, flehte Oskar und krallte sich an einem Regal fest. Der Weihnachtspunsch wirkte wie intravenös verabreichter Alkohol.

»Sofort!« Frau Zarfou drückte auf der Fernbedienung herum, und das Kindergebrüll schmolz zu einem fernen »Nütültün-nütültün«, ähnlich dem Geräusch einer seit längerem nicht gewarteten Zentralheizung. »Machen wir es uns gemütlich und tauschen weihnachtliche Gedanken aus.«

»Von mir aus«, sagte Oskar. Das Rentierblut hatte sein Hirn erreicht und begann dort mit einem Rodeo.

Sie ließen sich auf den Fellen nieder. Frau Zarfou räkelte sich und gestand nebenbei, auch mit Helene in Kontakt zu stehen, worauf Oskar ein Licht aufging. Madeleine wusste, dass er ein freier Mann war. Sie wusste, dass er sich um eine neue Beziehung bemühte. Sie wusste nicht, wie ungewiss der Erfolg seiner Bemühungen war. Nun sah sie ihre Chance.

Frau Zarfou erhob sich umständlich, und das Kleid tat, wofür es geschneidert war. Oskar schloss in stummer Verzweiflung die Augen. Nicht hier. Nicht mit ihr. Nicht in diesem Moment.

Frau Zarfou kam mit einem Tablett erlesener Leckereien. Keine Zarfou-konforme Gesundheitskost, keine Karottenschaumbrötchen, keine Öko-Gürkchen, keine Ringel von glücklichem Tintenfisch. Nur unanständig schmackhafte Kost für Menschen, denen der Gedanke, gesund zu sterben, zuwider war.

»Ich habe erkannt, dass Sie trotz Ihres originellen Getues ein zutiefst konventioneller Mensch sind«, erklärte Frau Zarfou. »Deshalb will ich Ihnen einen konventionellen Abend bieten. Für Sie breche ich jede Regel, die das Universum aufgestellt hat. Aber nur für eine Nacht. Mehr dürfen Sie von mir nicht verlangen, und mehr erwarte ich mir auch von Ihnen nicht. Deal?«

Eine Nacht. Oskars Herz sank. Frau Zarfou war wild entschlossen, den Weihnachtsslogan »Seid lieb zueinander« kompromisslos in die Tat umzusetzen. Deshalb hatte sie den Heiligen Abend auf den 24. Dezember fallen lassen, deshalb hatte sie ihr Haus mit Weihnachtsgerümpel angeräumt, deshalb das enge Kleid angelegt. Ein Missverständnis. Frau Zarfou gefiel ihm eigentlich, weil sie anders war. Er liebte sie auf seine Weise, weil er als Einziger in ihrem Zarfou-konformen Umfeld stets mit Hilfe und Zuneigung rechnen konnte, obwohl er ihre Theorien für Spinnereien hielt und daraus kein Geheimnis machte. Sie, die Hohepriesterin ihres eigenen Kultes, war ausgerechnet in einen Ungläubigen, in einen »Feind« verliebt.

»Das ist aber eine sehr stille Nacht«, sagte Frau Zarfou, nachdem sie mehrere Minuten geschwiegen hatten.

Er nahm ihre Hand und küsste sie. »Madeleine, ich muss Ihnen etwas beichten.«

»Oskar«, sagte sie leise und ihre Pupillen machten eine Rundreise. »Warum sind wir eigentlich immer noch per Sie. Verstehen Sie das?«

»Respekt«, sagte Oskar.

Frau Zarfou lachte bitter. »Respekt.« Sie schüttelte den Kopf. »Nein, Oskar. Seien wir für einen Moment ehrlich. Das ist kein Respekt, sondern Distanz.«

»Möglich«, sagte Oskar und senkte den Kopf.

»Ich weiß, was Sie mir sagen wollen«, flüsterte sie nahezu unhörbar. »Ich bin voll wie eine Silvesterrakete, aber mein sechster Sinn verrät mir alles über Sie. Das war von Anfang an so.«

Oskar betrachtete gedankenverloren den kleinen Berg aus Geschenken.

»Für Sie«, sagte Frau Zarfou mit einer nachlässigen Geste. Der Alkohol rührte die Zunge in ihrem Mund herum, sodass manche Silben aus der Kurve flogen, doch im Kopf schien sie absolut klar.

»Könnten wir wenigstens per Du sein? Als Weihnachtsgeschenk. Mehr verlange ich nicht.« Sie hatte erkannt, dass sie mehr auch nicht bekommen würde.

»Gern«, sagte Oskar und verbarg halbherzig seine Erleichterung. Warum musste er Madeleine ausgerechnet jetzt etwas vormachen?

»Na, du!«, sagte sie und stupste ihn an.

Wieder eine, die mich stupst, dachte er.

Oskar sah sich unfähig, auch nur eines der Geschenke zu öffnen. Zu Mitternacht ließ er sich zum Schlafen auf einem Sofa nieder. Um mehrere Ecken und durch mehrere weit offen stehende Türen hörte er zuweilen, wie Madeleine sich schlaflos umherwälzte. Die Sonne stand noch nicht richtig am Himmel, und seine treue Freundin schlief endlich tief und fest, als er sich in seinen Wagen setzte und durch die menschenleeren Straßen von Costa d'en Blanes hinunter zur Autobahn fuhr.

Er hatte Madeleine wieder einmal unterschätzt. In Wahrheit war auch sie ein Grund, auf dieser Insel zu bleiben.

19.

Joana warnt Oskar vor dem Flugverkehr, und Oskar hat wieder keinen Pyjama dabei

In einem leeren Haus hat alles einen anderen Klang. Jedes Wort verhallt wie der Text eines schlampig synchronisierten Filmes. Und wenn das Telefon klingelt, dreht das Klingeling ein paar Ehrenrunden, bevor es in der gespenstischen Stille versickert.

Oskar lümmelte auf seinem Ellmann-Sessel, eines der wenigen Möbelstücke, das er dem neuen Besitzer überlassen würde. Er las gerade die Post und ging mit einem Kalender des neuen Jahres seine Termine durch. Dabei fiel ihm ein, dass er Neujahr vermutlich alleine verbringen würde. Vermutlich in seiner Finca, die noch eine Woche lang seine Finca war.

Auf dem Boden lagen mehrere Zeitungen und Zeitschriften, aufgeschlagen beim Immobilienteil. Er hatte eine erste Besichtigung hinter sich. »Die behördlichen Genehmigungen sind nur eine Frage der Zeit«, hatte ihm der Agent versichert. Übersetzt hieß das, der ganze Bau war illegal. Das alte Lied.

Müde schleppte Oskar sich zum Telefon, das auf dem Boden stand, und hob ab.

»Hier Immobilienagentur Marqués«, sagte eine ihm wohl bekannte Stimme.

»Oh.« Oskar stand schlagartig aufrecht. Fast eine Woche war seit ihrer letzten Begegnung vergangen. »Joana. *Va be?*«

»*Va be.* Und du?«

»Na ja, so ziemlich.«

»Schon was gefunden? Oder reist du ab?«

»Ich reise nicht ab«, protestierte Oskar. »Hab ich dir doch gesagt. Ich suche allen Ernstes eine Bleibe. Ich hab mir sogar schon was angesehen. Aber weißt du: Mallorca ist so anders. In manchen Ländern gibts viele Projekte nur auf dem Papier und nicht in der Wirklichkeit. Hier ist es genau umgekehrt.«

»Ah, geht schon wieder los.«

»Man wird wohl meckern dürfen.«

»Wieder eine deutsche Spezialität?«

Oskar grinste. »Joana, du rufst nicht an, um das zu fragen.«

Er hörte einen Seufzer in der Leitung. Sein Grinsen schwand, und für einen Moment blieb ihm das Herz stehen. Joana war ihm die Antwort auf eine lebenswichtige Frage schuldig, doch sie tat, als wären sie noch immer nur gute Bekannte.

Sie fragte: »Lust auf einen Ausflug?«

»Immer«, sagte Oskar mit trockenem Mund und räusperte sich.

»Ich habe mich ein wenig umgehört, nur für den Fall, dass du noch interessiert bist«, sagte Joana. »Wir könnten uns ein paar Häuser gemeinsam ansehen. Insgeheim kassiere ich natürlich eine Kommission. Als Ärztin verdient man einfach zu wenig.«

»Verstehe«, erwiderte Oskar, zu nervös, um auf Joanas Ironie einzusteigen.

»Das war ein Witz, Oskar.«

Er beschloss, kein Theater zu spielen. Sie sollte ihn kennen lernen, wie er wirklich war, und wenn sie dann Nein sagte, umso besser für beide. »Joana, ich bin nervös«, sagte er. »Tut mir Leid, wenn ich ein schlechtes Publikum bin. Frohe Weihnachten übrigens. Ich wollte dich anrufen, aber ich hab mich nicht getraut.«

»Ich wollte dich auch anrufen, aber ich wusste nicht, was ich dir sagen sollte.«

»Na ›Frohe Weihnachten‹ zum Beispiel.«

Joana überging seinen Vorschlag. Auch sie war nervös, spürte Oskar. Doch er spürte nicht, weshalb. »Hast du übermorgen Zeit?«, fragte sie, und ihre Stimme klang schwach, als kostete sie jedes Wort Überwindung.

»Ja«, sagte er, ohne seinen Kalender konsultiert zu haben. Egal welche Termine er für diesen Tag ausgemacht hatte, er würde sie verschieben oder absagen oder einfach nicht hingehen. So langsam musste er sich seiner Wahlheimat anpassen.

»Um zehn am Parc de la Mar«, sagte Joana. »Ich warte neben dem Eingang zur Tiefgarage.«

»Joana, das ist sehr freundlich von dir. Ich meine ... die ganzen Umstände ...« Er machte Gesten, die seine Gesprächspartnerin vielleicht erahnte, denn erst als er seine Linke in die Hosentasche steckte, erwiderte sie: »Das tu ich gern. Bis übermorgen.«

Oskar ließ sich neben dem Telefon nieder und legte auf. Er analysierte das Gespräch vom Anfang bis zum Ende, ihren Tonfall, jedes einzelne ihrer Worte und seine Reaktionen. Hatte er eine gute Figur gemacht? Sei's drum, langsam war es ihm egal. Sie wusste nicht, was sie wollte, und schund Zeit. Aber immerhin – sie kümmerte sich um sein Problem. Schlechtes Gewissen?

Er wurde noch verrückt.

Oskar war übermüdet, als er seinen Wagen in der Tiefgarage des Parks vor der Kathedrale abstellte und nach draußen schlenderte. Er hatte kein Auge zugedrückt und trug vermutlich ein Gesicht wie eine zerknautschte Lederjacke. Ideale Bedingungen, um die Frau seines Lebens zu überzeugen.

Er war zu früh dran und richtete sich aufs Warten ein, da erspähte er den ehemals weißen Seat. Er stieg zu, und sie küssten einander auf beide Wangen.

»Hallo.«

»Hallo.«

Sie startete den Wagen. Er sprang tatsächlich an, klang jedoch, als ob der Motor jederzeit die Kühlerhaube absprengen und dem erstbesten Mechaniker in die Arme hüpfen wollte.

»Dein Auto müsste mal in die Werkstatt«, sagte Oskar. »Sollen wir nicht lieber meines nehmen?«

»Lass nur«, sagte Joana. »Ich hatte letzthin wenig Zeit und so viel anderes im Kopf. Mein guter Vorsatz fürs neue Jahr: Auto in die Werkstatt. Aber bis dahin hält er durch, ich kenne meinen Seat.«

»Wo gehts denn hin?«

»Bunyola, Santa Maria del Camí, Sante Eugenia, Sineu ... vielleicht noch was im Nordosten.«

Oskar hob die Augenbrauen. Nordosten? Dort lag Pollença.

Joana stieg aufs Gaspedal. Sie knatterten über die Vía Cintura, die Palma mehrspurig umkurvte, und dann Richtung Tramuntana, nach Bunyola, wo der Besitzer eines zur Minivilla umgebauten Landarbeiterhauses auf sie wartete. Oskar gingen die Augen über. Die Lage war traumhaft, die Verkehrsanbindung großartig, die Gestaltung ein wenig überrustikal, ein steinernes Hundehäuschen komplettierte das Ensemble, Wasseranschluss gabs keinen, »rufen Sie halt den Wasserwagen«, und die Stromleitung würde demnächst gelegt, und falls nicht, könnte er im Hundehäuschen einen Generator unterbringen. Armer Hund, dachte Oskar.

Sie bedankten sich und fuhren weiter.

»Ich könnte Solarzellen montieren«, sagte Oskar.

»Wenn ich mich richtig orientiert habe, liegt das Haus die Hälfte des Jahres fast permanent im Schatten«, erklärte Joana. »Gegenüber wird gebaut, wahrscheinlich höher als erlaubt. Tut mir Leid«, sagte Joana und bog auf die Straße nach Santa Maria del Camí ein. »Manche Details kommen erst bei der Besichtigung zu Tage.«

»Und manche erst beim Bewohnen«, ergänzte Oskar.

»Das ist wie bei einem Paar«, sagte Joana, und Oskar zuckte zusammen. »Immer ein Risiko.«

Er räusperte sich und nickte.

»Was ist dein Projekt?«, fragte Joana unvermutet.

»Projekt?«

»In deinem Leben. Was willst du erreichen?«

Oskar überlegte einen Moment. Dann sagte er: »Möglichst wenig Mist bauen. Leute eher glücklich als unglücklich machen, mit Ausnahme gewisser Individuen, die ich mit Vergnügen ins Unglück stürzen würde.«

»Rachsüchtig?«

»Süchtig? Nein. Das nehme ich locker, frisst einen nur auf.« Er dachte an Jürgen. Im Register hatte er keine einzige Finca in Felanitx gefunden, die auf seinen Namen registriert war. Verdammter Hochstapler. »Und du?«

»Ich will versuchen, weniger schwierig zu sein.«

»Ah, du bist schwierig?«

Joana lächelte und nickte. »Sehr.«

»Eine ganz neue Facette«, sagte Oskar. »Wie drückt sich das aus?«

»Na ja«, sagte sie. »Jede Entscheidung eine Staatsaffäre. Josep hat das wahnsinnig gemacht. Sein Motto war: *No te compliques la vida.* – Mach dir das Leben nicht unnötig schwer. – Aber ich kann nicht anders. Vielleicht eine Gewohnheit aus meinem Beruf, die ins Privatleben durchschlägt. In meinem Beruf kann ich mir keine falschen Entscheidungen leisten. Und wenn ich es recht überlege: im Privatleben auch nicht. Bei manchen Dingen.«

Oskar sah sie an. »Josep und so.«

»Richtig. Ah, da sind wir.«

Santa Maria del Camí. Haus an der Bahnlinie. Das hatte nicht in der Anzeige gestanden, und der Besitzer hatte nichts davon gesagt.

»Ich habe nichts gegen Züge«, sagte Oskar. »Solange es keine Schnellzüge sind, die mir die Wäsche davonblasen.«

»Schnellzüge gibts hier die nächsten hundert Jahre nicht«, sagte der Besitzer. »Sie und Ihre Erben und deren Erben sind davor hundertprozentig sicher. Ich kenne die Eisenbahn, mein Bruder arbeitet dort.«

Oskar gefiel das Haus, doch Joana machte ihm ein diskretes Zeichen. Im Auto sagte sie: »Wenn der Mann einen Bruder bei der Eisenbahn hat und das Haus an der Eisenbahnlinie liegt und günstig zum Verkauf steht, ist was faul. Vielleicht wird der Grund demnächst enteignet.«

Oskar zuckte die Achseln. »Wie du meinst.« Sie waren schon fast in Santa Eugenia, als er anfügte: »Danke für den Tipp, Joana.«

»Ich bin nervös«; sagte sie, »weil man beim Hauskauf auf so viele Arten hereingelegt werden kann, dass die

Fantasie eines Sterblichen nicht ausreicht, sich alle vorzustellen.«

In Santa Eugenia besichtigten sie ein schmuckes Rustikalhaus einen Kilometer vom Dorf entfernt. Während des Besuchs hielt Joana ihren Blick in den Himmel gerichtet, während Oskar sich die Sickergrube und die Wasserpumpe und das ausgeklügelte System zur ferngesteuerten Öffnung des Tores zum Grundstück erklären ließ.

Er war begeistert. Der Immobilienagent kannte sich aus, der Preis war günstig, alles funktionierte, und die Papiere schienen ebenfalls in Ordnung.

»Ist es ruhig hier?«, fragte Joana.

»So ruhig, wie Sie es sich gar nicht vorstellen können«, sagte der Agent und machte eine Geste, als gehörte die gesamte mallorquinische Zentralebene zum Grundstück.

Wieder setzten sie sich ins Auto, ohne Interesse geäußert zu haben. Diesmal war nicht einmal ein Zeichen notwendig gewesen, Oskar hatte es Joana an den Augen abgelesen: Hier nicht.

»Flugverkehr«, sagte sie und kramte eine Landkarte hervor. »Ich könnte schwören, dass dieses Haus direkt unter der Einflugschneise liegt.«

»Ich habe kein einziges Flugzeug gesehen.«

»Wintersaison«, erklärte Joana knapp. »Darum werden diese Häuser jetzt angeboten. Im Sommer rauschen hier am Tag vierhundert Flieger drüber. Da ist es.« Ihr Finger fuhr auf der Karte einen Weg entlang und stoppte an einem Punkt. Sie faltete die Karte weiter auseinander und zog mit der Handkante eine Linie. »Genau. Da ist der Flughafen Son Sant Joan. Hier verläuft die Einflugschneise.« Sie lächelte ihn an. »Es sei denn, du liebst Flugzeuge.«

»Nicht leidenschaftlich«, brummte Oskar. »Ich komme

aus dem Staunen nicht raus. Für eine Latina bist du ungeheuer systematisch.«

Sie zuckte die Achseln und gab Gas. »So bin ich.«

»Das sagst du so. Wie verdiene ich mir das?«

»Du bist ein guter Kerl.«

Er sah sie an. Sie blickte starr auf die Fahrbahn und verzog keine Miene.

»Wenn ich jetzt feuerrot anlaufe«, sagte er. »Spricht das für oder gegen mich?«

»Lade mich bitte nicht dauernd ein, über dich zu urteilen, das ist unter deiner Würde.« Sie sah noch immer nach vorne, ihr Gesicht hatte einen strengen Ausdruck angenommen.

»Du hast Recht«, sagte er leise.

Sie aßen in einem Dorfgasthaus zu Mittag. Joana erzählte Anekdoten aus ihrer Studienzeit und Oskar Geschichten aus seinem Fotografenleben. Beiderseits schlichen sich Andeutungen über vergangene Partnerschaften ein und warum sie nicht funktioniert hatten. In Sineu besichtigten sie ein Dorfhaus mit Patio und Garage. Während sie das Gebäude besichtigten, brach beim Nachbarn die Hölle los. Die Wände zitterten, und der Besitzer verzog das Gesicht.

»Ich habe den Verdacht, im Nebenhaus arbeitet eine illegale Werkstatt«, erklärte Joana ihm, als sie wieder im Wagen saßen.

»Aber wenn sie illegal ist, kann ich das anzeigen«, sagte er.

»Wenn du von Beginn weg mit dem Nachbarn im Krieg leben willst, bitte schön«, sagte Joana. »Und wenn du Pech hast, kennt der Mann den Bürgermeister oder *ist* der Bürgermeister, und du hast Krieg mit dem halben

Dorf. Das ist eine eigene Welt. Am Anfang schaust du besser eine Weile zu, machst dir deine Gedanken, und wenn du halbwegs klar siehst, entscheidest du dich, zu handeln oder nicht.«

»Das klingt so sizilianisch.«

»Mallorca ist Sizilien ohne Morde.«

»Nicht gerade eine Werbung.«

»Ich mache keine Werbung. Du sollst wissen, worauf du dich einlässt.« Mit einem Mal hatte sie etwas Oberlehrerhaftes. Trotzdem empfand Oskar mit jeder Minute mehr Zärtlichkeit für diese Frau, die ihn an der Hand genommen hatte und in ihre Welt einführte. »Aber das ist nur ein Teil der Realität dieser Insel. Wenn du ihr ein Minimum an Respekt zollst, wird sie mit dir vielleicht großzügiger sein als dein eigenes Land.«

»Das habe ich bereits erfahren«, sagte er.

Es war später Nachmittag, als sie nach Pollença kamen. Oskar hatte unterwegs zu plappern begonnen, über seine Jugend, seine Arbeit, seine Erfahrungen mit Menschen, über den psychodelischen Weihnachtsabend mit Madeleine, seine Beziehung zu dieser Frau, seine platonische Liebe zu ihr, und bei all dem Geplapper fiel ihm erst auf den letzten Metern auf, dass Joana ein Haus ansteuerte, das er bereits kannte.

Sie hielten direkt vor dem verwahrlosten Landhaus der Familie Joanas.

»Ihr verkauft!?«, rief Oskar aus.

Joana schüttelte den Kopf. »Nie im Leben. Dieses Haus geben wir nicht aus der Hand. Ich liebe es.«

Sie wirkte auf einmal gelöst, als sei eine Last von ihr abgefallen.

»Sagtest du nicht, es sei hässlich?«

Joana zuckte die Achseln. »Mag sein. Aber mit einer

geschmackvollen Restaurierung kann man es retten. Außerdem ist das für mich ein sehr spezieller Ort. Hier habe ich den Mann kennen gelernt, den ich liebe.«

Oskar wagte nicht, sie anzusehen. Er saß wie angenagelt, unfähig, sich zu bewegen.

»Ich brauche jemanden, der mich versteht«, sagte Joana leise. »Jemanden, der nicht verlangt, dass ich immer gut gelaunt bin. Der meine Arbeit respektiert. Und der an meiner Seite ist, wenn ich traurig bin. Einen lebenslangen Freund, mit dem ich rechnen kann, und keinen Naivling, der in den Flitterwochen hundert Feuerwerke veranstaltet und dann einen Bauch ansetzt und wegen jeder Kleinigkeit eine Diskussion vom Zaun bricht. Aber der mir auch nicht verschweigt, wenn ihn wirklich etwas bedrückt.«

»Okay, keine Flitterwochen«, sagte Oskar mit rauer Stimme. Er fühlte, wie Joanas zarte Hand sich in die seine legte.

»Jemanden, der auch im Alltag an meiner Seite sein möchte«, setzte sie fort. »Der mich selbst dann hübsch findet, wenn ich nicht für ein Fest aufgedonnert bin. Mit dem die Jahre nicht den Bach runtergehen. Der nicht gleich das Handtuch wirft, wenn man gelegentlich unterschiedlicher Meinung ist.«

Ihre Hände verschlangen sich ineinander, drückten einander, liebkosten einander.

»Ganz schöne Liste«, brummte Oskar. »Du hast mich lange schmoren lassen, aber es war die Mühe wert.«

»Ich habe dich nicht schmoren lassen, das würde ich nie tun, so weit solltest du mich jetzt schon kennen. Ich habe dir in dem Moment Bescheid gesagt, als ich es wusste.«

»Eben erst?«

Joana zuckte die Achseln. »Ich wollte einfach nochmal ein paar Stunden mit dir verbringen, um sicherzugehen, dass ich diese Geschichte bis an mein Lebensende fortsetzen will.«

Oskar umfasste ihre Rechte mit beiden Händen und führte sie an seinen Mund, presste sie an sein Gesicht.

»Dafür verspreche ich dir ...«

»Du brauchst nichts zu versprechen«, sagte Oskar. »Du tust immer dein Bestes. Das ist einer der Gründe, warum ich dich liebe. Einer von vielen.«

Sie lehnte sich an ihn. Er streichelte ihren Kopf und umarmte sie. Er wollte sie nie wieder loslassen.

Joana befreite sich aus seiner Umarmung. »Komm, gehen wir ins Haus.« Sie stiegen aus. Joana nahm ihn an der Hand und zog ihn vorwärts.

»Und warum sind wir hierher gekommen, wenn das Haus nicht zum Verkauf steht?«

»Weil du herzlich eingeladen bist, hier zu leben. Reicht das als Grund?«

»Ich will hier nur leben, wenn du hier lebst. Arbeitest du nicht in Palma?«

»Doch, aber ich habe eine Idee.«

»Raus damit.«

»Du kaufst eine Wohnung in Palma und lädst mich ein, dort bei dir zu leben. Und das hier ist die Höhle, in der wir uns verkriechen, wenn wir von der Stadt die Nase voll haben.«

»Genial. Aber du weißt, dass ich nach einem anderen Rhythmus lebe. Nicht von Wochenende zu Wochenende, sondern von Job zu Job.«

Joana nickte ernst. »Akzeptiert. Du darfst deinen Beruf behalten.«

»Das ist echt nett.«

Joana umarmte ihn und vergrub ihren Kopf unter seinem Kinn. »Wie wärs, wenn wir heute hier bleiben?«

Oskar musste plötzlich herzhaft lachen.

»He, was ist daran so lustig?«

Oskar breitete die Arme aus. »Das ist nun schon das dritte Mal, dass du mich ohne Pyjama erwischst.«

EPILOG

Balduin feiert Premiere, Jürgen schwebt an Oskar vorbei, und Joana verweigert Flitterwochen

Ein Jahr später wurde im »Waterstone Gay Theatre« in Sydney die zeitgenössische Oper »Oscar Forever« aufgeführt. Das Libretto stammte von Dennis Nichols, die Musik von seinem Lebensgefährten Balduin Schrammer. Die Geschichte handelte von einem Fotografen namens Oscar, der sich rettungslos in einen heterosexuellen Musiker namens Zac verliebt. Balduin sandte eine CD an Oskars Adresse in Felanitx, die jedoch retourniert wurde: Empfänger an unbekannte Adresse verzogen.

Ungefähr um dieselbe Zeit tauchte Jürgen in Oskars Leben auf. Freilich nur für einen Moment. Oskar war auf Teneriffa, um eine Reportage über den höchsten Berg Spaniens, El Teide, zu fotografieren, und erklomm den Vulkan über den anstrengenden Fußweg, als die Seilbahngondel an ihm vorüberschwebte. In der Gondel – er traute seinen Augen nicht – reiste Jürgen Debarcon, der auf eine Dame mittleren Alters einredete. Oskar vergaß die atemberaubende Szenerie und legte das letzte Stück Weg im Laufschritt zurück, was angesichts der Höhe von 3700 Metern nicht weniger atemberaubend war. Eine halbe Stunde später gelangte er an den Kraterrand, doch von Jürgen war nichts zu sehen.

Oskar erwog kurz, von der Spitze des Teide einen Heiljodler abzulassen, doch obwohl das majestätische Panorama zu einem heilenden Schrei einlud, gab er sein Vorhaben auf. Erstens hatte er im Heiljodeln keine Übung mehr, zweitens war er dafür auch nicht mehr ausreichend frustriert. In drei Tagen würde er sich mit Joana auf La Palma treffen, der westlichsten und schönsten Kanareninsel. Die Flitterwochensperre bestand immer noch. Aber gelegentlich rissen die beiden aus, um all die Zeit nachzuholen, die sie ohne einander gelebt hatten.

Eine leidenschaftliche Liebe vor dem großartigen Panorama Nordafrikas und der mondänen Welt des kolonialen Marokko

Halia Sophie, genannt »Alia«, lebt als Kinderfrau bei der französischen Botschafterfamilie in Rabat. Nathalie, die Tochter des Hauses, ist ebenso hübsch wie jung. Ihr eilt der Ruf voraus, dass sie jeden Mann um den Finger wickeln kann. Alia bewundert Nathalie – sie selbst ist noch nicht bereit für die Liebe. Aber dann begegnet sie dem berüchtigten Verführer René de Combourg und verliebt sich in ihn. Doch de Combourg hat ein Geheimnis, das er nicht preisgeben möchte ...

ISBN 3-404-14901-7

BASTEI LÜBBE